STELLA CONRAD | Blindflug

Stella Conrad im Gespräch über ihren Roman »Blindflug«:

Wie kamen Sie auf die Idee zu »Blindflug«?
»Blindflug« behandelt ein modernes Thema: den Zusammenbruch der sicher geglaubten finanziellen Situation, vor dem heutzutage niemand sicher ist. Jede Figur in »Blindflug« hat eine ganz individuelle Einstellung zum Thema Geld. Die zentrale Frage ist immer: Wie verhält die betreffende Person sich in der Krise? Was ist er oder sie bereit, für Geld zu tun? Wie stabil ist ihr/sein moralisches Gerüst angesichts der Bedrohung, die gewohnte, materielle Sicherheit zu verlieren?

Haben Sie Verständnis dafür, dass Ihre Heldin Maren bereit ist, fast alles zu tun, um ihr Traumhaus zu halten?
Ich habe zu diesem Thema sehr intensiv recherchiert; nicht nur bei persönlich Betroffenen, sondern auch bei einem Schuldnerberater, der darauf spezialisiert ist, Häuser vor der (Zwangs-)Versteigerung zu bewahren. Die einzelnen Fälle mögen noch so unterschiedlich sein, aber eines verbindet alle: Die Betroffenen halten am Haus fest, das hat immer höchste Priorität. Dabei fällt immer wieder das Wort »Traum«. Das hat schon fast etwas Mystisches: die eigenen vier Wände, ohne nervige Nachbarn, ohne Flurwoche – das eigene, kleine Königreich.

Wie sähe Ihr Traumhaus aus?
Wie eines dieser Cottages in Rosamunde-Pilcher-Filmen. Mauern aus großen Steinen, Sprossenfenster, vielleicht ein Turmzimmer, in dem mein Schreibtisch stehen würde, Rittersporn und Kletterrosen im Garten – da meldet die Romantikerin in mir ganz klare Ansprüche an.

Über die Autorin
Stella Conrad, 1960 in Recklinghausen geboren, lebt und arbeitet im Ruhrgebiet. Nach zehnjähriger Tätigkeit als Köchin arbeitete sie als Veranstalterin, Pressebetreuerin und in einer Schauspielagentur, bevor sie sich dem geschriebenen Wort zuwandte. Ihr Roman »Die Küchenfee« erschien 2008 im Diana Verlag und war für die DeLiA 2009, den Preis für den besten deutschsprachigen Liebesroman des Jahres 2008, nominiert.

STELLA CONRAD

Blindflug

Roman

Diana Verlag

FSC
Mix
Produktgruppe aus vorbildlich bewirtschafteten Wäldern und anderen kontrollierten Herkünften

Zert.-Nr. SGS-COC-1940
www.fsc.org
© 1996 Forest Stewardship Council

Verlagsgruppe Random House FSC-DEU-0100
Das für dieses Buch verwendete
FSC-zertifizierte Papier *Holmen Book Cream*
liefert Holmen Paper, Hallstavik, Schweden.

Originalausgabe 10/2009

Redaktion | Dr. Meike Fritz
Umschlagillustration | © mauritius images | SELF
Umschlaggestaltung | Hauptmann & Kompanie Werbeagentur,
München – Zürich, Teresa Mutzenbach
Herstellung | Helga Schörnig
Satz | Leingärtner, Nabburg
Druck und Bindung | GGP Media GmbH, Pößneck
Printed in Germany 2009
978-3-453-35419-7

www.diana-verlag.de

Kapitel 1

Maren »Oh, mein Gott, Maren, euer Haus ist *traumhaft* schön! Und die *Einrichtung* erst. Ich bin ja so *neidisch*. Wenn du nicht meine *allerbeste* Freundin wärst ...«

Dann würdest du mich jetzt auf der Stelle töten und in meinem *sagenhaften* Garten verscharren? Ich verdrehte innerlich die Augen und zählte bis zehn. Brigitte drehte sich kokett vor dem riesigen venezianischen Spiegel, blieb dann stehen und zupfte konzentriert ihre Mähne zurecht, die in mindestens sechs verschiedenen Blondtönen schimmerte. Ihre nervtötende Angewohnheit, einzelne Worte im Satz dramatisch zu betonen, zeugte immer noch von ihrer vor zig Jahren abgebrochenen Ausbildung auf einer privaten – und offenbar nicht allzu guten – Schauspielschule. Aber musste sie deshalb immer für die letzte Reihe spielen?

Und außerdem: *allerbeste* Freundin?

Das war nun wirklich eine ... nun ja ... nennen wir es: recht subjektive Sicht der Dinge. Ehe ich antworten konnte, plapperte Brigitte auch schon weiter.

»Du musst mir *unbedingt* die Nummer deines Inneneinrichters geben, sonst *sterbe* ich auf der Stelle!«

»Kein Inneneinrichter«, antwortete ich. »Ich durfte mich hier ganz alleine austoben.«

Sie zog die perfekt gezupften Augenbrauen hoch. Kurz huschte Zweifel über ihr Gesicht, dann lächelte sie strahlend und ließ ihre neuen Porzellankronen blitzen. »Du bist ja *so* talentiert, Maren! Harald muss so *stolz* auf dich sein. Wenn mein Michael das erfährt, schimpft er wieder mit mir, dass ich so ein *unnützes* kleines Ding bin und nichts weiter kann, als sein schwer verdientes Geld auszugeben.«

Sie kicherte und musterte sich wieder im Spiegel.

Es klopfte an der Tür. Frau Bartels, meine Haushaltsperle, steckte den Kopf ins Zimmer – und bewahrte mich davor, die Nerven zu verlieren.

»Frau Behringer? Ich könnte jetzt das Essen auftragen, ich wäre dann so weit.«

Ich hätte sie küssen können. Noch eine Sekunde länger Brigittes affektiertes Geplapper, und ich wäre diejenige, die für nichts mehr garantieren könnte.

»Danke, Frau Bartels. Weiß mein Mann schon Bescheid?«

»Die Herren sitzen bereits zu Tisch«, antwortete sie, bevor sie sich umdrehte und zurück in ihre Küche eilte.

Nur mühsam riss Brigitte sich von ihrem Anblick im Spiegel los. »Deine Frau Bartels ist eine *wahre* Perle, Maren. Wenn wir keine *Freundinnen* wären, würde ich *glatt* versuchen, sie dir abzuwerben, obwohl: *Immer*, wenn wir bei euch zu Gast waren, muss ich danach drei Wochen *strengste* Diät halten.« Sie drohte mir scherzhaft mit dem Zeigefinger. »Eigentlich müsste ich deswegen *böse* mit dir sein. Ich bin beinahe froh, dass ihr weggezogen seid, sonst würde ich *bestimmt* bald Größe 40 tragen.«

»Du? Niemals, Brigitte.« Und wenn, dann würde dein Stamm-Schönheitschirurg schnellstens für Abhilfe sorgen. Oder du würdest dich halb zu Tode hungern.

Ich zog die Tür auf und bat Brigitte mit einer Geste, vorauszugehen.

»Na, die Damen – Hausbesichtigung beendet?«, sagte Michael Orthmann, Brigittes Gatte und Haralds langjähriger Freund.

»Oh, Michael, das Haus ist *traumhaft*«, zwitscherte Brigitte, während sie ihre Leinenserviette über den Schoß breitete. »Das muss hier alles ein *Vermögen* gekostet haben, oder? Der Garten, der Pool, die Einrichtung, dieses *wunderschöne* Haus ...«

Orthmann zwinkerte meinem Göttergatten verschwörerisch zu. »Los, Harald, sag schon. Eine Million? Anderthalb? Mir kannst du es doch sagen, wir sind schließlich ganz unter uns.«

Ganz unter uns? Ich wusste es besser. Man war niemals unter sich, wenn Brigitte Orthmann mit am Tisch saß. Binnen kürzester Zeit brachte sie Neuigkeiten unter die Leute: im Golfclub, in der Bridgerunde, bei Cocktailpartys, selbst im Schönheitssalon. Seit ich mit meiner Familie in eine andere Stadt gezogen war, in das Traumhaus, in das wir die beiden zum ersten Mal eingeladen hatten, konnte es mir egal sein, was Brigitte herumtratschte, Nicht, dass ich traurig darüber war, Brigitte jetzt seltener zu sehen – im Gegenteil. Ich war nur mit ihr befreundet, weil Harald so gern mit Michael zusammen war, den er seit ihrer gemeinsamen Studienzeit kannte, und da hatte es die Gattin gratis dazugegeben. Ab und zu hielt ich das aus – Harald zuliebe. Allerdings hatte ich mich dem jährlich wiederkehrenden Vorschlag, gemeinsam eine Urlaubsreise zu machen, immer kategorisch verweigert. Was zu viel war, war zu viel. So fuhren die Männer jedes Jahr im Winter für zwei Wochen zum Skilaufen und konnten ungestört in Erinnerungen schwelgen.

Haralds Stimme unterbrach meine Gedanken. »Das Haus war ein Schnäppchen«, sagte er. »Der Besitzer musste verkaufen, Firmenpleite, da habe ich sofort zugeschlagen.« Er grinste und lehnte sich zurück. »Ich hatte die Information ... na ja, ist ja auch egal, woher ich es wusste. Ich war einfach zur rechten Zeit am rechten Ort. Hätte ich es nicht gekauft, wäre es zwangsversteigert worden.«

Michael beugte sich zu Harald vor. »Wie viel?«

Haralds Grinsen wurde breiter. »Rate.«

»Ich weiß nicht ... Sechshunderttausend?«

Lachend schüttelte Harald den Kopf. »Deutlich weniger.«

»Du machst Witze!« Michael konnte es nicht fassen. »Weniger als Fünfhunderttausend? Das ist ja sittenwidrig.«

Harald wurde ernst. »Sittenwidrig? Das sehe ich anders. Das sind die Regeln des Marktes, das weißt du so gut wie ich. Der Besitzer hätte wesentlich schlechter dagestanden, wenn das Haus hätte versteigert werden müssen.«

»Aber der Besitzer hat doch bestimmt *viel* mehr dafür ausgegeben, oder?«, zwitscherte Brigitte plötzlich.

Das kam derart unerwartet, dass wir alle sie ansahen. Sie pflegte sich nicht an Männergesprächen zu beteiligen – sie unterbrach sie höchstens mit einem völlig anderen Thema, wenn sie sich zu sehr langweilte.

Brigitte zauberte einen traurigen Ausdruck in ihr Puppengesicht. »Irgendwie *gemein*, oder nicht?«

Michael tätschelte ihr die Hand. »Zerbrich dir darüber nicht deinen hübschen Kopf, Täubchen. Davon kriegst du nur Falten. Harald hat recht. Ich würde es nicht anders machen, wenn ich so eine Gelegenheit hätte. Und, Harald – was hast du bezahlt?«

»Vierhundertfünfzig. Bar auf den Tisch des Hauses. Der Mann hat mir die Füße geküsst, das kannst du mir glauben.« Er lachte. »Vielleicht hätte der Vorbesitzer etwas Geld in einen Finanzberater investieren sollen – dann hätte ich es ihm bestimmt nicht für 'nen Appel und ein Ei abkaufen können.«

Michael stimmte in sein Lachen ein, und die beiden Männer klatschten sich über dem Tisch ab.

Frau Bartels erschien, um die Vorspeise zu servieren.

Ich nahm ihr Auftauchen dankbar zum Anlass, das Gespräch zu unterbrechen. »Ich will jetzt nichts mehr von Geschäften hören, ich möchte mein Essen genießen.« Ich hob mein Weinglas. »Lasst uns auf einen schönen Abend und ein wunderbares Essen anstoßen.«

Unsere Gläser stießen mit leisem Klirren aneinander. Der gegrillte Hummer auf unseren Tellern duftete appetitlich.

»Oh, ich *liebe* Hummer«, säuselte Brigitte. Ihre vor Minuten noch demonstrierte Betroffenheit war wie weggeblasen. »Aber: von der Gabel *direkt* auf die Hüfte«, fügte sie hinzu und kicherte albern.

Du solltest dir lieber irgendwas wünschen, was direkt in dein Hirn geht, dachte ich, da ist jede Menge Hohlraum aufzufüllen.

Ich genoss den köstlichen Hummer.

Ich würde jede Menge Kraft brauchen, um den Rest des Abends auch noch auszuhalten.

Kapitel 2

Maren Es war bereits deutlich nach Mitternacht, als ich endlich die Haustür hinter den Orthmanns schließen konnte. Ich hatte Kopfschmerzen, wie stets nach einem Abend mit Brigitte, die mit jedem Glas Wein immer noch einen Gang höher schaltete, was ihr sinnloses Gequatsche anging.

Die Abende mit den Orthmanns liefen immer gleich ab: Während sich die Herren wie in amerikanischen Filmen aus den Sechzigerjahren nach dem Dessert mit Zigarren und Cognac zurückzuziehen pflegten, durfte ich an Brigittes Gesprächsthemen Interesse heucheln: welcher Starfriseur gerade angesagt war, welcher Chirurg Sharon Stone wohl zu ihrem fantastischen Aussehen verhalf, welchen Designer man in dieser Saison tragen musste, und wie man damit umgehen sollte, dass im Golfclub neuerdings auch Leute zugelassen waren, die sich offensichtlich keine fünf Urlaube pro Jahr leisten konnten. Traditionell gipfelte bei Brigitte alles spätestens nach der dritten Flasche Wein in weinerlicher Sentimentalität.

So auch diesmal. Die Tränen waren reichlich geflossen, und sie hatte geschluchzt: »Nicht, dass du mich missverstehst, Maren – ich *liebe* Michael. Aber ich habe ihm meine *Karriere* geopfert. Ich hätte ein großer *Star* werden können.«

Diesen Monolog konnte ich mittlerweile mitbeten, so oft hatte ich ihn schon gehört. Großer Gott, war diese Frau langweilig.

Aber ich hatte, wie immer, die Zähne zusammengebissen und ihr versichert, dass Deutschlands Bühnen und die große Kinoleinwand einen unersetzlichen Verlust erlitten hatten, bei ihrem Aussehen und ihrem Talent ...

Währenddessen hatte ich innerlich die Minuten gezählt, bis es endlich, endlich vorbei sein würde.

»Maren? Trinken wir noch ein Glas Wein zusammen?« Harald stand im Durchgang zum Wohnzimmer und hielt eine angebrochene Weinflasche hoch, die Brigitte nicht mehr geschafft hatte. »Oder möchtest du irgendetwas anderes, Liebling?«

Ich ging auf ihn zu und seufzte. »Um ehrlich zu sein, am liebsten eine Kopfschmerztablette.«

Harald lachte und nahm mich in den Arm. »Mein armer Liebling. So schlimm?« Er küsste mich auf die Stirn. »Setz dich doch schon mal aufs Sofa, ich hole dir eine Tablette.« Er ging Richtung Küche und drehte sich noch einmal zu mir um. »Die Tabletten ...?«

Ich grinste unwillkürlich. Natürlich wusste Harald nicht, wo irgendetwas in diesem Haushalt aufbewahrt wurde. Und – um ganz ehrlich zu sein – ich selbst auch nur in bestimmten Bereichen. Den Haushalt hatte Frau Bartels fest im Griff, seit etlichen Jahren schon. Ein großes Glück, dass unsere Perle Verwandte und Freunde in dieser Stadt hatte und den Umzug mitgemacht hatte.

»Badezimmer, im Schrank links neben der Tür«, sagte ich und ließ mich auf das überdimensionale Sofa fallen. Ich streifte mir die hohen Pumps von den Füßen und bewegte meine Zehen, die in den schmalen, spitz zulaufenden Schuhen arg hatten leiden müssen. Was war ich bloß für eine Idiotin, dass ich nicht souverän über dem Modediktat stand und bequeme, flache Schuhe trug, wenn Besuch im Haus war. Sollte Brigitte oder sonst wer doch denken, was sie wollten. Aber nein, ich brezelte mich auf, als wollte ich auf den Opernball. Vergeblich versuchte ich, mir Brigittes Gesicht vorzustellen, wenn ich heute Abend in Jogginghose und Badelatschen die Tür geöffnet hätte.

Harald tauchte wieder auf und reichte mir eine kleine weiße Tablette und ein Glas Wasser. Dann goss er sich ein Glas Wein ein und setzte sich ebenfalls aufs Sofa.

»Tut's weh?«, fragte er mit einem Blick auf meine wackelnden Zehen.

Als ich nickte, zog er meine Beine auf seinen Schoß und begann, meine Füße zu massieren. »Besser?«

»Hmmm.« Ich spülte die Tablette mit einem Schluck Wasser herunter und legte mich mit geschlossenen Augen zurück. »Harald, mir geht unser Gespräch am Tisch nicht aus dem Kopf.«

»Was meinst du?«, murmelte er abwesend, ganz auf die Massage konzentriert.

»Das, was Brigitte gesagt hat, wegen unseres Hauses.«

Seine Hände hielten inne. »Was Brigitte gesagt hat? Die sagt so viel, wenn der Abend lang ist und die Gläser gut gefüllt sind.« Er lachte und fuhr wieder fort, meine Füße zu kneten. »Um ehrlich zu sein – ich kann mich an kaum ein Wort von ihr erinnern. Zum einen Ohr rein, zum anderen wieder raus.«

Ich zog meine Füße von seinem Schoß. »Dass wir dieses Haus so billig bekommen haben. Ich habe nie darüber nachgedacht.«

Harald nahm einen großen Schluck Wein. »Worüber?«

»Na, die Geschichte, die dahintersteckt. Was ist mit der Familie, die vorher hier gewohnt hat? Die sich mit einem Drittel des eigentlichen Wertes zufriedengeben musste?«

Harald runzelte die Stirn. Er sah mich forschend an und sagte: »Was ist los mit dir? Freust du dich nicht über unser neues Haus? Ich dachte, es gefällt dir.«

»Natürlich gefällt es mir. Es ist wunderschön. Aber ...«

»Aber? Jetzt sag endlich, worauf du hinauswillst.«

Ich wusste nicht weiter. Nicht nur das, ich ärgerte mich, das

Thema überhaupt angeschnitten zu haben. Aber Harald ließ nicht locker. »Sag, was du sagen willst. In klaren Worten.«

»Also gut.« Ich setzte mich aufrecht hin und nahm, wie zum Schutz, ein Kissen auf den Schoß. »Ich finde, Brigitte hatte nicht ganz unrecht damit, dass es gemein ist, von den finanziellen Schwierigkeiten eines anderen zu profitieren.«

Harald starrte mich ungläubig an. »Das ist nicht dein Ernst.«

»Doch, irgendwie schon.«

Was redete ich denn da? *Irgendwie schon?*

»Und da hat dich ausgerechnet Brigitte drauf gebracht?« Er runzelte die Stirn und wiederholte: »Das ist nicht dein Ernst!«

Verdammt, hätte ich doch bloß die Klappe gehalten. Aber Brigitte – ja, ausgerechnet Brigitte – hatte meiner Freude über das Haus einen Aspekt hinzugefügt ...

»Ich weiß nicht, irgendwie ...«, war alles, was mir einfiel.

Sein Gesicht färbte sich dunkelrot. »Irgendwie? Was möchtest du, dass ich tue? Das Haus zurückgeben und lieber eines kaufen, das wirklich nur Vierhundertfünfzigtausend wert ist? Ohne Pool, ohne großzügige Einliegerwohnung für deine Mutter? Mit der Hälfte der Wohnfläche – wenn überhaupt? Und das alles aus ethischen Gründen?«

Er stand auf und begann, mit großen Schritten hin und her zu laufen. »Also wirklich, Maren, ich verstehe dich nicht. Wie ich vorhin am Tisch schon sagte: Das sind die Gesetze des freien Marktes. Einer verliert, der andere gewinnt. Oder – wenn du es so nennen willst – profitiert davon. Zum normalen Preis hätten wir uns diesen Palast hier nicht leisten können, das weißt du genau. Noch nicht.«

»Ja, schon ... aber ...« Ich verstummte. Er hatte ja recht. Harald schuftete buchstäblich Tag und Nacht, um uns ein komfortables Leben zu ermöglichen. Jeden Tag musste irgendwer irgendwo auf der Welt erkennen, dass er oder sie sich finanziell überschätzt hatte. Aber dafür gab es schließlich Finanzberater wie Harald und Michael, die man engagieren konnte, damit das nicht passierte.

Harald blieb vor dem Sofa stehen und fragte: »Bist du mit unserem Leben unzufrieden? Wir haben keine finanziellen Sorgen, unsere Kinder gehen auf eine gute Privatschule und haben allein schon deswegen eine glänzende Zukunft vor sich, du kannst dir leisten, was immer du willst. Das wäre mir jetzt ganz neu, dass dir das alles so unangenehm ist.«

»So habe ich das doch gar nicht gemeint.«

Ich starrte auf das Kissen auf meinen Knien. Verdammt, wieso hatte ich nicht die Klappe gehalten? Ich blinzelte durch meine Haare, die wie ein Vorhang vor meinem Gesicht hingen. Harald füllte sein Glas bis zum Rand, leerte es mit einem Zug und nahm seine Wanderung wieder auf. Vor dem großen Panoramafenster blieb er stehen und blickte in den Garten. Die Unterwasserbeleuchtung ließ den Pool in der Dunkelheit türkis schimmern. Haralds steife, verspannte Körperhaltung sprach Bände. Er war verärgert.

»Harald …«

Er reagierte nicht auf meinen leisen Ruf.

»Harald, bitte …«

Endlich drehte er sich um. Sein Gesicht spiegelte seinen Unmut, aber auch Enttäuschung.

»Maren, ich verstehe dich nicht«, sagte er. »Sieh dich doch um! Was hat das Kissen gekostet, an dem du dich gerade festhältst? Hundert Euro? Hundertfünfzig? Und deine Schuhe? Das Designersofa, das du unbedingt haben musstest? Ich kann mich nicht erinnern, dass du dich während der letzten Jahre auch nur einmal über dein Leben beschwert hättest. Ein schönes Haus, nicht auf jeden Cent gucken müssen …« Er schnaubte und fuhr fort: »Ich wusste nicht, dass unser Leben deinen moralisch-ethischen Grundregeln genügen muss – die mir im Übrigen ganz neu sind, meine Liebe.« Er wandte sich wieder ab.

In meinen Schläfen pochte es schmerzhaft – Kopfschmerztablette hin oder her. So hatte ich mir den Ausklang des Abends wahrlich nicht vorgestellt. Eigentlich sollten wir jetzt zusammen auf dem Sofa sitzen, unter der flauschigen Mohairdecke kuscheln, Arm in Arm, den Besuch von Michael und Brigitte Revue passieren lassen, zusammen über Brigitte gackern ... Und stattdessen? Wie, um Himmels willen, sollte ich ihn wieder besänftigen? Ihm klarmachen, dass er mich missverstanden hatte?

»Harald, hör doch, bitte. Ich liebe mein Leben ... unser Leben. Ich möchte nichts anders haben, gar nichts. Unser Leben ist perfekt, so wie es ist.« Bittebitte, dreh dich um, komm zu mir, nimm mich in den Arm, ich halte es nicht aus, wenn wir streiten, das weißt du doch.

Als hätte Harald meine Gedanken gehört, kam er zu mir, setzte sich neben mich und strich mir die Haare aus dem Gesicht.

»Der Gedanke, dass du dich nicht wohlfühlst, ist mir unerträglich, Maren. Glaub mir, ich würde alles aufgeben, wenn ich wüsste, dass du unglücklich bist, alles.«

Mir fiel ein Stein vom Herzen. Ich schmiegte mich an ihn, erleichtert, befreit. Seine Hände streichelten mich. Ich gab mich seinen zärtlichen Berührungen hin und wisperte: »Mich macht nur eins unglücklich: wenn wir streiten.«

Er neigte sich mir zu, küsste mich, zärtlich, liebevoll, immer fordernder. Ich ließ mich wieder zurück in die Kissen sinken.

Kapitel 3

Maren »Hattet ihr gestern Abend Streit?«

Ich sah verdutzt von meinem Frühstücksteller hoch. Woher wusste meine Mutter von der kleinen Auseinandersetzung mit Harald? Ich wich ihrem neugierigen Blick aus und beobachtete angelegentlich zwei Spatzen, die Johannas Springbrunnen ansteuerten. Um Zeit zu gewinnen, biss ich von meinem Brötchen ab.

Wir saßen auf der Terrasse vor ihrer Wohnung im Souterrain unserer Villa. Die Sonne schien warm durch das Laub der Esche, die der Vorbesitzer vor einigen Jahren strategisch günstig gepflanzt hatte. Die gefiederten Blätter des Baumes bewegten sich leicht im Wind und warfen dekorative Schattenspiele auf den Frühstückstisch. Das Wasser des dunkelroten Springbrunnens am Rand der Terrasse plätscherte leise von der oberen, durch eine Putte gekrönte Schale hinunter ins reich verzierte Auffangbecken, an dessen Rand die zwei Spatzen saßen und tranken. Dann stürzten sie sich ins Wasser und genossen zwitschernd und flügelschlagend das Bad. Glitzernde Wassertropfen sprühten über den Beckenrand und funkelten in der Sonne.

Meine Mutter goss sich Kaffee nach. »Na komm schon – hattet ihr?«

Ich riss mich vom Anblick der beiden winzigen Vögel los und bemühte mich um eine neutrale Stimme, als ich antwortete: »Ich weiß nicht, was du meinst, Johanna. Wann sollen Harald und ich gestritten haben?« Seit ihrem fünfzigsten Geburtstag bestand sie darauf, dass ich sie bei ihrem Vornamen nannte, weil sie sich sonst uralt vorkam, wie sie gesagt hatte.

Sie konnte doch nichts gehört haben? Ihre Wohnung lag zwar teilweise unter unserem Wohnzimmer, aber wir hatten uns schließlich nicht angeschrien. Wir hatten noch niemals laut gestritten, das machten schließlich nur diese Leute, die die nachmittäglichen Talkshows im Fernsehen dazu nutzten, ihre Probleme vor der Nation breitzutreten. Harald und ich pflegten Meinungsverschiedenheiten ruhig zu diskutieren – wenn es denn mal welche gab.

Sie sah mich forschend an. »Komm, erzähl mir keine Märchen. Du konntest noch nie gut lügen. Gestern Nacht, meine ich, nachdem Michael und seine Primadonna gegangen sind.«

»Ich weiß wirklich nicht ...«, begann ich, brach aber ab, als sie die Hand hob und sagte: »Ich habe euch gesehen. Ich habe im Garten gesessen und den wunderbaren Sternenhimmel genossen. Ich hatte freien Blick in euer Wohnzimmer. Ziemlich interessant, was es da alles zu sehen gab.«

Mein Gesicht wurde heiß. Hatte sie etwa auch die Szene auf dem Sofa gesehen? Als Harald und ich es nicht mehr in unser Schlafzimmer geschafft hatten?

Johanna lachte leise. »Brauchst nicht rot zu werden. Als es pornografisch wurde, habe ich mich diskret zurückgezogen. Was davor passiert ist, meine ich. Als du auf dem Sofa gehockt hast und Harald wütend durchs Wohnzimmer getigert ist. Zumindest sah er wütend aus. Also. Was war los? Gewitter im Paradies?«

Sie zog einen ihrer unvermeidlichen Zigarillos aus der Packung, zündete ihn an und blies eine würzige Rauchwolke in meine Richtung.

»Mutter! Muss das sein?« Ich wedelte den Qualm demonstrativ mit der Hand weg. »Du sollst doch nicht rauchen.«

Sie verdrehte die Augen und zog wieder an ihrem Zigarillo. »Und du sollst mich nicht *Mutter* nennen. Außerdem – der Tag muss erst noch kommen, an dem du Küken mir vorschreibst, was ich zu tun und zu lassen habe. Kümmere dich lieber um die Trinkgewohnheiten deines Mannes. Als ich gestern Nacht gesehen habe, in welcher Menge und Geschwindigkeit er sich den Wein reinkippt ... nun ja.«

»Das hat gar nichts zu sagen«, fauchte ich. »Er war wütend.«

»Ha!«, rief Johanna triumphierend. »Also doch.« Sie beugte sich vor und nahm meine Hand. »Magst du mir nicht doch erzählen, was los war?«

Ich schüttelte den Kopf wie ein bockiges Kind. »Ach, es war nichts. Außerdem – wir haben uns längst wieder versöhnt.«

Johannas Augenbrauen wanderten bis unter ihren Haaransatz. »Na, das konnte man sehen. Aber als Harald so am Fenster stand ... Er wirkte sehr aufgebracht.«

Mein Widerstand schmolz. Wenn ich ehrlich war, kreiste das Thema noch immer durch meine Gedanken. Als ich am frühen Morgen ein paar Runden im Pool geschwommen war, hatte es mich wieder beschäftigt. Was war aus der Familie geworden, die vor uns hier gewohnt hatte? Die all die Bäume, Sträucher und Blumen gepflanzt hatte, die gerade so verschwenderisch grünten und blühten? Die ihre Mußestunden in dem kleinen Pavillon mitten auf der gepflegten Rasenfläche genossen hatte? Wo lebten die Kinder jetzt, die in dem Sandkasten gebuddelt und auf dem Klettergerüst gespielt hatten, die mittlerweile abgebaut waren?

»Brigitte hat gestern beim Essen eine Bemerkung gemacht, die mir nicht mehr aus dem Kopf gegangen ist«, sagte ich schließlich. »Und als ich später mit Harald noch einmal darüber sprechen wollte, ist er sauer geworden.«

Johanna lachte schallend. »Brigitte? Dieses hohle Püppchen? Seit wann spricht die denn Themen an, über die man ernsthaft streiten kann? Oder ging es um irgendeine Must-have-Tasche aus pinkfarbener Rochenhaut, von der irgendein drogensüchtiger, für vier Wochen angesagter Jungdesigner nur acht Stück auf den Markt geworfen hat, und sie hat keine abgekriegt?«

»Nein, nein, die Männer haben sich über den Kaufpreis unseres Hauses unterhalten, und Brigitte fand es irgendwie unfair, dass wir so wenig dafür bezahlt haben, nur weil der Vorbesitzer in finanziellen Schwierigkeiten war.«

Johanna starrte mich ungläubig an und rief: »Wie bitte? Das hat Brigitte gesagt? Das soll wohl ein Witz sein. Ich glaube nicht, dass dieses Luxuspüppchen sich jemals darüber Gedanken gemacht hat, was der Rasenpfleger in ihrem Golfclub verdient oder ob ihre Haushaltshilfe von den paar Kröten leben kann, die sie ihr gnädigerweise zahlt.«

Wie üblich hatte sie den Nagel auf den Kopf getroffen. »Da hast du sicher recht, Johanna. Aber davon abgesehen muss es schrecklich sein, alles zu verlieren, was man sich aufgebaut hat. Und darüber habe ich mit Harald gestritten.«

Sie runzelte die Stirn. »Also wirklich, Maren. Kein Wunder, dass er sauer war. Er tut schließlich alles dafür, dass du so leben kannst, wie du lebst. Du weißt doch, wie es ist: Jeder kämpft für sich allein. Ich habe mein Leben lang auf vieles verzichtet und eisern gespart, damit ich meinen Lebensabend genießen kann. Und ich hatte nie damit gerechnet, dass ich für meine Ersparnisse einmal einen Anteil an einer traumhaften Villa kaufen werde. So ist es halt: Einer gewinnt, der andere verliert. Freu dich, dass du zu den Gewinnern gehörst.«

Sie hatte ja recht – aber trotzdem ...

»Zu den Gewinnern – wie sich das anhört«, sagte ich trotzig. »Ich setze mich hier ins gemachte Nest, das ist alles. Ich fühle mich unwohl, wenn ich mir das vorstelle.«

Johanna schüttelte den Kopf. »Das sind ja ganz neue Töne.

Ich wüsste nicht, dass du dich unwohl gefühlt hättest, als Harald so schnell beruflich derart erfolgreich war, dass er euch praktisch von Anfang an ein angenehmes Leben ermöglichen konnte. Musstest du nach deinem Job während seiner Ausbildung auch nur einen Tag arbeiten gehen? Nicht, dass ich mich erinnern könnte. Selbst eure Frau Bartels gibt es schon seit fünfzehn Jahren. Also wirklich ...« Sie musterte mich und stieß dann verächtlich hervor: »*Unwohl!* Lächerlich.«

Ich konnte mich einfach nicht geschlagen geben. »Aber hier hat eine Familie gelebt, hier haben Kinder gespielt, das ist doch irgendwie nicht richtig.«

»Oh, bitte!« Johanna ließ mich nicht ausreden. »Nicht so sentimental. Wenn du dem Universum etwas zurückgeben willst, gibt es genug Möglichkeiten. Mach ehrenamtliche Arbeit, hilf in der städtischen Suppenküche, irgendwas. Aber heul hier nicht rum. Würdest du dich besser fühlen, wenn wir alle arm, aber ethisch korrekt auf sechzig Quadratmetern hocken würden?« Sie schnaubte. »Glaub ich kaum.«

»Nein, natürlich nicht.«

Mist. Zum zweiten Mal in zwölf Stunden hatte ich mich in eine Diskussion manövriert, für die ich keine Argumente parat hatte außer *irgendwie.*

»Eben«, sagte sie befriedigt. »Oder du könntest eure Luxuskreuzfahrt absagen und das Geld spenden – wie wäre das? Und stattdessen einen billigen Urlaub buchen, schön mit Hinz und Kunz zusammen eingepfercht auf einem Deck unterhalb der Wasserlinie.«

Mir war unbehaglich. Ich hatte mich in der Tat an mein sorgenfreies Leben gewöhnt. Und die Karibikkreuzfahrt ... darauf freute ich mich schon so lange. Jahrelang hatte Harald keine Zeit für einen richtigen Urlaub gehabt, immer war die Arbeit vorgegangen. Natürlich war ich regelmäßig mit den Kindern verreist, aber Harald hatte uns immer nur höchstens für ein paar Tage begleiten können. Und jetzt ... drei Wochen Karibik. Mir fiel ein, dass ich meinen Bestand an Abendkleidern noch aufstocken musste, denn natürlich planten wir keine Reise auf einem buntbemalten Dampfer, auf dem es selbst beim abendlichen Dinner okay war, in Plastiksandalen und ausgefransten Jeans aufzutauchen. Da gab es schon einen deutlichen Klassenunterschied, schließlich bezahlten wir das Zehnfache wie diese Leute ...

Ich hielt erschrocken die Luft an. Ich war kein Stück besser als Brigitte. Ich hatte schätzen gelernt, mich in bestimmten Kreisen zu bewegen, mich mit Menschen zu umgeben, die auf einem gewissen Level lebten – dazu gehörten Opernbesuche, teure Reisen, hochwertiges Mobiliar, schöner Schmuck ...

Johannas Stimme riss mich aus meinen Gedanken. »Na, was guckst du denn so schuldbewusst? Ist dir gerade klar geworden, dass ich recht habe?«

»Ja, schon ...«, gab ich widerwillig zu.

Mit einem Klirren stellte Johanna die Tasse, aus der sie gerade hatte trinken wollen, auf die Untertasse zurück. »Jetzt reicht es mir aber. Ich hole meine Karten, und dann werde ich dir beweisen, dass deine Zukunft mehr als rosig aussieht. Räum schon mal den Tisch ab.«

Ohne meine Antwort abzuwarten, verschwand sie durch die Terrassentür.

Hier war jeglicher Widerstand zwecklos. Seit meine Mutter vor einigen Jahren das Tarot für sich entdeckt hatte, zog sie die Karten gern zurate, wenn sie eine Entscheidung zu treffen hatte. Zunächst hatte ich darüber gelacht, aber sie hatte es durch einige Sitzungen geschafft, mich zumindest zum Nachdenken zu bringen. Die gezogenen Karten hatten meine jeweilige Lebenssituation oder Gefühlslage in erstaunlicher Weise gespiegelt – wobei ich nie ganz sicher war, inwieweit Johanna die Bilder mit den geheimnisvollen Symbolen vielleicht einfach nur passend interpretierte.

Ich räumte die Frühstücksreste und das benutzte Geschirr – bis auf die Kaffeetassen – auf den Servierwagen, stellte den Aschenbecher an den Rand des Tisches und wischte die Brötchenkrümel auf die Terracottafliesen. Darum würden sich die Spatzen kümmern. Ich schob den Wagen durch Johannas Wohnzimmer in die Küche, beschränkte mich aber darauf, Butter, Marmelade und Wurst in den Kühlschrank zurückzuräumen.

Als ich auf die Terrasse zurückkehrte, stellte Johanna gerade eine kleine Holztruhe auf den Tisch und klappte den gewölbten, kunstvoll geschnitzten Deckel auf. Sie entnahm der mit dunkelrotem Samt ausgeschlagenen Truhe ein Päckchen, das in ein buntes, gebatiktes Seidentuch eingewickelt war. Das zarte Gewebe raschelte leise, als Johanna die Karten auspackte. Sie rieb schnell und kräftig die Handflächen aneinander, um ihre Energie zum Fließen zu bringen, wie ich wusste, und begann, die großformatigen Karten zu mischen. Dann breitete sie sie mit der reich verzierten Rückseite nach oben in einem großen Fächer vor mir auf dem Tisch aus und sagte: »Zieh drei Karten.«

Als ich die rechte Hand ausstreckte, fügte sie hinzu: »Reib vorher deine Hände, und dann zieh mit der linken Hand. Du weißt doch, wie das geht. Lass dir Zeit dabei.«

Ich folgte ihren Anweisungen, streckte dann die linke Hand aus und führte sie knapp über dem Tisch langsam über dem Kartenfächer hin und her. Johanna hatte mir erklärt, die Hand würde von den richtigen Karten angezogen, und deshalb würden sie immer die Wahrheit sagen. Ich zog die erste Karte und reichte sie ihr. Johanna nahm sie entgegen, sagte: »Das ist die Vergangenheit«, und legte die Karte verdeckt vor sich. Bei der zweiten sagte sie: »Das ist die Gegenwart«, die dritte kommentierte sie mit: »Das ist die Zukunft.« Dann schob sie den Kartenfächer wieder zu einem Paket zusammen und legte ihn beiseite. Die drei gezogenen Karten lagen nebeneinander auf dem Tisch.

Sie zündete sich ein Zigarillo an und fragte: »Bereit?«

Ich lachte nervös. »Du wärst auf jedem Jahrmarkt eine Attraktion, weißt du das? Fehlen nur noch der wallende Kaftan mit aufgestickten Planeten und ein Samtturban.«

Sie warf mir nur einen schnellen Blick zu und wiederholte: »Bereit?«

Ich nickte.

Johanna drehte die erste Karte um und rief: »Ah, die zehn Scheiben – Reichtum. Wunderbar.« Sie zog am Zigarillo und fuhr fort: »Die Karte steht für Wohlstand, ein solides Fundament im Leben, für ideellen und zugleich materiellen Erfolg. Sehr schön.«

Die zehn goldenen Scheiben auf der Karte sahen in der Tat wie Münzen aus. Auf jeder war ein geheimnisvolles Zeichen eingeprägt, einige kannte ich als Symbole für Planeten, andere waren mir unbekannt. »Das ist eine gute Karte, oder?«

»Allerdings.« Johanna lehnte sich zufrieden zurück. »Eine sehr gute Karte. Sollen wir weitermachen?«

Ich nickte wieder. Ich war jetzt wirklich neugierig auf die nächsten Karten. Wenn es so positiv weiterging – und warum sollte es nicht? –, dann wollte ich möglichst schnell noch mehr Gutes hören.

Johanna drehte die mittlere Karte um, stutzte kurz und legte sie dann neben die erste aufgedeckt auf den Tisch. Ich sah ein wie ein Derwisch beim Tanz verrenktes Skelett, das einen ägyptisch aussehenden Helm trug und eine riesige Sense in den Händen hielt. Unwillkürlich fuhr mir der Schreck in die Glieder. »Was ... was bedeutet das?«

Johanna tätschelte mir beruhigend die Hand. »Keine Sorge. Die Karte symbolisiert zwar den Tod, aber lediglich im übertragenden Sinn. Sie steht für einen Neubeginn, den Abschied von etwas Altem, für Transformation.«

Ich schauderte und sagte: »Sie sieht so gruselig aus. Die kann einem ja richtig Angst machen.«

»Und deshalb wird sie in schlechten Filmen auch immer benutzt, um den Tod eines Menschen anzukündigen. Ich rege mich jedes Mal darüber auf, wenn ich diesen Quatsch sehe.« Johanna schnaubte verächtlich. »Die Karte bedeutet einfach, dass wir am Ende eines Entwicklungsprozesses angekommen sind. Nichts ist lebendiger als der Tod, weißt du? Ich interpretiere die Karte grundsätzlich positiv, denn sie zeigt, dass etwas Neues beginnen wird oder gerade begonnen hat.«

Noch immer eingeschüchtert vom Anblick des wie irre verrenkten Skeletts, fragte ich: »Wirklich?«

»Aber ja! Denk doch mal nach: Du bist gerade in eine andere Stadt gezogen, in ein neues Haus – der klassische Neubeginn. Deutlicher geht es ja wohl kaum.«

Ich merkte plötzlich, dass ich die Luft angehalten hatte, und atmete langsam aus. Wie hatte ich mich nur von einer albernen Karte derart einschüchtern lassen können? Was war nur im Moment mit mir los? Ich holte tief Atem und sagte: »Und jetzt die Zukunft. Ich bin gespannt.«

Sie drehte die letzte verdeckte Karte um und wurde blass. Kurz sah es so aus, als wolle Johanna die Karte wieder mit der Rückseite nach oben auf den Tisch legen, aber dann gab sie sich einen Ruck und deckte sie auf. »Der Turm ...«, sagte sie langsam.

Ich blickte auf die Karte. Sie sah bedrohlich aus, chaotisch. In grellen Farben – rot, schwarz und gelb – zeigte sie im unteren Drittel ein weit aufgerissenes, Flammen speiendes Maul mit spitzen Zähnen, in der Mitte einen kollabierenden Turm, von dem winzige, abstrakt gezeichnete Menschen stürzten, und über allem ein riesiges, starres Auge.

Ich versteinerte und starrte stumm die Karte an. Selbst der größte Ignorant konnte erkennen, dass dieses Bild keine positive Botschaft transportierte.

»Was bedeutet diese Karte, Mama?« Meine Stimme war kaum zu hören. Unwillkürlich redete ich sie mit dem Namen an, den ich als kleines Mädchen benutzt hatte. Als ich keine Antwort bekam, blickte ich hoch.

Sie paffte hektisch an ihrem Zigarillo, und ihre Hände zitterten, als sie den Stummel mit einer heftigen Bewegung im Aschenbecher ausdrückte.

»Das muss gar nichts bedeuten, Maren«, sagte sie schließlich. Sie raffte die drei Karten vom Tisch auf und schob sie in die Mitte des Stapels. »Weißt du, wenn man unsicher und voller Zweifel ist, beeinflusst das natürlich die Auswahl der Karten. Dein Streit gestern mit Harald, dein Gewissenskonflikt wegen des Hauses, all die Fragen, die du dir gerade stellst ... kein Wunder, dass sich das auf die Karten auswirkt.«

Hör doch auf, um den heißen Brei herumzureden! Sag mir die verdammte Wahrheit! »Was bedeutet diese Karte?«, wiederholte ich laut und mit fester Stimme.

Sie warf mir einen schnellen Blick zu und erkannte offenbar, dass ich mich mit esoterischem Gequatsche nicht abspeisen lassen würde. Sie räusperte sich und sagte dann: »Also gut ... Der Turm ist, finde ich, eine der alarmierendsten Karten im gesamten Deck. Eine Warnung, wenn du so willst. Vergiss nicht: Die Karten prophezeien nicht die Zukunft, sondern spiegeln allenfalls Tendenzen, Möglichkeiten, die sich ergeben können, aber nicht müssen. Wir haben unser Schicksal selbst in der Hand. Es wäre verrückt, sich sein Leben von den Karten dirigieren zu lassen.«

Sagt wer?, dachte ich. Schließlich war sie es, die das Tarot oft genug als letzte Instanz vor einer Entscheidung nutzte. Und sie wollte mir jetzt, angesichts dieses Alptraums von Karte, erzählen, das sei alles nicht so wichtig?

»Komm zur Sache, Johanna. Sag mir die Wahrheit.«

»Wahrheit? Diese dumme Karte ist doch nicht die verdammte Wahrheit! Das ist ein bedrucktes Stück Pappe, nichts weiter.«

»Johanna!«

Sie seufzte. »Wie du willst. Die Karte steht für totalen Umbruch, der allerdings nicht freiwillig und gewollt passiert. Unsere vermeintliche Sicherheit gerät plötzlich ins Wanken – wie dieser Turm auf der Karte. Aber am Ende des Prozesses werden wir erkennen, dass wir aus den Trümmern in ein neues Leben aufbrechen können, in ein besseres, geläutertes Leben.«

»Was für ein besseres Leben?«, schrie ich. »Mein Leben ist gut, so wie es ist. Ich will kein anderes Leben. Was soll das überhaupt heißen – geläutert? Ich kann keinen Umbruch gebrauchen!«

Ich sprang auf, griff nach den Karten und schleuderte sie quer über die Terrasse. Die Karten flatterten und wirbelten durch die Luft. »Warum hab ich mich überhaupt auf diesen Mist hier eingelassen? Du und dein verdammtes Tarot! Ich glaube sowieso kein Wort von diesem faulen Zauber!«

Die Karten lagen über die gesamte Terrasse verstreut.

Und wie zum Hohn lagen nur drei Karten mit dem Bild nach oben auf den Fliesen: die Zehn der Scheiben, der Tod und der Turm.

Ich drehte mich auf dem Absatz um und floh.

Kapitel 4

Amelie Behringer saß im Erker ihres Zimmers auf Schloss Trabenow und las in Shakespeares Sonetten. Immer wieder glitt ihr Blick vom Buch auf ihren Knien nach draußen über den See, der im Sonnenschein glitzerte. Sosehr sie sich auch bemühte, sie konnte sich nicht richtig konzentrieren, und dabei schrieb sie die Klausur schon in drei Tagen. Englisch Leistungskurs, eine wichtige Zensur für ihr Abitur. Nicht, dass sie sich um die Abiturzulassung Sorgen machen musste. Aber eine schlechte Klausur konnte den Notendurchschnitt nach unten drücken, und das wollte sie um jeden Preis vermeiden.

Amelie war ihren Eltern dankbar, dass sie ihr diese Ausbildung ermöglichten – ganz im Gegensatz zu ihrem Bruder Timo, der mit seinen zehn Jahren weit davon entfernt war, zu begreifen, wie privilegiert er war, das angesehene Internat besuchen zu dürfen. Timo schien seine gesamte Energie dafür aufzuwenden, sich möglichst aufsehenerregende Streiche auszudenken; das Konto seiner Minuspunkte sprach eine deutliche Sprache.

Vor ein paar Wochen hatten ihre Eltern sogar anreisen und zu einem Gespräch bei der Schulleitung erscheinen müssen, denn Timo hatte sich als Rädelsführer bei einem nächtlichen Einbruch ins Lehrerzimmer herausgestellt, bei dem die Schlösser sämtlicher Schränke mit Sekundenkleber verkleistert worden waren. Leider hatte sich Timo mit dem Kleber auch Daumen und Zeigefinger seiner rechten Hand zusammengepappt, was seine Mitwirkung zweifelsfrei bewiesen hatte. Die kleine Operation, die notwendig gewesen war, um seine Finger wieder voneinander zu trennen, erhob ihn bei seinen Klassenkameraden endgültig in den Heldenstand. Die Schulleitung hatte ihren

Eltern eine saftige Rechnung präsentiert und unverhohlen mit Schulverweis gedroht, sollte sich Derartiges noch einmal abspielen.

Seitdem hatte Timo sich zurückgehalten, aber Amelie wusste, es war nur eine Frage der Zeit, bis er etwas Neues ausbrüten würde, das ihm einen Platz in den Annalen der Schule sichern sollte. Lästigerweise hatte Amelie eine Zeit lang damit leben müssen, immer wieder auf ihren frechen kleinen Bruder angesprochen zu werden.

Seufzend riss Amelie ihren Blick vom idyllischen Seepanorama los und wandte sich wieder ihrem Buch und Shakespeares Sonett Nummer XVII zu:

... If I could write the beauty of your eyes
And in fresh numbers number all your graces,
The age to come would say ›This poet lies;
Such heavenly touches ne'er touch'd earthly faces‹.

In diesem Augenblick flog ihre Zimmertür auf, und Justus von Wallenburg stürmte herein. Er trug Sportkleidung und rief: »Los, komm mit, du musst mich beim Drachenboottraining anfeuern!«

»Ich lerne gerade«, antwortete Amelie und hielt ihr Buch fest, das Justus ihr vom Schoß zu ziehen versuchte.

»Ach, immer lernen, lernen, lernen. Wie langweilig. Du schreibst doch sowieso nur Einsen.« Er strubbelte ihr durchs Haar und nutzte ihre unwillkürliche Abwehrbewegung dazu, ihr das Buch wegzureißen. Sie griff danach, aber Justus wich ihr aus, warf sich auf ihr Bett und breitete die Arme aus, nachdem er den Wälzer unter seinen Körper geschoben hatte. »Komm, hol's dir, meine Schöne.«

Amelie verdrehte die Augen und sprang von der breiten Fensterbank. Als sie neben dem Bett stand und auffordernd die

Hand ausstreckte, griff Justus zu und zog sie zu sich herunter, um sie zu küssen. Kurz ergab sie sich, dann richtete sie sich wieder auf und sagte: »Jussi, bitte, lass mich in Ruhe lernen, ja? In drei Tagen ...«

»Ja, ich weiß – die blöde Klausur«, fauchte Justus. »Ich werde nie verstehen, wie man deshalb so verbissen sein kann. Du machst dir doch wohl nicht ernsthaft Sorgen, dass du das nicht packst, oder? Mein Gott, wenn ich vor jeder Klausur so einen Aufriss machen würde ...«

Dann hättest du bessere Noten, dachte Amelie. Aber übertriebener Ehrgeiz in schulischen Dingen war nun wirklich nicht Justus' markanteste Charaktereigenschaft – außer beim Sport, natürlich. Kapitän der Drachenbootmannschaft, bester Degenfechter der Schule, ungeschlagen beim Tennis. Ansonsten war er primär Sohn und Erbe einer millionenschweren Stahldynastie, genauso, wie die meisten Jungs und Mädchen seiner Clique zuallererst Erben waren. Die Mädchen aller Altersstufen im Internat himmelten Justus an, tuschelten aufgeregt, wenn er vorbeilief, bewunderten sein Aussehen und seine stets gute Laune.

Warum er sich ausgerechnet für sie entschieden hatte, war ihr noch immer ein Rätsel. Vielleicht gerade, weil sie nicht zu seinem weiblichen Fanclub gehörte und nie gehört hatte.

»Gib mir mein Buch«, forderte Amelie.

»Wenn du für eine Stunde mitkommst. Bitte.« Er nahm ihre Hand und bedeckte sie mit Küssen. »Bittebittebittebitte, meine Allerschönste, meine Göttin ...«

Lachend zog Amelie ihre Hand weg. »Na gut, eine Stunde – ehe du mich komplett vollsabberst.«

»Juhu!«, rief Justus wie ein kleines Kind und sprang aus dem Bett, zufrieden mit seinem Erfolg. »Jetzt müssen wir uns aber beeilen, in fünf Minuten fängt das Training an.«

Sie liefen aus dem Zimmer, die Treppen hinunter und rannten durch den Park zum Steg, wo die anderen schon auf ihren Kapitän warteten. Amelie setzte sich zu den übrigen, meist weiblichen Zuschauern auf die Tribüne, zu den Freundinnen der übrigen Mannschaftsmitglieder.

»Na, da ist ja unsere kleine Streberin. Kein Buch dabei?«, fragte Chiara Braun, Tochter einer bekannten Modedesignerin. Die umsitzenden Mädchen kicherten.

»Weißt du überhaupt, was ein Buch ist?«, gab Amelie zurück. »Das sind diese Dinger mit den vielen vollgeschriebenen Seiten. Und wenn wir dann eine Klausur schreiben, sind die im Vorteil, die wissen, was auf diesen vielen Seiten steht, weißt du? Und damit sind nicht diese glänzenden Seiten mit den Bildern von schönen Kleidern und Filmstars gemeint, die du immer liest.«

Chiara lachte schallend, und nach einem kurzen Moment der Verunsicherung stimmten ihre Freundinnen ein. »Du bist schon 'ne Marke«, prustete Chiara und tätschelte Amelies Arm. »Manchmal denke ich, Justus ist nur mit dir zusammen, weil du so einen furztrockenen Humor hast, da steht er drauf.«

»Na, da hab ich aber Glück gehabt«, sagte Amelie. »Ich hatte schon befürchtet, ich müsste mich so aufbrezeln wie ihr, damit ich ihn halten kann.«

»Hey, hey, hey!«, riefen einige der Mädchen empört, aber Chiara hob die Hand und sagte: »Ist schon okay, Mädels. Amelie meint es nicht so, stimmt's, Amelie?«

»Natürlich nicht«, antwortete Amelie und grinste. »Genauso wenig wie du, nicht wahr, Chiara?«

Chiara grinste zurück und rief dann: »Hey, da kommen unsere Sportsmänner, los, Mädels!«

Die Mädchen zogen große Pompons in Violett und Rehbraun unter ihren Bänken hervor und schüttelten sie frenetisch.

Das Drachenboot flog über die glitzernde Wasseroberfläche, angetrieben von den wuchtigen, kraftvollen Schlägen der Ruderer. Zu Amelies Bedauern gab es keine Frauenmannschaft; zu wenige der Schülerinnen interessierten sich dafür, diesen Sport aktiv zu betreiben. Und dass Amelie als Mädchen Mitglied der bestehenden Mannschaft würde, war unvorstellbar. Selbst wenn es möglich wäre, hätte man sie vermutlich bei Wettkämpfen nicht in den Kader genommen. Die meisten Teammitglieder waren sowieso der Meinung, dass die Aufgabe der Damen darin bestand, als dekorative, moralische Unterstützung am Rande der Strecke zu sitzen und sie anzufeuern.

Amelie blickte auf ihre Uhr – die Stunde, die sie Justus versprochen hatte, war fast um. Sie wusste, dass er insgeheim hoffte, sie würde ihren Shakespeare und die Sonette vergessen, stattdessen auf ihn und das Ende des Trainings warten und dann gemeinsam mit der ganzen Truppe in einen Biergarten fahren. Nicht, dass diese Vorstellung nicht verlockend wäre, aber Amelie hatte ein klares Ziel vor Augen: exzellente Abschlussnoten, die ihr ein Studium an einer der führenden Universitäten im Ausland ermöglichen sollten. Sie konnte und wollte sich keine Nachlässigkeit erlauben. Ihr Vater arbeitete schließlich hart dafür, dass sie diese Chance bekam – sie war es ihm schuldig, alles dafür zu tun.

Sie stand auf und streckte sich. Chiara sah sie verblüfft an.

»Du willst doch wohl nicht abhauen, oder?«

»Doch, ich möchte noch lernen«, sagte Amelie und wappnete sich für die unvermeidliche Diskussion.

»Waas? Spinnst du? Du bist eine olle Spaßbremse, weißt du das?«

»Ich will eine Eins schreiben, und deshalb gehe ich jetzt in mein Zimmer und lerne. Ende der Diskussion.«

Chiara machte eine wegwerfende Handbewegung. »Als müsstest ausgerechnet du Angst haben, eine schlechte Note zu schreiben, ist ja wohl ein Witz. Die Klassenbeste, die Jahrgangsbeste, die Beste überhaupt. Ha!«

Amelie seufzte. »Bitte, Chiara, nicht schon wieder, das ist allmählich langweilig. Selbst du wirst begreifen, dass ich nur deshalb diese Noten habe, *weil* ich lerne. Und deshalb werde ich mich vor dem Abendessen noch zwei Stunden mit Sonetten beschäftigen.«

Chiara schüttelte den Kopf. »Also ehrlich, diese unglaublich öden Sonette von diesem langweiligen alten Knacker, der schon seit Jahrtausenden tot ist. Kennst du eins davon, kennst du alle. Drama, Liebe, Wahnsinn, fallende Blätter im Herbst, Tod. Eins wie das andere, furchtbar. Mir wird schon irgendwas einfallen bei der Klausur, kann ja wohl nicht so schwer sein, oder?« Sie grinste. »Und zur Not schreibe ich bei dir ab.« Chiara wandte sich wieder dem See zu, auf dem in diesem Moment wieder das Drachenboot angeflogen kam, und schüttelte frenetisch ihre glitzernden Pompons.

Amelie nutzte die Gelegenheit, von der Tribüne zu klettern, ohne sich weiter rechtfertigen zu müssen. Langsam schlenderte sie über den Rasen auf das Schloss zu, das strahlend weiß auf einer kleinen Anhöhe thronte. Sie hatte das Glück, eines der Zimmer im Altbau ergattert zu haben, in einem der Türmchen, mit Blick auf den See. Sie umrundete eine Gruppe jüngerer Schüler – unter ihnen Timo –, die auf dem Rasen kreischend Blindekuh spielten.

Sie winkte einigen ihrer Klassenkameraden auf der Terrasse zu, lehnte mit einem Kopfschütteln deren Einladung ab, sich dazuzusetzen, und betrat das Haus durch die weit geöffnete, vier Meter hohe Flügeltür mit den zahllosen Sprossenfenstern.

Einige Minuten später saß sie wieder auf ihrer breiten Fensterbank, das dicke Buch auf den Knien. Als sie es öffnete, fiel ihr Lesezeichen zu Boden, ein Foto, das sie mit Justus zeigte, lachend auf einer karierten Picknickdecke. Sie lächelte, als sie an den Nachmittag dachte, als dieses Foto – übrigens mit Selbstauslöser – entstanden war. Es war ihre erste offizielle Verabredung gewesen. Justus hatte sie an der Hand genommen und zu diesem Platz am See im Schlosspark geführt. Sie hatten geflirtet und geschlemmt, und kurz nach dem Foto war ein Schwanenpärchen aufgetaucht und hatte sie fauchend und flügelschlagend vertrieben. Lachend waren sie geflüchtet und letztendlich, völlig außer Atem, auf einen Baum geklettert, um ihren Verfolgern zu entgehen. Dort hatten sie dann kichernd auf einem dicken Ast gehockt, während die Schwäne unter ihnen Position bezogen. Über eine Stunde hatte es gedauert, bis die riesigen Vögel aufgegeben und sich getrollt hatten.

Amelie sah auf den See hinaus und verfolgte die Bahnen des Drachenbootes eine Zeit lang, bevor sie sich seufzend den Sonetten zuwandte.

Kapitel 5

Maren Das unaufhörliche Klingeln des Telefons riss mich aus dem Schlaf. Ich fuhr hoch, verwirrt und schweißgebadet, mitten aus einem Alptraum, in dem ich schreiend von einem zusammenbrechenden Turm gestürzt war, mitten hinein in den aufgerissenen Schlund einer gigantischen Bestie. Ich schüttelte den Kopf, um ein wenig klarer zu werden, und griff nach dem Telefon, das bimmelnd und vibrierend über meinen Nachttisch wanderte.

»Ja ... Hier Behringer ...?«

Zu meiner Überraschung hörte ich die Stimme von Frau Bartels, sie klang total heiser.

»Frau Behringer? Guten Morgen. Ich komme gerade vom Arzt, und der schickt mich ins Bett, ich scheine eine Bronchitis zu haben.«

Ich war noch damit beschäftigt, in die Wirklichkeit zurückzufinden, und versuchte, das Gesagte zu verstehen. »Bronchitis? Aber gestern waren Sie doch noch völlig gesund ...«

Als Antwort hustete sie heftig und flüsterte: »Ich verstehe das ja auch nicht. Der Arzt hat mich für zwei Wochen krankgeschrieben ... Es ist nur so, ich wollte heute einkaufen fahren, der Kühlschrank ist leer. Darf ich Sie ausnahmsweise bitten, Frau Behringer?«

»Ja, natürlich«, sagte ich lahm. »Aber ... was muss denn eingekauft werden? Und wo? Ich weiß doch nicht, wo Sie immer ...«

Während ich mir selbst beim Stammeln zuhörte, wurde mir klar, das ich wie eine komplette Idiotin klang.

»Der Zettel liegt auf dem Küchentresen. Der Supermarkt ist

nur die Straße rauf, da bekommen Sie alles ...« Sie brach ab und hustete laut. Dann fuhr sie heiser fort: »Vielleicht sollte ich wenigstens den Einkauf erledigen, bevor ich ...« Frau Bartels rang nach Luft.

Das hörte sich in der Tat nicht gut an.

»Unsinn. Sie legen sich ins Bett.« Ich lachte verlegen. »Ich werde doch wohl mit einem kleinen Einkauf klarkommen, das wäre ja gelacht. Muss ich noch an irgendetwas denken?«

»Gut, dass Sie fragen«, keuchte sie, »nehmen Sie bitte das Leergut mit. Das sind die beiden großen Taschen mit den Plastikflaschen in der Speisekammer. Sie bekommen dafür einen Bon, den geben Sie an der Kasse ab.« Ein erneuter Hustenanfall brachte sie zum Schweigen.

»Kein Problem, Frau Bartels. Und jetzt ab ins Bett, hören Sie? Gute Besserung, werden Sie bald wieder gesund.«

... damit Sie bald wieder selber einkaufen gehen können, vervollständigte ich den Satz in Gedanken und schämte mich sofort dafür. Meine Mutter hatte recht – ich war kein Stück besser als Brigitte, wenn ich so dachte. Aber mal ehrlich, wann hatte ich zuletzt selbst eingekauft? Im Supermarkt, und nicht in einer Boutique? Sicher, hin und wieder verschlug es mich in einen sündteuren Delikatessenladen, wo ich dann für Unmengen Geld exotische Delikatessen aussuchte, aus denen Frau Bartels ein betörendes Menü zauberte. Mal ein Hummer aus Maine, mal ein Stück Parmesan und handgemachte, schwarze Linguine mit Sepiatinte oder eine Sushiplatte für eine Summe, von der eine fünfköpfige Familie vermutlich mühelos den Wocheneinkauf bestreiten konnte – oder musste, je nachdem, aus welcher Perspektive man das sah. Ich war wirklich zu einer verwöhnten Luxuszicke mutiert.

Ich schlug die Bettdecke zurück und setzte mich auf. Erst einmal duschen, anziehen und einen Kaffee trinken, um mich für das »Abenteuer Supermarkt« zu stärken. Unglaublich, aber ich hatte seit Jahren keinen Einkaufswagen durch irgendwelche Gänge geschoben! Und vielleicht würde es mir helfen, diesen grauenvollen Traum zu vergessen, dieses Chaos aus Angst und Verderben, das mich in der letzten Nacht heimgesucht hatte.

Dabei hatte ich seit Tagen nicht mehr an diese blöden Karten gedacht. Als ich Harald davon erzählt hatte, war seine Reaktion keine große Überraschung gewesen: Er hatte sich mit dem Finger an die Stirn getippt und mich gefragt, ob ich noch ganz bei Trost sei, diesen Quatsch zu glauben. Gemeinsam hatten wir darüber gelacht und dann das Thema gewechselt, denn für unsere bevorstehende Karibikkreuzfahrt musste ich noch einiges einkaufen. Ein paar Koffer standen mittlerweile gepackt an der Haustür und warteten darauf, vom Veranstalter der Kreuzfahrt abgeholt zu werden. Nur noch wenige Tage, und wir würden auf dem Balkon unserer Luxuskabine sitzen, uns vom Butler umsorgen lassen und den karibischen Sonnenuntergang genießen.

Ein halbe Stunde später saß ich in Jeans und leichtem Pulli an meinem Küchentresen, nachdem ich der nagelneuen Designer-Kaffeemaschine einen Cappuccino abgetrotzt hatte. Dieses zischende, chromblitzende Ding mit all seinen Hebeln, Knöpfen und Druckanzeigen war mir nach wie vor nicht geheuer. Ständig rechnete ich damit, mich an heißem Wasserdampf zu verbrühen oder die Maschine in die Luft zu sprengen, weil ich einen falschen Knopf drückte.

Aber ich arbeitete verbissen daran, mir diese Höllenmaschine, die ein kleines Vermögen gekostet hatte, untertan zu machen. So konnte ich, wenn Besuch da war, wenigstens so tun, als würde ich irgendetwas im Haushalt selbst machen.

Die Tatsache, dass ich einen geradezu perfekten Cappuccino

vor mir stehen hatte, wertete ich als gutes Omen. Ich studierte die Einkaufsliste. Obst, Gemüse, Getränke, außerdem diverse Grundnahrungsmittel wie Butter, Mehl und Eier standen darauf. Mir wurde klar, dass ich nicht den Hauch einer Ahnung hatte, wie oft Frau Bartels diese Dinge einkaufte. Ihr stand ein Kleinwagen zur Verfügung, den sie jederzeit für Besorgungen benutzen konnte, und oft bekam ich nicht einmal mit, ob sie im Haus war oder unterwegs. Es war mir auch egal, solange meine Besorgungen immer erledigt waren. Frau Bartels hielt das Haus in Ordnung, besorgte die Post, kümmerte sich um die Reinigung unserer Kleidung, stellte das Essen auf den Tisch und instruierte den Garten- und Poolservice, der regelmäßig für Ordnung und einen akkurat gestutzten Rasen sorgte. Ihr stand ein Haushaltskonto mit einem bestimmten Budget zur Verfügung, und an jedem Monatsersten setzte sie sich mit Harald für eine Stunde an den Küchentisch und legte ihr penibel geführtes Haushaltsbuch samt durchnummerierter Quittungen und Belege vor.

Ich konnte mir den Tag ganz nach Belieben einteilen. Dreimal pro Woche besuchte ich einen exklusiven Fitnessclub, wo ich mir einen Personal Trainer für Yoga, Spinning und Aerobic leistete.

Seit die Kinder auf dem Internat waren, hatte ich auch jede Menge Zeit zur Verfügung, mich meinem Hobby, der Malerei, zu widmen. Ich hatte mir das Dachgeschoss unseres Hauses mit allem Schnickschnack als Atelier eingerichtet, wo ich meine großen Blumenbilder malte. Ich machte mir nichts vor – mein Enthusiasmus war deutlich größer als mein Talent. Daran gab es nichts zu beschönigen, aber ich mochte es, mit Farben zu arbeiten. Ich konnte diese Machwerke nicht einmal verschenken – wem hätte ich es zumuten können, so ein Ding in die Wohnung zu hängen? Jede halbwegs talentierte Fünfjährige hätte lebensechtere Rosen oder Mohnblumen auf die Leinwand gebracht. Aber es machte mir Spaß, an der Staffelei zu stehen und mich für ein paar Stunden wie eine Künstlerin zu fühlen. Wenn ein Bild fertig war, übermalte ich es mit weißer Grundierung und fing ein neues an.

Ansonsten ging ich shoppen oder zum Friseur, bummelte durch exklusive Möbelhäuser – ich langweilte mich keinen Augenblick. Besonders gern saß ich im Café, das konnte ich stundenlang. Ich wohnte noch nicht lange genug in dieser Stadt, um ein erklärtes Lieblingscafé zu haben – ich war noch in der Probierphase. Es gab aber schon zwei oder drei, die in der engeren Auswahl waren. Und wenn ich mich dann entschieden hätte, würde ich dort Stammgast werden, in Tageszeitungen blättern und Passanten beobachten.

Manchmal dachte ich darüber nach, wie mein Leben wohl verlaufen wäre, wenn ich Harald nicht kennengelernt hätte und nicht kurz nach unserer Heirat mit Amelie schwanger geworden wäre.

Er hatte in seiner Bank schon damals eine kleine Karriere hingelegt und sich nach Feierabend weitergebildet, um sich als Finanzberater selbstständig zu machen. Er hatte Biss, war zäh und kompetent. Amelie war gerade geboren, als seine Eltern bei einem Verkehrsunfall ums Leben kamen. Harald erbte zwar kein Vermögen, aber eine Summe, die ihm die Selbstständigkeit früher ermöglichte, als wir je zu hoffen gewagt hatten.

Dann ging alles ganz schnell.

Er baute sich rasch einen Kundenstamm auf, erarbeitete sich einen guten Ruf, der sich herumsprach, wir mieteten erst ein kleines Haus, dann ein größeres, konnten uns Dinge leisten, von denen wir nicht zu träumen gewagt hatten. Amelie war drei Jahre alt, als Frau Bartels bei uns anfing, zuerst stundenweise, dann konnten wir sie fest einstellen.

Mit unserem jetzigen Haus hatten wir uns vor ein paar Monaten einen Lebenstraum erfüllt. Dafür hatten wir die Beschaulichkeit des Münsterlands verlassen und waren ins Ruhrgebiet gezogen. Für Harald bedeutete es zwar mehr Aufwand, seine alten Kunden zu besuchen, aber dafür gewann er in unserem Umfeld neue dazu.

Und ich?

Ich hatte mich an den immer selbstverständlicher werdenden Luxus gewöhnt, ganz klar.

Kapitel 6

Maren Der Supermarktparkplatz war gut gefüllt, aber ich fand einen freien Parkplatz ganz in der Nähe des Eingangs. Ich holte die beiden riesigen, aber verblüffend leichten Taschen mit dem Leergut aus dem Kofferraum und stand dann vor den langen Reihen aneinandergeketteter Einkaufswagen. Erst hier fiel mir ein, dass ich einen Euro brauchte, um einen Wagen zu bekommen. In der hinteren Jeanstasche fand ich die passende Münze und steckte sie in den Schlitz am Handgriff. Ich musste ein paar Mal probieren, bis ich endlich den Trick heraushatte, den Wagen von der Kette zu lösen (warum gab es dafür eigentlich kein einheitliches System?), aber es gelang mir schließlich, bevor es vollends peinlich für mich werden und ich womöglich jemanden um Hilfe bitten musste.

Ich ging Richtung Eingang und blieb vor einem großen Schaukasten stehen, in dem die Angebote der Woche ausgehängt waren. Verblüfft stellte ich fest, dass momentan Kleinmöbel und Gartenzubehör zum Verkauf standen, und dass der geneigte Kunde sich in der folgenden Woche auf englische Lebensmittelspezialitäten und Bürobedarf freuen durfte. Wer, um Himmels willen, kaufte einen Sofatisch im Supermarkt? Und mit welcher Qualität durfte man beim angekündigten »original englischen« Cheddar wohl rechnen? Wenn ich Appetit auf Cheddar hatte, ging ich in den Feinkostladen – da konnte ich mich immerhin darauf verlassen, dass der Käse wirklich aus England kam.

Ich betrat den Laden durch die automatisch auseinandergleitenden Glastüren. Als Erstes wollte ich mich der Pfandflaschen in meinem Einkaufswagen entledigen. Suchend umkurvte ich lange Regale voller Waren, auf der vergeblichen Suche nach einem Schalter oder einer Stelle, wo ich das Leergut gegen den von Frau Bartels erwähnten Bon eintauschen könnte. Schließlich entschied ich mich, jemandem vom Personal um Hilfe zu bitten, und sprach eine Frau in blaurot gemustertem Kittel an, die gerade ein Regal einräumte.

»Entschuldigen Sie bitte? Ich brauche Hilfe.«

Die Frau drehte sich um und lächelte freundlich. Sie war ungefähr in meinem Alter, pummelig und ungeschminkt, mit blondierten Haaren, die sie zu einem Pferdeschwanz gebunden hatte. »Ja, bitte?«

Ich entdeckte am Kittel der Frau ein Namensschild, das sie als Roswitha Döring auswies. »Frau ... Döring, richtig?« Die Frau nickte. »Mein Name ist Behringer. Ich suche jemanden, der mir mein Leergut abnimmt. Könnten Sie vielleicht ...?«

Sie zog erstaunt die Augenbrauen hoch und musterte mich, als wäre sie sich nicht sicher, ob ich sie mit dieser Frage nicht vielleicht foppen wollte. Dann entschied sie wohl, dass meine Frage ernst gemeint war, und sagte: »Dafür haben wir einen Automaten, dort kann man die Flaschen ...« Ihr Blick ging über meine Schulter. Sie winkte jemandem hinter mir zu und rief: »Stef, Schatz, hast du noch ein paar Minuten? Komm doch mal eben, und hilf der Dame mit dem Leergut, ja?«

Ich drehte mich nach »Stef, Schatz« um und sah einen jungen Mann auf mich zukommen.

»Das ist mein Sohn Steffen. Der zeigt Ihnen alles«, sagte Roswitha Döring.

»Aber das ist doch nicht nötig«, murmelte ich verlegen. Irgendwie war mir die Sache plötzlich peinlich. »Vielleicht erklären Sie mir einfach nur schnell, wo ...« Oder ich gab die blöden Flaschen halt nicht zurück, das würde wohl kein Drama sein. Es war ja schließlich nicht so, als brauchte ich den Flaschenpfand als Budget für meinen Einkauf! Ich konnte das Plastikzeug genauso gut im Kofferraum lassen, und Frau Bartels würde sie dann halt einfach beim nächsten Mal ...

Aber Steffen Döring hatte sich schon meinen Einkaufswagen geschnappt und war in Richtung Ausgang unterwegs. Was sollte das denn jetzt? »Wo will er denn hin?«, fragte ich unsicher.

»Nach draußen, dort ist ein Extra-Eingang für die Leergut-Annahme. Gehen Sie mit, Steffen zeigt Ihnen alles.« Als sie meine Verlegenheit sah, fügte Roswitha Döring hinzu: »Ist ganz neu, das mit den Automaten. Danach fragen mich viele Kunden.« Sie lächelte aufmunternd. »Kein Problem, Steffen hilft Ihnen gern.«

Ich bedankte mich und dackelte peinlich berührt dem jungen Mann hinterher, der vor dem Eingang auf mich wartete.

Er führte mich zu den beiden Leergutautomaten, von denen gerade einer frei wurde. Er zog eine Flasche aus einer der Taschen, grinste und sagte: »Haben Sie ein bisschen Zeit mitgebracht? Das könnte dauern, bei der Menge ...«

Er steckte die Flasche in den waagerechten Einfüllschacht, wo sie schnell zu rotieren begann und nach hinten weggezogen wurde, woraufhin ein lautes Krachen ertönte. Steffen Döring zeigte auf ein Display. »Sehen Sie? Hier wird mitgezählt und immer angezeigt, wie hoch das Pfandgeld ist, das Sie dann an der Kasse drinnen bekommen. Oder es wird auf Ihren Einkauf angerechnet. Wenn Sie alle Flaschen reingesteckt haben, drücken Sie auf den grünen Knopf hier, und der Bon kommt raus. Versuchen Sie es mal.«

Versuchen Sie es mal! Als würde er einem Kind beibringen, sich die Schuhe selbst zuzubinden! Aber er meinte es ja nur nett.

Ich nahm eine Mineralwasserflasche und legte sie vorsichtig in den rotierenden Schacht. Sofort wurde mir die Flasche buchstäblich aus den Händen gerissen, und dieses unfassbare Krachen ertönte unmittelbar, nachdem sie aus meinem Blickfeld verschwunden war.

»Super«, sagte der junge Mann, »klappt doch hervorragend. Da dürfte ein hübsches Sümmchen zusammenkommen, wenn Sie hier fertig sind. Ich muss jetzt los, tschüss dann.«

Ich merkte, wie mein Gesicht heiß wurde. Bestimmt hatte ich einen knallroten Kopf gekriegt. Mich loben zu lassen, weil ich es unfallfrei geschafft hatte, eine blöde Flasche in einen blöden Pfandautomaten zu stecken! Ich kratzte den Rest meiner Würde zusammen und murmelte: »Ich danke Ihnen sehr«, während ich hektisch meine Hosentaschen durchsuchte und noch eine Euromünze fand, die ich ihm hinhielt. »Das ist für Ihre Mühe. Es ist nicht viel, aber ich habe kein Bargeld dabei.«

Steffen Döring hob sofort abwehrend die Hände und sagte: »Das habe ich gern gemacht. Sie wollen mir doch nicht ernsthaft Trinkgeld dafür geben, oder?« Er schüttelte den Kopf. »Da würde mir meine Mutter aber ordentlich die Ohren lang ziehen, wenn sie das spitzkriegen würde.« Er lachte. »Oder mich auf meine alten Tage noch mal übers Knie legen, das wäre ihr glatt zuzutrauen.«

Natürlich – was hatte ich mir nur dabei gedacht, ihm einen popeligen Euro unter die Nase zu halten? Als wäre er ein Kellner, der mir den Mantel abgenommen hat! Wahrscheinlich wurde ich noch roter, zumindest brach mir allmählich Schweiß aus.

»Na, dann vielen Dank. Vielleicht kann ich mich ja irgendwann mal revanchieren«, plapperte ich in meiner Not.

Er lächelte. »Ja, vielleicht. Wer weiß das schon? Schönen Tag noch.«

»Ihnen auch«, antwortete ich und wandte mich hastig wieder meinem Berg Flaschen zu.

Zurück im Laden, starrte ich ratlos auf die lange Einkaufsliste, dann die endlosen Regale entlang, zwischen denen ich stand. Wo sollte ich anfangen? Offenbar befand ich mich in der Konservenabteilung, also ganz falsch. Ich brauchte Tomaten, Frühlingszwiebeln, Kopfsalat, Obst. Der Supermarkt hatte gigantische Ausmaße, und ich hatte nie zuvor hier eingekauft. Zögernd schob ich den Einkaufswagen weiter, bis ich endlich von der Decke hängende Schilder bemerkte, die mir den Weg zu meinem ersten Ziel wiesen. Die Abteilung hatte enorme Ausmaße. Riesige Hügel von Tomaten, verschiedenen Salatsorten, Schlangengurken, Berge von Äpfeln, Birnen, Melonen, Trauben, Pflaumen ... Alle paar Meter sah ich Rollen mit Plastiktüten, in die man die Waren füllen konnte. Nur eine Waage hatte ich noch nicht erspäht. Vielleicht war hier gar keine Selbstbedienung? Dreimal durchkurvte ich die Abteilung, dann gab ich auf. Ich entdeckte die Verkäuferin von vorhin, die frische Schälchen mit Himbeeren und Blaubeeren nachfüllte.

Ich stellte mich neben sie und räusperte mich. »Entschuldigen Sie – wenn Sie gleich mal Zeit haben ... ich hätte gern ein Kilo Strauchtomaten.«

Ohne ihre Arbeit zu unterbrechen, zeigte sie auf ein Tomatengebirge ein paar Meter weiter. »Da vorne sind die Tomaten.«

»Ja, schon ... aber da ist kein Personal«, sagte ich. »Könnten Sie nicht vielleicht ...?«

Jetzt drehte sie sich zu mir um. »Personal? Ach, Sie sind es. Hier ist Selbstbedienung, wissen Sie?«

Die Verkäuferin sprach langsam und deutlich, als wäre ich geistig behindert. Sie erklärte mir, dass die Kassiererin die Tomaten auswiegen würde, und empfahl mir, mich in Ruhe umzusehen, und beim nächsten Mal werde ich mich dann locker zurechtfinden, ganz sicher.

Ein nächstes Mal wird es nicht geben, dachte ich, nicht, wenn ich es verhindern kann. Mir war die Situation unsagbar peinlich. Für wie dumm musste diese Frau mich halten? Sie würde bestimmt in der Mittagspause ihren Kolleginnen von dieser Tussi erzählen, die weder wusste, wie man sein Leergut loswurde, noch wie man Tomaten kaufte. Ich spürte wieder diese Hitze in meinem Gesicht und sagte hastig: »Vielen Dank, ich komme dann schon zurecht. Danke für Ihre Geduld.«

Die Verkäuferin nickte und wandte sich wieder ihrer Arbeit zu.

Als ich nachmittags mit Johanna zum Kaffee zusammensaß und ihr die abenteuerliche Geschichte meines Einkaufs erzählte, lachte sie, bis ihr die Tränen kamen. »Da wäre ich zu gern dabei gewesen! Das hätte ich gern gesehen, wie meine verwöhnte Tochter mit Frau Bartels' Liste durch die Gänge irrt und nicht mehr weiterweiß«, prustete sie.

Ich runzelte die Stirn. »Kein Grund, mich auszulachen«, sagte ich ärgerlich, »wann war ich denn zum letzten Mal im Supermarkt? Da konnte man sein Leergut zum Beispiel noch bei einem lebendigen Menschen abgeben und nicht bei einer Maschine.«

Johanna wurde ernst. »Schlimm genug, wenn du mich fragst. Du hast dich ein bisschen zu sehr an euren Wohlstand gewöhnt, finde ich.« Sie beugte sich vor und tätschelte meine Hand. »Aber mein tapferes Mädchen hat es dann ja doch geschafft, nicht wahr? Jetzt zeig mir endlich die Abendkleider, die du dir gekauft hast. Ich bin schon neugierig, womit du beim Captain's Dinner glänzen wirst.«

Gott sei Dank – ein anderes Thema. Jetzt war ich wieder

ganz in meinem Element. Ich war tagelang durch die besten Designerboutiquen marodiert und jeden Abend mit Tüten beladen nach Hause gekommen. »Du wirst begeistert sein. Ich habe da ein paar sehr nette Stücke gefunden. Nicht ganz billig, aber wirklich traumhaft.«

Ich sprang auf und eilte ins Schlafzimmer, um meine Beute zu holen.

Kapitel 7

Roswitha Mein Arbeitstag im Supermarkt war lang und anstrengend gewesen. Es war schon fast 21.00 Uhr, als ich meine Wohnungstür aufschloss. Ich war todmüde und hungrig. Ich stellte die schwere Einkaufstasche ab, zog langsam meine Jacke aus und hängte sie an die übervolle Garderobe. Meine Bewegungen waren die einer uralten Frau, jeder Knochen tat mir weh. Aus dem Spiegel schaute mir ein blasses Gesicht entgegen, aus meinem Zopf hatten sich einige Strähnen gelöst und hingen schlapp herunter. Ich öffnete die Spange und schüttelte den Kopf, bis meine Haare in weichen Wellen über die Schultern fielen. Ich ging näher an den Spiegel heran. Ich musste unbedingt nachfärben, der Ansatz war bereits deutlich zu sehen. Und wenn ich schon einmal dabei war – ein Facelifting könnte ich auch gut gebrauchen.

Der Gedanke ließ mich auflachen. Ein Facelifting … derlei Dinge gehörten vielleicht in die Welt dieser Frau … in eine Welt mit Stiefelchen für vierhundert Euro und mit Personal, das man zum Tomatenkaufen schickte, während man selbst müßig in einer Modezeitschrift blätterte und sich regelmäßig die Haare vom teuersten Friseur der Stadt färben ließ.

Mit verschlafenen Augen kam Mimi aus Steffens Zimmer getapst, miaute auffordernd und strich mit erhobenem Schwanz um meine Beine. Mein kleines Schätzchen! Ich bückte mich und streichelte den Kopf unserer kleinen, grau getigerten Katze, die sofort genießerisch die Augen schloss und laut schnurrte.

»Na, meine Süße, hast du auf Steffens Bett geschlafen? Hast du Hunger?« Mimi ließ sich auf die Seite fallen, um sich den Bauch kraulen zu lassen, und miaute wieder. Wie immer, brachte sie mich damit zum Lachen. »Wir schmusen später, versprochen. Komm, wir gucken mal nach, ob ich etwas Leckeres für dich finden kann.«

Ich nahm ächzend die Tasche hoch und öffnete die Küchentür. Mimi sprang auf, trippelte eilig an mir vorbei und setzte sich neben ihren leeren Fressnapf. Das duldete offenbar keinen Aufschub. Ich stellte also die Einkäufe ab und füllte Trockenfutter in das Schälchen, was Mimi mit lautem Miauen kommentierte, bevor sie zu fressen begann.

Auf dem Küchentisch stand eine Vase mit kleinen rosa Teerosen, an der ein Zettel lehnte. »Bin um neun wieder da. Essen ist vorbereitet. Bis gleich, Stef.« Die Blumen mussten von ihm sein, denn morgens hatten sie noch nicht dort gestanden.

Ich räumte die Einkäufe weg und sah dann flüchtig die Post durch, die Steffen auf das Schuhschränkchen im engen Flur gelegt hatte. Jede Menge Werbung und zwei Umschläge, von denen ich wusste, dass sie Mahnungen enthielten. Egal, darum konnte ich mich morgen kümmern, das war immer noch früh genug.

Im Wohnzimmer öffnete ich die Tür zum winzigen Balkon, um frische Luft hereinzulassen. Die Blumen in den Kästen brauchten dringend Wasser, daran musste ich unbedingt denken. Im Vorbeigehen knipste ich den Fernseher an, ohne auf das Programm zu achten. Den Anfang des Krimis hatte ich sowieso verpasst, dank meines Chefs, der mir, gerade als ich Feierabend machen wollte, noch zwei Überstunden aufgebrummt hatte.

»Dafür können Sie morgen eher gehen«, hatte er auf meinen zaghaften Protest hin gemurmelt. Ich hatte mich gefügt, wie immer. Warum auch nicht, was verpasste ich schon außer den Krimi, auf den ich mich gefreut hatte? Mein Chef wusste, dass zu Hause kein Ehemann oder Partner auf mich wartete, also sprach er immer als Erstes mich an, wenn jemand länger bleiben oder einspringen musste.

Ich beschloss, schnell noch zu duschen, bevor Steffen kam. Das Badezimmer war so klein, dass es nur Platz für eine Dusche bot. Ein Luxusbad mit einer großzügigen Badewanne, das war mein heimlicher Traum – wie gern hätte ich mich jetzt in einem heißen, duftenden Schaumbad entspannt, bei Kerzenlicht und leiser Musik, mit einem guten Buch …

Ich stopfte meine Kleidung in den Wäschekorb. Die Waschmaschine wollte ich jetzt nicht mehr anmachen. Dazu war es zu spät, außerdem hatte ich keine Lust, mir das Gezeter der Hexe eine Treppe tiefer anzuhören, die sich regelmäßig über den Lärm meiner Waschmaschine beschwerte. Aber vielleicht konnte ich mir ja irgendwann mal ein modernes Gerät leisten, das beim Schleudern nur ein leises Summen von sich gab – so etwas sollte es ja geben.

Als ich mich – zwar erfrischt, aber immer noch müde – nach dem Duschen abfrottierte, hörte ich, wie sich die Wohnungstür öffnete. Das musste Steffen sein.

»Steffen? Ich bin im Bad! Dauert noch ein paar Minuten.«

»Lass dir ruhig Zeit«, rief er zurück. »Ich bereite inzwischen das Essen vor.«

Ich wickelte ein Handtuch um meine nassen Haare und cremte mich sorgfältig ein. Das versäumte ich nie. Ich schlüpfte in bequeme Kleidung und ging in die Küche, wo Steffen gerade Kartoffeln abgoss. Der aufsteigende Dampf vernebelte kurz den handtuchschmalen Raum, bevor er sich durch die brummende Dunstabzughaube wieder verzog. In der Pfanne brutzelten zwei appetitlich duftende, panierte Schnitzel. Mimi saß auf der Fensterbank und beobachtete mit aufgestellten Ohren aufmerksam das Treiben auf der Straße.

Ich fuhr Steffen kurz durchs Haar und sagte: »Schon fast fertig, super. Kannst du zaubern?«

»Nee, hab ich alles heute Nachmittag schon vorbereitet. Die Kartoffeln mussten nur noch aufgesetzt werden und die Schnitzel in die Pfanne. Hast du Lust, noch etwas Frisches dazu zu machen? Mir würden ein paar Scheiben Tomate reichen.«

»Mach ich.«

Während ich Tomaten aufschnitt, salzte und auf zwei Schälchen verteilte, stellte Steffen unsere gefüllten Teller auf den Tisch, legte Besteck und zwei Papierservietten dazu und setzte sich auf seinen Platz auf der kurzen Seite der Eckbank, wo er als Kind schon immer gesessen hatte. Ich ließ mich auf einen Stuhl fallen und sagte: »Du bist ein Engel. Wenn ich jetzt noch hätte kochen müssen ... Puh, ich bin so kaputt, ich glaube, dann hätte ich lieber aufs Essen verzichtet.«

Steffen grinste. »Kannst mal sehen, wie gut du es hast. Du hast sogar einen eigenen Koch, wer kann das schon von sich sagen?«

Ich spießte eine Tomatenscheibe auf, und bei ihrem Anblick fiel mir wieder diese komische Kundin ein, die von mir ein Kilo Tomaten gewollt hatte. Seltsam, die Frau hatte sich mir sogar mit Namen vorgestellt, das hatte ich, seit ich in dem Laden arbeitete, zum ersten Mal erlebt. »Sag mal, kannst du dich an die Frau heute Vormittag erinnern, im Laden?«

Steffen lachte. »Die mit den Pfandflaschen? Lustig, oder?«

»Allerdings. Hinterher wollte sie übrigens noch von mir, dass ich ihr Tomaten abwiege. Ein Kilo genau. Und wahrscheinlich hätte sie auch nichts dagegen gehabt, wenn ich ihre gesamte Einkaufsliste abgearbeitet hätte. Irgendwann hat sie dann endlich begriffen, dass sie in einem Selbstbedienungsladen ist, und ist mit rotem Kopf bedröppelt abgezogen. Ich hab sie noch ein paar Mal ratlos vor irgendwelchen Regalen stehen sehen, aber um mich hat sie einen großen Bogen gemacht. Ich glaube, es war ihr dann doch peinlich, dass sie nicht klargekommen ist.«

»Irgendwie ein bisschen unheimlich, oder?«, sagte Steffen belustigt. »Woran das wohl lag? Ob sie unter Medikamenten stand?«

Ich schüttelte den Kopf. »Glaube ich nicht. Hast du nicht gesehen, wie sie angezogen war? Die geht schlicht sonst nicht selbst einkaufen. Höchstens mal ein Pelzmäntelchen oder das zwanzigste Paar Stiefel aus einer exklusiven Boutique. In solchen Läden wird man bestimmt von vorne bis hinten hofiert und bedient. Am Schluss zieht man seine Kreditkarte aus dem Handtäschchen und lässt sich alles nach Hause liefern.«

Steffen kicherte. »Ich glaube, du guckst zu viele schlechte Fernsehserien. Du bist doch nicht etwa neidisch?«

»Quatsch«, fauchte ich. Obwohl – wenn ich ehrlich war … ich würde schon mal gern mit einer Kreditkarte ohne Limit einkaufen gehen. Welche Frau würde das nicht? Als ich sah, dass er zweifelnd die Augenbrauen hochzog, beschloss ich, das Thema zu wechseln. »Und? Willst du gleich noch für deine Prüfung lernen?«

»Allerdings. Sieht ganz nach einer Nachtschicht aus. Aber dafür hast du demnächst nicht nur deinen eigenen Koch, sondern auch deinen Privatgärtner.« Er schnitt eine Grimasse und zeigte auf den Ordner, der neben ihm auf der Bank lag. »Kann ich mich damit auf dem Küchentisch ausbreiten?«

»Klar. Ich verzieh mich ins Wohnzimmer, dann hast du deine Ruhe. Ich muss sowieso früh ins Bett, morgen habe ich Frühschicht.«

Steffen war mit dem Essen fertig, wischte sich den Mund ab und lehnte sich mit einem wohligen Stöhnen zurück. »Das war lecker«, sagte er. »Hat es dir geschmeckt?«

Was für eine Frage! Es schmeckte mir immer, wenn Steffen kochte! Ich nickte. »Wunderbar, das habe ich gebraucht.«

»Schön!« Er lächelte erfreut. »Ich räume ab und spüle die paar Sachen, das ist so schön meditativ. Geh ruhig rüber, und hau dich auf die Couch.«

Steffen schlängelte sich aus der Bank, stellte die benutzten Teller und Schälchen übereinander und trug alles zur Spüle.

Eigentlich ist die alte Bank mittlerweile viel zu eng für dich langen Kerl, dachte ich.

Ich stand auf und streckte mich gähnend. »Mimi, kommst du mit?«

Mimi miaute und sprang von der Fensterbank. Sie trippelte an mir vorbei, blieb wartend in der Wohnzimmertür stehen und sah mich auffordernd an. »Ja, ja, ich komm ja schon«, sagte ich und wandte mich noch einmal an Steffen: »Tust du mir einen Gefallen und kommst in einer Stunde kontrollieren, ob ich nicht eingeschlafen bin? Und falls doch – bitte unbedingt wecken.«

»Mach ich«, rief Steffen über die Schulter und widmete sich wieder dem Geschirr im Spülbecken.

Das Wohnzimmer wurde nur durch das flackernde Licht des laufenden Fernsehers erhellt. Ich durchquerte den Raum und ging hinaus auf den Balkon. Mein Blick ging auf einen Innenhof und die Rückfronten weiterer Häuser, die demjenigen, in dem ich wohnte, aufs Haar glichen. Balkon an Balkon, immer sechs Stockwerke mit insgesamt dreißig Wohnungen. Sechs dieser Häuser bildeten ein Karree, umschlossen eine fußballfeldgroße Rasenfläche mit Kinderspielplatz, einigen hohen Kastanien und ein paar Bänken, auf denen tagsüber, bei schönem Wetter, meist die jungen Mütter saßen und ihren Kindern beim Schaukeln und Wippen zusahen.

Jetzt, in der Abenddämmerung, war alles still, nur ein paar Jugendliche lungerten auf dem Spielplatz herum, rauchten und unterhielten sich. Das unregelmäßige Muster aus beleuchteten und unbeleuchteten Fenstern erinnerte mich an einen Adventskalender, bei dem erst die Hälfte der Türen geöffnet war. Aus den meisten der erhellten Fenster flackerte das typische, bläuliche Licht eines Fernsehers.

Eine weibliche Stimme rief von irgendeinem der Balkone: »Tanja, hochkommen, aber zackig!«, was von den Teenagern auf dem Spielplatz mit leisem Gelächter quittiert wurde. Eine Gestalt löste sich aus der Gruppe und schlenderte betont langsam zum Hintereingang des gegenüberliegenden Hauses, der – genau wie alle anderen rückwärtigen Türen in der Siedlung – während der Nächte durch eine trübe Lampe markiert war.

In diesem Teil der Stadt war nicht viel Geld zu Hause. Hier wohnten Menschen, die sich nichts anderes leisten konnten, viele alleinerziehende Mütter wie ich selbst, junge Paare, Rentner. Es gab wesentlich schlimmere Viertel in der Stadt, verrufene Ecken mit hoher Kriminalitätsrate und allnächtlicher Randale auf Spielplätzen wie diesem hier, deren Sandkästen dann irgendwann mit Glasscherben, Zigarettenkippen und benutzten Heroinspritzen verunreinigt waren – weil kein Vermieter sich darum kümmerte und sich längst kein städtischer Reinigungsdienst mehr dorthin traute.

Hier bei uns, immerhin, waren die Innenhöfe gepflegt und die Balkone adrett bepflanzt – dafür sorgte unsere Hausverwaltung, die regelmäßig an einem Samstag im Frühling den »Balkoneröffnungstag« veranstaltete. Jeder Mieter bekam dann zwei Geranien und einen Beutel Blumenerde geschenkt, es gab einen Bratwurststand, einen Bierwagen und einen kleinen Blumenmarkt; und wer wollte, konnte die Bepflanzung für seinen Balkon direkt vor Ort einkaufen. Für Steffen und mich war dieser Tag ein gern wahrgenommener Pflichttermin; wir tranken ein Bierchen zusammen, tratschten mit den Nachbarn und wählten die Pflanzen aus, die Steffen dann in die Balkonkästen setzte. Natürlich wussten unsere Nachbarn, dass er eine Gärtnerlehre machte, und ließen sich von ihm beraten – und die Balkone in unserem Block waren bei Weitem die prächtigsten der gesamten Siedlung.

Unsere Fahrstühle funktionierten, unsere Flurwände waren nicht mit Graffitis beschmiert, und das Glas unserer Eingangstüren war nicht durch eine dicke Sperrholzplatte ersetzt, weil die Hausverwaltung nicht mehr bereit war, den Dauereinsatz des Glasers zu bezahlen.

Seit meiner Scheidung vor zehn Jahren lebten wir hier im sechsten Stock in unserer kleinen Wohnung und teilten uns knapp fünfzig Quadratmeter – mehr ließ mein Budget nicht zu. Steffens Zimmer war handtuchschmal, bot gerade mal Platz für ein Bett und einen Schrank, und so hatte er seine Hausaufgaben immer schon am Küchentisch erledigt.

Mit meinem Lohn kam ich knapp über die Runden, mein Traum vom Umzug in eine größere Wohnung würde wohl immer ein Traum bleiben. Von seinem Lehrlingsgehalt gab Steffen mir seit drei Jahren monatlich hundertzwanzig Euro dazu. Er ahnte nicht, dass ich jeden Monat fünfzig Euro davon auf ein Sparbuch einzahlte. Er war gerade dabei, seinen Führerschein zu machen. Ich freute mich schon unglaublich darauf, ihn mit einem Kontostand von knapp zweitausend Euro zu überraschen, wenn er sich ein Auto anschaffen wollte.

Ich schloss die Balkontür hinter mir und ließ mich in den alten, abgewetzten Fernsehsessel aus Kunstleder fallen. Ich liebte diesen Sessel, der mal meinem Großvater gehört hatte. Er war mein Stammplatz, wenn ich mich noch eine Stunde entspannen wollte, bevor ich ins Bett ging. Ich klappte den Sessel um eine Stufe nach hinten. Sofort sprang Mimi, die mit klopfender Schwanzspitze dagesessen und schon gewartet hatte, auf meinen Schoß und rollte sich schnurrend zu einem kleinen, gestreiften Pelzball zusammen. Ich legte die Hände auf das glatte, samtige Fell, spürte die Wärme ihres Körpers und ihre regelmäßigen Atemzüge. Mimi schaltete ihren Schnurrapparat sofort eine Stufe lauter. Sie kuschelte sich noch etwas enger zusammen und schlief ein. Katze müsste man sein, dachte ich, den ganzen Tag aus dem Fenster gucken, schlafen und zufrieden vor mich hin schnurren, das wäre es doch. Und ab und zu kommt jemand und gibt mir mein Essen.

Ich griff nach der Fernbedienung. Vielleicht würde ich ja etwas finden, das angenehm auf mich einplapperte, ohne dass es mich anstrengte. Ich zappte müßig durch die Kanäle. Eine Talkrunde, ein Actionfilm, der schon über eine Stunde lief, eine Dokusoap über zwei Streifenpolizisten im Einsatz, eine andere mit einem dicken Mann, der gerade versuchte, einen absurd großen Hamburger vom Durchmesser eines Klodeckels zu vertilgen, um irgendeinen Rekord zu brechen. Alles langweilig. Schließlich blieb ich an einer Reportage über Island hängen, streichelte die Katze auf meinem Schoß und ließ mich forttragen von den Bildern einer wild-schönen, kargen Landschaft und der sonoren Stimme des Sprechers ...

Ich erwachte, als Steffen mich sanft an der Schulter berührte. Verschlafen putzte ich mir noch die Zähne und fiel dann ins Bett. Das Letzte, was ich noch mitbekam, war Mimi, die es sich an meinem Fußende bequem machte.

Kapitel 8

Maren »Muss das wirklich heute noch sein?«

Ich funkelte ihn wütend an.

Morgen früh wollten wir in unseren ersten Urlaub seit Jahren aufbrechen, und da musste Harald unbedingt jetzt noch einen potenziellen Kunden zu einem Abendessen treffen.

»Wenn wir morgen nicht spätestens mittags hier wegkommen, legt das Schiff ohne uns ab. Und das werde ich dir niemals verzeihen, das weißt du hoffentlich! Du wirst für den Rest ...«

Harald hob die Hand, um mich zu unterbrechen und sagte: »Ja, ja, ich weiß. Du hast es mir jetzt oft genug gesagt.« Er verdrehte die Augen und leierte: »Ich werde für den Rest meines Lebens die Hölle auf Erden haben, nie versiegende Folterqualen, bis der Tod die reine Erlösung ist.« Er seufzte theatralisch und redete mit normaler Stimme weiter. »Habe ich dich richtig zitiert, Liebling?«

Obwohl ich wirklich wütend auf ihn war, musste ich lachen. Ich boxte ihn gegen die Schulter. »Verdammt, du sollst dich nicht über mich lustig machen! Ich meine das ernst!«

Ich holte zu einem weiteren Hieb aus, aber Harald fing meine Faust ab und zog mich in eine enge Umarmung. »Wenn es heute länger dauern sollte als geplant – und ich betone ausdrücklich das Wort *sollte* –, haben wir morgen genug Zeit. Wir haben alles gepackt, die Koffer sind längst an Bord. Wir müssen morgen früh nur aufstehen, duschen, frühstücken und uns von Johanna und Frau Bartels verabschieden. Das sollte doch bis mittags zu schaffen sein, denkst du nicht?«

Ich zögerte lange, aber dann rang ich mich endlich zu einem Nicken durch.

Zufrieden fuhr er fort: »Schau mal, der Termin heute ist wichtig. Ich will den Mann unbedingt als Kunden, es war wahnsinnig harte Arbeit, an den Kerl ranzukommen. In drei Wochen hat der mich längst vergessen, wenn ich jetzt nicht dranbleibe. Maren – der macht uns reich! Unsere Schatullen sind gerade ziemlich leer.«

Das wusste ich selbst, daran hätte er mich nicht erinnern müssen. Unser Konto hätte ein kleines, beruhigendes Polster gut vertragen, außerdem gab es da diesen Kredit, den wir für das Haus aufgenommen hatten.

Ich befreite mich aus seinen Armen und half ihm in die Anzugjacke. Harald hatte ja recht. Seit Wochen arbeitete er daran, bei diesem Mann einen Termin zu bekommen – und er war nicht der Einzige, der an diesem dicken Fisch interessiert war. Ob Michael wohl auch zu seinen Mitbewerbern gehörte?

Harald hatte sich herausgeputzt: schwarzer, leicht schimmernder Maßanzug mit zartvioletten, schmalen Nadelstreifen, schwarzer Seidenstrickpulli mit rundem Halsausschnitt, schwarze, handgenähte Budapester. Nichts davon wirkte an ihm geckenhaft oder übertrieben. Im Laufe der Jahre hatte er, von mir unterstützt, einen modernen, lässigen Stil für sich gefunden.

Er hatte zudem die Fähigkeit, seinem jeweiligen Gegenüber echtes Interesse, selbstbewusste Kompetenz und ungeteilte Aufmerksamkeit zu vermitteln – eine unschätzbare Gabe für einen Finanzberater. Zusätzlich machte ihn das auf jeder Party zu einem begehrten Gesprächspartner bei den Damen, zumal er ein guter Tänzer war. Ich war von der Damenwelt auf dem gesellschaftlichen Parkett um Harald immer beneidet worden, daraus machten seine Bewunderinnen auch mir gegenüber keinen Hehl. Seine Schläfen begannen allmählich zu ergrauen, sein dichtes, schwarzes Haar schien aber nicht vorzuhaben, in absehbarer Zeit zugunsten einer Halbglatze auszufallen. Ich fand, er sah aus wie George Clooney in etwas schmaler.

Konsul Breitenbach, der den heutigen Termin kurzfristig anberaumt hatte, war – wie Harald mir erzählt hatte – durch den Verkauf eines Familienunternehmens mit Börsennotierung zu sehr viel Geld gekommen. Das wollte er natürlich sinnvoll anlegen. Nach wochenlangem, zermürbendem Hin- und Hergeplänkel war es Harald jetzt endlich gelungen, den Mann zu einem Abendessen einzuladen, bei dem eine Zusammenarbeit endlich konkret besprochen werden sollte.

Mein gut aussehender Gatte schloss den mittleren Knopf seines Sakkos und drehte sich vor dem Spiegel. »Kann ich so vor die Tür gehen?«

Ich wusste, er meinte die Frage ernst und erwartete eine ehrliche Antwort, keine Schmeichelei. »Du siehst klasse aus, genau richtig«, antwortete ich. »Nicht zu bieder, sondern modern und trotzdem klassisch.« Ich gab ihm einen Kuss. »Zum Verlieben.« Ich runzelte in gespielter Sorge die Stirn und drohte mit dem Zeigefinger. »Moment mal, dein zukünftiger Lieblingskunde ist doch nicht etwa ... du weißt schon: ein Mann, der zu diesem Outfit violette Schuhe und einen zartlila Chiffonschal tragen würde?«

Harald lachte schallend und schüttelte den Kopf. »Kaum vorstellbar, der Mann ist in dritter oder vierter Ehe verheiratet, hat fünf Kinder von diesen Frauen.« Er griff nach seiner Aktentasche. »Jetzt muss ich aber. Später als elf sollte es kaum werden, falls aber doch, rufe ich dich an.«

KAPITEL 9

Maren Als ich vom Klingeln des Telefons geweckt wurde, war es im Raum stockdunkel. Ich wusste zuerst nicht, wo ich war. Das Kissen unter meiner Wange fühlte sich rau an. Richtig, ich war im Wohnzimmer. Ich hatte etwas Wein getrunken und war dann offenbar auf dem Sofa eingeschlafen.

Ich tastete nach dem Schalter der Lampe auf dem Beistelltisch und stieß an das Weinglas. Es fiel um und zerbrach mit leisem Klirren. Ein scharfer Schmerz zuckte durch meinen Zeigefinger, ich hatte in eine Scherbe gegriffen. Irgendwo, ganz in meiner Nähe, schrillte das Telefon unaufhörlich weiter. Endlich brannte das Licht, und ich entdeckte den Apparat auf dem Couchtisch. Als ich danach griff, hinterließ ich eine Spur von Blutstropfen auf dem Teppich und der Glasplatte des Tisches. Meine verletzte Hand zuckte zurück, die andere schoss vor und nahm das Telefon auf. Die angezeigte Nummer kannte ich nicht, aber bestimmt war es Harald, der aus dem Restaurant anrief. Wie spät war es überhaupt? Während meine Augen zur Wanduhr wanderten und mein Gehirn registrierte, dass es bereits weit nach Mitternacht war, rief ich in den Hörer: »Ja, hallo? Bist du es, Harald?«

Eine mir unbekannte Männerstimme fragte: »Frau Behringer? Ehefrau von Harald Behringer?«

Schlagartig wurde mir übel. Ich wusste sofort, dass etwas passiert sein musste. Ich starrte entsetzt auf meine blutende Hand. Auf dem Glastisch hatte sich eine kleine dunkelrote Lache gesammelt. Der Turm, dachte ich konfus, der Turm und der Tod.

»Was ist mit Harald?«, rief ich panisch. »Was ist passiert? Wer sind Sie?«

»Frau Behringer, bitte beruhigen Sie sich«, sagte der Mann am Telefon. »Ihr Mann hatte einen Autounfall, er ist im Krankenhaus.« Der Mann machte eine Pause, dann fuhr er fort: »Er lebt.«

Für einen kurzen Moment war ich erleichtert. Er lebte! Das war alles, was für mich zählte. »Was ... was fehlt ihm?«, stammelte ich. »Ist er schlimm verletzt? Kann ich ihn sprechen? Wer sind Sie überhaupt?«

»Polizeihauptkommissar Schröder«, sagte der Mann ruhig. »Bitte, können Sie herkommen? Kann Sie jemand fahren? Vielleicht sollten Sie jetzt nicht selbst ... so aufgeregt, wie Sie sind. Ihr Mann wird gerade operiert.«

»Ja ... ja ... meine Mutter kann ...«, antwortete ich automatisch. Meine Gedanken rasten. Dieses viele Blut auf dem Tisch ... Harald im Krankenhaus ... Ich riss mich mühsam zusammen. »Was ist denn überhaupt passiert?«

Der Polizist räusperte sich und sagte: »Ihr Mann ist auf der Landstraße, kurz vor der Stadt, aus der Kurve getragen worden und gegen einen Baum gefahren. Warum, wissen wir noch nicht. Es gibt allerdings keine Bremsspuren oder einen Hinweis, dass ein anderer Verkehrsteilnehmer an dem Unfall beteiligt war.«

Ich hörte zwar, was er sagte, aber die Worte rauschten einfach durch meinen Kopf. Die Adresse des Krankenhauses, die ich zitternd auf ein Magazin krakelte, musste er mir mehrmals diktieren. Dann warf ich das Telefon auf die Couch und rannte blindlings durch den Garten zu Johannas Terrassentür. Dass ich trotz der Dunkelheit heil dort ankam, ohne zu stürzen, ist mir bis heute ein Rätsel. Durch die geschlossenen Vorhänge schimmerte Licht. Als ich mit beiden Fäusten gegen die Tür hämmerte, hinterließ ich auf dem Glas blutige Spuren.

»Mama! Mama! Mach auf, schnell!«, schrie ich, völlig außer mir.

Der Vorhang wurde sofort zur Seite gezogen, und Johannas erschrockenes Gesicht erschien hinter der Scheibe. Ihre Augen weiteten sich entsetzt, als sie die blutige Scheibe und meine verletzte Hand sah, und sie öffnete hastig die Tür. »Komm rein – mein Gott, hast du dich geschnitten? Setz dich, ich hole schnell ...« Sie drehte sich um und ging Richtung Bad.

»Nein!«, kreischte ich ihr hinterher. »Wir müssen ins Krankenhaus!«

Johanna kam zurück und warf einen Blick auf meine blutende Hand. »Meinst du, das muss genäht werden?«, fragte sie zweifelnd. »Du solltest das Blut mal abwaschen, dann ...«

»Nein!«, schrie ich wieder. »Hör doch mal zu! Harald ist im Krankenhaus, er hatte einen Unfall!« Ich begann zu weinen, und meine Beine knickten unter mir weg. Ich sackte auf einem Sessel zusammen und schluchzte verzweifelt: »Ich will zu ihm, Mama, hilf mir. Bitte.«

Johanna zuckte zusammen und wurde blass, blieb aber ruhig. »Du wäschst dir jetzt das Blut ab, und wir verbinden dich. Vorher rufe ich ein Taxi, das bringt uns zu Harald. In Ordnung?«

Ich nickte. Mir war alles recht, Hauptsache, ich musste nicht selbst fahren. Ich war heilfroh, dass Johanna das Ruder übernommen hatte. Ich registrierte am Rande, dass sie kurz telefonierte, ließ mich dann von ihr ins Bad ziehen, abwaschen und verarzten. Dann holte Johanna ein Fläschchen aus dem Medizinschrank, träufelte ein paar Tropfen einer dunklen Flüssigkeit in ihre Handfläche, hielt mir die Hand an den Mund und befahl: »Ablecken.«

Ich gehorchte und spürte eine leicht brennende, bittere Flüssigkeit auf meiner Zunge.

»Notfalltropfen«, erklärte Johanna. »Wenn der Körper in Panik aus den Fugen gerät ...«

In diesem Moment klingelte es an der Tür. »Das Taxi«, sagte Johanna. »Ich sage Bescheid, dass wir gleich kommen.«

Das Taxi hatte uns eine Viertelstunde später vor der Klinik abgesetzt. Dann saßen wir in der Wartezone der Intensivstation, bis sich die Eingangstür am Ende des Ganges öffnete und ein Bett hereingeschoben wurde, begleitet von drei Schwestern und einem hochgewachsenen Mann, der seinen Mundschutz von der Operation zwar heruntergezogen hatte, aber noch um den Hals trug. Die Stationsschwester sprach kurz mit ihm und zeigte in unsere Richtung. Der Mann kam auf uns zu. Ich sprang auf, alle Muskeln angespannt, wie ein fluchtbereites Tier.

»Frau Behringer?«, fragte der Mann und streckte mir die Hand entgegen. »Ich bin Professor Claussen. Ich habe Ihren Mann erstversorgt.«

Unwichtig! Unwichtig! Unwichtig! Dein Name interessiert mich nicht!, kreischte es in meinem Kopf. Am liebsten wäre ich dem Kerl an die Gurgel gegangen und hätte die Information, auf die ich so verzweifelt wartete, aus ihm herausgeschüttelt, aber ich riss mich zusammen. »Ja, ja«, sagte ich gepresst, »was ist mit Harald? Kann ich zu ihm?«

Johanna erhob sich und ergriff die Hand des Arztes. »Guten Abend, Professor Claussen. Johanna Siegmann. Ich habe meine Tochter begleitet. Können Sie uns etwas sagen?«

Professor Claussen wiegte den Kopf und sagte: »Setzen wir uns doch. Dann erkläre ich Ihnen alles.«

Johanna zog mich neben sich auf das bequeme Sofa und legte den Arm um mich. Von außen mochte das wie eine liebevolle, zarte Geste aussehen, aber ihr Griff war hart und hielt mich unnachgiebig auf dem Sofa.

Der Arzt setzte sich uns gegenüber in einen Sessel. »Ihr

Mann hat durch einen Autounfall ein Schädel-Hirn-Trauma erlitten, Frau Behringer. Er ist noch im Koma. Wir können froh sein, dass andere Autofahrer sofort den Rettungsdienst gerufen haben, so konnten wir ihm die vielleicht lebensrettende, sofortige Versorgung angedeihen lassen.«

Ich riss mich von Johanna los und sprang auf. *Vielleicht* lebensrettend? Was meinte er damit?

»Ich dachte, Sie haben ihn operiert!«, fuhr ich ihn entsetzt an. Ich begann zu weinen und ließ mich von Johanna nur widerstrebend wieder aufs Sofa ziehen.

»Nun«, sagte er, »bei dieser Art von Verletzung ist das leider nicht so einfach. Das Ausmaß der Schädigung wird sich erst in den nächsten Tagen zeigen.«

Die Information bahnte sich nur mühsam ihren Weg durch mein Gehirn. Ich konnte es kaum fassen. Wie sollte ich es aushalten, tagelang nicht zu wissen, ob Harald überleben würde? Endlich fand ich meine Stimme wieder und krächzte: »Kann ... kann er heute Nacht sterben?«

Der Arzt schüttelte den Kopf. »Kreislauf und Herzfunktion Ihres Mannes wurden stabilisiert, er wird künstlich beatmet. Sein Schädel ist angebrochen, aber es ist nichts verschoben oder zertrümmert. Wir haben ein kleines Gerinnsel entfernt und müssen während der nächsten Tage genau beobachten, dass sich keine neuen bilden. Der neurologische Befund ist so weit in Ordnung, wir haben seine Reflexe überprüft.« Er machte eine Pause und fuhr dann fort: »Gott sei Dank hat er keine weiteren Verletzungen, nur ein paar Prellungen. Sein Kopf scheint bei dem Aufprall an den Seitenholm geschlagen zu sein.«

Das wollte ich alles nicht wissen, das konnte mein Gehirn sowieso nicht verarbeiten.

»Ich will ihn sehen«, forderte ich.

Er nickte. »Ich bringe Sie gleich an sein Bett, aber vergessen Sie nicht, er ist bewusstlos.«

Ja, ja, das hatte ich nun wirklich mittlerweile verstanden.

»Ist das ein gutes oder schlechtes Zeichen?«, fragte Johanna.

»So hat er keine Schmerzen«, antwortete der Arzt. »Machen Sie sich keine Sorgen, er wird über Monitore und Sonden ständig beobachtet. Wichtig ist jetzt, dass der Gehirndruck nicht ansteigt.« Er erhob sich. »Wollen wir zu ihm gehen? Ich begleite Sie, und wenn Sie noch Fragen haben, erkläre ich Ihnen alles.«

Harald lag halb aufgerichtet in den Kissen, mit geschlossenen Augen und verbundenem Kopf. Aus dem Verband kam ein Kabel oder ein dünner Schlauch, der an ein Gerät mit Monitor angeschlossen war. Bei seinem Anblick blieb mir fast das Herz stehen. Er sah so blass und schmal aus! So zerbrechlich ... Ich hatte mich schluchzend über ihn werfen wollen, mich an ihn klammern, ihn anflehen, ins Leben zurückzukehren, aber das wagte ich nicht. Stattdessen blieb ich eingeschüchtert am Fußende stehen.

»Was ... was ist das da für ein Draht am Kopf?«, fragte ich ängstlich.

»Das ist eine Gehirnsonde, damit messen wir den Hirndruck. Deshalb ist sein Oberkörper auch aufgerichtet – so kann das Blut besser abfließen. Wir haben außerdem einen Schlauch gelegt, hier an der Hand, um seinen Blutdruck zu überwachen und Blutproben zu entnehmen, außerdem eine Temperatursonde und – momentan – einen Katheter gelegt. Ihr Mann wird künstlich ernährt, solange er bewusstlos ist. Bei einem Schädel-Hirn-Trauma verbraucht der Körper sehr viel Energie, der Patient braucht vier- bis fünftausend Kalorien täglich, um das aufzufangen.«

Gehirnsonde! Mich packte das nackte Grauen. Im Gehirn meines Mannes steckte ein Draht! Bei dem Gedanken an diese Schläuche, die in Haralds Körper führten und über die man ihn versorgte und ernährte, wurde mir übel.

»Wird er …?« Ich musste würgen und verstummte.

»Wird er wieder gesund werden?«, vervollständigte Johanna die Frage, die ich nicht über die Lippen gebracht hatte.

»Die Prognose ist positiv«, sagte Claussen. »Aber eine Kopfverletzung wie diese ist kompliziert. Hier muss nicht einfach nur ein Knochen zusammenwachsen, verstehen Sie? Eventuelle Spätfolgen können wir jetzt noch nicht abschätzen. Wir müssen warten, bis er aufwacht, um alle Ausfallerscheinungen diagnostizieren zu können.«

BlablablaSpätfolgen, BlablablaPrognose … Ich bekam plötzlich keine Luft mehr. Mir wurde schwarz vor Augen, und meine Beine gaben nach. Claussen packte zu und führte mich zu einem Stuhl.

»Ausfallerscheinungen«, murmelte ich das Wort, das fortwährend in meinem Kopf echote.

Der Arzt nickte. »Ihr Mann braucht viel Zeit, sich zu erholen. Die Patienten finden sich nach einem derartigen Trauma in einer Situation wieder, die weit über die Grenzen ihrer seelischen Belastbarkeit geht. Wir wissen noch nicht, welche Gehirnnerven geschädigt sind. Die Geruchsnerven sind oft betroffen, der Sehnerv und die Hörnerven. Außerdem müssen wir mit Gleichgewichtsstörungen rechnen. Das sind alles Dinge, die sich mehr oder weniger schnell erholen können – bei entsprechenden Reha-Maßnahmen. Wir wissen ebenfalls noch nicht, wie schwer sein Gedächtnis und sein Denkvermögen beeinträchtigt wurden.«

Claussen nahm meine Hand, tätschelte sie auf unangenehm väterliche Weise und fuhr fort: »Wir müssen jetzt sehr viel Geduld haben, Frau Behringer. Und er braucht Sie jetzt als Stütze. Er darf, wenn er wieder wach ist, keinesfalls das Gefühl bekommen, unter Zeitdruck zu stehen, verstehen Sie?«

Ich nickte langsam und dachte nur: Komm zum Punkt, Mann! »Wie lange wird all das dauern, bis er wieder gesund ist?«, fragte ich. »Wann kann er wieder ...«

»Arbeiten?«, fragte Claussen. »Nun, selbst wenn wir davon ausgehen – und das wissen wir noch nicht –, dass alle Schäden rehabilitierbar sind, müssen Sie von mehreren Wochen, wenn nicht sogar Monaten ausgehen. Das ist ein sehr langwieriger Prozess, der sowohl dem Patienten als auch seiner Familie sehr viel abverlangen wird. Was ist Ihr Mann denn von Beruf?«

Wochen? Monate? Wovon sprach der Mann? Das konnte er unmöglich ernst meinen! Da ich den Arzt nur sprachlos anstarren konnte, antwortete Johanna auf seine Frage. »Er ist freiberuflicher Finanzberater. Er kam heute von einem wichtigen Geschäftstermin. Die beiden wollten morgen ...« Sie brach ab, als ich aufstand und zum Bett ging. Ich setzte mich auf den Rand und nahm vorsichtig Haralds Hand.

»Darf sie ...?«, hörte ich Johanna fragen.

»Das ist sogar sehr gut«, erwiderte Claussen. »Oft hilft das, den Patienten aus dem Koma zu holen. Sie kann auch gern hierbleiben und übernachten, das befürworten wir ausdrücklich.« Er verstummte, und ich sah, im Fenster gespiegelt, dass er Johanna aus dem Raum führte.

Es war mir egal.

Ich wollte nur bei meinem Liebsten sitzen.

Ich flüsterte ihm zu, wie sehr ich ihn liebte und wie wichtig er mir war, und dass er mich und unsere Kinder auf keinen Fall verlassen dürfe. Immer wieder forschte ich in seinem Gesicht nach einer Reaktion, einem Lidzucken, vielleicht.

Aber Harald, meine große Liebe, lag bewegungslos im Bett.

Kapitel 10

Maren Endlich – sieben Tage nach seinem Unfall – erwachte Harald.

Ich war im Sessel neben seinem Bett eingeschlafen und schreckte davon auf, dass er seine Hand bewegte, die ich gehalten hatte. Er schlug einfach die Augen auf, wie nach einem langen Schlaf, und blickte sich erstaunt um. Er wollte sprechen, setzte mehrmals an, aber seine Stimme gehorchte ihm nicht.

Sein Blick irrte zu mir, und seine Lippen formten meinen Namen.

Ich beugte mich über ihn, küsste ihn vorsichtig auf die Stirn und flüsterte: »Liebling, ich bin da.«

Eine Krankenschwester kam auf quietschenden Sohlen herein und sagte fröhlich: »Na, wen haben wir denn da? Guten Tag, Herr Behringer, haben Sie Schmerzen? Möchten Sie etwas Wasser?«

Als er mühsam nickte, hielt sie ihm vorsichtig eine Schnabeltasse an die Lippen. »Bitte nur den Mund ausspülen, Herr Behringer.«

Harald verzog das Gesicht und würgte. »Was ... mein Hals ... da ist was in meinem Hals.«

»Wir haben Ihnen eine Magensonde gelegt«, erklärte die Schwester munter. »Wir konnten doch nicht zulassen, dass Sie uns hier bis auf die Knochen abmagern. Aber jetzt sind Sie ja wach und brauchen die Sonde nicht mehr. Darum werden wir uns gleich kümmern, Herr Behringer.«

Harald griff vorsichtig an den Schlauch, der in seine Nase führte, dann betastete er seinen bandagierten Schädel.

»Mein Kopf«, krächzte er heiser, »er tut weh. Meine Stimme ... was ist passiert? Warum bin ich ... Seit wann ...?«

Ich stand neben dem Bett, verblüfft und gleichzeitig fasziniert davon, wie *normal* die Schwester mit Harald sprach, als hätte er nicht eine ganze Woche im Koma gelegen, als hätte er nicht sieben Tage lang zwischen Leben und Tod geschwebt. Sie redete mit ihm, als hätte er nur mal eben ein kleines Nickerchen gemacht.

Ich schüttelte meine Erstarrung ab und sagte sanft: »Du hattest einen Unfall, Liebling. Du bist im Krankenhaus.«

Mir stiegen Tränen in die Augen. Ich fiel neben dem Bett auf die Knie, streichelte vorsichtig seine Wange und flüsterte: »Ich bin so froh, dass du aufgewacht bist.«

Harald schloss die Augen, und für einen schrecklichen Moment lang dachte ich, er wäre wieder in sein Koma zurückgeglitten.

»Er ist wieder bewusstlos!«, rief ich entsetzt.

Die Krankenschwester schüttelte den Kopf. »Keine Angst, er ist nur sehr müde. Wir müssen ihm sehr behutsam wieder zurückhelfen, Frau Behringer. Ich werde jetzt die Sonde entfernen.«

Sie beugte sich über Harald, und ich trat einen Schritt zurück. Ich wollte nicht sehen, was die Schwester mit Harald anstellte, und sah angestrengt aus dem Fenster.

Nach kaum einer Minute richtete die Schwester sich wieder auf. Sie hielt den dünnen Schlauch in der Hand. »Erledigt. Ich sage dem Professor Bescheid.«

Sie eilte aus dem Raum.

Ich setzte mich wieder an Haralds Bett und nahm seine Hand. Er lag genauso reglos in den Kissen wie vor seinem Erwachen aus dem Koma.

Ich war entsetzlich enttäuscht – bei aller Freude. Aber was

hatte ich mir auch vorgestellt? Dass er aufwachen würde, aus dem Bett springen, seine Tasche schnappen und dann mit mir nach Hause fahren würde, einfach so? Und alles würde wieder sein wie vor seinem Unfall?

Zu keiner Zeit hatte der Arzt mir Hoffnungen gemacht, dass Derartiges passieren könnte. Im Gegenteil. Er hatte immer gesagt, ich solle mich auf einen langwierigen Prozess einstellen, eine mühsame Rückkehr ins Leben, Schritt für Schritt. Aber gab es nicht immer wieder medizinische Wunder? Zeitungen berichteten doch ständig über Menschen, die jahrelang im Koma gelegen hatten und dann aufwachten und nach Hause gingen, als wäre nichts gewesen! Die wussten und konnten doch noch alles so wie vor ihrer Bewusstlosigkeit!

Warum sollte Harald nicht einer von denen sein?

Ich bemerkte einen leichten Druck an meiner Hand und stellte fest, dass Harald meine Aufmerksamkeit zu erregen versuchte. Hatte er was zu mir gesagt, während ich in Gedanken versunken gewesen war? Ich beugte mich zu ihm herunter. »Harald, Liebling? Was kann ich für dich tun?«

Er räusperte sich und flüsterte kaum hörbar: »Maren ... was ist denn bloß passiert? Ich kann mich an nichts erinnern ... mir ist so schwindelig ...«

Das hatte er doch vor zwei Minuten schon mal gefragt! Ich hielt die Luft an, als ich für einen kurzen Moment eine schreckliche Vision hatte: Harald, der immer wieder einschlief und dann nach dem Aufwachen immer wieder diese eine Frage stellte, und ich, die immer wieder diese eine Antwort gab.,

»Du hattest einen Unfall, du bist im Krankenhaus«, sagte ich.

Er schloss wieder die Augen, als würde es ihm helfen, sich zu erinnern. »Unfall?«, murmelte er. »Wann? Wie ...?«

Sollte ich ihm alles erzählen oder vielleicht doch lieber warten, bis der Professor kam?

»Maren«, krächzte er heiser, »warum willst du es mir nicht sagen?«

Ich beschloss, nicht auf Claussen zu warten. »Also gut, Liebling. Du hattest einen Unfall, als du nach deinem Termin mit Konsul Breitenbach auf dem Weg nach Hause warst.«

Harald versuchte, sich aufzurichten. »Dann müssen wir schnellstens los! Schaffen wir das Schiff noch?«

Ich schüttelte den Kopf und drückte ihn sanft, aber bestimmt zurück in die Kissen. »Das Schiff hat längst abgelegt, das ist aber nicht schlimm. Das mit dem Unfall ...«, ich zögerte einen Moment und fuhr dann fort: »... das ist schon ein paar Tage her, weißt du?«

Harald starrte mich entsetzt an. »Ein paar Tage? Was heißt das – ein paar Tage? Ich muss unbedingt Breitenbach anrufen ... wo ist ein Telefon? Ich muss ... verdammt, meine Kunden ...«

Wovon redete Harald? Wieso Kunden? Ich schüttelte den Kopf. »Nein, Harald, das geht jetzt nicht. Beruhige dich bitte, das werden wir alles hinkriegen. Gleich kommt der Professor, der kann dir alles viel besser erklären als ich ...«

Erleichtert sah ich durch die Glasscheibe zum Flur den Arzt kommen; ich fühlte mich hilflos und überfordert mit Haralds Reaktion.

Professor Claussen betrat schwungvoll das Krankenzimmer, nickte mir zu und setzte sich auf einen Stuhl neben dem Bett. Er lächelte Harald an und sagte: »Guten Tag, ich bin Professor Claussen, Ihr behandelnder Arzt. Ich freue mich, dass Sie wieder wach sind, Herr Behringer. Ich würde Ihnen gern erklären ...«

»Wann kann ich hier raus?«, unterbrach Harald den Arzt.

»Nun«, sagte Claussen, »das muss die Zukunft zeigen. Das kann ich Ihnen jetzt nicht verbindlich sagen, Herr Behringer. Es gibt Untersuchungen, die wir erst jetzt mit Ihnen machen können, weil die nicht möglich sind, so lange ein Patient bewusstlos ist. Wie geht es Ihnen denn? Haben Sie Schmerzen?«

Harald nickte. »Mein Kopf tut weh. Ich habe bestimmt eine Gehirnerschütterung, oder? Stimmt es, dass ich schon seit ein paar Tagen hier bin?«

Also wirklich, dachte ich empört, glaubt Harald, dass ich ihn anlüge?

Aber dann schämte ich mich für meinen Gedanken. Harald war schließlich in einer Ausnahmesituation. Ich tat ihm Unrecht, wenn ich jedes seiner Worte auf die Goldwaage legte.

»Sie sind vor einer Woche eingeliefert worden«, sagte Claussen. »Sie hatten einen schweren Autounfall. Das, was Sie haben, nennen wir ein Schädel-Hirn-Trauma, das ist leider ein bisschen mehr als eine Gehirnerschütterung. Aber wir sind froh, dass nichts gebrochen ist.«

Harald runzelte die Stirn, als müsste er darüber nachdenken, und sagte dann: »Wann kann ich nach Hause? Ich kann es mir nicht leisten, hier noch länger ...« Er brach ab und schloss die Augen. Dann riss er sie wieder auf und sagte: »Sieben Tage? Um Gottes willen, sieben Tage. Meine Klienten ... was sollen meine Klienten denken? Ich muss ...« Er machte Anstalten, sich aufzurichten.

Claussen beugte sich vor und drückte ihn sanft, aber unerbittlich wieder in die Kissen zurück. »Herr Behringer, bleiben Sie bitte noch liegen. Wir werden erst eine Reihe von Untersuchungen mit Ihnen machen und dann entscheiden, ob Sie aufstehen dürfen.«

»Wann kann ich wieder arbeiten?«, fragte Harald.

Ich zuckte zusammen. Wieso arbeiten? War sein Gehirn doch so stark geschädigt, dass er sich nicht an unseren geplanten Urlaub erinnerte? Er hatte doch gerade selbst gesagt, dass er das Schiff noch erreichen wolle. Oder war das eine der Ausfallerscheinungen, von denen Claussen gesprochen hatte?

Der Arzt nickte, als hätte er genau diese Frage von Harald erwartet. Aber wahrscheinlich war das die klassische erste Frage eines Patienten, der gerade wieder bei Sinnen war.

»Wie sieht denn so ein Arbeitstag bei Ihnen aus, Herr Behringer?«, fragte er.

»Ich bin rund um die Uhr für meine Klienten erreichbar, ich bin viel unterwegs ... ich arbeite, wenn Sie so wollen, vierzehn Stunden täglich, manchmal länger.« Harald stockte und holte tief Luft. Schweißperlen erschienen auf seiner Stirn. »Mir ist schwindelig«, murmelte er und schloss die Augen.

Claussen winkte die Schwester heran. »Kümmern Sie sich bitte um Herrn Behringer.« Er wandte sich mir zu. »Frau Behringer? Können wir draußen kurz sprechen?«

Ich wollte jetzt aber nicht weg von meinem Mann. Ich warf einen Blick auf den reglos daliegenden Harald und sah Claussen Hilfe suchend an. »Ist er wieder ohnmächtig?«

»Nein«, antwortete Claussen. »Er schläft. Das ist normal. Kommen Sie bitte.«

Er führte mich zum Sofa in der Wartezone der Station. »Frau Behringer, jetzt kommt die vielleicht härteste Zeit für Sie. Ihr Mann wird Probleme damit haben, seinen Zustand und die momentane Veränderung in seinem Leben zu akzeptieren. Gerade dann, wenn er vorher ein besonders schnelles und selbstbestimmtes Leben geführt hat – er ist freiberuflicher Finanzberater, sagte Ihre Mutter, nicht wahr?«

Als ich nur lahm nickte, fuhr er fort: »Selbst, wenn er es jetzt nicht einsehen will: Er wird merken, dass seine Belastbarkeit momentan bei Weitem nicht die ist, die er vor seinem Unfall hatte. Es ist völlig unmöglich, dass er sein gewohntes Pensum wird leisten können. Wenn er viel Glück hat und er seinem

Körper und seinem Gehirn die Gelegenheit gibt, sich langsam zu regenerieren, kann er vielleicht in einem Jahr wieder daran denken, sein gewohntes Leben zu führen. Alles andere ist illusorisch, so leid es mir tut.«

Ich hockte zusammengesunken auf dem Sofa, und ich fühlte mich, als hätte er mir einen Knüppel vor den Kopf gehauen. Das konnte er doch nicht ernst meinen. Wusste dieser Mann denn nicht, was das für uns bedeutete? Mich packte die Wut, auf Claussen, auf Harald, auf diese verdammte Situation.

Endlich fand ich meine Stimme wieder und sagte: »In einem Jahr werden wir längst ruiniert sein, Professor Claussen. Eigentlich sind wir es jetzt schon. Da mein Mann freiberuflich arbeitet ... Wir haben gerade ein großes Haus gekauft, und wir haben keine Ersparnisse mehr, auf die wir zurückgreifen könnten. Und da Harald bei dem Unfall betrunken war ... Keine Versicherung wird ...«

Vor Verzweiflung kamen mir die Tränen. Mir war egal, was Claussen von mir dachte. Ich schlug die Hände vors Gesicht und schluchzte: »Was sollen wir denn jetzt bloß tun?«

Der Arzt sagte streng: »Je eher Sie sich mit der Situation abfinden, Frau Behringer, desto besser können Sie Ihrem Mann eine Stütze sein. Mit Ihrem Schicksal zu hadern, bringt Sie kein Stück weiter. Der Unfall ist passiert, Ihr Leben wird sich noch mehr verändern, als es das ohnehin schon hat. Es gibt für den Zustand Ihres Mannes keine Medizin wie für einen Husten. Es kann sein ...«, seine Stimme wurde sanft, »... vielleicht wird er seinen Beruf nie wieder ausüben können.«

Ich schnappte nach Luft.

Nie wieder? Wovon sollten wir leben? Welche Alternative gab es überhaupt? Darüber hatte ich während der letzten Tage, die ich verängstigt und wie erstarrt an Haralds Bett zugebracht hatte, nicht einmal nachgedacht. Zu Hause hatte sich Johanna um alles gekümmert. Ich hatte beschlossen, Amelie und Timo noch nicht zu informieren, zumal Amelie direkt vor wichtigen Klausuren stand. Bald begannen für die Kinder die Sommerferien. Amelies Amerikareise, die so lange geplant war ... die konnten wir uns jetzt nicht mehr leisten, völlig unmöglich. Ich musste unbedingt so schnell wie möglich mit Johanna sprechen, Pläne machen, wie es weitergehen konnte ...

»Frau Behringer?«, fragte Claussen und tätschelte meine Hand. »Geht es Ihnen gut? Kann ich etwas für Sie tun?«

Ich sah den Arzt an. »Nein, es geht mir gar nicht gut, um ehrlich zu sein.«

Claussen nickte mitfühlend. »Sie sollten nach Hause fahren. Sie wissen jetzt, dass Ihr Mann wieder wach und hier bestens versorgt ist. Wir werden jetzt eine Reihe von Untersuchungen mit ihm machen, als Erstes noch eine Kernspintomografie, zur Sicherheit. Damit können wir auch kleinste Verletzungen im Gehirn feststellen. Ob es weitere körperliche Beeinträchtigungen gibt, das werden die Untersuchungen zeigen.« Er lächelte. »Wirklich, Frau Behringer, fahren Sie nach Hause. Nehmen Sie ein Bad, schlafen Sie sich aus – und Sie werden sehen, danach sieht alles schon nicht mehr so verzweifelt aus.«

Ich machte unwillkürlich eine abwehrende Handbewegung. Am liebsten hätte ich mir die Ohren zugehalten.

Er sah mich forschend an und fuhr fort: »Bitte haben Sie Geduld mit Ihrem Mann, Frau Behringer. Und, wenn möglich, sollte jeglicher Stress von ihm ferngehalten werden.« Er erhob sich und fragte: »Soll ich ein Taxi für Sie bestellen lassen?«

Ich nickte geistesabwesend. Konnte ich mir ein Taxi überhaupt noch leisten? Konnten wir uns überhaupt noch irgendetwas leisten? Was war mit Haralds Klienten? Was mit der Schule der Kinder? Woher sollte jetzt das Geld kommen, das wir zum Leben brauchten?

Kapitel 11

Maren Auf der Fahrt nach Hause kam ich ins Grübeln. Harald hatte mich noch angefleht, sein Handy aufzuladen und ihm so schnell wie möglich ins Krankenhaus zu bringen, damit er für seine Kunden erreichbar sei. Warum war das so überaus wichtig für ihn? Wir sollten doch gerade auf hoher See sein und Urlaub machen?

Mir fiel ein, dass er bei der Buchung auf einen Internetanschluss in unserer Kabine bestanden hatte. »Nur zur Sicherheit«, hatte er gesagt. Von wegen – nur zur Sicherheit. Er hatte ganz normal arbeiten wollen, rund um die Uhr erreichbar, und ich hätte allein auf dem Sonnendeck gehockt und mich zu Tode gelangweilt. Deshalb hatte er auch das Freizeitangebot in den höchsten Tönen gelobt! »Sieh mal, Maren, du kannst sogar Golf spielen. Es gibt einen Golfsimulator, eine Driving Range, ein Putting Green – du kannst dein Handicap verbessern. Meerwasser-Pool, Fitness-Center, Massage, Dampfbad, Sauna ... ich werde dich bestimmt erst abends wieder sehen, wenn wir essen gehen!« Ich hatte gelacht und gesagt: »Unsinn, wir werden alles zusammen genießen! Lange schlafen, dann in Ruhe und ausgiebig frühstücken, danach gehen wir schwimmen und nehmen einen Drink an der Poolbar ... Ich fahre doch nicht mit meinem Mann in den Urlaub, um dann alles alleine zu machen!«

Wie sehr hatte ich mich auf den Urlaub gefreut! Endlich mal wieder mit Harald gemeinsam unterwegs sein, seine ungeteilte Aufmerksamkeit genießen, zusammen entspannen ... Und nichts davon hatte er wirklich vorgehabt. Gar nichts.

Ich wurde wütend. Nun, immerhin war mir ein verdorbener Urlaub erspart geblieben. Jetzt, da ich nicht mehr um sein Leben fürchtete, gewann Zorn die Oberhand. Zorn auf Harald, weil er mich belogen hatte. Und noch größerer Zorn, weil er betrunken mit seinem Wagen losgefahren war und unser gemeinsames Leben zerstört hatte. Hätte er nicht seinen verdammten Wagen stehen lassen und am nächsten Morgen mit einem Taxi abholen können? Oder gleich mit dem Taxi zum Termin fahren?

Ich wollte gerade den Haustürschlüssel ins Schloss stecken, als die Tür von innen geöffnet wurde. Frau Bartels stand vor mir, nahm mir die Reisetasche ab und sagte: »Um Himmels willen, Frau Behringer! Geht es Herrn Behringer gut?«

Meine Wut auf Harald war noch nicht wieder verraucht, und Frau Bartels kriegte es ab.

»Er ist aufgewacht und ansprechbar, falls Sie das mit *gut* bezeichnen wollen, Frau Bartels«, keifte ich wie ein Fischweib.

Sie zuckte sichtlich zusammen und wurde rot. Mit offenem Mund starrte sie mich entgeistert an.

Sofort tat mir meine Reaktion leid. Was konnte sie schließlich dafür, dass ich sauer auf meinen Mann war, der vorgehabt hatte, mir den Urlaub zu verderben?

Ich legte ihr die Hand auf den Arm und sagte: »Frau Bartels, bitte, es tut mir leid, dass ich so ... Ja, mein Mann ist außer Lebensgefahr, Gott sei Dank.«

»Schon gut«, antwortete sie und entspannte sich wieder. »Kann ich denn etwas für Sie tun, Frau Behringer?«

»Ich brauche eine lange Dusche«, sagte ich. »Könnten Sie meiner Mutter Bescheid sagen, dass ich hier bin?«

Frau Bartels nickte.

»Und dann brauche ich einen vierstöckigen Espresso«, fuhr ich fort, »der Kaffee im Krankenhaus ist nämlich eine Katastrophe.«

Als ich nach dem Duschen wieder herunterkam, saß Johanna an der Küchentheke und blätterte in einem Modemagazin. Auf der Theke lag ein Stapel Post. Frau Bartels war nirgends zu sehen.

»Ich habe deine Perle in die Reinigung geschickt«, sagte Johanna, »so können wir uns erst einmal ganz ungestört unterhalten. Sie sagt, du hast einen Espresso bestellt. Soll ich, oder ...?«

»Nicht nötig«, antwortete ich. Das Hantieren mit der zischenden Maschine beruhigte mich. Sie gaukelte mir die Normalität vor, die es seit dem Unfall nicht mehr gab – auch wenn sich mein Gehirn nach wie vor weigerte, diese Tatsache zu akzeptieren.

Allerdings musste ich mir, wenn auch widerwillig, selbst eingestehen, dass meine Hoffnung auf ein Wunder seit Haralds Erwachen deutlich geschrumpft war.

»Und?«, fragte Johanna, als ich mich zu ihr an den Tresen setzte. »Ich habe gehört, Harald ist aufgewacht?«

Ich nickte. »Er will sein Handy, damit er Kunden anrufen kann, stell dir vor. Dabei schafft er es kaum, ein paar Minuten wach zu bleiben.«

Ich blätterte die Briefe durch ... Nichts Wichtiges auf den ersten Blick ... doch – ein Brief von unserer Bank. Mein erster Impuls war, ihn beiseitezulegen, aber dann riss ich das Kuvert doch auf und überflog mit wachsendem Entsetzen das Schreiben. *»Sehr geehrter Herr Behringer ... mit Bedauern festgestellt ... letzte Rate nicht eingegangen ... Konto weist eine Unterdeckung auf ... persönliches Gespräch dringend erforderlich ... Kreditrahmen ausgeschöpft ...«* Das Blatt fiel mir aus der Hand. Nur von fern nahm ich wahr, dass Johanna mit mir sprach, aber ich verstand nicht, was sie sagte. Mein Kopf fühlte sich an wie ein gasgefüllter Ballon.

Johanna stieß mich an, und ich schreckte hoch.

»Maren! Hallo! Was ist denn los? Warum will Harald sein Handy haben?«

»Er will seine Kunden nicht verlieren«, antwortete ich automatisch und starrte wie gelähmt auf das Schreiben der Bank.

»Pah. Was sagt denn der Professor dazu?«

»Ich muss Michael anrufen, Harald hat mich darum gebeten«, plapperte ich sinnlos.

»Michael? Warum das denn?«

Ich hielt es nicht mehr aus, auf dem Hocker zu sitzen. Ich ging zum Küchenfenster und blickte hinaus. Die Gedanken rasten durch meinen Kopf. Wir hatten nicht nur kein Einkommen mehr, wir hatten zusätzlich auch noch die Bank im Nacken. Mein Blick verschwamm, dann flossen Tränen. Als ich mich wieder zu Johanna umdrehte, war mein Gesicht nass.

»Maren, was ist los?«, fragte Johanna sanft. »Harald ist doch auf dem Weg der Besserung, glaub mir, es wird alles wieder gut.«

Ich zeigte auf den Brief und flüsterte: »Da.«

Sie griff nach dem Schreiben. Während sie las, verdüsterte sich ihr Gesicht. Als sie mich ansah, war ihr Blick voller Mitleid. »Wusstest du davon?«

»Nein.« Plötzlich packte mich der Zorn. »Ich bin so verdammt wütend! Musste er unbedingt diesen Geschäftstermin noch machen – ein paar Stunden vor unserer Abreise? Und sich dann auch noch betrinken? Ich hatte ihn doch so gebeten ...«

Mir versagte die Stimme, und ich schluchzte verzweifelt.

»Aber, Maren ... bitte. In Wirklichkeit bist du doch auf etwas ganz anderes wütend, oder?« Johanna kam zu mir und wollte mich in den Arm nehmen, aber ich konnte jetzt keine Berührung ertragen und wich ihr aus.

»Und weißt du, was das Schlimmste für mich ist?«, fragte ich weinend. Johanna schüttelte den Kopf.

»Dass er nie wirklich vorhatte, mit mir Urlaub zu machen!«, rief ich. »Mir ist klar geworden, dass er auch während unserer Reise gearbeitet hätte, genauso viel wie hier! Und jetzt kenne ich auch den Grund dafür ... und warum dieser blöde Termin so wichtig war. Wir sind pleite. Warum hat er mir nichts davon gesagt? Ich könnte ihn umbringen!«

Johanna hatte sich wieder an den Tresen gesetzt. »Du darfst jetzt nicht die Nerven verlieren«, sagte sie ernst. »Setz dich hin. Jetzt reden wir. Wie ist eure finanzielle Situation?«

Ich lachte auf. Es klang bitter. »Du hast den Brief doch gelesen. Es gibt keine finanzielle Situation. Unsere Ersparnisse stecken in diesem Haus.«

»Und sonst? Reserven?«

»Keine Reserven. Jedenfalls keine nennenswerten.« Ich schüttelte den Kopf. »Wenn ich mir vorstelle, wie viel Geld wir noch für diese blöde Reise verplempert haben – Tausende! Alles weg! Und die Koffer mit unserer neuen Garderobe sind bereits auf hoher See – sonst hätte ich die Sachen vielleicht noch zurückbringen können. Andererseits: Wie sieht denn das aus? Das wäre mir einfach zu peinlich.«

»Das ist doch wohl egal, was andere Leute denken, oder?«, sagte Johanna empört. »Denk nach, Maren – ist nicht noch irgendwo Geld?«

»Ein paar Tausend, vielleicht. Jedenfalls nicht genug für die nächsten Monate. Auf keinen Fall genug, um das nächste Schuljahr für Amelie und Timo zu finanzieren – ganz zu schweigen von Amelies Amerikareise. Knäckebrot mit Margarine – das ist alles, was wir uns noch leisten können.«

»Dann müssen wir jetzt einfach mal kreativ sein«, sagte sie entschlossen. »Wir machen eine Liste.«

Sie ging zum Sekretär im Wohnzimmer, holte Block und Stift aus der Schublade und setzte sich wieder zu mir.

»So, jetzt reißen wir uns zusammen und denken darüber nach, was jetzt als Nächstes zu tun ist. Eine Liste ist immer gut, die kann man Punkt für Punkt abarbeiten. Das bringt Ordnung ins Chaos.«

Kapitel 12

Maren »Also gut, Maren«, sagte Johanna, als die dampfenden Kaffeetassen vor uns standen und ich mich wieder zu ihr gesetzt hatte. »Du bist jetzt der Chef im Ring – zwar unfreiwillig, aber das Schicksal wollte es so. Weißt du, was man über uns Siegmann-Frauen immer gesagt hat? Die ziehen nur einmal die Hosen aus, nämlich in der Hochzeitsnacht. Wird Zeit, dass du dem Namen Ehre erweist.«

Sie drückte den Stummel ihres Zigarillos im sündhaft teuren Designer-Aschenbecher aus, der bisher lediglich als Schmuckstück den Couchtisch geziert hatte. Sie nahm den Aschenbecher in die Hand und studierte ihn von allen Seiten.

»Was ist das hier überhaupt für ein affiges Ding? Ich habe mich immer schon gefragt, was das ist. Aber auf einen Aschenbecher wäre ich weiß Gott nicht gekommen. Möchte nicht wissen, was ihr dafür bezahlt habt.«

»Porsche-Design«, sagte ich verlegen. »Der ist aus Mooreiche. Der war wirklich ganz schön teuer. Irgendwas um dreihundert.«

»Rupien, hoffe ich«, murmelte Johanna und verdrehte die Augen. »Alles andere wäre Irrsinn.«

Sie schlug den Block auf und ließ den Stift über dem weißen Blatt schweben. »Fangen wir an. Ich nehme mal an, es steht nicht zur Debatte, das Haus zu verkaufen?«

»Natürlich nicht!«, rief ich sofort. »Harald würde das niemals zulassen!«

»Was Harald zulassen würde und was nicht, ist hier jetzt nicht der Punkt«, sagte sie spöttisch. »Ich dachte, das hätten wir geklärt. Du musst Entscheidungen treffen.«

Hm. Harald würde das niemals zulassen ... und ich?

Will ich das Haus verkaufen?

Natürlich nicht! Auf keinen Fall.

Ich liebte dieses Haus. Ich hatte mich auf den ersten Blick verliebt, schon als ich Fotos gesehen hatte. Außerdem: Ein Objekt wie dieses zu verkaufen, würde Monate dauern, das würde uns kein Stück weiterbringen.

Als ich sprach, klang meine Stimme fest und sicher.

»Das Haus will ich nicht verkaufen. Nicht, wenn ich es irgendwie verhindern kann.«

»Gut.« Johanna schrieb *Haus erhalten* auf den Block. »Was ist zu tun, damit du das Haus nicht verkaufen musst? Wie lange wird Harald ausfallen?«

Ich zuckte die Schultern. »Das kann niemand genau sagen. Ein paar Monate, ein Jahr ... Er muss jetzt erst einmal für ein paar Wochen in eine andere Klinik zur Reha.«

»Okay. Sagen wir, wir müssen mindestens ein Jahr überbrücken. Und Michael soll Haralds Klienten übernehmen?«

Michael! Den hatte ich völlig vergessen. Ich sah mich hektisch um. »Wo ist das Telefon? Ich muss sofort ...«

Johanna schlug mit der Hand auf den Tresen, um meine Aufmerksamkeit zurückzugewinnen – was auch problemlos funktionierte. Ich zuckte zusammen und sah sie erschrocken an.

»Gar nichts musst du«, sagte sie streng. »Du bleibst jetzt hier sitzen. Michael kannst du immer noch anrufen, das läuft nicht weg. Konzentration, bitte.«

Na super. Wo ist der Unterschied für mich, ob Harald entscheidet, was zu tun ist, oder ob meine Mutter mich herumkommandiert? Ich darf mir die Zügel nicht aus der Hand nehmen lassen, ich muss stark sein, selbstbewusst. Denk nach, Maren, denk nach ... Verdammt, ich fühle mich wie im Blindflug ...

Ich straffte die Schultern. »Also gut. Wir müssen die Kinder von der Schule nehmen, das Internat ist viel zu teuer.« Ich rieb mir die Augen und seufzte. »Das ist eigentlich das Allerschlimmste. Amelie wird furchtbar enttäuscht sein, sie hatte so ehrgeizige Pläne.«

»Papperlapapp«, sagte meine Mutter, während sie schrieb. »Timo ist es schnurz, und Amelie kann das letzte Schuljahr vor dem Abitur hier auf ein Gymnasium gehen. Dann steht ihr trotzdem die ganze Welt offen. Sie hat so gute Noten, dass ein Stipendium für ein Auslandsstudium kein Problem sein wird.«

Schulen recherchieren stand jetzt zusätzlich auf dem Block.

Johanna kaute an dem Stift, ließ den Blick nachdenklich durch die Küche und das angrenzende, riesige Wohnzimmer schweifen, verweilte bei den sorgfältig ausgesuchten Kunstgegenständen, kostbaren Teppichen und Design-Objekten und sah dann mich an.

Ich ahnte, was jetzt kommen würde. Und ich hatte mich keineswegs getäuscht.

»Du könntest hier einiges verkaufen, meine Liebe. Das ist doch alles neu angeschafft, oder?«

Mein Magen zog sich zusammen. Wochenlang war ich von einem Laden zum nächsten gelaufen, hatte Stoffe ausgesucht, Accessoires kombiniert und mit Antiquitätenhändlern gefeilscht, bis ich genau diese perfekte Mischung aus modernem Design und antiken Einzelstücken zusammengestellt hatte, die jedes Hochglanz-Einrichtungsmagazin schmücken würde.

Der fast drei Meter lange Refektoriumstisch aus Nussbaum aus dem siebzehnten Jahrhundert im Essbereich, der hatte mal in einem Kloster in der Toskana gestanden. Und die acht italienischen Scherensessel allein hatten schon achttausend Euro gekostet. Das maßgefertigte Designersofa auf dem Seidenteppich, die hohe Vitrine mit den farbenprächtigen Objekten aus Muranoglas, mundgeblasene, filigrane Einzelstücke nach Entwürfen des Künstlers Luigi Straffi ... das alles sollte ich wieder verkaufen?

Weit unter Wert, womöglich?

»Maren?« Johanna klopfte ungeduldig mit dem Stift auf den Block. »Können wir weitermachen?«

Ich schreckte aus meinen schönen Träumen hoch. »Hm?«

»Du machst eine Inventarliste mit den Preisen, die das ganze Zeug gekostet hat«, befahl Johanna. »Du könntest einen Shop bei eBay machen, für deine Kleider und Kleinkram wie diesen lächerlichen Aschenbecher hier.«

»Shop?« Ich war ratlos. Natürlich kannte ich eBay. Ich hatte zwar noch nie etwas ersteigert oder Dinge verkauft, aber was meinte sie mit Shop?

Sie schüttelte amüsiert den Kopf. »Auf welchem Planeten hast du eigentlich die letzten Jahre gelebt? Es gibt Leute, die machen das ganz professionell. Die leben davon. Nicht nur mal ein Fahrrad oder ein Kinderwagen, der nicht mehr gebraucht wird. Man kann das richtig professionell machen und einen Shop einrichten. Bei dem ganzen Krempel, den du hier verkaufen könntest ... Bei der Volkshochschule gibt es spezielle Kurse. Eine Turnschwester von mir hat das gemacht und betreibt jetzt sehr erfolgreich einen Shop.«

Sie schrieb *Maren: Computerkurs/eBay/VHS* auf ihre Liste. »Du machst einen Computerkurs, verstanden?«

In mir regte sich Widerstand. Aber als ich protestieren wollte, schlug Johanna wieder mit der flachen Hand auf den Tresen.

»Verdammt, Mädchen, wach auf! Du willst doch dein Haus erhalten, oder?« Als ich nickte, fuhr sie fort: »Auch wenn das völlig hirnrissig ist, verstehe ich dich. Ist ja nicht so, dass ich hier nicht auch gern wohne. Du wirst dich von einigen Dingen trennen müssen; vor allem von Posten in deiner Ausgabenliste, die überflüssig sind. Oder für die schlicht kein Geld mehr da ist.«

»Zum Beispiel?«, fauchte ich.

Allmählich ging sie mir gewaltig auf die Nerven. Ich kam mir vor wie beim Vokabelabfragen in der Schule – vorne an der Tafel. Am liebsten hätte ich mich im Schlafzimmer eingeschlossen und in Selbstmitleid gesuhlt.

Johanna ließ sich nicht aus der Ruhe bringen und dozierte: »Der Gärtner, zum Beispiel. Und das Fitnessstudio. Der Garten ist ab sofort unser Fitnessstudio. Wahrscheinlich wirst du allein beim Rasenmähen so viele Kalorien verbrennen wie in vier Stunden mit deinem Personal Trainer – der im Übrigen ab sofort gestrichen ist.«

Sie hatte recht. Natürlich hatte sie recht.

Ich wollte nicht wie ein bockiges Kind dastehen und zählte auf: »Der Golfclub, jede Woche Maniküre, Pediküre, Massage, Friseur …«

»Genau!«, rief sie und schrieb eifrig mit. »Du hast das Prinzip erkannt. Alles kündigen beziehungsweise keine neuen Termine mehr machen.« Sie ließ den Stift in der Luft schweben.

»Weißt du, das ist wichtig den Kindern gegenüber, dass du verzichtest. Ich werde mir auch noch was einfallen lassen, wie ich Geld beisteuern kann.« Sie zündete sich einen neuen Zigarillo an, paffte ein paar Züge und fuhr fort: »Weiter. Was kannst du noch an Ballast abwerfen?«

Ich würde mich von unserer Haushälterin trennen müssen. Sie weiterzubeschäftigen wäre der reine Wahnsinn.

»Frau Bartels …«, sagte ich langsam und fuhr herum, als ich hinter mir ein Räuspern hörte.

»Ich bin also Ballast«, murmelte Frau Bartels. »Und das nach fünfzehn Jahren.« Sie sah schockiert aus. Schockiert und zutiefst verletzt. Sie starrte mich ein paar Sekunden an, drehte sich abrupt um und ging. Sekunden später knallte die Haustür zu.

Ich saß wie erstarrt. Mein Gesicht war heiß, mein Herz schlug wie wild. »O Gott, sie hat es gehört. Ich habe gar nicht mitbekommen, dass sie wieder hier ist.«

»Na und?«, sagte Johanna ungerührt. »Irgendwann hättest du es ihr sowieso sagen müssen. Jetzt weiß sie halt Bescheid. Sie kann nicht erwarten, dass sich in dieser Situation für sie nichts ändert. Du redest noch mal in Ruhe mit ihr, und vielleicht kannst du sie ja sogar in deinem Bekanntenkreis weitervermitteln.«

Sie schrieb *Frau Bartels kündigen* auf den Block und machte direkt ein Häkchen dahinter.

»Siehst du?«, sagte sie und grinste. »Ein Punkt ist schon erledigt.« Dann sah sie auf ihre Armbanduhr, drückte den Zigarillo aus und erhob sich. »Ich muss los. Ich habe noch einen Termin.«

Vorhin war sie mir noch auf die Nerven gegangen, aber jetzt wollte ich, dass sie blieb. »Wo willst du denn hin?«

»Gleich kommt Gitti zu mir, die kenn ich vom Tanztee. Ich lege ihr die Karten.«

»Aha? Nimmst du dafür eigentlich Geld?«

»Nein, natürlich nicht.«

Plötzlich erhellte sich ihr Gesicht, und sie tippte sich mit dem Zeigefinger an die Stirn. »Hey – du bringst mich auf eine Idee! Hervorragend, Maren, wirklich gut. Ich sehe das Inserat schon vor mir: *Madame Josie berät Sie in allen Lebenslagen: Tarot – Pendeln – Horoskope, Termine nach Vereinbarung.* Meine Mädels erzählen mir ständig von Freundinnen, denen ich die Karten legen soll. Aber ich habe immer abgelehnt, obwohl sie mir Geld angeboten haben. Für mich war das immer nur ein Hobby – bis jetzt!«

Sie lachte und fügte hinzu: »So wahr ich hier stehe: Gitti ist die Letzte, die den Gratis-Service kriegt. Ab sofort nur noch gegen Cash!«

Kapitel 13

Maren Ich saß im Krankenhaus an Haralds Bett, als Michael und Brigitte nach einem leisen Klopfen die Tür öffneten und ihre Köpfe hereinstreckten. Ihre Gesichter trugen jenen betroffen-mitleidigen Gesichtsausdruck, den so viele Menschen bei einem Krankenbesuch für angemessen zu halten schienen.

Haralds Miene hellte sich bei Michaels Anblick sichtlich auf. »Kommt doch rein«, sagte er und winkte.

Ein pompöser Blumenstrauß schob sich durch die Tür, gefolgt von Brigitte, die wie zu einer Beerdigung gekleidet war: schwarz und schlicht. Ihre Augen waren weit aufgerissen, ihre Lippen bebten, als sie zum Bett trippelte und theatralisch ausrief: »Großer *Gott*, Harald, was machst du denn für Sachen?« Dann drehte sie sich um und fragte mit erhobener Stimme Richtung Tür: »Ist denn hier keine *Schwester*, die sich um die Blumen kümmern kann?«

Ich kam mir vor wie im Boulevardtheater: Auf der Bühne/im Krankenzimmer liegt der Held im Krankenbett, die Gattin wacht an seiner Seite. Die Tür geht auf, und herein kommen der Best Buddy des Kranken und die offizielle Überkandidelte des Stücks, das Gesamtpaket aus großer Geste, großem Monolog, großem Kostüm, großer Requisite (der Blumenstrauß!) und ganz großer Mimik.

Und dann noch nach der Schwester schreien wie nach einem Dienstmädchen!

»Lass mal, ich mach das schon«, sagte ich und nahm ihr den riesigen Strauß ab. »Ich lege ihn solange ins Waschbecken. Eine normale Vase wird da nicht reichen, fürchte ich.«

Ich hatte bereits beschlossen, die Blumen später mit nach Hause zu nehmen.

Während Brigitte am Fußende stehen blieb und Harald nur anstarrte, war Michael ans Bett getreten und hatte die Hand seines Freundes ergriffen.

»Harald«, sagte er nur.

Harald versuchte, sich aufzurichten. Er griff sich an den Kopf und verzog sein Gesicht. »Verdammt, mein Schädel ist ordentlich hart aufgeschlagen, aber dafür habe ich diesen schicken, weißen Turban bekommen.« Er grinste schief und fügte hinzu: »Heute nicht, Liebling, ich habe Migräne.«

Michael lachte und zog sich einen Stuhl heran. »Mensch, Harald, als Maren mir gesagt hat ...« Er schüttelte den Kopf. »Wir haben gedacht, ihr vergnügt euch auf einem Luxusliner, und dann ruft Maren an und erzählt mir, dass ihr überhaupt nicht losgefahren seid, weil du vor einen Baum gefahren bist.« Er deutete auf das Laptop und das Handy auf Haralds Nachttisch. »Du arbeitest doch nicht etwa?«

Harald schüttelte den Kopf. »Schön wär's. Nein, ich habe Maren gebeten, mir alles mitzubringen, damit ...« Er holte tief Luft und setzte wieder an: »Michael, bitte, du musst ...«

Er brach ab, und sein Blick ging zu mir.

Ich sah ihm an, dass er gern mit Michael allein reden wollte. »Komm, Brigitte, wir gehen einen Kaffee trinken«, sagte ich und warf Harald einen Kuss zu. »Bis gleich, Liebling.«

Brigitte folgte mir sichtlich erleichtert in die Cafeteria des Krankenhauses. Bis wir mit unserem Kaffee am Tisch saßen, schwieg sie ganz gegen ihre sonstige Gewohnheit.

Dann brach es aus ihr heraus. »Mein *Gott*, Maren! Das ist ja alles *so* grauenhaft! Wie *stehst* du das nur durch? Ich würde *verrückt* werden, schier zusammenbrechen. Ich könnte mich direkt mit ins Krankenhaus legen, das *schwöre* ich dir.«

Sie ergriff meine Hände und senkte die Stimme. »Wird er wieder *ganz* der Alte ... ich meine, du *weißt* schon ...« Sie brach ab, und ihre Augen füllten sich mit Tränen. Sie ließ meine Hände los, um in ihrer Handtasche nach einem Taschentuch zu suchen. Vorsichtig tupfte sie sich die Augen ab, bemüht, ihr Make-up nicht zu ruinieren.

Eigentlich hatte ich keine Lust, ausgerechnet mit Brigitte über Haralds Zustand zu reden. Ich konnte mir schon lebhaft vorstellen, wie sie alle Informationen atemlos weitererzählen würde, dramatisch ausgeschmückt, natürlich. Ganz große Bühne. Ihre pathetische Betroffenheit ging mir gehörig auf die Nerven.

»Er ist hier in den besten Händen«, sagte ich. »Die letzte Woche war schlimm, da lag er im Koma. Aber seit er wieder aufgewacht ist, geht es bergauf. Die Ärzte sind sehr zufrieden.«

»Du *Ärmste*, das muss ja ein *schrecklicher* Schock für dich gewesen sein«, wisperte sie und fächelte sich mit beiden Händen hektisch Luft zu. »Also, wenn *mein* Michael ... nicht auszudenken! Ich wäre hilflos wie ein *Baby*, garantiert.«

»Ich war natürlich furchtbar erschrocken, das kannst du dir denken. Aber jetzt ist er ja wieder wach.«

Ich sah wie zufällig auf die große Wanduhr und stellte fest, dass wir erst seit sieben Minuten hier saßen.

Es kam mir vor wie eine Ewigkeit.

»Und die *Kinder*? Was haben die *Kinder* gesagt? Sind die beiden nach Hause gekommen?«

Ich schüttelte den Kopf. »Sie wissen noch nichts. Ich werde morgen im Internat anrufen. Amelie schreibt heute ihre letzte Klausur vor den Ferien, da wollte ich sie nicht unnötig aufregen.«

Brigitte starrte mich fassungslos an. »Die beiden *wissen* noch nichts? Aber du *musst* doch ... Also, die beiden *müssen* doch wissen ... Ihr *Vater* ist schließlich ...«

Ihre schrille Stimme schallte durch den gesamten Raum. Die Leute an den Tischen um uns herum gafften uns an. Auch das noch.

Selbstverständlich hatte ich keine Lust, mein Handeln ausgerechnet Brigitte gegenüber zu rechtfertigen. Wieso hatte ich meine große Klappe nicht gehalten? Ich hätte ihr sonst was erzählen können – wie hätte sie überprüfen wollen, ob ich die Wahrheit gesagt hatte, wenn ich behauptet hätte, Amelie und Timo wüssten Bescheid? Außerdem – was wusste sie schon, schließlich hatte sie keine eigenen Kinder.

»Pass auf, Brigitte«, sagte ich, »wenn dein Mann verunglückt, kannst du damit umgehen, wie du es für richtig hältst. Ich habe entschieden, Timo und Amelie nicht zu erschrecken, solange mir niemand sagen konnte, wie schwer Harald verletzt ist, basta.«

Sie prallte zurück, ihre Augen füllten sich wieder mit Tränen. »Also *wirklich*, Maren, ich will doch nur *nett* sein. Und dann bist du so *gemein* zu mir.«

Herrje, jetzt musste ich auch noch Brigitte trösten! Ich gab mir einen Ruck und sagte: »Tut mir leid, aber meine Nerven ... du weißt schon. Ich habe während der letzten Tage an Haralds Bett gewacht, ich bin völlig übermüdet.«

Ihre Tränen versiegten abrupt. »Aber das *verstehe* ich doch. Wann kann Harald denn wieder *arbeiten*?«

»Das wissen wir leider nicht, das können auch die Ärzte nicht sagen. Harald muss jetzt erst einmal zur Reha, für mindestens vier Wochen, dann sehen wir weiter. Wir müssen abwarten, wie es ihm danach geht und wie viel von seinem normalen Pensum er schaffen kann.«

»Ach, das *wird* schon wieder«, flötete Brigitte und tätschelte meine Hand. »Mein Michael wird ihm *helfen*, ganz bestimmt. Du wirst sehen: In *vier* Wochen ist alles wieder, wie es *vorher* war. Und dann seid ihr meine *Ehrengäste* auf der Gartenparty, die ich gerade plane.«

Gott sei Dank, ein anderes Thema. Ich setzte einen interessierten Gesichtsausdruck auf und sagte: »Eine Gartenparty? Wie schön. Erzähl doch mal.«

Während sie wie ein Wasserfall redete und sich damit zufriedengab, von mir ab und zu mal ein »Hm« zu bekommen, war ich mit meinen Gedanken weit weg.

Es gab so viel zu planen, so viel zu erledigen. Ich konnte es kaum erwarten, weiter an meiner Liste zu arbeiten. Ich würde nach und nach alles absagen, stornieren und abmelden, was möglich war. Vielleicht sollte ich auch schnellstens mein Auto verkaufen? Haralds Wagen hatte ja nur noch Schrottwert. Mein kleiner Zweisitzer war nicht nur unpraktisch, sondern auch viel zu teuer im Unterhalt. Nicht, dass ich gewusst hätte, was der Wagen an Steuer und Versicherung kostete. Für den Anfang würde es reichen, den Kleinwagen zu behalten, den Frau Bartels immer benutzte ...

Ich schreckte aus meinen Gedanken auf, als Michael an den Tisch trat. Er trug Haralds Laptop unter dem Arm.

»Na, ihr beiden?«, rief er aufgeräumt und ließ sich auf einen Stuhl fallen.

»Michael«, säuselte Brigitte, »ich erzähle Maren gerade von unserer *Party* und dass Harald und sie unsere *Ehrengäste* sein werden.«

Michael zog die Augenbrauen hoch und sagte: »Warten wir ab, wie es Harald bis dahin geht. Aber wir freuen uns natürlich, wenn ihr kommt.«

Danke, Michael, du bist mal wieder die Stimme der Vernunft in Brigittes Plapper-Universum.

»Dann haben wir etwas, worauf wir uns freuen können«, sagte ich. »Und – habt ihr alles besprochen? Harald war es sehr wichtig, dich so schnell wie möglich zu sehen. Schön, dass es sofort geklappt hat.«

Michael nickte. »Alles geklärt. Harald soll sich keine Sorgen machen, ich kümmere mich um alles.« Er sah stirnrunzelnd auf seine Armbanduhr. »Täubchen, wir müssen los. Ich habe in einer halben Stunde einen Termin, dein alter Mann muss Geld verdienen.« Er grinste breit.

Harald sah müde, aber deutlich erleichtert aus, als ich zurück in sein Zimmer kam.

»Es ist alles geregelt«, flüsterte er, »Michael wird sich um alles kümmern.«

»Was habt ihr vereinbart?«

»Er kümmert sich um alles«, wiederholte Harald, dem immer wieder die Augen zufielen. »Er hat mein Handy und mein Laptop. Er übernimmt meine Kunden, bis ich …« Seine Stimme wurde immer leiser. »Mach dir keine Sorgen, Liebling«, murmelte er mit geschlossenen Augen, »fahr jetzt nach Hause, mir geht es gut.«

Sein Kopf fiel zur Seite, er war fest eingeschlafen.

Kapitel 14

Maren Abends saß ich bei einer Kanne Tee am heimischen Küchentresen über meiner mittlerweile mehrseitigen To-do-Liste. Wenn Harald ausfiel, mussten halt andere Einkommensquellen erschlossen werden. Dieses Haus würde ich nicht freiwillig aufgeben, das stand für mich fest.

Gut, dass Johanna eine pragmatische, zupackende Frau war, die sich nicht lange mit Sentimentalitäten aufhielt. Nach vorn gucken, das war ihr Credo. *Madame Josie* ... typisch Johanna. Diese Kaltschnäuzigkeit, mit der sie Frau Bartels von der Liste gestrichen hatte ...

Wer weiß, wann ich den Mut aufgebracht hätte, Frau Bartels zu entlassen. Vielleicht sollte ich Brigitte Bescheid sagen, dass unsere langjährige Haushaltsperle einen neuen Job suchte. Obwohl – hieß das nicht, die treue Seele direkt in die Hölle zu schicken? Und bedeutete das nicht auch, dass ich Brigitte die Wahrheit über unsere finanzielle Situation sagen musste?

Und wenn schon – das würde die bestimmt schon über Michael erfahren haben, der war ja auch nicht blöd und wusste genau, was es bedeutete, dass Harald seine Kunden nicht mehr betreuen konnte.

Ich sah auf die Uhr. Es war noch nicht zu spät, Brigitte anzurufen. Entschlossen griff ich nach dem Telefon und wählte. Eine Männerstimme meldete sich.

»Michael? Ich bin's, Maren.«

»Maren ... ist etwas mit Harald?« Er klang besorgt.

»Nein, nein. Ich möchte Brigitte sprechen. Aber da ich dich gerade am Telefon habe: Ich brauche Haralds Laptop so schnell wie möglich zurück.«

»Ach, tatsächlich? Hat Harald danach gefragt?«

Das ist mal wieder typisch, dachte ich. In eurem kleinen Männerhirn existiert wohl nur die Option, dass der Mann das Laptop brauchen könnte, oder wie?

»Nein«, sagte ich beherrscht, »dann hätte ich das so gesagt. Ich brauche es, Michael.«

»Wozu ...«, begann er, besann sich dann aber eines Besseren und fuhr fort: »Ich habe mir für das Wochenende vorgenommen, die Daten runterzuziehen und auf eine externe Festplatte zu packen. Das wird einige Zeit dauern, diese Tabellen und Datenbanken sind nicht ganz unkompliziert.«

Ich hatte zwar keinerlei Ahnung, wovon Michael sprach, antwortete aber: »Ich weiß. Nimm dir die Zeit, die du dafür brauchst. Es wäre aber schön, wenn du mir das Laptop am Montag bringen könntest, wenn du es einrichten kannst.«

»Ich kann es auch ins Krankenhaus ...«

»Nein«, unterbrach ich ihn schnell, »nicht ins Krankenhaus. Das möchte ich nicht. Harald soll sich ausruhen und erholen. Das Laptop hat Professor Claussen ihm strikt verboten.«

Eine kleine Notlüge dürfte hier ja wohl erlaubt sein. Obwohl – Claussen würde Harald wahrscheinlich wirklich das Gerät aus den Händen reißen und aus dem Fenster werfen, wenn er ihn im Krankenhaus damit erwischte.

»Gut. Ich bringe es dir dann am Montag vorbei«, sagte Michael.

»Wunderbar. Ruf vorher durch, damit wir uns nicht verpassen. Holst du mir jetzt bitte Brigitte ans Telefon?«

»Ja, mach ich ...«, sagte Michael zögernd, um dann schnell hinzuzufügen: »Maren, wenn du ... ich meine, wenn ihr Hilfe braucht, egal, in welcher Form, dann sag mir bitte Bescheid, ja? Also ehe ihr ... du weißt schon.«

Ich schluckte. Michael bot uns Geld an, aber das würde ich auf keinen Fall annehmen.

»Nein, nein, alles bestens«, sagte ich betont munter. »Aber danke für dein Angebot, das weiß ich sehr zu schätzen, Michael. Also dann bis Montag.«

Der Hörer wurde abgelegt, und ich hörte ihn nach Brigitte rufen. Nach ein paar Minuten endlich klackerten hohe Absätze heran, und Brigittes atemlose Stimme fragte: »Maren? Um *Himmels* willen, ist was mit Harald?«

»Nein, alles in Ordnung, Brigitte. Ich rufe wegen Frau Bartels an. Sie sucht eine neue Stelle.«

Am anderen Ende der Leitung blieb es still.

»Brigitte? Bist du noch dran?«

»Ja ... ja, natürlich bin ich noch dran. Frau Bartels sucht eine neue Stelle? Wieso das denn?«

Wie immer, wenn Brigitte über etwas sehr verblüfft war, vergaß sie ihre affektierte Sprechweise und redete ganz normal.

»Ich werde mich von Frau Bartels, so sehr ich ihre unzweifelhaften Qualitäten auch schätze, trennen müssen«, sagte ich. »Ich kann sie mir momentan nicht mehr leisten.«

»Aber, Maren! Das ist doch bestimmt nur vorübergehend. Harald wird in ein paar Wochen ...«

»Das kann niemand vorhersagen, Brigitte.«

»Ja, aber Frau Bartels? Weiß Harald schon ...«

Das war ja klar.

Weiß Harald schon Bescheid?

Hat Harald das entschieden?

Wieso kam Brigitte nicht auf die Idee, dass dies meine Entscheidung war? Wieso kam niemand auf diese Idee?

»Harald erfährt das noch früh genug«, sagte ich, so ruhig ich konnte. »Mir wäre lieb, wenn ihr ihm gegenüber in dieser Sache diskret seid, du verstehst? Ich möchte nicht, dass er sich unnötig aufregt.«

»Ja, ja, natürlich, du kannst dich auf uns verlassen«, versicherte Brigitte eilig.

»Danke«, sagte ich. »Und was ist nun: Bist du interessiert? Soll ich dir Frau Bartels' Nummer geben?«

Ja, erwiderte sie, sie sei interessiert, zumal die Arbeitseinstellung von Olga, ihrer aktuellen russischen Haushaltshilfe, nun ja, ich wisse schon, und überhaupt, irgendwie würden auch immer wieder Kleinigkeiten aus der Wohnung verschwinden, da sei sie ganz sicher, und man müsse sich mal vorstellen, vor ein paar Tagen habe diese dumme Pute auf dem antiken Sideboard im Esszimmer ein Duftteelicht entzündet und es dann vergessen, und jetzt habe man dort einen dicken Brandfleck, also wirklich. Putzen sei ja schließlich keine Wellnessveranstaltung, wozu brauche man denn dabei bitteschön ein Duftteelicht? Und ihre Seidenbluse, die diese unfähige Person letztens nicht mit der Hand gewaschen, sondern in die Waschmaschine gesteckt hatte, total ruiniert. Aber natürlich würde diese Frau die deutsche Sprache nur sehr unvollkommen beherrschen, und dieser Olga Anweisungen geben zu müssen, sei die reine Folter, man wisse ja schließlich nie, ob sie auch nur das kleinste bisschen verstanden hätte, siehe Seidenbluse ...

Ich ließ Brigittes Geplapper über mich ergehen. Ich tröstete mich damit, dass Brigitte sowieso wie der Blitz aus meinem Leben verschwinden würde, sobald sie begriffen hatte, wie dramatisch unsere finanzielle Situation war.

Als sie mit ihren Gruselgeschichten über Olga und deren himmelschreiende Unfähigkeit endlich fertig war, schrieb sie sich Frau Bartels' Telefonnummer auf und versicherte, diese gleich am nächsten Tag anzurufen.

Als Brigitte endlich aufgelegt hatte, machte ich auf meiner Liste einen Haken hinter *Brigitte wegen Frau Bartels anrufen.*

Es fühlte sich gut an. Aber meine Liste war endlos lang und

bestimmt noch längst nicht vollständig, außerdem völlig unsortiert. Ich hatte einfach alles aufgeschrieben, was mir eingefallen war.

Aber ein Punkt stand ganz oben, dreimal unterstrichen: *Amelie und Timo informieren.*

Ich hatte Angst vor diesem Anruf. Um Timos Reaktion machte ich mir keine Sorgen – dem war es egal, wo er zur Schule ging, ihm bedeutete das Internat nichts. Er hatte die Fähigkeit, sich blitzartig zu integrieren, schon damals im Kindergarten hatte er sich innerhalb eines Tages an die neue Umgebung gewöhnt. Andere Kinder hatten tagelang Theater gemacht und ununterbrochen geweint. Nicht so Timo: Er hatte sofort alles inspiziert und zu spielen begonnen. Die Betreuerinnen hatten gesagt, Timo sei das pflegeleichteste Kind, das sie jemals kennengelernt hatten.

Amelie – dessen war ich sicher – würde furchtbar enttäuscht sein. Es war nicht so, dass sie dieses Internat abgöttisch liebte, aber sie sah die Chancen, die ein Abschluss auf dieser Schule bot. Außerdem war dort Jussi, ihre erste Liebe. Sie schien in dem jungen Mann etwas zu sehen, was sich zumindest mir nicht auf den ersten Blick erschlossen hatte. Mir war er reichlich überheblich vorgekommen, um ehrlich zu sein.

Ich seufzte und goss mir noch eine Tasse Tee ein.

Kapitel 15

Roswitha Ich versuchte, mich mit einem Kreuzworträtsel abzulenken, während ich auf Steffen wartete. Meine Ungeduld hätte mich sonst rastlos durch die Wohnung tigern lassen, nachdem die Hausarbeit bereits erledigt und der Kuchen zur Feier des Tages längst gebacken war.

Küche und Bad waren blitzsauber, die Wohnung war gewischt und gesaugt, die Fenster streifenfrei poliert. Dann hatte ich die Pflanzen auf den Fensterbänken mit Wasser und Dünger versorgt und den Staub von den Blättern entfernt. Zu guter Letzt hatte ich mich um meinen Minigarten auf dem Balkon gekümmert, alle verwelkten Blüten und Blätter abgeknipst, die Pflanzen gegossen und wuchernde Triebe hochgebunden.

Jetzt saß ich inmitten der blühenden Pracht auf dem bequemen Korbstuhl, das Kreuzworträtsel vor mir auf dem kleinen Tischchen, und beobachtete eine dicke Hummel, die auf der Suche nach Nahrung laut brummend von Blüte zu Blüte flog.

Steffen hatte den Balkon in meinen Lieblingsfarben bepflanzt. Der Blauregen mit seinen gefiederten Blättern und den prächtigen, dicken Blütendolden bildete zum Nachbarn auf der Linken einen natürlichen Sichtschutz, zartblaue Glockenblumen, aromatisch duftender Lavendel und silbrig schimmerndes Bonanzagras wuchsen in den Balkonkästen. Violette Hängepetunien schaukelten in drei großen Blumenampeln. An der rechten Balkonseite stand mein ganzer Stolz: ein treppenförmiges Gestell, auf dem sich Blumentöpfe mit Schnittlauch, Basilikum, Dill, Zitronenmelisse und Petersilie drängten. Auf der obersten Stufe des Gestells war Mimis Stammplatz; auch jetzt lag sie dort auf ihrem Kissen und schlief in der Sonne, leise schnarchend und mit zuckender Schwanzspitze. Ich stellte mir vor, wie sie im Traum ein Mäuseloch belauerte.

Ich schloss die Augen und lauschte den Geräuschen um mich herum: Vom Spielplatz erklang Kinderlachen, irgendwo stritt ein Paar, und die Hummel hatte Gesellschaft von einer Kollegin bekommen. Wenn Steffen sich doch endlich melden würde!

Ich setzte mich mit einem Ruck auf, als ich den Schlüssel im Schloss der Wohnungstür hörte. Steffen, endlich! Ich hörte ihn rufen, fröhlich und unbeschwert, und atmete auf – so würde er nicht klingen, wenn er durchgefallen wäre.

»Auf dem Balkon!«, rief ich, und sofort kam er durchs Wohnzimmer gestürmt, eine Urkunde in einer Plastikhülle schwenkend. Er ließ sich auf den Hocker neben mir fallen und strahlte mich glücklich an.

»Bestanden«, sagte er selig, machte eine kleine Kunstpause und fügte dann hinzu: »Als Jahrgangsbester, stell dir mal vor!«

Er schüttelte den Kopf, als könne er es selbst kaum glauben.

»Ich bin stolz auf dich«, sagte ich mit belegter Stimme, »wirklich, wirklich stolz.«

»Und stell dir vor, die Prüfer haben mir empfohlen, über ein Studium nachzudenken. Ein Studium! Ich!«

»Noch ein Grund mehr, zu feiern. Bleib sitzen, ich hole den Kuchen, und mach uns einen Kaffee. Schlagsahne, der Herr?«

Ich quetschte mich an ihm vorbei und wartete in der Balkontür auf seine Antwort.

Er sah zu mir hoch und fragte: »Stachelbeerbaiser, stimmt's? Die ganze Wohnung duftet danach. Viel Sahne, bitte.«

Sein Handy klingelte. Er zog es aus der Brusttasche seiner Jacke, warf einen Blick aufs Display und sagte: »Mein Chef.«

Während ich in der Küche werkelte, hörte ich ihn lachen und

sprechen. Als ich auf den Balkon zurückkehrte, beendete er gerade das Gespräch und sprang auf, um mir das Tablett abzunehmen. Er legte zwei große Stücke Torte auf unsere Teller, häufte Schlagsahne darüber und steckte sich einen ordentlichen Bissen in den Mund.

»Und? Was sagt dein Chef?«, fragte ich.

»Na, der freut sich natürlich«, rief Steffen. »Und er hat mir gerade gesagt, was meine Prämie ist.«

»Prämie? Davon wusste ich ja gar nichts.«

Steffen klatschte sich noch ein paar Löffel Sahne auf den Teller und sagte: »Um ehrlich zu sein, ich hatte ihn nicht ernst genommen, als er vor ein paar Wochen davon sprach. Er hätte noch eine Überraschung für mich, wenn ich Jahrgangsbester werde, hatte er gesagt. Ich hab gedacht, was kann das schon groß sein? Zwei Tage Sonderurlaub, vielleicht.«

»Und? Was ist es denn nun?«, fragte ich ungeduldig.

»Er will neue Autos für den Betrieb anschaffen und schenkt mir einen von den ausgemusterten Lieferwagen! Ist das nicht der Knaller?«

Ich spürte die Enttäuschung wie einen Stich. Ich hatte ihm ein Auto schenken wollen, und jetzt kam Steffens Chef mir zuvor.

»Er schenkt dir ein altes, kaputtes Auto?«, sagte ich. »Das nennt er eine Prämie? Na, ich weiß nicht ...«

Steffen lachte. »Nicht besonders alt und schon überhaupt nicht kaputt, im Gegenteil. Die Wagenflotte ist top gepflegt. Das hat irgendwie steuerliche Gründe, dass er alle paar Jahre neue Lieferwagen anschafft, und je besser die alten in Schuss sind, desto teurer kann er sie noch verkaufen, verstehst du? Ich bekomme also ein astreines Auto, sobald ich den Führerschein habe.« Er sah mir forschend ins Gesicht. »He, was ist los mit dir? Freust du dich denn nicht?«

Natürlich freue ich mich für dich, dachte ich, aber dein Chef hat mir gerade die Überraschung mit deinem geheimen Sparbuch kaputt gemacht, vielen Dank auch.

»Doch, natürlich«, versicherte ich schnell und wusste, Steffen konnte mir die Enttäuschung ansehen. »Es ist nur ... Na ja, es ist nämlich so ... ich habe von deinem Kostgeld jeden Monat fünfzig Euro auf ein Sparbuch gepackt, und das sollte für ein kleines Auto sein, weißt du? Und jetzt kann ich dir die Freude nicht mehr machen.«

Er starrte mich ungläubig an und rief: »Du auch? Ich habe etwas gespart! Das ist ja der Wahnsinn! Dann habe ich jetzt zwei Sparbücher? Dreitausend Euro? Das ist ja irre!«

Er schloss die Augen und murmelte: »Das passt perfekt, ich kann es kaum glauben ...«

»Wieso, was hast du denn vor mit dem Geld?«

Er antwortete nicht sofort, sondern stand auf und sah hinunter auf den Spielplatz. Ich konnte mir nicht vorstellen, warum er mir keine Antwort gab. Was plante er? Und wieso hatte ich diese Ahnung, dass es um etwas ging, das er mir schonend beibringen musste – oder dass er zumindest glaubte, dies tun zu müssen?

»Mutti«, sagte er leise und dreht sich zu mir um. »Ich möchte ausziehen, weißt du? Es ist nicht so, dass ich nicht gern mit dir hier wohne, das musst du mir glauben.« Er sah mich bittend an. »Aber ich verdiene jetzt mehr Geld, und ...« Er stockte. »Das verstehst du doch?«

Peng. Klar verstand ich ihn, aber das minderte den Schock keineswegs. Ich hatte gehofft, dass ... Ja, was hatte ich eigentlich gehofft? Dass er ewig bei mir bleiben würde? Nein, das nicht, das wäre zu gruselig. Aber musste er so früh und so plötzlich ...

»Ist alles okay?«, hörte ich ihn fragen.

Ich nickte. Ich hatte keine Worte.

»Ich werde dich schrecklich vermissen, das weiß ich jetzt schon«, sagte er leise. »Und Mimi auch.«

Beim Klang ihres Namens wachte die kleine Katze auf, miaute leise und erhob sich, um sich zu strecken. Dann drehte sie sich ein paar Mal um sich selbst, rollte sich wieder auf dem Kissen zusammen und schloss die Augen.

»Dann kommst du uns eben besuchen«, sagte ich und versuchte, nicht allzu traurig zu klingen. Ich wollte ihm die Freude nicht verderben.

Offenbar war mir das gelungen, denn Steffen rief erleichtert: »Ich komme jeden Sonntag und koche für dich, versprochen.«

»Bist du denn schon auf Wohnungssuche?«, fragte ich.

Insgeheim hoffte ich, dass mir noch etwas Zeit bliebe, bis ich allein leben musste.

Aber diese Hoffnung schwand mit seiner Antwort: »Ich habe schon etwas gefunden. Ich kann sofort einziehen, wenn ich will.«

»Ach«, war alles, was ich dazu sagen konnte.

Steffen setzte sich wieder neben mich und griff nach meiner Hand.

»Sei nicht traurig, ja? Bitte. Das hat sich so ergeben, ich kann ein Zimmer in einer Wohngemeinschaft haben, ab sofort. Das habe ich heute erfahren, das sind zwei Kollegen, die ich aus der Berufsschule kenne.«

»Sind das die Jungs, mit denen du immer gelernt hast? Die mit dem Schrebergarten?«

Er nickte eifrig. »Ja, die haben nicht nur diesen genialen Schrebergarten, sondern wohnen in einer noch genialeren Altbauwohnung, die ist riesig. Die haben ein Zimmer, das noch nie so richtig genutzt wurde, und heute haben die beiden mich gefragt, ob ich nicht Lust hätte, bei ihnen einzuziehen.«

Obwohl ich kaum meine Tränen zurückhalten konnte, sagte ich munter: »Aber das ist ja wunderbar, dann musst du nicht für viel Geld einen eigenen Hausstand gründen.«

»Genau, die haben eine astreine Küche, und ich muss nur ein leeres Zimmer einrichten. Und das kann ich ja jetzt, mit zwei Sparbüchern. Das ist viel mehr Geld, als ich dafür brauche.«

»Was musst du denn monatlich zahlen? Kannst du dir das wirklich leisten?«

»Für dreihundert Euro habe ich alles inklusive: Telefon, Internet-Zugang, GEZ, Strom, Nebenkosten ... sogar der Schrebergarten ist da mit drin. Ich kann dich ab jetzt mit selbst angebautem Obst und Gemüse versorgen, das wird unser kleiner Versuchsgarten.«

»Und wie groß ist dein Zimmer?«

Er grinste mich breit an und sagte: »Halt dich fest: zwanzig Quadratmeter, mit Parkettboden, ist das nicht irre? Das wird eine Umstellung zu meiner kleinen Kammer hier ...«

Er starrte einen Moment vor sich hin und murmelte: »Das kann doch gar nicht sein, dass ein Mensch so viel Glück hat, oder? Jahrgangsbester, ein neues Auto, ein Sparbuch und eine neue Wohnung ... und das alles an einem einzigen Tag ...« Er nickte, als hätte er einen Entschluss gefasst. »Weiß du was? Wir teilen das Geld von deinem Sparbuch, was hältst du davon?«

»Kommt überhaupt nicht infrage«, sagte ich. »Das ist dein Geld, verstanden?«

»Na gut, dann beschließe ich hiermit, dir von meinem Geld ein Geschenk zu kaufen, und zwar ein richtig gutes Laptop. Hast du nicht immer gesagt, du hättest gern einen Computer, damit du mal ins Internet gehen kannst? Ich stifte tausend Euro, da ist auch gleich ein Computerkurs mit drin. Und ich schenke dir noch was: diesen Kram, den mein Erzeuger mir immer zu Weihnachten und zum Geburtstag geschickt hat. Das kannst du alles im Internet verkaufen, das ist bestimmt was wert.«

Bei diesem *Kram*, von dem Steffen sprach und der originalverpackt im Keller lagerte, handelte es sich um hochwertige und sündhaft teure, funktionstüchtige Modellflugzeuge und -schiffe. Leider hatte sich Steffens Vater nie gefragt, ob Steffen überhaupt Spaß an derlei Spielzeug hatte; es war ihm nur darum gegangen, sein schlechtes Gewissen seinem Sohn gegenüber zu beruhigen, nachdem er mit seiner Geliebten in Spanien »ein neues Leben« angefangen hatte. Steffen hatte sich nie dafür interessiert, mit einer Fernbedienung an einem Teich zu stehen und ein Boot über die Wasseroberfläche zu lenken, und er hatte sich immer nur sehr widerwillig bei seinem Vater für das jeweilige Geschenk bedankt. Irgendwann – Steffen musste ungefähr fünfzehn gewesen sein, und im Regal im Keller war kein Platz mehr für weitere Kartons – hatte der Junge seinem Vater geschrieben, er wolle keine Geschenke mehr von ihm haben, und von da an waren die riesigen Pakete ausgeblieben.

»Ich soll die verkaufen?«, fragte ich verblüfft. »Aber die gehören dir!«

»Na und?« Steffen machte eine wegwerfende Handbewegung. »Ich will den Krempel nicht. Wir besorgen dir einen Internetzugang, am besten eine Flatrate, und du gehst zur Volkshochschule und machst ein paar Kurse. Da kann man bestimmt auch lernen, wie man bei eBay verkauft.«

»Eine Kollegin macht das für ihren gesamten Bekanntenkreis und arbeitet mittlerweile nur noch halbtags, weil sie so viel Zeit am Computer verbringt«, sagte ich. »Die verkaufen da alles mögliche, Kindersachen, Möbel, Fahrräder ... und von jedem Verkauf bekommt sie einen kleinen Anteil. Das läppert sich wohl ganz schön zusammen.«

»Das ist doch überhaupt die Idee!«, rief Steffen. »Du machst dich fit am Computer, und dann hängst du hier Zettel aus, unten am Kiosk, an den schwarzen Brettern ... oder du steckst den Nachbarn direkt was in die Briefkästen. Mensch, du kennst hier doch tausend Leute! So ein Laptop nimmt nicht viel Platz weg, das kannst du dir hinstellen, wo du willst – selbst hier auf den Balkon. Und wenn du erstmal Internet hast, dann suchst du dir auch noch einen schicken Kerl.«

Sein Handy gab einen kurzen Klingelton von sich. »Eine SMS«, murmelte er, drückte ein paar Knöpfe und las die Nachricht. Dann sagte er: »Von Mike, das ist einer meiner neuen Mitbewohner. Wir sind noch für später verabredet. Er will wissen, wann ...«

»Na, hau schon ab, du musst hier nicht mit deiner alten Mutter rumsitzen. Ihr wollt doch bestimmt deinen Einzug planen.«

Und ich sollte mich schnellstmöglich daran gewöhnen, dass du eigene Wege gehst, dachte ich.

Steffen nickte. »Und die Renovierung des Zimmers. Ich will auf jeden Fall die Wände streichen. Und ich muss ein paar Möbel kaufen, mein olles Kinderbett, na ja, das will ich nicht unbedingt mitnehmen.« Er grinste breit. »Ich habe einen Beruf, ein Auto und eine eigene Wohnung, also muss ich ja wohl erwachsen sein!«

Er stand auf und gab mir einen Kuss auf die Wange. »Ich zisch dann mal ab, ja?« Er ging die zwei Schritte zu Mimi, die wieder wach geworden war und ihn mit aufgestellten Ohren aufmerksam beobachtete.

Steffen kraulte sie unter dem Kinn, was die Katze genießerisch die Augen schließen und laut schnurren ließ. »Meine kleine Miss Pummelfuß«, sagte er leise, »du wirst mir fehlen.«

Er drehte sich zu mir um, warf mir eine Kusshand zu, und dann war er weg.

Nachdem ich den Tisch abgeräumt und mir eine frische Tasse Kaffee gemacht hatte, setzte ich mich wieder in den Korbsessel, um noch die letzten Sonnenstrahlen des Tages zu genießen. Ich hatte die Füße auf den Hocker gelegt, auf dem Steffen vorhin noch gesessen hatte. Mimi kletterte zwischen den Kräutertöpfen hindurch vorsichtig von ihrem Hochsitz und sprang auf meinen Schoß, auf der Suche nach ein paar Streicheleinheiten.

»Na, Dicke, jetzt sind nur noch wir beide übrig, was?«

Die kleine Katze schmiegte ihren Kopf in meine Hand und maunzte. Ja, Steffen, dachte ich, jetzt bist du erwachsen. Jetzt brauchst du mich und deine kleine Miss Pummelfuß nicht mehr und gehst deinen eigenen Weg.

Ich wusste, ich konnte stolz auf meinen Sohn sein. Auch wenn ich bisher verdrängt hatte, dass Steffen eines Tages gehen würde, war mir klar, dass ich ihm nicht böse sein durfte. Aber traurig, das durfte ich doch sein, oder? So traurig, wie er damals gewesen war, als sein Vater uns beide verlassen hatte. Deshalb hatte ich ihn auch mit Mimi zu trösten versucht, die wir als Katzenbaby geholt hatten.

Zehn Jahre war das jetzt her.

Zehn Jahre, in denen ich als alleinerziehende Mutter versucht hatte, mein Bestes zu geben, meinem Sohn eine schöne Kindheit und Jugend zu ermöglichen, auch wenn ich täglich lange arbeiten musste und Steffen oft nachmittags allein war. Aber ich hatte mich immer darauf verlassen, dass er nach der Schule direkt nach Hause kam.

Plötzlich fiel mir wieder Onkel Jonny ein. Steffen hatte sich damals, zunächst von mir unbemerkt, mit unserem damaligen Nachbarn angefreundet.

Jonny Winter, der sein Leben als Schiffskoch auf den sieben Weltmeeren verbracht hatte, konnte stundenlang Geschichten aus exotischen Ländern erzählen und war rasch so etwas wie Steffens Ersatzonkel geworden.

Eines Abends war ich nach Hause gekommen und fand Steffen in der Küche vor. Er stand am Herd, eine Schürze umgebunden, in der Pfanne brutzelten Frikadellen, der Tisch war gedeckt. Er war gerade dabei gewesen, Kartoffeln abzuschütten. Fachmännisch hatte er die Henkel des heißen Topfes mit Topflappen gepackt, den Deckel leicht schräg gestellt, und das kochende Kartoffelwasser in die Spüle abgegossen.

Nichts hatte mich jemals wieder so verblüfft wie der Anblick meines damals zwölfjährigen Sohnes an der Spüle, über das ganze Gesicht strahlend, weil er seine Mutter überraschen konnte.

Wie sich herausstellte, hatte Onkel Jonny ihm in den vorausgegangenen Wochen das Kochen beigebracht – und Steffen hatte nie ein Sterbenswörtchen verraten. Er konnte zu diesem Zeitpunkt schon Eintöpfe kochen, Nudelgerichte, Schnitzel und Koteletts braten, die perfekt paniert waren, selbst ein paar einfache Kuchenrezepte beherrschte er. Und die Frikadellen, die er uns an jenem Abend zubereitet hatte – die waren schlicht perfekt gewesen, außen knusprig, innen saftig und delikat gewürzt.

Als ich Jonny Winter darauf ansprach, erzählte er mir, Steffen habe, als dieser die vielen, spannenden Geschichten aus seiner Vergangenheit als Smutje hörte, unbedingt kochen lernen wollen. Zuerst durfte der Junge Kartoffeln schälen und Gemüse schnippeln (mir war beim Gedanken an die großen, scharfen Profimesser des Kochs ganz schlecht geworden), dann mal eine Salatsauce komponieren, einen einfachen Kuchen backen ... Und so erklärten sich im Nachhinein auch die Pflaster, die Steffen manchmal an einem seiner Finger gehabt hatte, wenn ich abends nach Hause gekommen war.

Vor drei Jahren war Onkel Jonny, mittlerweile Ende fünfzig, nach England in eine Residenz für ehemaligen Seeleute gezogen. Zu unseren Geburtstagen und zu Weihnachten schickte er regelmäßig Karten und kleine Geschenke und schrieb, dass es ihm gut ginge und dass er dort jede Menge Freunde gefunden hätte.

Mimi regte sich unter meinen Händen und ließ mich aus meinen Erinnerungen aufschrecken.

Ich fröstelte, denn es wehte mittlerweile ein recht frischer Wind, und die Sonne war hinter den Häusern verschwunden. Die Hölzer des Bambus-Windspiels über meinem Kopf ließen ihr tiefes, sanftes Klimpern ertönen.

Mimi starrte die tanzenden Stäbe an, scheinbar immer wieder aufs Neue überrascht von deren Bewegung und Geräusch.

Die blassblauen Köpfe der Glockenblumen nickten in der Brise, der Lavendel duftete betörend und ließ mich an Landschaften denken, die ich nur von Bildern kannte, an endlose lila Felder, deren Duft ich mir betäubend und erfrischend zugleich vorstellte.

Ich seufzte und gab der Katze einen kleinen Klaps.

»Los, Mimi, wir gehen rein, wir frieren uns hier sonst unsere kleinen Hintern ab.«

»Miau«, antwortete Mimi, sprang von meinem Schoß und lief ins Wohnzimmer.

Ich stand noch einen Moment am Balkongeländer und lauschte den vertrauten, abendlichen Geräuschen der Nachbarschaft. Dann folgte ich meiner Katze und schloss die Balkontür hinter mir.

Kapitel 16

Amelie warf die Reisetasche auf ihr Bett und sah sich um.

Das war also ihr neues Zuhause, das sie bisher nur vom Hörensagen und von Fotos kannte. Es war groß und hell. An einer Seite stand ein breites Metallbett mit einem Baldachin aus duftigem Stoff. Ein samtbezogenes Sofa und zwei ebensolche Sessel bildeten unter einer Schräge eine gemütliche Sitzecke, am Fenster stand ein moderner Schreibtisch mit Glasplatte, auf der ein nagelneuer Computer wartete. Ein Flachbildfernseher war so positioniert, dass sie ihn sowohl vom Bett als auch vom Sofa aus sehen konnte. Auf dem verschnörkelten Metalltischchen neben dem Bett stand ein Telefon. Probehalber nahm sie den Hörer ab und lauschte: Ein Freizeichen war zu hören. Ob sie eine eigene Nummer hatte?

Zum Zimmer gehörten ein türkis gekacheltes Bad mit Badewanne und Dusche sowie ein Ankleideraum mit deckenhohem Spiegel, Kleiderstangen mit Dutzenden leeren Bügeln, Schuhregalen und Schubfächern.

Sie öffnete die Balkontür und trat hinaus. Ihr Blick ging in einen riesigen, beinahe parkähnlichen Garten mit großem Pool. Der Rasen schien ein wenig zu lang, auf der Wasseroberfläche trieben Blätter. Von der Terrasse direkt unter ihr führte ein schmaler Weg aus Natursteinplatten nach links zu einer weiteren, kleineren Terrasse, auf der ein mehrstöckiger Brunnen mit einer Putte auf der Spitze lustig sprudelte.

Sie sah auf die Uhr. Es war noch zu früh, um Justus anzurufen. Der hatte jetzt Training und womöglich bis jetzt noch nicht ihren Zettel gefunden, mit dem sie ihn von ihrer Abreise informierte.

Sie seufzte und ging wieder hinein, um ihre Reisetasche auszupacken. Die paar Sachen, die sie hastig zusammengerafft hatte, verloren sich im Ankleidezimmer.

Palazzo Prozzo, dachte Amelie, als sie ihre Zahnbürste auf die Ablage unter dem Badezimmerspiegel stellte. Was soll ich mit diesem Computer und dem Fernseher, ich habe doch sowieso nicht vor, hier zu wohnen. Und wenn ich in den Ferien mal herkomme, reicht mein Laptop allemal. Verdammt, ich habe Kopfschmerzen, ich brauche eine Tablette ... Aber vielleicht würde es schon helfen, wenn sie sich etwas hinlegte?

Sie hatte sich gerade auf dem Sofa ausgestreckt, als es an der Zimmertür klopfte.

»Ich will meine Ruhe! Ich habe keine Lust, mit dir zu reden«, rief Amelie und massierte ihre schmerzenden Schläfen.

»Ich bin's, deine Oma. Darf ich reinkommen?«

»Natürlich!« Amelie sprang auf und lief ihrer Großmutter entgegen. Die beiden umarmten sich. Amelie hätte ihre Oma am liebsten gar nicht mehr losgelassen und klammerte sich an sie.

»Na, na, lass mich mal los, damit ich dich ansehen kann.«

Johanna löste sich sanft und hielt Amelie ein Stück von sich weg. »Gut siehst du aus. Erwachsen.« Sie seufzte theatralisch. »Je erwachsener du bist, desto älter fühle ich mich. Eigentlich müsste ich dir das übel nehmen.«

Amelie lachte. Wie sehr sie ihre verrückte Oma vermisst hatte, wurde ihr erst jetzt bewusst, zumal die Wut auf ihre Mutter noch immer nicht verraucht war.

Johanna musterte ihre Enkelin. »Du bist richtig sauer, stimmt's? Das sehe ich dir an.« Sie tippte Amelies Nasenwurzel mit dem Zeigefinger an. »Du kriegst hier dann immer so eine kleine Zornesfalte, schon als kleines Mädchen.«

Amelie bewegte ungehalten den Kopf und entzog sich damit

der Berührung. »Ach, Mensch, ist doch wahr. Wie kann sie uns verschweigen, dass Dad im Koma liegt?«

»Sie wollte euch schonen, Kind. Du hattest diese wichtigen Klausuren vor dir ...«

Amelie wandte sich abrupt ab. »Das ist kein Grund. Nicht für mich. Was sind schon Klausuren gegen meinen Vater, der in Lebensgefahr schwebt? Und dann wollte sie nicht mal, dass ich sofort komme, stell dir das mal vor. Gott sei Dank bin ich achtzehn, und sie kann mich nicht zwingen, das Schuljahr zu Ende zu machen.«

»Na, du bist ja jetzt hier. Hast du dir überhaupt das Haus schon angesehen?«

Amelie schüttelte den Kopf. »Interessiert mich nicht.«

»Komm, jetzt sei nicht unfair. Ich führe dich herum, ich spiele Museumswärter für dich.«

»Pah. Da sagst du was. Das, was ich bisher gesehen habe, ist mir schon alles eine Nummer zu groß. Ich möchte nicht wissen, was der ganze Prunk hier gekostet hat.«

Johanna lächelte. »Ich möchte dir wenigstens meine Wohnung zeigen, ja?«

Amelie entspannte sich ein wenig. »Gerne. Krieg ich auch einen Tee bei dir? Und eine Kopfmassage? Ich bin total kaputt.«

»Aber selbstverständlich. Madame Josie ist stets zu Diensten.«

»*Madame Josie?* Was hast du dir denn da schon wieder ausgedacht?«

»Wirst du schon sehen«, sagte Johanna geheimnisvoll.

Maren stand am Fuß der Treppe, als die beiden herunterkamen.

»Ich möchte mit dir reden, Amelie«, sagte sie.

»Später vielleicht«, antwortete Amelie kühl.

Sie wich dem Blick ihrer Mutter aus und wollte sich an ihr vorbeidrängen, aber Johanna hielt Amelie an der Schulter fest und befahl: »Du kommst jetzt bitte mit, und wenn es nur mir zuliebe ist. Du hast vorhin gesagt, du willst erwachsen sein, oder? Also.«

»Bevor wir zu dem kommen, was dein Anliegen ist«, sagte Amelie, nachdem sie sich an den Esstisch gesetzt hatten, »ich brauche ein Fahrrad, damit ich Dad jederzeit besuchen kann. Dann muss mich niemand fahren.«

»Das wird schwierig«, murmelte Maren, »dafür haben wir eigentlich kein Geld, weißt du?«

Amelie runzelte die Stirn und holte Luft, aber Johanna schaltete sich schnell ein. »Darum kümmere ich mich. Ich schenke dir ein Fahrrad, Amelie.«

»Und woher willst du das Geld dafür nehmen?«, fragte Maren.

»Das lass mal meine Sorge sein«, antwortete Johanna streng. »Wenn meine Enkelin sich ein Fahrrad wünscht, dann bekommt sie eins.«

Amelie sah zwischen beiden hin und her. »Was ist hier los? Wieso ist es ein Problem, ein blödes Fahrrad zu kaufen? Es muss ja nicht teuer sein.«

Niemand sagte etwas.

Maren blickte Johanna Hilfe suchend an, aber sie zuckte nur mit den Schultern und sagte: »Das ist deine Sache.«

»Was ist deine Sache, Mum? Ihr sagt mir jetzt sofort, was hier los ist, ja? Noch mehr Hiobsbotschaften? Raus damit.«

Amelies Stimme zitterte, und sie trank hektisch ein paar Schlucke Wasser.

Schließlich sagte ihre Mutter: »Wir haben kein Geld. Jedenfalls nicht für ein Fahrrad.«

In Amelies Kopf rasten die Gedanken. Wir haben kein Geld? Was, um Himmels willen, soll das bedeuten? Wir sitzen hier an einem antiken Tisch auf antiken Stühlen, in einem riesigen, mit allem Luxus ausgestatteten, gerade gekauften Haus, und *wir haben kein Geld?* Für ein Fahrrad?

»Hat das mit Dads Unfall zu tun?«, fragte sie leise.

Ihre Mutter nickte nur.

»Aber wieso …?«

Amelie wusste nicht weiter. Nachdem in ihrem Kopf gerade noch Chaos geherrscht hatte, fühlte er sich jetzt an wie ein riesiger, gasgefüllter Ballon. Wie unter einem Vergrößerungsglas sah sie eine Träne ihrer Mutter in deren Kaffee fallen, einen Krater bilden, einen Tropfen Kaffee hochschleudern, Ringe, die sich auf der Oberfläche ausbreiteten …

»Oma …?«

Johanna seufzte, und dann erklärte sie alles: dass der Unfall ihres Vaters unter Alkoholeinfluss passiert war, dass die Versicherung nichts zahlen würde, dass ihr Vater wahrscheinlich lange nicht würde arbeiten können, dass die Familie wegen des Hauses über keine finanziellen Reserven mehr verfügte, dass aber nicht geplant sei, das Haus wieder zu verkaufen, obwohl die Bank bereits Druck ausübte.

Amelie dachte über das Gehörte nach. Außer dem leisen Schluchzen ihrer Mutter war kein Laut zu hören.

Schließlich murmelte Amelie: »Wir werden nach den Ferien nicht mehr zurück aufs Internat gehen, richtig?«

Als ihre Großmutter nickte, sagte Amelie langsam: »Verstehe.«

Sie blickte ihre Mutter an und fügte hinzu: »Aber dafür kann ich ja jeden Tag im Pool schwimmen und auf antiken Sesseln sitzen.«

Ihre Stimme war hart. Ohne eine Miene zu verziehen, sah sie zu, wie Maren laut aufschluchzte, ihren Sessel nach hinten stieß und aus dem Zimmer rannte.

Kapitel 17

»Wovon sollen wir denn jetzt leben?« Amelies Stimme klang zaghaft und mutlos. Sie war auf ihrem Stuhl zusammengesunken und starrte blicklos auf die Tischplatte.

Plötzlich hob sie den Kopf. »Ich muss Jussi anrufen, er weiß ja noch nichts davon, dass ich nicht wiederkomme. Und unsere Amerikareise!« Ihre Augen weiteten sich entsetzt. »Er hat alles vorgestreckt, du liebe Güte ...«

Sie wollte aufspringen, aber Johanna hielt sie zurück.

»Du bist jetzt viel zu aufgeregt. Warte, bis du wieder ruhiger bist. Vielleicht gibt es ja doch eine Lösung.«

Amelie lachte bitter auf. »Ach ja? Wie soll die denn aussehen?«

»Vielleicht lädt er dich ja ein.«

Amelie schüttelte heftig den Kopf. »Das könnte ich niemals annehmen, soweit kommt das noch, ich würde mich zu Tode schämen.«

Bei dem Gedanken, Justus um jede Cola bitten zu müssen, wurde ihr schlecht. »So oder so«, murmelte sie, »ich muss mir einen Job suchen, wenigstens für die Ferien.«

»Das ist ein gutes Stichwort«, rief Johanna. »Ich zeige dir jetzt meine Wohnung.« Als Amelie sie verwundert ansah, fügte sie hinzu: »Du wirst schon sehen. Komm mit.«

Sie verließen das Haus durch die Terrassentür und nahmen den schmalen Weg zu der kleinen Terrasse mit dem Springbrunnen, die Amelie von ihrem Balkon aus gesehen hatte. Die Glastür zur Wohnung stand offen, und sie betraten den Raum durch einen pinkfarbenen, klimpernden Glasperlenvorhang.

Amelie sah sich sprachlos um. Sie war derart verblüfft, dass sie ihre Sorgen schlagartig vergaß.

Gut, ihre Großmutter war manchmal ein wenig exzentrisch, und zu dem wallenden, dunkelroten Seidenkaftan, den sie heute trug, hatte sie sich jeglichen Kommentar verkniffen, aber das ...

Überall, an den Fenstern, über dem Sofa und den Sesseln, waren Samttücher drapiert, in Dunkelrot und in dunklem Violett. Bunte Kissen in allen Größen mit winzigen, aufgestickten Spiegeln verteilten sich auf den Sitzmöbeln und auf dem Fußboden, der mit violettem Teppichboden bedeckt war. An den in hellem Pink getünchten Wänden hingen in goldenen Rahmen Vergrößerungen von Tarotkarten. In der Mitte des Tisches glänzte auf einem Sockel – Amelie konnte es kaum glauben – eine kopfgroße, schimmernde Glaskugel. Der Raum duftete nach Räucherstäbchen.

»Da staunst du, was?« Johanna guckte sich höchst zufrieden um. »Ist gestern fertig geworden. Setz dich doch, ich mache uns einen Tee.« Sie verschwand durch einen weiteren Glasperlenvorhang in einem angrenzenden Raum.

Amelie folgte ihr und entdeckte erleichtert, dass zumindest die Küche ihrer Großmutter normal aussah. »Was soll das da draußen? Was hat das mit Geldverdienen zu tun?«

Johanna, die summend mit Geschirr, Teeblättern, Sieb und kochendem Wasser hantierte, drehte sich um, verbeugte sich und sagte: »Darf ich mich vorstellen? Madame Josie, esoterische Lebensberatung.«

»Wie bitte?« Amelie nahm ihrer Großmutter das Tablett ab und folgte ihr zurück ins Wohnzimmer.

Johanna antwortete erst, als sie es sich mit einer Tasse Tee auf dem Sofa gemütlich gemacht hatten.

»Ich werde Tarot legen, Horoskope erstellen und ein bisschen mit dem Pendel arbeiten. Damit werde ich Geld verdienen.«

Amelie deutete auf die Glaskugel. »Und die da?«

Johanna kicherte. »Ach, die steht da nur aus Quatsch. Um mein Madame-Josie-Ambiente abzurunden. Aber jetzt sag endlich: Wie findest du es?«

»Ich überlege noch«, sagte Amelie zögernd, woraufhin Johanna in schallendes Gelächter ausbrach.

»Das hast du aber hübsch verpackt, wie grauenvoll du mein Arbeitszimmer findest!« Johanna blickte sich um. »Ich finde es fantastisch.«

»Und damit willst du Geld verdienen? Ich weiß nicht ...«

»Das will ich allerdings. Und das Beste ist: Deine Mutter hat mich darauf gebracht.«

Sofort verdüsterte sich Amelies Gesicht

»Das passt ja«, sagte sie. Ihre Stimme klang verächtlich. »Hauptsache, das blöde Haus wird nicht verkauft, und dafür überredet man seine Mutter, als Wahrsagerin zu arbeiten.«

Johanna runzelte die Stirn. »Dein Ton gefällt mir nicht, junge Dame. Deine Mutter hat mich keineswegs *überredet*. Und ja: Wir wollen das Haus behalten. Ich genauso wie deine Mutter. Wir haben mit einem Makler gesprochen, und ein Verkauf würde uns jetzt nicht helfen. Außerdem liebe ich es, hier zu wohnen. Sieh dir doch nur mal den Garten an! Und den Pool. Der Pool ist wunderbar. Ich schwimme jeden Tag darin. Es wird dir hier gefallen, glaub mir.«

»Arm, aber elegant. Das ist doch verrückt!«

»Unsinn«, sagte Johanna, »das versteht jeder. Ich ziehe doch nicht freiwillig wieder hier aus! Willst du lieber in einer Sozialwohnung hausen?«

Amelie schüttelte den Kopf. »Von *wollen* kann keine Rede sein. Aber ich muss doch meine Grenzen akzeptieren können. Ob es mir passt oder nicht, steht doch hier gar nicht zur Debatte! Kein Geld, kein Pool, das ist eine ganz einfache Rechnung.«

»Das sehe ich anders. Ich habe es hier reingeschafft, und jetzt muss man mich an den Haaren rauszerren. Aber ich werde alles dafür tun, dass genau das nicht passiert.«

»Ach, und deshalb setzt du dich hier wie eine Jahrmarktswahrsagerin hin und ziehst den Leuten das Geld aus der Tasche. Ich finde das ganz schön daneben. Fehlt nur noch der Turban mit dem fetten, falschen Edelstein über der Stirn.«

Johanna grinste, griff nach etwas, das Amelie bisher für ein Kissen gehalten hatte, und stülpte es sich auf den Kopf. Der kunstvoll geschlungene, darüber hinaus völlig schmucklose Turban aus schwarzem Samt sah zu Amelies Erstaunen keineswegs lächerlich aus, im Gegenteil: Johanna wirkte elegant und geheimnisvoll.

»Wow«, sagte Amelie, und endlich lächelte sie wieder. »Ich bin beeindruckt. Dir wird man alles glauben, was du aus deiner Kugel oder sonst wo herausliest.«

»Karten, mein Mädchen, Karten. Ich betreibe keine wie auch immer geartete Wahrsagerei. Von mir wird eine Frau niemals hören, dass am nächsten Dienstag ein großer, blonder Mann um die Ecke kommt.«

»Sondern?«

»Die Kundin zieht Karten, die Karten haben eine Bedeutung, die Bedeutung erkläre ich ihr. Wenn sie daraus einen Bezug zu ihrer momentanen Situation herstellen kann – bitte schön, soll mir recht sein. Die Kundin stellt die Fragen an die Karten, nicht ich.« Johanna grinste fröhlich. »Und am Ende wird die Kundin glauben, ich hätte ihr das alles erzählt, aber in Wirklichkeit war sie es selbst. So funktioniert das. Eigentlich ist das eher so was wie eine psychologische Beratung.«

»Du sprichst immer nur von Kundinnen. Willst du dich auf Frauen spezialisieren?«

Johanna nickte. »Nicht nur das. Ich werde meine Preise von

vornherein so ansetzen, dass als Kundinnen sowieso nur Damen eines bestimmten finanziellen Niveaus infrage kommen. Dazu kommt: Wenn ich einer Kundin bei einer Lebensfrage geholfen habe, wird sie nicht nur wiederkommen, sondern all ihren Freundinnen von mir erzählen.«

»Glaubst du, das läuft?«, fragte Amelie zweifelnd. »Wo sollen deine Kundinnen denn überhaupt herkommen?«

»Du kennst mich doch: Ich gehe Turnen, zum Tanztee und spiele regelmäßig Karten mit gut situierten Damen. Einigen habe ich schon die Karten gelegt, und die haben mich immer ausgeschimpft, dass ich kein Geld dafür haben wollte. Und sie haben alle ihren Freundinnen von mir erzählt. Wenn ich will, ist mein Terminkalender nächste Woche voll, glaub mir.«

»Ist das überhaupt legal?«, fragte Amelie zweifelnd. »Ich finde das irgendwie zwielichtig.«

»Das sehe ich komplett anders«, gab Johanna zurück. »Das ist eine Vereinbarung zwischen zwei Erwachsenen, wenn jemand sich entschließt, sich Rat bei mir zu holen. Sie kennt den Preis vorher. Daran ist nichts Zwielichtiges. Ich habe nicht vor, meine Mitmenschen mit gefälschten Markenartikeln zu betrügen. *Das* wäre zwielichtig.«

»Nein, das wäre kriminell, Oma. Dafür kommt man in den Knast.«

»Soll mir auch recht sein. Lass mich mal machen. Die ersten Termine habe ich übrigens schon vergeben. Die erste Sitzung kostet fünfzig Euro, jede weitere Hundertfünfzig. Dafür gibt es sechzig Minuten meiner Zeit. Wer mir eine neue Kundin vermittelt, bekommt dafür fünfzig Prozent Rabatt.«

»Auf alle weiteren Sitzungen?«

»Ich bin doch nicht das Sozialamt! Auf eine Sitzung, das muss reichen. Apropos: Hast du Lust? Soll ich dir die Karten legen?«

Amelie schüttelte lachend den Kopf. »Nee, vielen Dank. Ein anderes Mal, vielleicht.« Sie wurde wieder ernst und sah auf ihre Armbanduhr. »Wird Zeit, dass ich Jussi anrufe.«

»Schaffst du das?«

»Wird schon klappen. Muss ja.« Sie seufzte. »Die Situation betrifft ja schließlich uns beide.«

Amelie stand im Wohnzimmer und sah sich um. Für sie war es ein fremdes Haus, nichts, an dem ihr Herz hing. Sie hätte sofort ausziehen können, ohne jedes Bedauern. Bisher kannte sie nur diesen Raum und ihr Zimmer im Obergeschoss. Wohin war ihre Mutter geflüchtet, als sie vorhin schluchzend weggelaufen war? In einen der Räume im Erdgeschoss?

Amelies Blicke wanderten durch den riesigen Raum bis hin zur offenen Küche, die mit allen Schikanen ausgestattet schien. Viel Schiefergrau und Chrom, eine Kochinsel mit glänzend poliertem Dunstabzug in der Mitte der Küche, ein Tresen mit Barhockern. Auf dem Tresen, der die Küche vom Wohnzimmer trennte, lag ein Schreibblock, dessen erste Seite beschrieben war.

Neugierig überflog Amelie die Liste, die ihre Mutter während der letzten Tage erarbeitet hatte. Hinter einigen Punkten stand bereits ein Häkchen.

Sie beschloss, sich im Haus umzusehen, der Anruf bei Justus konnte noch ein wenig warten. Natürlich war das auch kein Gespräch, um das sie sich riss. Wie Justus wohl reagieren würde?

Vom Eingangsbereich – eigentlich ja eine Halle, dachte Amelie – gingen mehrere Türen ab. Amelie öffnete eine nach der anderen und warf einen Blick hinein. Ein Gäste-WC, ein Hauswirtschaftsraum mit Mangel, Bügelbrett, Waschmaschine und Trockner, ein komplett ausgestattetes Büro. Sie stieg die

Treppe in den ersten Stock hinauf. Die geöffnete Tür führte zu ihrem eigenen Zimmer.

Das Zimmer gegenüber, mit Hochbett, großem Schreibtisch und Basketballkorb, gehörte offensichtlich Timo.

Hinter der nächsten Tür ein riesiges Bad, daneben ein Ankleideraum, an den sich das große Schlafzimmer ihrer Eltern anschloss. Alle Räume – wie auch die im Erdgeschoss – waren hochwertig und geschmackvoll eingerichtet.

Amelie hörte ein Geräusch und folgte ihm eine weitere Treppe hoch ins offene Dachgeschoss. Sie stand im lichtdurchfluteten Atelier ihrer Mutter, die weinend auf einem verschnörkelten Metallbett lag und ihr Gesicht in den Kissen vergraben hatte. Auf einer großen Staffelei stand ein angefangenes Bild, auf dem Amelie die Terrasse ihrer Großmutter erkannte.

Kapitel 18

Maren Ich hatte mich heulend auf das Tagesbett in meinem Atelier geworfen. Amelies Reaktion auf die Tatsache, dass das Haus nicht verkauft werden sollte, war deutlich gewesen.

Aber dafür kann ich ja jeden Tag im Pool schwimmen ... hatte sie höhnisch gesagt.

Aber was hatte ich auch erwartet? Verständnis dafür, dass ihrer Mutter das Haus wichtiger war als ihre Ausbildung? Denn so sah es schließlich aus.

Hauptsache, immer noch nach außen protzen können, auch wenn man für die Butter aufs Brot kein Geld mehr hatte und wenn dafür die Lebensplanung der Tochter auf der Strecke blieb.

Ich hatte mit einem Makler telefoniert, der sich das Haus angesehen hatte. Nach der Besichtigung sagte er mir ganz klar, dass es etliche Monate, wenn nicht sogar noch länger dauern würde, dieses Objekt zu einem angemessenen Preis zu verkaufen. Häuser der Kategorie zwischen einer und anderthalb Millionen »liegen wie Blei in den Regalen, wenn Sie mir diesen Scherz erlauben« fügte er schmunzelnd hinzu.

Er konnte ja nichts dafür, aber allein für diesen dämlichen Spruch hätte ich ihn auf der Stelle vor die Tür setzen können.

Wenn ich sofort verkaufen müsste – und sofort bedeutete innerhalb von drei oder vier Monaten –, solle ich mich darauf einstellen, allerhöchstens ein Viertel des Wertes zu bekommen. Außerdem würde ich natürlich Johannas Anteil auszahlen wollen – sie konnte schließlich nichts für die Situation.

Und dann?

Eine neue Wohnung suchen, einen teuren Umzug finanzieren – und weiterhin das Internat bezahlen? Wie lange würde das Geld reichen? Zwei oder drei Monate?

Und danach?

Selbst wenn der Verkauf schnell klappte, würde uns das keinen Schritt weiterbringen. Die meisten Möbel müsste ich bei einem Umzug auf wesentlich weniger Wohnfläche verkaufen – das hatte ich sowieso vor. Ich musste zusehen, dass sofort Geld hereinkam, um unser tägliches Leben zu finanzieren. Ich hatte keine Zeit, darauf zu warten, dass irgendwann an irgendeiner Kasse meine Kreditkarte nicht mehr funktionierte.

Die Entscheidung gegen das Internat hatte rein gar nichts mit dem Haus zu tun.

Aber würde Amelie das verstehen?

Vielleicht nicht sofort, aber doch irgendwann, wenn sie sich erst einmal beruhigen und erkennen würde, dass sie auch ohne das Internat eine hervorragende, berufliche Zukunft hatte, bei ihren Talenten …

Ich hörte ein Geräusch und hob den Kopf. Amelie stand vor der Staffelei und starrte das Bild von Johannas Terrasse an.

»Amelie«, sagte ich, »bitte, du darfst mir nicht böse sein.«

Sie zögerte, setzte sich aber dann in den Korbstuhl neben dem Bett und nahm meine Hand.

»Ich bin nicht … ach, ich weiß nicht. Stimmt, ich bin sauer, aber gar nicht mal auf dich persönlich. Ich weiß einfach nicht, was ich denken soll.«

Ich konnte mir nur zu gut vorstellen, auf wen oder was sie wütend war. Auf das Schicksal, das alle ihre Zukunftspläne gerade wie eine Seifenblase platzen ließ. Auf ihren Vater, der betrunken gegen einen Baum gefahren war und die ganze Familie mit ins Unglück gerissen hatte. Und natürlich auch auf mich, weil ich Entscheidungen traf, die ihr verrückt und egoistisch vorkommen mussten. Ich verstand sie gut, und ich war bereit, ihren Zorn anzunehmen.

»Ich weiß, dass es schwer für dich ist, Amelie, aber wir können die Situation nicht ändern, wir müssen damit leben. Ich bin auch gerade erst dabei, mich zu orientieren, Prioritäten zu setzen, Fakten zu schaffen ...«

»Ich habe deine Liste gesehen«, sagte sie. »Ganz schön lang. Und du willst einen Computerkurs machen?«

»Ich will einiges verkaufen, und dafür muss ich noch ein bisschen was lernen. Willst du mitkommen? Dann melde ich dich auch an.«

Amelie schüttelte den Kopf. »Lass mal. Ich will mir so schnell wie möglich einen Job suchen.«

»Was denn für einen Job? Was willst du denn machen? Deine Schule ist wichtiger, hörst du?«

Sie ließ meine Hand los, und ihr Gesicht versteinerte. »Welche Schule denn, bitte schön? Ich muss mir erst einmal eine suchen, meinst du wohl. Aber ich möchte und werde meinen Teil dazu beitragen, dass Geld verdient wird. Und das bedeutet: Jobsuche.«

»Aber, Amelie, das ist doch nicht nötig ...«

Sie sprang aus dem Korbsessel hoch.

»Sei doch nicht so naiv«, sagte sie heftig. »Wir haben momentan kein Einkommen, richtig? Was ist also zuerst zu tun? Arbeiten.«

»Ja, aber ich will doch Dinge verkaufen, Möbel, mein Auto ... da wird Geld reinkommen, ganz sicher.«

»Ja, aber wann? Und wie viel? Das weiß doch niemand! Was, wenn wir in vier oder acht Wochen feststellen, dass es nicht reicht? Oder dass sich nicht alles sofort verkaufen lässt?«

»Bis dahin ist dein Vater bestimmt wieder ...«

»Hör auf, Ma! Paps dürfen wir nicht einplanen, so viel habe ich immerhin verstanden.«

»Setz dich doch wieder, Amelie. Lass uns reden ...«

Aber Amelie schüttelte den Kopf. »Jetzt nicht, ich will Justus anrufen. Wir reden später.«

Sie drehte sich um und ging.

Ich begann zu ahnen, dass wir noch einige Auseinandersetzungen vor uns hatten.

KAPITEL 19

Amelie ging die Treppe hinunter in ihr Zimmer und setzte sich auf den Balkon. Sie wollte einen Moment durchschnaufen, nachdenken. Was sollte sie Jussi sagen – *wie* sollte sie es ihm sagen? Ohne zu weinen und ohne die Nerven zu verlieren? Sie hatte noch all ihre Sachen im Internat, ihre Kleidung, ihre Bücher, ihre Ordner. Ihr graute bei der Vorstellung, dorthin zu fahren und allen Rede und Antwort stehen zu müssen, das könnte sie nicht durchstehen, niemals. Aber vielleicht sollte sie einfach den Ferienbeginn abwarten, bevor sie ihre Dinge dort abholte?

Sie ging ins Zimmer, setzte sich auf die Bettkante und wählte Justus' Nummer. Erstaunlicherweise nahm er sofort ab.

»Sekretariat Justus von Wallenburg, wen darf ich melden?«

»Jussi, hör auf mit dem Quatsch, ich bin's.«

»Amelie, meine Göttin! Gelüstet es dich nach meiner Gesellschaft? Warte, ich komme eben rüber zu dir.«

»Das dürfte schlecht möglich sein, ich bin nicht im Internat.«

»Wo bist du denn?«, fragte er verblüfft und lachte. »Haben die internationalen Headhunter dich schon hier rausgeholt?«

»Ich bin zu Hause. Mein Vater hatte einen Unfall.«

»Aber du warst doch gestern Abend noch ... Wann ist das denn passiert? Wann bist du abgereist?«

»Die haben mich heute direkt nach dem Frühstück abgefangen, und ich habe den nächstbesten Zug genommen. Justus, hör mal ...«

»Was ist denn mit deinem Vater? Ist er schwer verletzt?«

Amelie seufzte. »Jussi, bitte, lass mich ausreden, ja? Das ist nicht leicht für mich ...«

»Nicht leicht? Was meinst du? Jetzt lass dir doch nicht alles aus der Nase ziehen!«

»Verdammt, lass mich doch ausreden! Mein Vater hat eine Kopfverletzung und hat eine Woche lang im Koma gelegen. Hier herrscht das totale Chaos, und mir geht es nicht besonders gut damit. Ich werde nicht wieder aufs Internat zurückkommen, Justus.«

»Vor den Ferien, meinst du.«

»Nein, nie mehr. Meine Eltern können das nicht mehr bezahlen. Meine Eltern können überhaupt nichts mehr bezahlen, verstehst du? Alles ist zusammengebrochen. Mein Vater ...«

Ihre Stimme versagte.

Nicht heulen, nicht heulen, dachte Amelie.

»Ich komme sofort zu dir«, sagte Justus entschlossen, »heute noch. Lass mich mit deinen Eltern reden. Die können dich nicht einfach vom Internat nehmen.«

»Und was soll das bringen? Da gibt es nichts zu diskutieren oder zu verhandeln. Jetzt ist das Geld für das nächste Schuljahr fällig, und das haben sie nicht. Meine Eltern wollen mich ja nicht für irgendetwas bestrafen.«

»Aber das Internat kostet doch nicht die Welt!«

So kann nur jemand reden, dessen Eltern die Vierzigtausend pro Jahr vom Klimpergeld aus der Hosentasche bezahlen, dachte Amelie. »Jussi, bitte. Mein Vater kann nicht arbeiten, und niemand weiß, wann er wieder einsatzfähig sein wird.«

»Ja, aber ... er muss doch versichert sein. Das ist doch absurd, dass ihr deswegen kein Geld habt.«

»Die Versicherung wird nicht zahlen, soweit ich weiß.«

»Dann müsst ihr die verklagen! Der Anwalt meiner Familie ... ich werde Kontakt zu ihm aufnehmen.«

Amelie seufzte. »Das ist sinnlos. Das Internat ist für mich Vergangenheit.«

»Wie wäre es denn mit einem Stipendium, bei deinen Noten? Mein Vater sitzt im Vorstand, mit dem rede ich heute Abend. Wir können da bestimmt was für dich deichseln.«

»Stopp!«, rief Amelie, »hör mir bitte zu, ja? Justus – ich habe keine Ahnung, wie lange ich hier gebraucht werde, verstehst du? Ich kann jetzt keine Verpflichtungen eingehen. Ich möchte dich um etwas bitten. Kannst du mir bitte meine Sachen aus dem Internat bringen, vielleicht am Wochenende? Dann können wir auch in Ruhe sprechen. Bitte.«

Zu Amelies Erleichterung willigte Justus ein. Erst, als sie wieder aufgelegt hatte, fiel ihr auf, dass ihr Freund nicht ein einziges Mal danach gefragt hatte, wie es ihr geht.

Kapitel 20

Maren Als der blässliche Dozent unter hektischem Hüpfen seines ausgeprägten Adamsapfels endlich eine kurze Pause verkündete, atmete ich auf.

Seit knapp zwei Stunden saß ich hier jetzt schon in diesem vermieften Seminarraum am Computer. Unser junger Lehrer war nicht gerade ein Alleinunterhalter und spulte seinen Vortrag mit monotoner Stimme ab. Bei jeder Nachfrage zeigte er uns kurz ein genervtes Stirnrunzeln, bevor er antwortete – in einem Tonfall, als spräche er mit geistig zurückgebliebenen Sechsjährigen.

Natürlich konnte ich eine Tastatur benutzen und durchs Internet flitzen, aber dieser Lehrgang sollte uns alles beibringen, was ein ambitionierter Verkaufsprofi in spe wissen musste. Einloggen, Passworte, Shop einrichten, Kategorien ... mir schwirrte der Kopf. Mochte ja sein, dass der Milchbubi da vorne das alles für Kindergartenwissen hielt, aber wir waren schließlich hier, um etwas zu lernen.

Oder war ich die Einzige, die Schwierigkeiten hatte?

Die Frau neben mir lehnte sich herüber und raunte: »Hast du auch nur ein Wort verstanden? Ich nicht!«

Ich sah hoch und blickte in ein Gesicht, das mir vage bekannt vorkam.

Vorhin, zu Beginn des Seminars, war ich erst in den Raum gehetzt, als die Teilnehmer sich schon einander vorstellten. Ich bekam nur mit, dass die Gruppe sich darauf geeinigt hatte, sich zu duzen. Und dann hatte ich nur noch abwechselnd den Dozenten, die Tastatur und den Monitor angestarrt, irgendwelche Tastenkombinationen eingegeben, die für mich böhmische Dörfer waren, und gehofft, mein Bildschirm werde genau das anzeigen, was der junge Mann da vorne prophezeit hatte. Mal hatte es geklappt, mal nicht.

Die Frau neben mir lächelte plötzlich und sagte: »Wir kennen uns doch, oder? Vor ein paar Wochen, im Supermarkt. Mein Sohn Steffen hat dir mit dem Pfandautomaten geholfen.«

»Oh«, war alles, was ich herausbrachte.

Blitzartig war mir die peinliche Szene so präsent, als würden wir uns gerade im Supermarkt gegenüberstehen. Mein Kopf wurde heiß.

Meine Nachbarin lächelte noch breiter. »Ist dir das jetzt peinlich?«

»Ein bisschen schon, um ehrlich zu sein«, murmelte ich.

Die Situation war mir unangenehm. Warum musste ausgerechnet diese Verkäuferin neben mir sitzen? Außerdem war es mir fremd, Menschen, mit denen ich mich zufälligerweise seit zwei Stunden im gleichen Raum aufhielt, zu duzen. Schließlich ermöglichte das Siezen eine natürliche Distanz zu anderen, die ich nur dann verringern musste, wenn ich das wollte und zuließ. Aber wie sähe das aus, wenn ich als Einzige jeden stur siezen würde?

Sie musste meine Gedanken gelesen haben, denn sie sagte: »Der junge Spund da vorne hat uns mit seiner Duzerei ein bisschen überfallen, finde ich. Normalerweise lasse ich mir damit etwas mehr Zeit. Das muss man sich erst mal verdienen, bei mir jedenfalls.«

Ich nickte. »Allerdings. Oder sind wir einfach schon zu alt?« Ich sah mich im Raum um. »Außer uns nur Twens. Für die ist das normal.«

Sie gluckste vergnügt. »Dann sollten wir uns freuen, dass er nicht nur uns zwei alte Schachteln siezt oder uns direkt in den Rentnerkurs schickt. Dann wären wir noch stinkiger.« Sie streckte mir die rechte Hand hin. »Du warst ja vorhin bei der Vorstellung noch nicht da. Ich bin Roswitha. Ich habe dich noch nie zuvor gesehen, wenn dir das angenehmer ist. Ich habe sowieso ein ganz schlechtes Gedächtnis.«

Ich musste lachen. Roswitha war sympathisch und entwaffnend. Ich sollte mich einfach darauf einlassen, beschloss ich.

Ich ergriff die angebotene Hand. »Maren. Und ja – auch ich verstehe kein einziges Wort. Das wird ein schönes Chaos geben, wenn ich was versteigern will. Aber ich werde die nächsten beiden Seminare auch noch besuchen. Lieber kein Risiko eingehen.«

»Seh ich genauso«, sagte Roswitha. »Ich habe keine Lust, vor meinem Computer zu hocken, und dann weiß ich nicht mehr weiter.«

»Willst du einen Shop machen? Richtig professionell?«

Roswitha zuckte mit den Schultern. »Keine Ahnung. Zu dieser Computersache bin ich gekommen wie die Jungfrau zum Kinde. Mein Sohn – Steffen, den kennst du ja – hat mir ein Laptop geschenkt, damit ich mich nicht so langweile, jetzt, da er ausgezogen ist.«

Der Raum hatte sich fast geleert. Die meisten der Kursteilnehmer waren vor die Tür gegangen, um eine Zigarette zu rauchen.

»Ich bin erstaunt, wie viele junge Leute hier sind«, sagte ich.

Roswitha lachte. »Die meinen alle, sie machen einen Shop auf und werden stinkreich. Hauptsache, den Hintern nicht von der Couch heben und arbeiten gehen. Aber ich will ja auch versuchen, mir ein bisschen was dazuzuverdienen, mal sehen. Und du?«

»Ich möchte vielleicht ein paar Möbel anbieten, von denen ich mich trennen will. Ein bisschen zu Hause ausmisten, du weißt schon«, sagte ich vage.

»Nee, tu ich nicht«, antwortete sie und lachte. »Meine Möbel kann ich höchstens als Brennholz anbieten. Steffen hat mir seine Modellbaukästen gegeben, alles noch originalverpackt. Er hat im Internet nachgesehen, da haben einige schon Liebhaberwert, sagt er. Und wenn das klappt, höre ich mich vielleicht mal bei den Nachbarn um, ob die nicht auch etwas bei sich rumstehen haben, das sie gern verkaufen würden. Ich erledige dann alles für sie und berechne dafür einen kleinen Anteil am Erlös. Aber das ist kein fester Plan.«

Bei der Vorstellung, in unserem Villenviertel an den Haustüren zu klingeln und diese Dienstleistung anzubieten, zuckte ich innerlich zusammen. Unvorstellbar, auf derart demütigende Weise Geld zu verdienen.

Der Dozent verkündete das Ende der Pause, und wir konzentrierten uns für den Rest des Seminars nur noch auf unsere Computer.

Als wir uns später voneinander verabschiedeten, fragte sie: »Wir sehen uns also nächste Woche?«

Als ich nickte, fuhr sie fort: »Freut mich, bis nächste Woche dann.«

»Freut mich auch«, antwortete ich automatisch.

Kapitel 21

Maren Spät am Abend telefonierte ich mit Harald, der zwei Tage zuvor in eine neurologische Rehaklinik verlegt worden war.

»Spricht Amelie wieder mit dir?«, fragte er, nachdem er von seinem Tag in der Klinik berichtet hatte.

»Ja, wir haben uns zusammengerauft. Aber seit ihr Freund gestern ihre Sachen gebracht hat, geht es ihr schlecht.«

»Wieso? Was ist passiert?«

Ich seufzte. »Weiß ich nicht genau. Er ist jedenfalls wutentbrannt aus dem Haus gerannt und weggefahren, und sie hat sich weinend oben eingeschlossen.«

»Was hat er getan? Hat er mit ihr Schluss gemacht, der feine Herr Von und Zu? Weil meine Tochter jetzt nicht mehr standesgemäß für ihn ist?«

Ich hörte Harald leise stöhnen. Ich wusste, jetzt hatte er wieder Kopfschmerzen bekommen, wie immer, wenn er sich zu sehr aufregte.

»Nein, nein«, sagte ich schnell. »Johanna hat noch mit Amelie geredet, und wenn ich sie richtig verstanden habe, war Justus sauer, weil deine Tochter es ablehnt, sich von ihm die Amerikareise bezahlen zu lassen. Das wird schon wieder.«

»Ich hab euch alles ruiniert«, murmelte er. »Ich mache mir solche Vorwürfe, ich weiß manchmal nicht, ob ich das je wiedergutmachen kann. Vielleicht wäre es besser gewesen, wenn ich ...«

»Wenn du was?«, unterbrach ich ihn wütend. »Wenn du den Unfall nicht überlebt hättest?« Ich holte tief Luft. »Wie kannst du etwas so Schreckliches auch nur denken? Glaubst du, dann würde es uns hier besser gehen? Wenn du tot wärst? Das ist furchtbar!«

Er schwieg. Selbst an seinem Atem – zittrig, flach – konnte ich hören, dass er Schmerzen hatte.

Schließlich sagte ich: »Wir sind beide müde und unter Stress. Vielleicht sollten wir schlafen gehen und uns beruhigen. Wir reden morgen weiter, ja?«

Harald hatte keine Einwände.

Als ich am nächsten Morgen aufwachte, fühlte ich mich wie gerädert. Lange hatte ich mich im Bett herumgewälzt. Als ich schließlich in einen unruhigen Schlaf gefallen war, schreckte ich immer wieder aus düsteren Träumen auf, in denen ich aus dem Haus gejagt wurde, bettelnd an Haustüren klingelte oder obdachlos, einen Einkaufswagen mit meinen letzten Habseligkeiten schiebend, durch nächtliche Straßen irrte – so klischeehaft, dass ich nicht wusste, ob ich lachen oder weinen sollte.

Ich ging in die Küche und machte mir einen Kaffee. Mein Körper war völlig verspannt. Jetzt, da Harald in der Reha und außer Lebensgefahr war, spürte ich die Auswirkungen der letzten Wochen, als ich nicht nur um unsere Existenz, sondern zusätzlich um Haralds Leben gefürchtet hatte. Meine Liste hatte ich tapfer abgearbeitet. Bei den meisten Telefonaten hatte mir der Schweiß auf der Stirn gestanden, gepeinigt von Scham und – besonders bei meinen Gespräch mit der Internatsleitung – Schuldgefühlen Amelie und Timo gegenüber. Timo würde das Schuljahr beenden und in ein paar Tagen ebenfalls heimkehren. Er zumindest freute sich darauf, wieder zu Hause zu wohnen, dachte ich, ihm würde erst in ein paar Jahren bewusst werden, was diese Veränderung für ihn bedeutet.

Ich hörte Schritte auf der Treppe und ging zur Kaffeemaschine, um für Amelie einen Cappuccino zuzubereiten. Aber sie blieb im Eingang zur Küche stehen und sagte: »Guten Morgen. Wir haben keine Tageszeitung, oder?«

Ich deutete auf die Zeitung, die noch zusammengefaltet auf dem Tresen lag. »Hier, die FAZ.«

Sie verzog den Mund. »Darin werde ich kaum etwas finden, wenn ich einen Job hier in der Gegend suche«, sagte sie schnippisch.

Ich zählte innerlich bis zehn. Gut, sie war durcheinander und wütend, aber manchmal hätte ich sie übers Knie legen können. »Ich wollte immer schon eine örtliche Tageszeitung abonnieren, aber ...«

»Zu wenig Mode drin?«, fragte Amelie und verschränkte die Arme vor der Brust.

Offensichtlich war da jemand in Streitlaune. Ich zählte noch einmal bis zehn, stellte aber trotzdem die Tasse Cappuccino für Amelie so heftig auf den Tisch, dass die Hälfte der Flüssigkeit herausschwappte.

»Amelie, bitte, können wir nicht vernünftig miteinander umgehen? Es ist für uns alle nicht leicht. Ich verstehe ja, dass du ...«

»Dass ich wütend bin?«, unterbrach sie mich brüsk. »Herzlichen Glückwunsch.«

Ich schwieg, während ich mit einem Lappen das Malheur auf dem Tresen beseitigte und sie mich stumm dabei beobachtete. »Möchtest du einen frischen Cappuccino?«, sagte ich dann. »Komm, setz dich, Amelie.«

Aber sie rührte sich nicht vom Fleck. »Ich will zuerst eine Zeitung besorgen. Wo ist der nächste Supermarkt?«

Das ist eine gute Gelegenheit, etwas völlig Normales miteinander zu machen, dachte ich und schlug vor: »Ich fahre mit, ich muss ein paar Kleinigkeiten einkaufen. Ich werde mich nur schnell umziehen.«

Ich ging auf Amelie zu, aber sie hob die Hand.

»Ich möchte mit dem Rad fahren, dafür hat Oma es mir schließlich geschenkt. Und so lerne ich die Gegend ein bisschen kennen. Wo ist der nächste Supermarkt?«

Ich war enttäuscht, wollte es mir aber nicht anmerken lassen und sagte: »Wenn du aus der Einfahrt kommst, fährst du links, dann die zweite rechts, bis zum Ende der Straße. Dann siehst du ihn schon, ist nicht zu verfehlen.«

»Alles klar. Und was soll ich mitbringen?«

»Wir brauchen Salz, Margarine und Käse. Ein bisschen Obst, vielleicht Äpfel und Bananen. Und Toilettenpapier. Kannst du das denn alles auf dem Fahrrad transportieren? Sollen wir nicht doch lieber mit dem Auto ...?«

»Ich brauche frische Luft. Und Bewegung. Bis später.«

Sie drehte sich um, und Sekunden später hörte ich die Haustür ins Schloss fallen.

Kapitel 22

Amelie schob das Fahrrad aus der Garage und befestigte den Transportkorb vorn am Lenker, bevor sie aufstieg und langsam die Auffahrt hinunterrollte. Sie bog links ab und trat in die Pedale. Die Straße war von hohen Linden gesäumt, rechts und links führten breite Auffahrten zu großzügigen Einfamilienhäusern. Die Gegend war ruhig, kein Durchgangsverkehr schien durch dieses Villenviertel zu fließen.

Amelie folgte der Wegbeschreibung ihrer Mutter und nahm die zweite Straße rechts. Auf der rechten Seite lagen weitere Villen, links blickte sie in einen gepflegten Park mit altem Baumbestand und einem großen Teich, auf dem Enten und einige Schwäne herumpaddelten. Zwei Jogger kamen ihr entgegen und bogen in den Park ab. Über eine große Wiese tobten ein paar Hunde, deren Besitzer auf einer Bank saßen und zusahen.

Die nächste Querstraße war deutlich belebter. Amelie wartete an der Fußgängerampel und schob ihr Fahrrad über den Zebrastreifen, der direkt auf den Parkplatz des Supermarktes führte.

Als sie ihr Rad ankettete, fiel ihr Blick auf ein Plakat in der Eingangstür: Der Supermarkt suchte Mitarbeiter, sowohl in Vollzeit als auch in Teilzeit.

Sie beschloss, diese Gelegenheit nicht ungenutzt verstreichen zu lassen. Sie betrat den Laden und sah sich um. Zuerst konnte sie keinen Mitarbeiter entdecken, aber als sie in den nächsten Gang einbog, räumte dort ein junger Mann im roten Kittel Waren ins Regal.

»Guten Tag, entschuldigen Sie bitte, ich habe eine Frage«, sagte Amelie.

Der Mann sah hoch und raunzte: »Was denn?«

»Ich habe draußen ein Schild gesehen, dass Sie hier Leute suchen. Ich interessiere mich für einen Job, Herr …« Amelie las sein Namensschild. »… Herr Bergmann.«

Bergmann sah ärgerlich auf sein Namensschild herunter, als wäre es ihm unangenehm, dass sie jetzt seinen Namen kannte. Dann musterte er sie von oben bis unten und sagte spöttisch: »Sie?« Er drehte sich um und rief laut: »Roswitha! Ist die Schulze da? Hier ist jemand, der hier arbeiten will!«

Eine wütend aussehende Frau, die ebenfalls einen roten Kittel trug, kam angerannt und zischte: »Verdammt, Tom, mach so weiter, und Frau Schulze setzt dich vor die Tür. Du kannst doch nicht quer durch den Laden brüllen, ob *die Schulze* da ist!«

Bergmann machte eine wegwerfende Handbewegung. »Hab dich nicht so. Die Schulze kann mich mal. Ich mach jetzt Pause.« Er drehte sich um und marschierte den Gang hinunter.

»Du bist hier noch nicht fertig!«, rief seine Kollegin ihm hinterher, aber Bergmann reagierte nicht und verschwand im nächsten Gang. Die Frau schüttelte den Kopf und stemmte die Hände in die Hüften. »Also wirklich. Der dürfte nicht mein Sohn sein, dem würde ich …« Sie wandte sich Amelie zu, lächelte freundlich und streckte ihr die Hand hin: »Entschuldigen Sie bitte. Roswitha Döring. Sie suchen einen Job?«

Amelie schüttelte die angebotene Hand. »Amelie Behringer. Ja, ich habe das Schild draußen gesehen.«

»Schön. Gute Leute können wir immer gebrauchen. Vollzeit oder Teilzeit?«

Amelie zögerte. »Darüber habe ich mir noch keine Gedanken gemacht, um ehrlich zu sein, ich bin jetzt ganz spontan …«

»Macht nichts«, sagte Roswitha Döring, »Frau Schulze ist sowieso heute nicht im Laden. Wenn Sie wollen, lassen Sie mir Ihre Telefonnummer hier, und die Chefin ruft Sie morgen an.«

Amelie fiel auf, dass sie die Festnetznummer ihres neuen Zuhauses noch nicht kannte, und hinterließ ihre Handynummer. »Ich wohne nur ein paar Straßen weiter. Ich könnte sofort anfangen. Je eher, desto besser«, fügte sie hinzu.

»Bestens. Dann sind wir ja vielleicht bald Kolleginnen.«

Amelie sah Roswitha Döring hinterher. Die schien ja nett zu sein, aber dieser rotzige Kerl vorhin ... Sie konnte nur hoffen, dass dieser Tom weder das allgemeine Arbeitsklima noch den Umgangston hier im Laden repräsentierte. Langsam fuhr sie den Einkaufswagen durch die Gänge und sah sich alles genau an, während sie die Waren von der Einkaufsliste zusammensuchte.

An der Kasse saß Roswitha Döring.

»Wenn Sie hier arbeiten, bekommen Sie Personalrabatt«, sagte sie und grinste. »Aber heute ist noch die volle Summe fällig.«

Amelie lächelte zurück. »Vielleicht ändert sich das ja ab morgen. Wir sehen uns dann.«

Beschwingt stieg sie aufs Fahrrad. Als sie am Park vorbeikam, bog sie spontan ab und umrundete den Teich. Ab und zu kamen ihr Spaziergänger mit Hunden an der Leine entgegen, oder sie überholte einen Walker, der mit seinen Stöcken eilig ausschritt. Klasse, dachte Amelie, hier kann ich mal ein paar Runden laufen gehen, wenn mir danach ist. Mit dem Rad bin ich in ein paar Minuten am Supermarkt, und ich könnte sogar zu Fuß gehen. Das ist perfekt. Sie wich zwei Joggern aus, die unvermittelt aus einem Seitenweg kamen, und fuhr wieder auf die Straße zurück.

Pfeifend stellte sie ihr Rad vor der Haustür ab und trug die Einkäufe in die Küche. Ihre Mutter saß am Tresen. Sie beendete gerade ein Telefonat und setzte einen Haken hinter einen Punkt auf ihrem stets präsenten Block mit ihrer To-do-Liste. Dann hob sie den Kopf und sagte: »Na? Hast du alles gut gefunden?«

Kapitel 23

Maren Amelie nickte und verstaute die Einkäufe. Danach räumte sie die Spülmaschine aus. Ich beobachtete sie und war verblüfft, wie gut sie sich bereits in der Küche zurechtfand – ich irrte immer noch herum und öffnete Schublade um Schublade, wenn ich den Dosenöffner oder die Käsereibe brauchte.

»Ich habe vielleicht einen Job, wenn ich Glück habe«, sagte sie plötzlich. »Ich werde morgen angerufen und kann mich dann hoffentlich vorstellen.«

Ich sah sie verdutzt an. »Wann hat sich das denn ergeben? Und was für ein Job?«

Sie schwang sich auf einen Barhocker. »Im Supermarkt. Die suchen Leute. Ich habe einfach mal danach gefragt. Leider ist die Chefin heute nicht da, aber die wird mich morgen anrufen. Und wenn es geht, fange ich sofort an, lieber heute als morgen.«

»Das ist nicht dein Ernst«, sagte ich. »Wir haben dich doch nicht jahrelang auf eine teure Schule geschickt, damit du dich jetzt an eine Supermarktkasse setzt.«

»Für dich haben die bestimmt auch einen Job«, gab Amelie schnippisch zurück. »Wie wär's, soll ich mal nachfragen?«

Sie beobachtete belustigt, wie ich nach Luft schnappte.

Diesmal zählte ich nicht bis zehn, sondern fauchte: »Ich hoffe wirklich, du machst Witze. Ganz sicher werde ich in keinem Supermarkt arbeiten, genauso wenig wie du. Du machst deine Schule zu Ende, du wirfst nicht ein Jahr vor dem Abitur alles hin, hast du verstanden?«

Sie sprang auf und ballte die Fäuste. »Wer soll mich denn daran hindern?«, rief sie aufgebracht. »Du vielleicht? Ich bin achtzehn, und wenn ich entscheide, dass ich nicht weiter zur Schule gehe, dann mach ich das auch!«

Ich merkte, dass ich die Beherrschung zu verlieren drohte. Fast wäre mir die Hand ausgerutscht, und ich hätte meiner erwachsenen Tochter eine Ohrfeige gegeben. Ich atmete tief ein und langsam wieder aus, während Amelie bebend und mit Tränen der Wut in den Augen vor mir stand. Ich wusste nicht, was ich sagen sollte. Ich verstehe deine Wut, dachte ich, aber ich kann doch an der Situation nichts ändern ... wir müssen doch alle gerade sehen, wo wir bleiben mit unseren Gefühlen und unserer Angst ...

»Ja, da kannst du mich wieder nur anstarren, weil du weißt, dass ich recht habe«, sagte sie heftig.

»Was ist denn hier schon wieder los?« Johannas Stimme ließ uns herumfahren. »Hört auf, euch zu streiten.«

Sie kam an den Tresen, zog sich einen Barhocker heran und bedeutete Amelie, sich ebenfalls zu setzen.

»Mir reicht es langsam, Mädels. Wenn wir jetzt nicht zusammenhalten und an einem Strang ziehen, schlittern wir alle in den Abgrund. Worum ging es gerade? Zuerst Amelie.«

Sie nickte ihr zu.

»Meine Mutter ist dagegen, dass ich mir einen Job suche«, sagte Amelie und warf mir einen flammenden Blick zu. »Das ist die Kurzform.«

»Ja, und zwar die geschnittene Kurzform unter Auslassung sämtlicher relevanten Details«, brauste ich auf. »Na los, sag deiner Großmutter, was du vorhast.«

Amelie hatte die Arme vor der Brust verschränkt und schwieg. Über ihrer Nasenwurzel hatte sich eine steile Zornesfalte gebildet.

Johanna seufzte und verdrehte die Augen. »Na gut, wenn Amelie nicht will, dann hat Maren wieder das Wort.«

»Sie will ihre Schule hinwerfen und sich stattdessen im Supermarkt an die Kasse setzen«, rief ich. »In einem Supermarkt! Das kann doch nicht sein! Nicht mit ihrer Ausbildung! Das verstehst du doch, dass ich das verhindern will, oder?«

»Ja«, sagte Amelie süffisant, »und für meine Mutter gibt es da bestimmt auch einen Job, aber sie ist sich natürlich zu fein dafür. Du hättest mal ihr Gesicht sehen sollen, als ich ihr das vorgeschlagen habe.«

Ich bemerkte, dass ein Grinsen über das Gesicht meiner Mutter huschte, aber sofort wieder verschwand. Dann sagte sie: »Ich finde es gut, dass du dich um einen Job bemühst, Amelie. Aber dass du deine Schule aufgeben willst ... meinst du das ernst?«

»Natürlich nicht«, fauchte Amelie. »Das habe ich auch nie behauptet. Sie da«, sie zeigte mit dem Finger auf mich, »ist ja sofort ausgeflippt. Ich konnte gar nicht zu Ende reden.«

»Na also. Wäre das also schon mal geklärt. Und ich bin froh, das zu hören. Maren, beruhigt dich das?«

Ich nickte erleichtert. Dieses kleine Biest hatte mich tatsächlich provozieren wollen! »Der Gedanke hat mich einfach verrückt gemacht, tut mir leid, Amelie. Aber trotzdem: Wie stellst du dir den Job vor, zusätzlich zu deiner Schule?«

»Ich habe ja noch mit niemandem dort gesprochen, die Chefin war nicht da. Ich würde gern bis zum neuen Schuljahr Vollzeit arbeiten, und dann vielleicht nur halbtags, nach der Schule, und natürlich samstags.«

»Sehr schön«, sagte Johanna. »War doch gar nicht so schwer, die Damen. Streit kann ich nicht gut haben, das wisst ihr. Super, Amelie, dass du die Initiative ergreifst und aktiv wirst. Deinen Lohn kannst du sparen, für dein nächstes Schuljahr oder dein Studium.«

»Das habe ich nicht vor«, erwiderte Amelie schmallippig,

»ich werde Miete und Kostgeld zahlen, und wenn dann noch etwas bleibt, kann ich es sparen.«

»Das kommt nicht infrage«, rief ich sofort. »So weit kommt das noch, dass ich meine Tochter Miete und Essen bezahlen lasse, da würde ich mich ja zu Tode schämen!«

Johanna hob die Hände. »Ich schlage folgenden Kompromiss vor: Wir warten ab, ob Amelie einen Job bekommt, bevor wir über die Aufteilung ihres Lohns zanken, ja? Und wenn Amelie Wert darauf legt, zahlt sie Miete und Kostgeld. Was du, Maren, dann mit dem Geld machst, liegt an dir.«

Sie sah zwischen uns hin und her. Als wir – wenn auch nur zögernd – nickten, sagte Johanna leise: »Gott sei Dank. Ich dachte schon, ich muss die Peitsche holen, um euch zu trennen.«

Kapitel 24

Das Gespräch mit Frau Schulze am nächsten Tag war, wie sich herausstellte, eine reine Formsache. Auf ihren Anruf hin radelte Amelie zum Supermarkt und lernte ihre zukünftige Chefin bereits ein paar Minuten später persönlich kennen.

Frau Schulze zeigte sich begeistert. »Frau Döring hat Sie mir ja schon beschrieben und mir empfohlen, Sie einzustellen. Auf ihr Urteil kann man sich verlassen.«

»Danke«, sagte Amelie, »aber Frau Döring kennt mich doch überhaupt nicht.«

Frau Schulze lachte. »Aber sie hat Menschenkenntnis, und sie hat sich noch nie geirrt. Sie sind zeitlich flexibel?«

Amelie nickte. »Absolut. Zumindest für die nächsten zwei Monate. Nach den Schulferien wartet aber noch ein Schuljahr auf mich. Da könnten Sie mich dann nachmittags und am Samstag einplanen, wenn Sie wollen.«

»Perfekt«, sagte Frau Schulze. »In den Schulferien habe ich immer Probleme, weil alle Mitarbeiter mit Kindern in den Urlaub wollen, da kann ich Sie gut für die volle Stundenzahl einsetzen. Und für Überstunden. Wir wollen die Fläche vergrößern und haben jede Menge zu tun, auch am Wochenende. Da können Sie sich noch ein bisschen mehr Geld verdienen.«

»Das hört sich gut an.« Amelie nickte. »Wann kann ich anfangen?«

»Morgen früh, wenn Sie wollen. Frühschicht, sechs Uhr. Dann kommt die Frischware und muss eingeräumt werden. Sie gehen dann am besten direkt an die Laderampe, dort ist auch der Personaleingang. Den Vertrag unterschreiben wir morgen, in Ordnung?«

»In Ordnung.« Amelie erhob sich und schüttelte Frau Schulze die Hand. »Wir sehen uns dann morgen, ich freue mich.«

»Und ich erst«, sagte Frau Schulze. »Herzlich willkommen im Team, Ame... Frau Behringer.« Sie lächelte und fügte hinzu: »Sie müssen entschuldigen, aber hier duzen sich alle.«

»Soll mir recht sein«, erwiderte Amelie fröhlich und konnte es kaum erwarten, den anderen von ihrem Erfolg bei der Arbeitssuche zu berichten. Als sie den Supermarkt verließ, hielt sie Ausschau nach der netten Kollegin vom Tag zuvor, konnte diese aber zu ihrer Enttäuschung nirgends entdecken.

Ihre Mutter und ihre Großmutter freuten sich mit ihr, und ihr Vater, den sie nach ihrer Heimkehr von ihrem Zimmer aus gleich in der Klinik anrief, gratulierte ihr ebenfalls zu dem Job. Allerdings, nicht ohne sich wortreich bei Amelie dafür zu entschuldigen, dass sie in einem Supermarkt arbeiten musste, statt ihren geplanten Urlaub in Amerika zu genießen.

»Hör jetzt auf damit, Paps. Erzähl mir lieber, wie es dir geht.«

»Eigentlich geht es mir gut.«

»Und uneigentlich?«

Ein tiefer Seufzer. »Uneigentlich will ich hier raus. Ich halte es hier nicht mehr lange aus. Ich fühle mich gesund, ich bin nur ein bisschen müde.«

»Und was sagen die Ärzte?«

Wieder ein Seufzer. »Die sagen, dass ich mich schonen muss, was sonst?« Er verstellte die Stimme und näselte: *»Wissen Sie, Herr Behringer, man überschätzt sich leicht nach so einem Unfall. Sie mögen sich ja körperlich gut fühlen, aber Sie sind noch weit davon entfernt, in Ihr Arbeitsleben zurückzukehren.«* Er schnaubte und sprach mit normaler Stimme weiter: »Was weiß der schon? Ich kann ja wohl am besten beurteilen, ob ich mich fit fühle oder nicht.«

»Ich verstehe ja, dass du ungeduldig bist, Paps. Wir vermissen dich auch, aber du musst zuerst ganz gesund werden.«

»Aber ich muss mich um meine Kunden kümmern. Das macht mich ganz verrückt.«

»Ich denke, dein Freund Michael springt ein, solange es dir nicht gut geht.«

»Schon.«

»Aber ...?«

»Kann ich dir sagen.« Haralds Stimme klang aufgeregt. Amelie spürte deutlich, wie sehr ihr kranker Vater bei diesem Thema unter Stress geriet. »Ich habe zu meinen Kunden über lange Zeit ein Vertrauensverhältnis aufgebaut, verstehst du?«, fuhr er fort. »Das ist nicht gut, wenn man da plötzlich jemand anderen vor der Nase hat. Diese ganze Sache ist mir diesen Leuten gegenüber höchst unangenehm.«

»Aber du hattest einen Unfall!«, rief Amelie. »Das können die dir doch nicht vorwerfen!«

Er lachte bitter. »Das ist denen doch scheißegal. Ich bin nicht ihr bester Freund, ich bin ein Dienstleister, der sich um ihr Geld kümmert. Da muss man manchmal im Minutentakt entscheiden, was zu tun ist, da kann man nicht einfach wochenlang unerreichbar sein. Geschäftlich ist das eine Katastrophe. Und nicht nur das. Ich brauche nicht darauf zu hoffen, dass die Mitleid mit mir haben oder aus Loyalität bei mir bleiben. Kann sein, dass ich wieder ganz unten anfangen muss.« Er lachte wieder. Es klang wie ein Schluchzen. »Und selbst das könnte völlig sinnlos sein, denn es spricht sich schnell herum, wenn jemand nicht zuverlässig ist und nicht rund um die Uhr zur Verfügung steht.«

»Mach dich nicht verrückt«, sagte Amelie streng. »Das bringt dich und uns alle nicht weiter, das weißt du genauso gut wie ich. Niemand erwartet von dir, dass du weitermachen kannst wie bisher. Hast du denn regelmäßigen Kontakt zu deinem Freund?«

»Nicht so regelmäßig, wie ich es gern hätte.«

»Was heißt das?«

»Ich erreiche ihn nicht immer.«

Ach du liebe Güte, dachte Amelie, der arme Michael. Das ist bestimmt auch nicht das reine Vergnügen, täglich zum Rapport gebeten zu werden ...

»Aber musst du wirklich jeden Tag wissen ...«

»Natürlich muss ich das!«, rief Harald aufgebracht. »Es ist mein verdammter Job, immer auf dem Laufenden zu sein! Und wenn ich das nicht schaffe ... Au! Verdammt!« Er stöhnte.

»Was ist los?«, fragte Amelie ängstlich.

Wieder ein Stöhnen. »Mein Kopf hämmert ... Verdammt«, kam es ächzend aus dem Hörer.

»Paps, bitte, du darfst dich nicht so aufregen.«

»Fang du auch noch so an, das fehlt mir gerade noch. Ich ... ich muss mich etwas hinlegen, Amelie. Ich ... Telefonieren wir morgen wieder?«

Amelie nickte. Dann fiel ihr ein, dass ihr Vater das ja nicht sehen konnte. »Machen wir. Ich erzähle dir dann von meinem ersten Arbeitstag, okay?«

»Okay ... Tschüs, Amelie. Und: Danke.«

»Nichts zu danken«, antwortete Amelie automatisch, ohne zu wissen, für was genau ihr Vater glaubte, sich bei ihr bedanken zu müssen.

Sie legte das Telefon weg und sah sich um. Seit Jussi ihre Sachen gebracht hatte, sah ihr Zimmer etwas wohnlicher aus – zumindest fühlte sie sich nicht mehr wie ein Hotelgast. Ihre Kleidung war in Schrank und Kommoden verstaut, ihre Bücher standen im Regal, und der vielfarbig gestreifte Teppich, der ihr

Zimmer im Internat geschmückt hatte, lag jetzt vor ihrem Sofa. Im Laufe der vergangenen Tage hatte sie die Kartons nach und nach ausgepackt und deren Inhalt – bunte Kissen, ihre geliebte Kuscheldecke, Bilder, CDs, einige Grünpflanzen und ihren Schaukelstuhl aus Rattan, der jetzt auf dem Balkon stand – in ihrem neuen Zuhause verteilt. Der Raum war wirklich schön, aber trotzdem konnte sie sich dort nicht hundertprozentig entspannen. Am Bett lag es nicht, es war überaus bequem, genau wie das Sofa, auf dem sie gerade saß.

Nein, dachte sie, es ist viel eher das Gefühl, dass ich zu Unrecht hier wohne und diesen Luxus genießen kann, ich habe es mir einfach nicht verdient. Keiner hier kann sich dieses Haus leisten, es ist fast so, als wären wir Betrüger. Ich bin heilfroh, dass ich einen Job habe, vielleicht fühle ich mich dann besser.

Die Situation mit Justus trug auch nicht dazu bei, dass sie ihr Leben genießen konnte. Mittlerweile war er in Amerika. An diesem Vormittag hatte er angerufen, von Hawaii aus. Die Verbindung war schlecht gewesen, und durch das atmosphärische Rauschen und Knistern im Hörer war leise seine Stimme gekommen: »Amelie? Hier ist Jussi. Habe ich dich geweckt? Hier ist es abends ... he, weiß einer, wie spät es ist?« Im Hintergrund hörte Amelie ein paar Leute lärmen und lachen, irgendwer rief: »Zehn vielleicht? Beeil dich, wir wollen los!« Dann wieder Justus' Stimme: »Wie spät ist es denn bei dir? Wir sind zwölf Stunden auseinander, sagt ...« Der Name desjenigen, der sich offenbar mit der Zeitverschiebung auskannte, ging im tosenden Hintergrundgelächter unter. »He, seid doch mal ruhig! Oder besser. Wartet nebenan, ja?« Es wurde ruhig, dann hörte Amelie, wie eine Tür geschlossen wurde. »Puh«, sagte Justus, »das ist echt anstrengend hier.«

»Du Ärmster, da würde ja wohl niemand auf der Welt mit dir

tauschen wollen. Hawaii – und so anstrengend, dieses Feiern und Urlaub machen. Ich würde das Reisebüro verklagen«, antwortete Amelie und war sich klar, dass ihr ironischer Tonfall zwischen ihrem Sofa und Hawaii spurlos verpuffen würde.

»Wer weiß, vielleicht mache ich das«, sagte Justus düster.

Er schien nicht nüchtern zu sein. Bestimmt hatte die Clique schon ordentlich vorgefeiert, bevor es jetzt in einen Club gehen würde.

»Du, hör mal, Jussi, ich habe vielleicht einen Job.«

»Hm?« Er klang abwesend, denn im Hintergrund ging die Zimmertür auf, und es würde nach ihm gerufen. »Tür zu!« rief Justus, dann fuhr er leiser fort: »Entschuldige, du kennst die Bande ja, was hast du gesagt?«

»Ich bin auf Jobsuche. Ich warte auf einen Anruf, und vielleicht geht es dann ganz schnell.«

»Ach wirklich? Was machst du? Irgendein cooler Pseudojob für wahnsinnig viel Geld, hoffe ich. Sag schon.«

»Ich werde – wenn – bei uns in der Nähe in einem Supermarkt arbeiten. Viel Arbeit, wenig Geld. Regale einräumen und kassieren. Keine Connection – es sei denn, du meinst meine zukünftige Kollegin Roswitha, mit der ich gestern gesprochen habe, weil die Chefin nicht da war.«

»Hör auf, mich zu verarschen«, prustete Justus. Als sie nicht antwortete, rief er: »Sag, dass das ein Witz ist!«

»Kein Witz.«

»Du arbeitest lieber in einem Supermarkt, als dich von mir zu einem Urlaub einladen zu lassen?«

»Was ich lieber getan hätte, daran hast du hoffentlich keinen Zweifel«, sagte Amelie. »Aber das war nicht die Frage. Ich muss Geld verdienen, statt Schulden zu machen. Ich habe es mir nicht ausgesucht.«

»Wie kannst du mir das antun?«

Seine Stimme klang fassungslos. Zuerst dachte Amelie, er wolle einen Scherz machen, aber als er schwieg, begriff sie, dass er wirklich beleidigt war und ihre Entscheidung als persönliche Zurückweisung empfand. Ehe sie antworten konnte, öffnete sich wieder die Tür im Hintergrund, und ein Mädchen kreischte: »Jussi, Liebling, jetzt komm endlich! Mach mich nicht sauer!«

»Du solltest Chiara nicht warten lassen«, sagte Amelie. »Du weißt, was los ist, wenn sie sauer wird, dann habt ihr nichts mehr zu lachen.«

»Du hast recht. Ich ... Tut mir leid, ich weiß nicht, was ich sagen soll. Ich muss das erst einmal verarbeiten. Ich melde mich wieder.«

Dann hatte sie ein Klicken gehört, das Rauschen und Knistern verstummte, und Amelie wusste, dass Justus aufgelegt hatte.

Keine fünf Minuten später hatte Frau Schulze angerufen. Und über Justus' unerwartete Reaktion, hatte Amelie beschlossen, würde sie später nachdenken.

Am nächsten Morgen würde sie verdammt früh aufstehen müssen, sie wollte an ihrem ersten Tag auf keinen Fall zu spät kommen. Um sechs Uhr morgens war Arbeitsbeginn, das hieß, sie musste noch vor fünf aus dem Bett.

Duschen, frühstücken – wie ärgerlich, dass keine Tageszeitung abonniert ist, die hätte ich dann zum Wachwerden lesen können, dachte sie.

Amelie beschloss, gleich am nächsten Tag herauszufinden, was ein Abo kostete. Um Viertel vor sechs musste sie aus dem Haus, und dann, ab sechs Uhr, würde ein neues Leben für sie beginnen. Amelie stellte fest, dass sie aufgeregt war – positiv aufgeregt. Ein neuer Tagesablauf wartete auf sie, neue Menschen, mit denen sie in Zukunft vielleicht sogar mehr Zeit verbringen würde als mit ihrer Familie. Und am Ende des Monats – darauf freute sie sich besonders – würde dann ihr erster Lohn auf ihr Konto überwiesen, endlich.

Es klopfte an ihrer Zimmertür, und auf ihr »Ja« hin kam ihre Großmutter herein.

»Na, bist du nervös?«

Amelie schüttelte den Kopf. »Ein bisschen aufgeregt – ich weiß schließlich nicht, was mich erwartet. Ob ich nette Kollegen haben werde? Ich bin echt gespannt.«

»Was meinst du: Ich hole meine Karten, und wir schauen mal, was dich erwartet?«

»Ich … äh …«

Johanna lachte. »Du kannst ruhig sagen, dass du meine Karten für Mumpitz hältst, ich kann das vertragen. Solange meine Kundinnen anderer Meinung sind …«

»Und? Sind sie das? Hast du viel zu tun?«

»Allerdings«, sagte Johanna. »Wenn das so weitergeht, brauche ich ein Sekretariat, das meine Termine koordiniert.« Sie wühlte zwischen den Falten ihres wallenden Gewandes und schob Amelie drei Geldscheine hin. »Hier. Als kleine Starthilfe.«

»Dreihundert Euro? Kommt nicht infrage, das nehme ich nicht an. Du brauchst selbst jeden Cent. Und du hast mir das Rad geschenkt, das ist mehr als genug.«

»Ich möchte, dass du das Geld nimmst. Von mir aus steck es in die Spardose, oder schaff dir gute, bequeme Arbeitsschuhe an, die wirst du brauchen.« Als Amelie wieder protestieren wollte, hob Johanna die Hand und sagte: »Keine Widerrede. Die Oma darf der Enkelin was zustecken, wann immer sie will.«

Amelie war erleichtert, als sie am nächsten Morgen unter den an der Laderampe wartenden Kolleginnen Roswitha erkannte, die es auch sofort übernahm, allen die neue Mitarbeiterin vorzustellen.

»Frau Schulze hat mich gestern angerufen, ich bin für die ersten Tage deine Patin«, sagte Roswitha. »Du bleibst einfach an meiner Seite, und ich erkläre dir alles.«

Amelie schüttelte Hände, versuchte, sich Namen zu merken, und folgte dann den fröhlich schnatternden Frauen in die Räume hinter den Kulissen des Supermarktes. Sie bekam von Roswitha einen Kittel und ein Namensschild, eine Personalnummer und eine kurze Einführung in den Pausen- und Urlaubsplan.

Dann hupte schon der erste Lieferant, und Amelie kam erst wieder zu sich, als sie nachmittags völlig erschlagen und mit brennenden Fußsohlen auf ihrem Sofa lag und sich fragte, ob sie die richtige Entscheidung getroffen hatte.

Kapitel 25

Maren »Gern, Frau von Beck. Nächsten Mittwoch, 18 Uhr, Sie benötigen Rat bei einer geschäftlichen Entscheidung. Ist notiert. Ich wünsche Ihnen eine gute Reise. Auf Wiederhören.«

Ich legte auf und schrieb den Termin in Johannas Kalender.

Frau von Beck kam bereits zum dritten Mal. Als Geschäftsfrau war sie viel auf Reisen, und immer, wenn sie in der Stadt war, suchte sie *Madame Josie* auf.

Ich musste zugeben, dass Johannas Idee eingeschlagen hatte. Sie war gerade mal seit ein paar Wochen »offiziell« aktiv, und seitdem schien aus dem Bermudadreieck Bridgeclub/Sportverein/Tanztee ein nicht enden wollender Strom betuchter Damen zu fließen, denen die »Lebensberatung« jeden Cent wert war, den Johanna dafür verlangte. Besonders beliebt waren bei den Damen Horoskopmappen als Geschenke für Freundinnen oder zur Geburt neuer Enkelchen.

Ich trug den Termin in meine neue Datenbank ein. Timo hatte mir begeistert dabei geholfen, das Programm für meine Bedürfnisse einzurichten. Gab ich den Namen einer Kundin in die Datenmaske ein, hatte ich alles auf einen Blick: Adresse, Daten, alle Termine, sogar das bevorzugte Getränk war erfasst. Einige der Damen schätzten es durchaus, ein Glas Prosecco oder ihren Lieblingskeks angeboten zu bekommen, während sie an *Madame Josies* Lippen hingen.

Zuerst hatte ich gedacht, noch einen Computerkurs belegen zu müssen, aber wie sich herausstellte, hatte die Computer-AG des Internats meinen Sohn zu einem durchaus ernst zu nehmenden EDV-Fachmann ausgebildet. Er hatte mich auch in das

Astrologieprogramm eingewiesen, mit dem ich die Horoskope für Johannas Kundinnen erstellte, die auf Wunsch eine gebundene Mappe mit der Zeichnung samt mehrseitiger Interpretation ihrer persönlichen Planetenkonstellation erstellt bekamen – zu einem Aufpreis von fünfundsiebzig Euro. Bis jetzt hatten alle eine derartige Mappe gewünscht. Timo kassierte pro Exemplar zehn Euro von seiner Großmutter, denn er bastelte die Mappen zusammen. Mittlerweile hatte er sich in seinem Zimmer eine Ecke eingerichtet, in der alle dazu benötigten Materialien lagerten.

Johanna steckte den Kopf zur Bürotür herein. »Bist du gerade beschäftigt?«

Ich speicherte die eingegebenen Daten ab und schüttelte den Kopf. »Jetzt nicht mehr. Du hast übrigens einen neuen Termin, Frau von Beck kommt nächsten Mittwoch.«

Johanna schnalzte mit der Zunge. »Ah, die gnädige Frau. Mal wieder in der Stadt? Du, die hat mir übrigens beim letzten Mal eine höchst interessante Frage gestellt.« Sie schwieg bedeutungsvoll.

Ah, mein Einsatz. Na gut, dachte ich, und tat Johanna den Gefallen. »Welche Frage?«

»Ob ich einen Begleiter für sie wüsste.« Sie sah mich erwartungsvoll an, als erwarte sie eine ganz bestimmte Reaktion von mir.

»Ich dachte, sie wäre verheiratet?«, fragte ich.

Johanna machte eine wegwerfende Handbewegung. »Pah, ihr Mann ist zwanzig Jahre älter als sie und interessiert sich nur noch für seinen Countryclub und seine Oldtimersammlung. Nein, aber darum geht es auch nicht. Frau von Beck sucht jemanden, der sie begleitet, wenn sie geschäftlich in der Stadt ist.«

Ich verstand immer noch nicht. »Wohin denn begleiten? Zu ihren Geschäftsterminen?«

»Unsinn. *Nach* den Geschäftsterminen, natürlich. Sie hockt dann immer allein in ihrem Luxushotel und langweilt sich. Ein Theaterbesuch, ein Essen in einem schönen Restaurant, eine Lesung, vielleicht. Und dazu ein charmanter Begleiter. Du, das sollten wir anbieten.«

Anbieten? Männer anbieten? Was, um Himmels willen, meinte sie denn damit?

»Wie bitte? Callboys? Bist du verrückt?«, entfuhr es mir.

»Be-glei-ter«, sagte Johanna langsam und akzentuiert, »von Callboys hat niemand geredet. Ein Begleitservice, ganz seriös. Frau von Beck kommt in die Stadt, und sie weiß dann schon vorher, dass es abends ein Programm geben wird. Sie übernimmt alle entstehenden Kosten plus die Gage für den Herrn. Bombengeschäft.«

»Und du machst das Casting, oder wie? So wie in dieser Sendung mit den Topmodels? Also wirklich!«

Ich gackerte albern. Das konnte nur ein Scherz sein.

Johanna legte den Kopf schräg und sah mich nachdenklich an. »Mich beschleicht der Verdacht, du nimmst mich nicht ernst. Wir brauchen nur einen gepflegten, seriösen Herrn, gebildet, mit hervorragenden Manieren, geübt in Konversation und Small Talk, gut gekleidet ...« Sie grinste und fuhr fort: »So jemanden wie Harald.«

Ich war sprachlos. Harald? Der würde den Teufel tun und für Geld irgendwelchen wohlhabenden Schnepfen die Langeweile vertreiben, nie im Leben.

»Das kannst du nicht ernst meinen, Johanna. Das ist absurd.«

»O doch, das tue ich. Todernst. Hast du dir deinen Gatten mal angesehen, seit er wieder zu Hause ist? Wenn er sich zu lange mit seinen Zahlen beschäftigt, bekommt er Kopfschmerzen, das haben seine zwei Termine mit Michael gezeigt. Es wird wer weiß wie lange dauern, bis er seine Klienten wieder übernehmen kann. Du hast ihn aus seinem Büro verdrängt, und er leidet wie ein Hund darunter, dass er nichts zum Familieneinkommen beitragen kann. Sogar Timo verdient mehr als er! Vielleicht bekommst du es ja nicht mit, aber Harald schläft bis mittags und hängt dann für den Rest des Tages schlecht gelaunt vor der Glotze.«

»Das wird schon wieder«, sagte ich, weil ich es selbst glauben wollte. »Er muss sich erst einmal wieder akklimatisieren. Er soll sich ausruhen, so lange er will.«

»Akklimatisieren, so ein Blödsinn. Alle hier im Haus verdienen irgendwie Geld, außer ihm. Er hasst es, das weiß ich.«

»Hasst was?«

»Hier nutzlos rumzuhängen, natürlich. Er leidet darunter, dass die Kinder nicht mehr aufs Internat gehen können, dass hier ständig Leute auftauchen, um Möbel aus dem Haus zu holen, die du ihnen verkauft hast.«

»Hat er dir das gesagt?«

Johanna nickte. »Wir haben gestern Nacht zusammen am Pool gesessen und ein bisschen geredet. Maren, er fühlt sich schrecklich! Er würde so gern etwas beitragen, weiß aber nicht, wie. Er kann ja nicht einmal den Rasen mähen, weil seine Kondition das nicht mitmachen würde.«

»Er muss nichts beitragen«, sagte ich. »Wir schaffen das auch ohne ihn.«

»Das ist es doch gerade!«, rief Johanna. »Ohne ihn! Da könnte er auch genauso überhaupt nicht da sein, verstehst du das denn nicht?«

Allmählich fühlte ich mich in die Ecke gedrängt.

»Aber ich schicke meinen Mann doch nicht als Gigolo los! Was sollen denn die Leute denken?«

»Welche Leute denn? Hier in der Stadt kennt euch doch niemand. Und wenn er zufällig jemanden treffen sollte, kann er seine Begleiterin durchaus als Kundin oder Klientin vorstellen, das ist dann noch nicht einmal gelogen. Jeder wird denken, dass Harald sich um die Geldgeschäfte der Dame kümmert.«

»Welche Dame?«, fragte Harald, der mit mürrischem Gesicht ins Zimmer geschlurft kam. Er trug einen ausgebeulten Jogginganzug und war unrasiert.

»Du kommst genau richtig«, sagte Johanna. »Wir haben einen Job für dich.«

»Was denn? Parkplatzwächter?« Harald lachte freudlos und ließ sich auf einen Stuhl fallen. »Oder Laub harken? Aber Vorsicht, nach zehn Minuten brauche ich eine Pause.«

»Deine Schwiegermutter hat da eine Idee«, sagte ich.

»Da bin ich aber mal gespannt«, murmelte Harald und blickte desinteressiert aus dem Fenster.

»Begleiter.« Johanna ließ das Wort ohne weitere Erklärung im Raum stehen und wartete gespannt auf Haralds Reaktion.

Langsam wandte dieser den Kopf und sah Johanna ohne eine Spur des Begreifens an.

»Damenbegleiter«, sagte Johanna.

In Haralds Gesicht spiegelte sich noch immer reines Unverständnis. Er öffnete den Mund, schloss ihn wieder, schüttelte den Kopf, als wollte er dadurch das Gesagte aus seinem Kopf vertreiben. Schließlich presste er hervor: »Damenbegleiter? Ich soll als Callboy arbeiten?« Sein Blick irrte zu mir. »Und du bist damit einverstanden?«

»Du verstehst das falsch«, sagte ich. Seine Reaktion überraschte mich keineswegs – aber sollte Johanna ihm doch erklären, was sie damit meinte.

Haralds Gesicht verfärbte sich dunkelrot. Er sprang auf und schrie mich an: »Du bist einverstanden, wenn ich mit anderen

Frauen schlafe? Und Geld dafür nehme?« Er ballte die Fäuste und schnaufte empört.

Bevor ich etwas sagen konnte, griff Johanna ein. »Setz dich wieder, ja? Ich erkläre dir, was ich meine.«

Widerwillig ließ Harald sich von ihr zurück auf den Stuhl ziehen und verschränkte die Arme vor der Brust.

»Lass hören«, sagte er kalt. Er warf mir einen wütenden Blick zu.

»Also gut.« Johanna lächelte ihn strahlend an. »Ich habe in meinem Geschäft einige Kundinnen, die von außerhalb kommen. Damen, die geschäftlich in der Stadt sind, sich abends in ihrem Hotel langweilen und nicht wissen, wohin mit ihrem Geld.«

»Kundinnen«, sagte Harald verächtlich. »Du willst doch den Hokuspokus, den du da unten veranstaltest, nicht wirklich als seriöses Geschäft bezeichnen? Wie verrückt müssen diese Weiber sein, dir dafür die Hunderter nachzuwerfen?«

»Kein Grund, beleidigend zu werden«, antwortete Johanna, ohne im Geringsten beleidigt zu sein. »Amüsant, dass du es so siehst, Harald. Ich biete eine Dienstleistung an, die von den Damen gebucht wird. Nebenbei bemerkt: Es läuft blendend. Schön wäre es allerdings, wenn ich den Katalog um diese eine Dienstleistung aufstocken könnte. Du wärst perfekt dafür.«

Harald schüttelte den Kopf. »Meine Schwiegermutter will mich an irgendwelche Weiber verschachern, das muss man sich mal vorstellen. Und meine Gattin«, wieder traf mich ein wütender Blick, »ist damit einverstanden, das ist die Krönung.«

»Herrgott, Harald, lass mich doch endlich einmal ausreden. Diese erwähnten Damen befinden sich an exponierter Stelle in hochkarätigen Berufen, sind gebildet und niveauvoll. Sie sitzen abends in ihren Hotels. Alleine ausgehen wollen sie nicht. Mal in die Oper, vielleicht, oder ein Essen in einem Sterne-Restaurant, ein paar Stunden gepflegte Unterhaltung. Alles völlig seriös, kein Sex. Im Hotel abholen, schick ausführen, danach vielleicht noch einen Drink an der Hotelbar nehmen, küss die Hand, gnädige Frau und angenehme Nachtruhe. Das ist der Deal. Pro angefangener Stunde hundert Euro, alle Spesen und Ausgaben für Essen, Eintrittskarten und so weiter trägt natürlich die Dame. Du machst nichts weiter als gut aussehen und höflich sein.« Johanna lehnte sich in ihrem Stuhl zurück und sah Harald erwartungsvoll an. »Erster Einsatz nächste Woche Mittwoch. Frau von Beck wäre entzückt.«

»Frau von Beck? Wer, zum Teufel, ist Frau von Beck?«

»Eine meiner ...«

»*Kundinnen*, ich weiß«, unterbrach Harald. »Du meinst das wirklich ernst, oder?«

Sein Blick ging zu mir. »Und du?«

»Ich habe Johanna gesagt, dass du das nicht machen wirst. Aber das ist deine Entscheidung. Wir können jeden Cent brauchen«, sagte ich.

»Du bist perfekt dafür«, setzte Johanna nach. »Du hast einen Schrank voller schicker Anzüge, du weißt dich auf gesellschaftlichem Parkett zu bewegen, kannst tanzen, beherrscht alle Regeln der Konversation, bist mehrsprachig, siehst gut aus. Perfekt.«

Harald starrte Johanna mit zusammengezogenen Augenbrauen düster an. Seinem Gesicht war nicht anzusehen, was er dachte. »Erzähl mir was über Frau von Beck«, verlangte er plötzlich.

»Das ist mein Schwiegersohn!«, rief Johanna begeistert aus. »Also: Mathilde von Beck ist Mitte fünfzig, verheiratet und im Vorstand der größten Bank in diesem Lande. Sie ist regelmäßig in der Stadt und war schon zweimal bei mir. Nächsten Mittwoch hat sie wieder einen Termin. Sie wäre dann dein erster

Job. Sie würde zum Beispiel gern ins Theater gehen, hat aber allein keine Lust dazu. Willst du es nicht mal ausprobieren? Und wenn es dir nicht gefällt, bleibt es eine einmalige Sache. Wir haben ein Bild von ihr ... Maren?«

Ich war verblüfft, dass dieses Gespräch einen ganz anderen Verlauf nahm als erwartet. Mit ein paar Mouseklicks rief ich Frau von Becks Profil auf. Eine attraktive, sorgfältig geschminkte Dame mit kunstvoll zerzaustem Kurzhaarschnitt, die keinen Tag älter als Mitte vierzig aussah, lächelte uns vom Monitor an.

Harald sah das Gesicht mit unbewegter Miene an.

»Kein Sex?«, fragte er dann.

»Hallo? Natürlich nicht«, sagte ich. »Glaubst du wirklich, ich könnte das ertragen?«

»Ich hätte auch nicht geglaubt, dass du hinter meinem Rücken unsere Möbel verkaufst«, sagte Harald, ohne den Blick vom Monitor abzuwenden.

Sofort wurde ich sauer. Glaubte er etwa, dass es mir Spaß machte, in einem Haus zu wohnen, das mehr und mehr wie ein Möbelhaus während des Ausverkaufs aussah? Mir fehlte jedes einzelne Stück, das zur Tür hinausgetragen wurde – schließlich hatte ich alles höchstselbst ausgesucht.

»Das müsste ich nicht, wenn du nicht besof...«, keifte ich los, kam aber nicht dazu, meinen Satz zu beenden.

»Stopp!«, rief Johanna. »Sofort Schluss damit, ja? Das ist jetzt nicht das Thema. Wir haben eine Situation, die unser aller Leben verändert hat. Basta. Und jetzt schauen wir, wie wir das Beste draus machen. Keine gegenseitigen Vorwürfe. Nehmt euch ein Beispiel an eurer Tochter. Die geht im Supermarkt arbeiten und hat sich noch nicht ein einziges Mal beschwert, obwohl sie jetzt eigentlich mit ihrem Freund und ihren Schulkameraden durch Amerika reisen wollte.«

Sie blickte zwischen uns hin und her, aber niemand sagte etwas. Harald knabberte an seiner Unterlippe und sah aus dem Fenster, ich starrte mit gerunzelter Stirn auf meine Knie. Dass Amelie sich nicht beschwert hatte, stimmte ja auch nicht wirklich – zumindest mir gegenüber machte sie aus ihrem Unwillen keinen Hehl.

Die Wanduhr tickte die Sekunden fort, der Computer surrte leise und gab plötzlich ein leises Pling von sich. Ich sah auf, murmelte: »Eine Mail« und rief das Mailprogramm auf. Ich las die Nachricht, drehte mich zu den anderen um und sagte: »Wir haben einen Interessenten für den Refektoriumstisch. Ein Antiquitätenhändler fragt an.«

Harald sprang abrupt von seinem Stuhl auf.

»Macht mir einen Termin beim Friseur und bei der Maniküre. Und ruft von mir aus diese Frau von Dings an, dass sie einen Begleiter hat. Ich will nicht eines Tages in mein Schlafzimmer kommen und mein Bett ist verkauft.«

Ohne ein weiteres Wort stürmte er aus dem Büro.

»Ja!«, rief Johanna triumphierend. »Maren, gib mir mal die Nummer von Mathilde, ich rufe sie gleich an. Und du kannst an deinem Computer einen neuen Terminkalender basteln – für Harald. Das wird ein Bombengeschäft. Überleg mal, Maren: nur fünf oder sechs Termine pro Monat, das sind zweitausend Euro! Ohne dass wir viel investieren müssen! Die Damen zahlen alles, und Harald muss sich nur schick machen und gut duften. Wunderbar!«

Sie notierte sich Mathilde von Becks Nummer und tänzelte fröhlich aus dem Zimmer.

Ich sah mich allerdings außerstande, die Freude meiner Mutter zu teilen. Haralds Einverständnis, als Begleiter zu arbeiten, hatte mich – gelinde gesagt – erstaunt. Dass er wütend auf mich war, stand außer Frage.

Für ihn ist es auch nicht leicht, dachte ich, kommt aus der Reha nach Hause, und alles ist anders. Ich halte sein Büro besetzt, manage die seltsame Profession meiner Mutter, verkaufe unsere Möbel, unsere Tochter arbeitet im Supermarkt ... und er sitzt im Gartenstuhl und ringt mit der Realität. Aber vielleicht ist ja dieser Begleitservice genau das Richtige in Haralds Situation, schließlich kann er auf diese Art wieder lernen, sich in der Öffentlichkeit zu bewegen. Er bekommt Komplimente von den Damen, die viel Geld für seine Gesellschaft zahlen ... das wird sein Selbstbewusstsein wieder aufbauen, ganz bestimmt. Und außerdem: Es ist schließlich nur vorübergehend. In einem oder zwei Jahren werden wir darüber lachen ...

Kapitel 26

Maren »Mutti, Mutti! Darf ich ihn behalten?«

Ich schreckte aus meinen Gedanken auf. Timo kam mit glänzenden Augen und roten Wangen ins Büro gerannt. Er drückte ein zitterndes Hündchen an seine Brust, das sich ängstlich umsah und bei meinem Anblick leise knurrte.

»Na, na, na«, schimpfte Timo leise mit dem Tier, »das ist doch meine Mutti! Die ist nett! Und die muss uns erlauben, dass du bei mir bleiben darfst, verstehst du?«

Der kleine Hund kläffte hell. Timo setzte ihn vorsichtig auf den Fußboden. Bei näherem Hinsehen entpuppte sich der Winzling als Yorkshireterrier, stilecht mit Schleifchen über der Stirn. Er lief schnüffelnd durch das Büro, steckte sein Näschen in jede Ecke und setzte sich dann vor mich, guckte mich aus schwarzen Knopfaugen an und kläffte auffordernd. Ich beugte mich gehorsam herunter und streichelte ihn, woraufhin der Hund seinen fransigen Schwanz wild rotieren ließ.

»Siehst du, Mutti – der mag dich! Bitte, bitte, bitte, darf er bei mir bleiben?«

Ich schüttelte den Kopf. »Das geht nicht so einfach, Timo. Wo hast du ihn überhaupt her?«

Timo hatte schmollend die Unterlippe vorgeschoben. »Er ist mir nachgelaufen. Im Park. Ich hab gar nichts gemacht, er ist einfach hinter mir hergekommen.« Das Hündchen kläffte wieder. »Siehst du? Er sagt das auch!«

Er kniete sich neben den Hund und streichelte ihn. »Nicht wahr, Ernie?«

Ich lachte. »Ernie? Woher weißt du denn, wie er heißt?«

»Weiß ich doch gar nicht«, sagte Timo feierlich. »Ich finde, er sieht wie ein Ernie aus.«

»Timo, hör mal. Der Kleine gehört irgendjemandem, ganz sicher. Er ist gut gepflegt, hat glänzendes Fell ... und die Schleife da ... Hatte er kein Halsband um?«

Timo schüttelte heftig den Kopf und rief: »Dann heißt das doch, dass er niemandem gehört, oder? Sonst hätte er doch ein Halsband um, oder?«

»Nein, ich fürchte, das heißt, dass er seinem Frauchen oder Herrchen entwischt ist. Er hat bestimmt einfach sein Köpfchen aus dem Halsband gezogen, und irgendjemand ist jetzt sehr traurig. Du musst ihn zurückgeben, Timo.«

»Und wie soll das gehen?«, jammerte Timo enttäuscht. In seinen Augen glitzerten Tränen. »Er ist doch von ganz alleine zu mir gekommen! Bestimmt wird er verhauen oder so, sonst wäre er doch nicht weggelaufen! Ich will ihn behalten!«

So gut ich ihn verstand, dass er das niedliche Hündchen behalten wollte – das ging natürlich nicht. Nicht dieser Hund, und vor allem nicht jetzt.

»Pass auf, Schatz: Wir machen ein Foto von Ernie, und das hängst du an die Bäume im Park, wo du ihn gefunden hast, ja? Mit unserer Telefonnummer. Und wir fragen im Tierheim nach, ob jemand seinen Hund sucht.«

Timo stampfte trotzig auf. »Du bist gemein. Warum willst du nicht, dass Ernie bei uns bleibt? Er ist doch so lieb!«

»Ja, das ist er. Aber er gehört dir nicht. Wir werden den Besitzer finden, ganz bestimmt. Wer weiß? Vielleicht gibt es sogar einen kleinen Finderlohn!«

Und wenn nicht, beschloss ich, dann kriegst du von mir eine kleine Überraschung.

Seine Tränen versiegten abrupt. »Finderlohn? Wie viel denn?«

Ich nahm Timo in die Arme. »Na ja, noch wissen wir ja nicht

einmal, ob es überhaupt einen Finderlohn gibt. Man hat kein Recht darauf, verstehst du? Du kannst es nicht vom Besitzer verlangen, damit du Ernie zurückgibst. Das wäre Erpressung.«

Er riss entsetzt die Augen auf. »Aber wenn der mir gar nichts geben will?«

»Dann hast du eine gute Tat getan, Schätzchen. Und das ist auch etwas sehr Schönes.«

»Pah.« Seinem Gesicht nach zu urteilen, fand Timo die Idee einer guten Tat zumindest momentan eher unattraktiv. Er nahm den Hund wieder auf den Arm. »Dann behalte ich ...«

»Nichts da. Du nimmst jetzt die Digitalkamera und machst im Garten ein paar Fotos von Ernie. Dann basteln wir zusammen ein Flugblatt, drucken es aus und hängen es im Park aus. Basta.«

Murrend schlurfte Timo mit Ernie auf dem Arm aus dem Zimmer. Aber bereits Minuten später hörte ich die beiden durch den Garten toben. Timo kreischte vor Lachen und rief immer wieder: »Ernie! Mensch, bleib doch mal still sitzen!«, und der kleine Hund kläffte wie wild.

Gemeinsam suchten wir später am Computer das beste Bild von Ernie aus und setzten es in die Mitte eines weißen Blattes. Darüber schrieben wir: »Wer hat mich verloren?«, und darunter, wann und wo der kleine Hund Timo zugelaufen war, außerdem unsere Telefonnummer. Nachdem wir das Blatt zwanzig Mal ausgedruckt hatten, gingen wir mit Ernie in den Park und brachten unsere Suchmeldung mit Heftzwecken an strategisch günstigen Bäumen an.

Noch am selben Abend klingelte das Telefon.

»Maren Behringer.«

»Sie haben meine Püppi gefunden! Geht es ihr gut?«, rief eine aufgeregte Frauenstimme, unterbrochen von Schluchzern.

»Mein Sohn hat einen Hund mit nach Hause gebracht, das stimmt«, sagte ich. »Mit wem spreche ich denn?«

»Oh, Sie müssen entschuldigen, ich bin ganz außer mir vor Sorge. Hier ist Frau Meister. Ich komme sofort zu Ihnen, meine Püppi ist bestimmt schon ganz traumatisiert, sie ist mir nämlich noch nie weggelaufen.«

Es stellte sich heraus, dass Frau Meister nur zwei Straßen entfernt wohnte.

Zehn Minuten später schellte es an der Haustür. Ich hatte Timo Bescheid gesagt, dass sich »Ernies« Besitzerin gemeldet hatte – und dass Ernie offenbar ein Hundemädchen war.

Timo war hin- und hergerissen: Einerseits wollte er das Hündchen gern behalten, andererseits war er scharf auf die Belohnung, von der er inzwischen fest ausging.

Als Frau Meister, eine kleine, alte Dame in elegantem Hosenanzug und mit silberner Hochsteckfrisur, das Wohnzimmer betrat, saß Timo mit dem Hund auf dem Schoß im Sessel und sah ihr erwartungsvoll entgegen.

Frau Meister erblickte den Hund, rief »Püppi!«, worauf das Fellbündel vom Sofa flog und seinem Frauchen in die Arme sprang, um ihr begeistert das Gesicht abzulecken.

»Na, damit dürften die Besitzverhältnisse wohl zweifelsfrei geklärt sein«, sagte ich. »Frau Meister, setzen Sie sich doch bitte. Darf ich Ihnen etwas anbieten? Eine Tasse Tee, vielleicht? Das ist übrigens mein Sohn Timo. Er hat Püppi im Park gefunden.«

Frau Meister streckte Timo, der höflich aufgestanden war, die freie Hand hin – mit der anderen hielt sie noch immer ihre zappelnde Püppi an sich gedrückt.

Timo machte einen formvollendeten Diener und schüttelte die Hand der alten Dame. »Guten Tag. Sind Sie froh, dass Ernie ... äh, Püppi wieder da ist?«

Frau Meister setzte sich aufs Sofa, platzierte Püppi auf ihren Schoß und bedankte sich mit einem Nicken für die dampfende Tasse Tee, die ich ihr hingestellt hatte. »Ja, Timo, ich bin sehr froh. Ich habe mir schreckliche Sorgen gemacht. Weißt du, Püppi ist noch niemals vorher weggelaufen. Ich habe schon gedacht ...« Sie brach ab, und ihre Augen füllten sich mit Tränen.

»Was haben Sie gedacht? Dass sie überfahren worden ist?«, fragte Timo neugierig.

Frau Meisters Hand flog zu ihrem Mund, und sie riss entsetzt die Augen auf. »Du liebe Güte, nein. Das ist zu schrecklich, obwohl ich natürlich Angst hatte, dass sie auf die Straße läuft, und ... die vielen Autos ...«

Timo war entzückt. Das Thema ließ offensichtlich seine Fantasie Amok laufen, denn er rief atemlos: »Was haben Sie denn gedacht? Dass sie irgendwie anders gestorben ist? Dass sie vielleicht von einem großen Hund gefressen worden ist? Oder im Teich ertrunken ist?«

Du liebe Güte, jetzt wurde es aber peinlich.

»Timo!«, sagte ich streng und wandte mich an die alte Dame: »Frau Meister, Sie müssen entschuldigen ...«

»Ach was«, sagte sie lächelnd, »er ist doch nur neugierig.« Sie sah Timo an und fuhr fort: »Ich hatte Angst, dass meine Püppi entführt wurde.«

»Entführt?«, echote Timo staunend und gleichzeitig höchst erfreut über diese neue, spannende Wendung im Gespräch. »Wer sollte das denn machen?«

»Böse Menschen, die Geld dafür haben wollen, dass sie dir deinen eigenen Hund zurückgeben, stell dir das nur vor.«

»Geht das denn?« Timo war sichtlich angetan.

»Timo, bitte.« Ich hatte beschlossen, mich einzuschalten. Diese morbide Faszination, die mein zehnjähriger Sohn bei diesem Thema entwickelte, war mir unangenehm.

»Aber du bist ja ein lieber Junge«, sagte Frau Meister, »und verlangst nichts von mir. Und deshalb möchte ich dir etwas schenken, dafür, dass du dich um meine Püppi gekümmert und nicht versucht hast, sie selbst zu behalten.«

Wenn Sie wüssten, Frau Meister ...

Timo warf mir einen ängstlichen Blick zu, der »Bitte verrat mich nicht!« flehte. Als ich ihm beruhigend zunickte, sagte er eifrig: »Nein, ich wusste ja, dass sie jemandem gehören musste.«

Die alte Dame strich ihm über den Kopf. »Gibt es denn etwas, das du dir schon lange wünschst und wofür dein Taschengeld nicht reicht?«

»Eine Spielekonsole!«, rief er wie aus der Pistole geschossen.

Ich traute meinen Ohren nicht. Ganz schön dreist, mein Früchtchen von Sohn.

»Timo! Das ist unverschämt. Du entschuldigst dich sofort bei Frau Meister und sagst ihr, dass du selbstverständlich keine Belohnung dafür möchtest.«

Aber sie schüttelte den Kopf und sagte: »Nein, bitte, tun Sie mir den Gefallen, Frau Behringer, wirklich.«

Timo, dessen Miene sich bei meinen Worten verdüstert hatte, strahlte wieder über beide Backen.

Als ich später in sein Zimmer ging, um ihm noch eine gute Nacht zu wünschen, setzte ich mich auf seine Bettkante und sagte: »Du hast die Belohnung eigentlich nicht verdient, das weißt du, oder?«

Er schob die Unterlippe vor. »Und wieso nicht, bitte schön?«

»Weil du Püppi freiwillig nicht zurückgegeben hättest. Du wolltest sie behalten, und dir war es egal, ob irgendwo eine traurige Frau Meister sitzt.«

»Stimmt doch gar nicht«, maulte Timo.

»O doch, mein Freund. Ich musste dich überreden. Ja, jetzt weißt du, dass du eine große Belohnung bekommst und kannst vor Frau Meister Püppis Retter spielen. So eine nette, alte Dame. Sie hat niemanden mehr außer Püppi.«

Sofort rollten dicke Tränen seine Wangen herunter. »A-haber ich ha-habe Püp-püppi doch wie-hieder abge-geheben!«, heulte er los.

Ich zog ihn in meine Arme. »Ja, das hast du. Und du hast heute was gelernt, richtig?«

Timo nickte schluchzend.

Später, als ich mich an diesen Abend zurückerinnerte, wurde mir klar, dass Timo wirklich etwas gelernt hatte – nur leider nicht das, was ich mir gewünscht hätte.

Kapitel 27

Roswitha Während wir Konserven ins Regal räumten, beobachtete ich meine neue Kollegin aus den Augenwinkeln.

Seit zwei Wochen arbeitete Amelie Behringer jetzt im Supermarkt. Soweit ich das beurteilen konnte, war sie ein nettes Mädchen. Sie war pünktlich, fleißig und sehr höflich, aber auch überaus zurückhaltend.

Während die Kolleginnen immer freimütig aus ihrem Privatleben erzählten – manchmal deutlich intimer und detaillierter, als mir angenehm war –, wusste ich von Amelie nicht viel mehr als ihren Namen.

Amelie seufzte, hielt inne und starrte sekundenlang traurig ins Leere, bevor sie das Cuttermesser ansetzte, um den nächsten Karton zu öffnen.

Das Mädchen schleppt irgendeinen Kummer mit sich herum, dachte ich, und zwar schweren Kummer. Ich war unsicher, ob ich sie ansprechen sollte. Vielleicht fühlte sie sich dann bedrängt? Aber sie sah so traurig aus.

Ich fasste mir ein Herz und fragte leise: »Geht es dir nicht gut, Amelie? Kann ich dir irgendwie helfen?«

Sie sah mich überrascht an, schüttelte dann den Kopf und sagte: »Es geht mir gut, danke. Nett, dass du gefragt hast.«

Die Tränen, die ihr in die Augen geschossen waren, straften ihre Worte allerdings Lügen. Sie hatte ihren Kopf zwar schnell abgewandt, aber ich hatte es trotzdem bemerkt. »Wenn du dich mal ausquatschen willst, bin ich für dich da, wenn du magst.«

Sie schüttelte den Kopf. »Lieb von dir, aber ich will dich mit meiner miesen Laune nicht ...« Sie brach ab, weil weitere Tränen zu fließen begannen.

»Unsinn. Weißt du was? Wir haben doch gleich Feierabend. Ich lade dich auf einen Kaffee zu mir ein.«

Sie sah mich erstaunt an.

»Ich bin Expertin, mein Sohn Steffen ist genauso alt wie du«, fügte ich hinzu. »Der erzählt mir immer alles. Ich sehe dir doch an, dass dich etwas bedrückt. Und manchmal reicht es ja schon, wenn man mit jemandem reden kann.«

»Dein Sohn hat Glück«, murmelte Amelie.

Das hörte sich allerdings nicht gut an, fand ich. »Kannst du mit deiner Mutter denn nicht reden?«

Ihr Gesicht wurde hart. »Die hat ganz andere Prioritäten. Ich glaube, ich stehe gerade ziemlich weit unten auf der Liste.«

»Mein Angebot steht«, sagte ich.

»Ehrlich?«

»Ehrlich.«

Amelie zögerte noch einen Moment und sagte dann kurz entschlossen: »Also gut. Ich nehme deine Einladung gern an, danke.«

»Vergiss nicht, zu Hause Bescheid zu sagen, dass du später kommst.« Ups, da war das Muttertier mit mir durchgegangen. Fehlte nur noch, dass ich auf ein Taschentuch spuckte und ihr damit im Gesicht rumwischte.

Sie lächelte schief. »Da sind alle mit sich selbst beschäftigt. Das merkt sowieso keiner, ob ich da bin oder nicht.«

Armes Mädchen, dachte ich. Das hört sich wirklich nicht gut an.

Kaum eine Stunde später schloss ich meine Wohnungstür auf und bat Amelie hinein. Sie sah sich neugierig in meinem kleinen Flur um und spähte durch die offene Zimmertür ins Wohnzimmer.

»Hübsch hast du es hier.«

»Danke, man tut, was man kann«, sagte ich.

Aus Steffens altem Zimmer kam Mimi getapst und maunzte auffordernd.

»Oh, wer bist du denn?«, rief Amelie und bückte sich, um die kleine Katze zu streicheln. Mimi schnurrte laut und schmiegte sich an ihr Bein.

»Das ist Mimi«, erklärte ich ihr. »Oder Miss Pummelfuß, wie Steffen sie immer nennt. Mein kleines Schätzchen.«

»Wunderschön«, murmelte Amelie, die mittlerweile auf dem Boden kniete und Mimi, die sich auf die Seite gerollt hatte, den Bauch kraulte.

»Hast du auch ein Haustier?«, fragte ich.

»Nein, leider nicht, das war meiner Mutter immer zu viel Dreck. Und ihre kostbaren Möbel hätten ja leiden können. Einen Hamster hätte ich haben können. Oder irgendwas anderes Kleines, das man in einen Käfig sperren kann. Aber das wollte ich nicht.«

»Na, dann weißt du ja jetzt, wo sich eine kleine, dicke Katze immer über Streicheleinheiten freut.«

Ich ging in die Küche und rief über die Schulter: »Wollen wir uns auf den Balkon setzen?«

»Gerne«, antwortete Amelie, »kann ich dir was helfen?«

»Nee, nicht in der Küche. Aber du kannst auf dem Balkon die Polster auf die Stühle packen, die liegen im Wohnzimmer hinter dem Sessel. Ich komme dann gleich mit dem Kaffee. Magst du Schokoladenkekse? Oder ein Käsebrot?«

»Kekse sind super.«

Amelie stand in Gedanken versunken auf dem Balkon und sah ein paar spielenden Kindern im Hof zu. Sie bemerkte meine Anwesenheit erst, als ich mit dem Geschirr klirrte.

Sie setzte sich, rührte zwei Löffel Zucker in ihren Kaffee und fragte: »Roswitha, bist du zufrieden mit deinem Leben?«

Ich überlegte kurz und sagte dann. »Ja. Ja, ich glaube schon.«

»Warum?«

Ich lächelte. »Das ist eine interessante Frage. Warum ... hm. Ich habe einen sehr netten Sohn, der leider gerade ausgezogen ist, wie ich dazusagen muss. Das finde ich schade. Aber er hat seine Lehre geschafft, hat eine gute Stelle und ist mit netten Kollegen zusammengezogen. Das macht mich zufrieden und glücklich, obwohl ich ihn und seine Gesellschaft vermisse. Ich habe eine schöne, gemütliche Wohnung, nette Nachbarn und kann – wenn auch manchmal nur knapp – meine Rechnungen bezahlen, weil ich einen Job habe. Ich bin gesund. Das alles ist viel mehr, als manche andere Menschen haben. Ja, ich bin zufrieden. Wenn ich es nicht wäre, käme ich mir undankbar vor. Und du? Was ist mit deinem Leben?«

Sie zog die Stirn kraus und dachte nach. Dann holte sie tief Luft und sagte: »Mein Leben ist ein einziges Durcheinander. Alles hat sich verändert. Nichts ist mehr, wie es vor ein paar Wochen noch war.«

Sie schwieg für einen Moment und fügte hinzu: »Das ist schlimm. Ich hatte Pläne, die jetzt nicht mehr realisierbar sind. Es ist schwer, darüber zu sprechen.«

Sie verstummte wieder und rang um Fassung.

Ich drang nicht weiter in sie, sondern beobachtete am wolkenlosen Himmel die langsame Fahrt eines bunten Fesselballons, während ich kleine Schlucke von meinem Kaffee trank.

»Dein Balkon ist schön. Diese wunderbaren Blumen«, sagte Amelie plötzlich.

»Die hat Steffen gepflanzt«, erklärte ich mit stolzgeschwellter Mutterbrust. »Er ist Gärtner.«

Amelie lächelte schief. »Wenn er mal Langeweile hat, kann er den Rasen in unserem Privatpark mähen. Unser Gärtner wurde nämlich gerade entlassen.«

Wow. Privatpark? Gärtner? Das gab es wirklich? Ich war beeindruckt.

Amelie lächelte. »Soll ich dir mal was sagen? Deinen Balkon finde ich viel schöner als unseren Garten.«

»Aber wenn ihr einen so großen Garten habt, dann wohnt ihr doch bestimmt in einem schönen Haus?«

Sie warf mir einen schnellen Blick zu. »Tja«, sagte sie ironisch, »nur blöd, wenn man zwar ein großes Haus mit Privatpark hat, aber kein Geld, um das Leben darin zu genießen.«

Aha – offensichtlich kamen wir zum Kern der Sache. Dickes Haus, Gärtner ... und kein Geld? Wie ging das zusammen?

»Was ist passiert?«, fragte ich vorsichtig und hoffte, damit keine Grenze zu überschreiten.

Amelie zögerte einen kleinen Moment, sie schien mit sich zu ringen, aber dann brach es aus ihr heraus.

»Mein Vater hatte einen Unfall, selbst verschuldet. Er hat sehr viel Geld verdient, aber jetzt weiß niemand, wann er wieder arbeiten kann. Meine Mutter hat seither keinen anderen Gedanken mehr, als das Haus zu behalten, und dafür tut sie alles, das beschäftigt sie den ganzen Tag lang. Daher verkauft sie ein Teil nach dem anderen von unserer sündhaft teuren, antiken Einrichtung. Und ich? Noch vor ein paar Wochen war ich auf einem Elite-Internat und auf ein Studium im Ausland eingestellt. Jetzt wollte ich eigentlich in Amerika sein, mit meinem Freund und ein paar Schulfreunden, das war lange geplant.« Sie lachte bitter auf. »Der Einzige, dem das alles überhaupt nichts ausmacht, ist mein kleiner Bruder, der ist zehn. Weißt du, ich bin die Einzige, die sofort die Konsequenzen gezogen und sich einen Job gesucht hat. Meine Mutter würde das nie tun. Die sitzt lieber weiterhin auf ihrem Hintern, verkauft die Dinge, für die sie vor ein paar Monaten ein Vermögen ausgegeben hat, und hofft, dass mein Vater wieder funktioniert, bevor sie auf Apfelsinenkisten hocken muss. Ich verstehe einfach nicht, warum sie nicht das blöde Haus verkaufen. Das ist doch verrückt, oder?«

Amelie sackte auf ihrem Stuhl zusammen, als hätte der kleine Monolog ihre letzten Kraftreserven aufgezehrt. Sie sah mich Hilfe suchend an.

Du liebe Güte, dachte ich. Was soll ich ihr da bloß raten?

Was wusste ich schon, wie Leute aus derartigen Verhältnissen dachten? Amerikareise, kostbare Antiquitäten, Gärtner, Pool ... das kannte ich alles nur aus dem Fernsehen oder aus Zeitschriften.

Um etwas Zeit zu gewinnen, schenkte ich Kaffee nach und sagte dann, nur um überhaupt irgendetwas zu sagen: »Es ist immer schwierig, wenn das Leben sich verändert, ohne dass man selbst diese Veränderung gewollt hat.«

»Das Schlimme ist, ich fühle mich zu Hause nicht wohl. Meine Eltern haben das Haus gekauft, während ich auf dem Internat war; es ist völlig fremd für mich. Ob ich da wohne oder woanders, ist mir egal. Und ich kenne meine Familie kaum wieder! Alle sind völlig fixiert auf diesen Geldkram, es geht um nichts anderes mehr.«

Ich lachte leise. »Das ist bei mir auch nicht anders, nur dass es um weniger Geld geht.« Ich wurde wieder ernst, sie sollte nicht denken, dass ich mich über sie lustig mache. »Aber natürlich ist es bei mir nicht so, dass meine berufliche oder private Zukunft davon abhängt, nicht wahr? Und was ist mit deinem Freund?«

»Jussi? Der reist durch Amerika und amüsiert sich. Aber das

nehme ich ihm nicht übel, überhaupt nicht. Die Reise war lange geplant, und dass er aus Solidarität zu mir nicht mitfährt – das habe ich nun wirklich nicht erwartet.«

»Hm. Hätte er dich nicht finanziell unterstützen können?«

»Das ist nicht das Problem – er wollte mir sogar die Reise bezahlen. Aber das kommt für mich nicht infrage.«

»Warum nicht?«

»Weil es entwürdigend wäre. Stell dir vor, ich müsste Jussi jedes Mal anquengeln, wenn ich Hunger oder Durst habe. Brr.« Sie schüttelte sich. »Schreckliche Vorstellung.«

»Das könnte ich auch nicht haben«, sagte ich. »Weißt du, früher, als Teenager, habe ich immer davon geträumt, irgendwann einen reichen Mann zu finden, der mich mit teuren Geschenken überhäuft und in exotische Länder entführt.«

»Glaub mir, das macht nicht so viel Spaß, wie man allgemein denkt.« Amelie seufzte.

Na, da wette ich aber, dass eine ganze Menge Mädels das ganz anders sehen, dachte ich. Die würden keine Sekunde zögern, wenn ein reicher junger Mann des Wegs käme und Reisen nach Las Vegas zu verschenken hätte ...

Kapitel 28

Das Taxi fuhr los, und Harald hätte dem Fahrer am liebsten gesagt, dass er anhalten und ihn rauslassen solle, damit er wieder nach Hause gehen und seiner Schwiegermutter und seiner Frau sagen konnte, dass sie sich für ihren idiotischen Begleitservice jemand anderen suchen müssten. Er konnte noch immer nicht begreifen, dass Maren diesem Irrsinn zugestimmt hatte. Andererseits passte das genau zur neuen, anderen Maren, die er zu Hause vorgefunden hatte, als er aus der Klinik geflohen war.

Überhaupt hatte sich vieles geändert: Amelie und Timo waren nicht mehr auf dem Internat, Marens kleiner Zweisitzer war – mit großem Verlust – verkauft, Frau Bartels war entlassen, und Maren surfte den halben Tag durchs Internet, um Dinge anzubieten und Antiquitätenhändler zu recherchieren, an die sie weitere Dinge verkaufen wollte.

Manchmal kamen diese Käufer mit Transportern, und dann wurde wieder irgendein Möbelstück aus dem Haus getragen, von dessen Besitz noch vor ein paar Monaten Marens Seelenheil abgehangen hatte. Erst jetzt fiel auf, wie sorgfältig sie Möbel und Kunstgegenstände ausgesucht und kombiniert hatte. Dadurch, dass ein Stück nach dem anderen das Haus verließ, schien die Harmonie ihres gemeinsamen Zuhauses immer mehr aus dem Gleichgewicht zu geraten.

»Ich würde gern einen Umweg fahren, die Innenstadt ist dicht«, sagte der Taxifahrer. »Oder ich stelle mich in den Stau.«

»Entscheiden Sie«, murmelte Harald.

Wenn du wüsstest, wohin du mich gerade bringst, dachte er. Die Fahrt darf ruhig noch ein bisschen länger dauern, mir soll es recht sein.

Er spürte, wie seine Nervosität anstieg. Seine Hände waren feucht, hinter seinen Schläfen meldete sich ein leichtes Klopfen. Unwillkürlich tastete er nach den Schmerztabletten, die er zur Sicherheit eingepackt hatte. Er durfte zwar nicht Auto fahren, wenn er sie genommen hatte, aber das stand sowieso nicht zur Debatte – es sei denn, Frau von Beck war mit ihrem eigenen Wagen in der Stadt und erwartete von ihm, dass er sie chauffieren würde. Daran musste er unbedingt beim nächsten Termin denken, dass derlei Dinge vorher abgeklärt wurden.

Moment mal – der nächste Termin? Ich denke schon an den nächsten Termin? Harald schüttelte den Kopf, als könne er diesen Gedanken damit aus seinem Kopf vertreiben. Er hatte selbstverständlich nicht vor, gelangweilte Damen herumzukutschieren, und schon überhaupt nicht unter dem Einfluss irgendwelcher, bewusstseinsverändernder Substanzen. Nicht nach diesem Unfall, mit dem er seine gesamte Familie ins Unglück gestürzt hatte ...

»Wir sind da.«

Die Stimme des Taxifahrers riss Harald aus seiner Grübelei. Sie standen vor dem Portal des besten und teuersten Hotels der Stadt.

»Ich brauche eine Quittung«, sagte Harald und gab dem Mann einen Zwanziger. Er tastete hektisch nach seinem Stofftaschentuch. Er musste sich unbedingt die Hände abwischen, bevor er ...

»Ihre Quittung, Meister.« Der Fahrer hielt ihm ein Stück Papier hin.

»Danke«, murmelte Harald zerstreut und stieg aus dem Wagen.

»Schönen Abend noch«, rief der Taxifahrer, bevor er mit quietschenden Reifen losfuhr.

Der Portier tippte grüßend an seinen Zylinder und öffnete für Harald die schwere Glastür.

»Schönen guten Abend, der Herr.«

»Guten Abend«, antwortete Harald und bedankte sich mit einem Nicken für den aufmerksamen Service. Er ging zum Empfangstresen. Ein Angestellter in tadellosem Anzug eilte sofort heran. »Guten Abend, der Herr. Was darf ich für Sie tun?«

Harald räusperte sich verlegen. »Ich bin mit Frau von Beck verabredet«, sagte er mit belegter Stimme.

»Madame befinden sich in der Hotelbar.« Er deutete auf einen Durchgang zu seiner Linken. »Dort entlang, bitte. Ich sage in der Bar Bescheid.«

»Danke.« Harald ging über dicke, flauschige Teppiche auf den Eingang der Bar zu. Sein Herz hämmerte.

Was tue ich hier eigentlich? Ich könnte immer noch umdrehen und die ganze Sache absagen, noch ist es nicht zu spät ...

»Monsieur? Ich darf Sie zu Madame von Beck führen?«

Harald folgte dem elegant gekleideten Barkeeper zu einem Tisch in einer Nische. Eine gut aussehende Frau in einem schlichten, fließenden Hosenanzug erhob sich und sah ihm erwartungsvoll entgegen. Harald lächelte, ergriff ihre Rechte und deutete einen Handkuss an. Sie trug einen dicken, silbernen Ring mit einem einfach eingefassten, lindgrünen Stein.

»Harald, nicht wahr? Ich freue mich«, sagte Frau von Beck. Sie hatte eine überraschend tiefe, rauchige Stimme.

»Frau von ...«

»Mathilde, bitte«, unterbrach sie ihn sofort. »Nehmen Sie auch einen Martini? Unser Tisch ist für neun Uhr bestellt, nicht wahr?«

Harald zögerte kurz.

Sollte er Alkohol trinken? In Kombination mit den Tabletten würde die Wirkung verheerend sein, das wusste er. Aber das Klopfen in seinen Schläfen war verschwunden. Ein Drink zum Lockerwerden konnte bestimmt nicht schaden, beschloss er.

»Ich nehme gern einen Martini, Mathilde. Setzen wir uns doch.«

Sie saßen kaum, als der Barkeeper schon Haralds Getränk brachte und sich sofort diskret wieder zurückzog.

Sie erhoben die Gläser und prosteten sich zu. Harald trank einen Schluck und sagte: »Was führt Sie in unsere schöne Stadt, Mathilde?« Er lehnte sich zurück.

Kapitel 29

Der Tisch im Hause Behringer war bereits gedeckt – es gab Pellkartoffeln mit Sahnehering –, als Timo endlich auftauchte. Er zog einen missmutig wirkenden Rauhaardackel hinter sich her, der sich nur widerwillig in die Küche lotsen ließ. Als Leine benutzte Timo seinen Gürtel, den er am Halsband des Hundes befestigt hatte.

»Guckt mal«, rief Timo, »ich habe wieder einen herrenlosen Hund gefunden!«

Der Hund machte allerdings weder auf Johanna noch auf Amelie den Eindruck, als könne er den Elan aufbringen, irgendjemandem wegzulaufen. Er hatte sich hingesetzt und starrte sie ausdruckslos an.

»Wo hast du den denn schon wieder her?«, fragte Johanna. »Sag mal, gehst du im Park auf Streife? Das ist doch jetzt der dritte Hund in den letzten paar Wochen, den du anschleppst.«

»Quatsch, Streife«, sagte Timo.

Er war ein bisschen rot geworden und wandte sich schnell ab, um seinen Rucksack, den er in letzter Zeit ständig bei sich trug, abzustellen. Der Hund erhob sich, marschierte zum Rucksack und beschnüffelte ihn ausgiebig. Dann drehte er sich zu Timo um und bellte auffordernd.

»Komm da weg, da ist doch nix drin«, murmelte Timo und zog den Hund am Halsband zu sich.

»Da muss irgendwas drin sein, das ihn interessiert«, sagte Amelie, »sonst würde er nicht so an der Tasche kleben – so viel verstehe ich von Hunden.«

»Ich hatte da ... äh ... ein Leberwurstbrot drin, das riecht er bestimmt«, antwortete Timo schnell. Dann setzte er sich an den Tresen und fragte: »Was gibt es denn zu essen?«

»Moment mal.« Johanna zog ihn wieder vom Barhocker herunter. »Zuerst wird der Hund versorgt. Hat er vielleicht Durst? Wem gehört er? Hat er einen Anhänger mit Adresse oder wenigstens einer Telefonnummer am Halsband?«

Timo schlurfte zum Geschirrschrank, holte eine Müslischale heraus, füllte sie mit Wasser und stellte sie auf den Boden. Sofort ging der Hund hin und trank gierig. Dann legte er sich neben die Schale. Von seinem Kinnbart tropfte es auf die Fliesen.

»Siehst du, er hatte Durst. Und jetzt gucken wir, ob er eine Adresse dabeihat.« Johanna hockte sich neben den Dackel und untersuchte sein Halsband. »Ah, da ist was.«

An einem kleinen Karabinerhaken baumelte ein silbernes Röhrchen, das man in der Mitte aufschrauben konnte. Heraus fiel ein kleiner, zusammengerollter Zettel mit einem Namen und einer Handynummer.

»Herr Krüger«, las Johanna laut vor. »Die Frage ist, ob der Hund so heißt oder sein Herrchen.« Sie lachte, und Amelie stimmte ein.

»Da rufe ich sofort an.«

Johanna griff nach dem Telefon, das auf dem Tresen lag, und wählte die Nummer von dem kleinen Zettel. »Ja, hallo? Herr Krüger? Hier ist Johanna Siegmann.«

Sie lauschte einen Moment und sagte dann sehr laut: »Natürlich kann ich lauter sprechen, Herr Krüger. Hier ist Johanna Siegmann, ich glaube, mein Enkel hat ihren Hund gefunden.« Sie lauschte wieder und rief dann: »Genau, Herr Krüger, ein Rauhaardackel ... Ah, Charlie heißt er! ... Hier bei mir in der Küche! Wollen Sie ihn abholen kommen? ... Ah, verstehe. Ja, notiere ich mir ...« Sie kritzelte etwas auf den Notizblock, der immer mit einem Stift auf dem Tresen lag. »Ja, ich rufe ihn an. Wiederhören, Herr Krüger ... Auf Wiederhören!«

Sie beendete die Verbindung mit einem Knopfdruck und wählte sofort eine neue Nummer.

»Herr Krüger? Siegmann mein Name, ich habe gerade mit Ihrem Vater gesprochen. Mein Enkel hat Charlie im Park gefunden und mit nach Hause gebracht. Ihr Vater sagte mir, ich solle Ihnen Bescheid sagen, damit Sie den Hund abholen. Vielleicht rufen Sie Ihren Vater zur Sicherheit kurz an, der wird Ihnen das bestätigen.« Johanna diktierte Herrn Krüger, dem Jüngeren, ihre Adresse und Telefonnummer. »Bis später. Ja, wir sind zu Hause, und Charlie ist wohlauf.«

Sie legte das Telefon weg. »So, und jetzt wird gegessen.«

Amelie, die inzwischen Kartoffeln gepellt und auf die drei Teller verteilt hatte, seufzte und griff nach der Schüssel mit dem Sahnehering. »Endlich. Ich bin schon ganz schwach.« Sie verteilte an alle und begann, mit Heißhunger zu essen.

Johanna sah ihr kopfschüttelnd zu. »Wann hast du denn heute zum letzten Mal gegessen? Hat du heute überhaupt schon was in den Magen bekommen?«

Amelie nickte mit vollem Mund.

»Was denn? Und wann?«

»Ich esse jeden Morgen Müsli mit Nüssen und frischem Obst. Das gibt jede Menge Energie.« Sie wandte sich an Timo. »Übrigens immer aus der Schale, die du Charlie freundlicherweise serviert hast.«

Timo gackerte entzückt: »Hihi, das muss ich Mutti erzählen! Die lacht sich kaputt.«

»Tu dir keinen Zwang an, kleiner Bruder.«

»Und Paps werde ich das auch erzählen. Und Herrn Krüger auch. Und ...« Timo dachte angestrengt nach, an wen er diese wunderbare Geschichte noch loswerden könnte.

»Vergiss den Briefträger nicht.« Sie drohte Timo spielerisch mit der Faust. »Pass bloß auf, du.«

Timo lachte fröhlich und rief: »Hast du das gehört, Charlie? Du trinkst aus Amelies Müslischale! Das ist so lustig!«

»Und mehr hast du heute noch nicht gegessen, Amelie?«, ergriff Johanna wieder das Wort.

»Doch, heute Mittag. Eine Banane. Und einen Apfel.«

»Aber das reicht doch nicht, Kind! Das ist viel zu wenig bei der harten Arbeit, die du leistest. Du musst mittags etwas Vernünftiges essen, sonst klappst du irgendwann zusammen, und das für die paar Kröten, die du da verdienst.«

Amelie verdrehte die Augen. »Nicht dieses Thema schon wieder. Ich bin froh, dass ich den Job habe«, sagte sie, und ihre Stimme klang ärgerlicher, als sie beabsichtigt hatte.

Ehe Johanna darauf reagieren konnte, rief Timo: »Ich kriege auch noch Geld von dir, Oma. Fünfzig Euro!«

»Oh, hast du schon wieder so viele Mappen für mich gemacht? Dann kommst du gleich schnell mit zu mir runter, dann gebe ich dir das Geld. Aber dann ist Schlafenszeit, hörst du?«

»Aber ich habe doch Ferien! Und ich will auf jeden Fall warten, bis Charlie abgeholt wird, ich muss doch unbedingt ...« Er verstummte abrupt und wurde rot.

»Musst was unbedingt?«, fragte Amelie.

»Äh ... mich von Charlie verabschieden, natürlich!«

Wie aufs Stichwort klingelte es an der Haustür, und Timo sprang vom Barhocker und flitzte los, um zu öffnen.

Als er zurückkam, war er in Begleitung eines älteren, beleibten Mannes in Freizeitkleidung, der aussah, als habe man ihn aus seinem wohlverdienten Feierabend gerissen.

Johanna ging ihm entgegen.

»Herr Krüger? Johanna Siegmann, guten Abend. Entschuldigen Sie bitte, dass wir Sie so spät gestört haben.«

Der Mann winkte ab. »Das bin ich von meinem Vater nicht anders gewöhnt«, sagte er. »Sie müssen sich für gar nichts entschuldigen. Ich bin ja froh, dass Sie Charlie gefunden und aufgenommen haben. Nicht auszudenken, wenn der Hund verschwunden wäre, das würde mein Vater nicht überleben. Er hängt sehr an Charlie. Er hatte mich ganz aufgeregt angerufen nach seinem Abendspaziergang. Ich bin schon dreimal durch den gesamten Park gerannt ... Glauben Sie mir, ich bin heilfroh.« Er zog ein Taschentuch aus der Jacke und wischte sich über die Stirn.

»Kann ich Ihnen eine Erfrischung anbieten?«, fragte Johanna.

»Nein, vielen Dank. Ich nehme Charlie und bringe ihn zu meinem Vater, und dann lege ich die Füße hoch. – Ah, da ist er ja. Und du bist also Timo.«

»Ich habe Charlie gerettet«, sagte Timo und strahlte Herrn Krüger erwartungsvoll an.

Dieser tätschelte ihm den Kopf und sagte: »Ich soll dir von meinem Vater schöne Grüße bestellen, Timo. Und das hier geben.« Er nestelte sein Portemonnaie aus der Hosentasche und entnahm ihm einen Schein, den er Timo gab. »Für deine Spardose.«

»Oh, hundert Euro!« Timo war sichtlich begeistert. »Danke schön, Herr Krüger!«

Amelie konnte es nicht fassen. Während der letzten Stunde hatte ihr zehnjähriger Bruder hundertfünfzig Euro verdient, mal eben so. Sie ging dafür tagelang arbeiten, acht Stunden täglich, während Timo für die gleiche Summe ein paar Mappen für Oma bastelte und durch den Park trödelte und herrenlose Hunde fand! Sie beobachtete, wie Timo, nachdem er sich von Charlie und Herrn Krüger verabschiedet hatte, den Geldschein grinsend zusammenfaltete und in die Hosentasche schob. Dann holte er aus dem Rucksack ein kleines Notizbuch und schrieb etwas hinein.

Als er aufblickte und Amelies Blick auf sich ruhen sah, zuckte er zusammen und fauchte: »Was guckst'n so?«

Wobei habe ich dich denn gerade ertappt?, dachte Amelie und fragte: »Ist das dein Sparbuch?«

»Geht dich nix an«, gab Timo zurück, stopfte das Büchlein in seine Hosentasche, schnappte sich den Rucksack und stürmte aus der Küche.

»Was hat er denn?«, sagte Johanna, die Herrn Krüger samt Hund zur Haustür begleitet hatte, und sah Timo hinterher, der die Treppe zu seinem Zimmer hinaufraste. »Timo! Du bekommst doch noch Geld von mir!«

»Ich glaube nicht, dass er das vergisst. Ich glaube eher, dass er genau Buch führt.« Amelie begann, das Geschirr zusammenzuräumen. »Der kommt wie der Blitz wieder runter, um bei dir auch noch zu kassieren, mach dir da mal keine Sorgen, Oma.«

Johanna lachte. »Allerdings, dein kleiner Bruder ist ganz schön geschäftstüchtig. Wir haben zähe Verhandlungen geführt, bis der Preis für die Mappen feststand.«

»Das ist auch ganz schön viel Arbeit!«, rief Timo, der wieder in der Küche erschienen war.

»Und sie sehen wunderschön aus. Meine Damen sind immer ganz begeistert.« Johanna zog Timo an sich. »Komm, wir gehen runter und rechnen die letzten paar Mappen ab.«

Timo zog das Notizbuch aus der Hosentasche und blätterte es auf. »Fünf Stück, ich habe alles aufgeschrieben. Mit Datum. Hier.« Er hielt das Büchlein seiner Oma unter die Nase. »Kannst du nachgucken.«

Johanna strubbelte Timo durchs Haar. »Super machst du das. Ein perfekter, kleiner Geschäftsmann.«

Amelie sah den beiden hinterher, wie sie schwatzend das Wohnzimmer durchquerten und dann durch die Terrassentür verschwanden. Sie seufzte und öffnete die Spülmaschine.

Kapitel 30

Lautlos war der Oberkellner an ihrem Tisch erschienen.

»War alles zu Ihrer Zufriedenheit?«, fragte er, während er einen Kollegen mit einer kaum wahrnehmbaren Geste anwies, die Teller des Hauptgangs vom Tisch zu räumen.

»Danke, sehr gut«, sagte Harald, während Mathilde von Beck nickte.

»Wünschen die Herrschaften die Dessertkarte?«

»Gern. Aber vor dem Dessert hätte ich gern einen doppelten Espresso. Sie auch, Harald?«

»Das ist eine gute Idee. Und eine frische Karaffe Wasser, bitte«, fügte Harald hinzu.

Als die Kellner davongeeilt waren, erhob sich Mathilde von Beck nach einem Blick auf ihre Armbanduhr von ihrem Stuhl. »Bitte entschuldigen Sie mich kurz, ich muss einen Anruf erledigen.«

Harald beobachtete sie, als sie mit dem Restaurantleiter ein paar kurze Worte wechselte und danach den Gastraum verließ. Er konstatierte, wenn auch erstaunt, dass der Abend ihm bis jetzt großen Spaß gemacht hatte.

Ja, er amüsierte sich. Dieser Abend war wie eine frische Brise für ihn, der sich während der letzten, deprimierenden Wochen vorgekommen war wie ein Segelboot, das mit schlaffen Segeln in einer Flaute hilflos auf spiegelglatter Wasseroberfläche dümpelte.

Mathilde von Beck war eine angenehme Gesprächspartnerin, die, auf seine Frage hin, unterhaltsam von ihrer Tätigkeit als Bankvorstand erzählt hatte. Ihr war anzumerken, dass sie sich seit Jahren in einem männlich dominierten Bereich durchsetzte.

Nicht, dass sie maskulin gewirkt hätte, ganz im Gegenteil. Sie war selbstbewusst und gelassen, gebildet und humorvoll. Während der letzten zwei Stunden hatte es zu Haralds grenzenloser Erleichterung keine peinliche Gesprächspause gegeben.

Das Menü hatte sie gewählt: erst eine lauwarme Blutwurstterrine, danach Kalbskotelette mit Wirsinggemüse und Zwiebelküchlein. Ihr bodenständiger Geschmack hatte ihn überrascht, auch der große Appetit, mit dem sie das Essen genossen hatte. Das kannte er anders von den Damen, die er früher auf Empfängen und Esseneinladungen zu treffen pflegte: Da wurde nicht nur stundenlang in einer halben Kartoffel herumgestochert, sondern vor allem im Chor über Kalorien lamentiert und darüber, wie viel hundert Gramm man mal wieder zugenommen habe.

Mathilde von Beck dagegen hatte nach der kleinen, aber delikaten Blutwurstterrine geraunt: »Davon könnte ich noch ein paar mehr vertragen, um ehrlich zu sein. Immer diese Twiggy-Portiönchen! Lächerlich.«

Sie kam wieder auf ihren Tisch zu, und Harald erhob sich, um ihren Stuhl zurechtzurücken.

Ihre Augenbrauen hoben sich anerkennend. »Ein Mann mit guter Kinderstube. Aber das habe ich heute Abend schon mehrfach festgestellt. Ich mag es, wenn mir die Tür aufgehalten und in den Mantel geholfen wird. Eine Seltenheit, heutzutage.«

»Aber in Ihren Kreisen – ich dachte, da gehören Kinderstube und Manieren zur Grundausstattung.«

Sie lachte so schallend, dass die anderen Gäste sich zu ihr umdrehten. Mathilde von Beck war keineswegs peinlich berührt, sondern rief: »Ich bitte um Entschuldigung, aber mein charmanter Begleiter hat gerade etwas umwerfend Komisches gesagt.«

Dann wandte sie sich wieder Harald zu. »In meinen Kreisen? Sie meinen Bankbosse und hoch dotierte Manager? Sie würden sich wundern. Manchmal denke ich, je mehr Geld diese Kerle haben, desto lückenhafter wird deren Gedächtnis dafür, was sich gehört. Wahrscheinlich verroht man komplett, wenn man jahrzehntelang Untergebene herumkommandiert und nichts mehr selbst erledigt. Unterhalten Sie sich mal mit der Chefsekretärin von so einem Urgestein.« Sie lachte. »Aber Sie als Mann hätten in dieser Frage vermutlich eine völlig andere Wahrnehmung als ich.«

Ein leiser Klingelton kam aus ihrer Handtasche. Sie kramte ein Handy heraus, murmelte: »Eine Nachricht«, las den Text und lächelte. »Mein Mann. Er wünscht uns noch einen schönen Abend.«

»Uns? Weiß er ...«

»Dass ich heute Abend mit Ihnen unterwegs bin? Allerdings weiß er das. Wir führen eine sehr offene Beziehung. Er weiß alles, auch, dass ich einen Geliebten habe.«

»Oh«, war alles, was Harald herausbrachte.

Sie winkte ab. »Alles halb so verrucht, wie es sich anhört. Mein Gatte, den ich überaus schätze und bewundere, ist fünfundzwanzig Jahre älter als ich. Er verbringt den Großteil seiner Zeit beim Golf, im Countryclub und bei seiner Oldtimersammlung. Mit den alten Kutschen ist er ständig auf irgendeiner internationalen Rallye. Ich gönne ihm seinen Spaß, er gönnt mir meinen. Wissen Sie, Sex ist zwischen uns kein Thema mehr, aber natürlich habe ich meine Bedürfnisse. Mein Mann und ich machen wunderbare Reisen zusammen, solange unsere Terminkalender das zulassen. Und manchmal verreise ich für ein paar Tage mit meinem Freund. Funktioniert wunderbar.«

»Oh«, wiederholte Harald.

Der Kellner kam und servierte die Espressi. Mathilde trank

einen vorsichtigen, winzigen Schluck, verzog das Gesicht und murmelte: »Heiß. Welche Überraschung.« Dann lächelte sie Harald strahlend an. »Was halten Sie davon, wenn wir auf das Dessert verzichten und stattdessen noch einen Cocktail trinken gehen? Bei mir im Hotel ist noch eine zweite Bar, ein kleiner, feiner Tanzclub. Können Sie tanzen, Harald?«

Er nickte.

»Also gut, gehen wir.«

Mathilde von Beck bezahlte, gab ein großzügiges Trinkgeld und ließ ein Taxi bestellen. Sie fuhren durch die nächtliche Stadt zurück zum Hotel und setzten sich in der gut gefüllten Tanzbar in eine kleine Nische abseits der Tanzfläche. Eine kleine Band spielte in angenehmer Lautstärke, ein Sänger interpretierte gekonnt Songs von Frank Sinatra und Dean Martin. Sie bestellten wieder Martinis.

Mathilde von Beck summte ein paar Takte mit und sagte: »Schön hier, nicht wahr? Ich halte mich immer hier auf, wenn ich in der Stadt bin. Aber in Begleitung ist es noch schöner.«

»Möchten Sie tanzen, Mathilde?«

Sie schüttelte den Kopf. »Später, vielleicht. Zuerst möchte ich etwas über Sie erfahren, Harald. Vorausgesetzt, Sie möchten über sich sprechen.«

Harald zögerte. Andererseits, warum eigentlich nicht? Es lag schließlich an ihm, wie viel er preisgab. »Natürlich. Was möchten Sie gern wissen?«

»Was Sie mir erzählen möchten. Wer sind Sie? Was machen Sie beruflich? Wie kommt es, dass ein Mann wie Sie als Begleiter ...« Sie brach ab. Verlegen sagte sie: »Verzeihung. Erstens geht mich das nichts an, und zweitens ist das ja wohl die Standardfrage, die Prostituierten gestellt wird.«

»Ich biete keinen Sex an«, sagte Harald schnell.

»Das weiß ich. Um ehrlich zu sein – ich habe Josie danach

gefragt, aus reiner Neugier. Das macht meine Frage noch unverzeihlicher.«

»Nein, Sie können mich alles fragen, was Sie wollen. Also gut: Ich bin dreiundvierzig Jahre alt und verheiratet. Meinen Beruf kann ich wegen eines schweren Unfalls nicht mehr ausüben. Da ich freiberuflich tätig war, musste ich mir schnell etwas überlegen. Und dann ergab sich das Angebot, als Begleiter zu arbeiten.«

»Und Ihre Frau? Ist sie damit einverstanden? Ich meine – ist sie nicht eifersüchtig?«

»Bisher nicht.«

Obwohl diese Antwort keine Lüge war, wusste Harald doch sehr genau, dass er zu diesem Thema noch keine Aussage machen konnte, schließlich war dieser Abend sein erster Auftrag. Außerdem – Maren und eifersüchtig? Sie hatte ihn doch gar nicht schnell genug verschachern können, als sich die Gelegenheit bot.

Mathilde von Beck sah ihn nachdenklich an. »Darf ich fragen, welchen Beruf Sie ausgeübt haben?«

»Finanzmakler, und das sogar recht erfolgreich. Aber durch den Unfall kann ich meine Kunden nicht mehr betreuen.«

»Sieh an, ein Kollege«, sagte sie. »Und der Unfall?«

»Mit dem Auto, nach einem Geschäftstermin. Das ist noch nicht lange her. Ich hatte eine Kopfverletzung, und deren Nachwirkungen ... na ja.«

Sie sah betroffen aus. »Ein Schädel-Hirn-Trauma, richtig?« Als Harald nickte, fuhr sie fort: »Ein alter Freund von mir ... auch ein Unfall mit dem Auto. Er hat wochenlang im Koma gelegen, und er hat sich bis heute nicht davon erholt. Er ist ... war Schriftsteller, eine echte Tragödie. Er kann sich nicht mehr konzentrieren, und wenn er schreiben will, bekommt er rasende Kopfschmerzen. Schlimm. Seine arme Familie terrorisiert er abwechselnd mit Wutanfällen und geradezu autistischem Rückzug. Seine Frau wird das nicht mehr lange durchhalten.« Sie schlug die Hand vor den Mund. »Aber was rede ich denn da? Ihnen geht es hoffentlich besser als meinem Bekannten?«

Harald grinste schief. »Ja, schon.«

»Aber?«

»Ich war bestimmt auch nicht einfach in letzter Zeit, ich habe häufig Depressionen, die dann andere aushalten müssen, allen voran meine Frau. Es ist furchtbar, wenn man seine Arbeit nicht mehr erledigen kann. Ich glaube, ich bin noch weit davon entfernt, mich damit auszusöhnen. Geduld ist nicht meine Stärke.«

»Merkt man Ihnen gar nicht an. Sie wirken sehr ruhig und ausgeglichen.«

Er hob sein Martiniglas und prostete ihr zu. »Weil ich mich mit Ihnen wohlfühle, Mathilde.«

Sie winkte ab und sagte grinsend: »Ha – Standardsatz für Kundinnen, möchte ich wetten. Das wäre doch mal was, wenn Sie stattdessen mal sagen würden, dass Sie sich unglaublich langweilen und die Sekunden zählen, bis der Abend endlich vorbei ist.«

»In der Verlegenheit war ich bisher noch nicht«, sagte er vage.

»Haben Sie ein ordentliches Auskommen mit Ihrer jetzigen Tätigkeit?«

Harald entschloss sich spontan, ihr die Wahrheit zu sagen. »Sie sind die erste Dame, die ich begleite.«

Sie starrte ihn ungläubig an. »Das hätte ich jetzt aber nicht vermutet, bei Ihrer Souveränität. Ich möchte Sie gern weiterempfehlen, wenn Sie einverstanden sind. Ich kenne einige Damen, die Ihre Gesellschaft sehr zu schätzen wüssten.«

Warum nicht?, dachte Harald. Dann kann ich wenigstens

davon ausgehen, dass auch die anderen Damen ein gewisses Niveau haben. »Sehr gern, Mathilde, vielen Dank. Sie dürfen die Nummer von ...«, er zögerte kurz, »... von Frau Behringer gern weitergeben. Sie ist die Ansprechpartnerin.«

»Sehr gut.« Sie leerte ihr Glas und fuhr fort: »Ich würde gern tanzen. Wie ist es mit Ihnen?«

Kapitel 31

Maren Ich saß im fast dunklen Wohnzimmer. Ich war unruhig, denn diese Situation erinnerte mich nur allzu sehr an den Abend, als Harald den Unfall hatte. Damals hatte ich ebenfalls hier auf ihn gewartet, und dann hatte das Telefon geklingelt und die schreckliche Nachricht überbracht. Ich hoffte inständig, das Telefon möge stumm bleiben, und zog die flauschige Decke, in die ich mich eingewickelt hatte, noch etwas enger um mich. Im Haus war es still, Amelie und Timo schliefen längst.

Ich zuckte heftig zusammen, als plötzlich das Telefon schrillte. Zitternd tastete ich nach dem Apparat. Auf dem Display leuchtete Johannas Nummer.

Sofort verwandelte sich meine Angst in Ärger.

»Was ist denn?«, bellte ich in den Hörer.

»Ich bin's«, rief Johanna munter. »Habe ich dich geweckt? Ist er schon da? Hat er was erzählt?«

»Nein zu allen Fragen«, sagte ich knapp. »Du erfährst alles schon früh genug. Kein Grund, hier mitten in der Nacht anzurufen, Johanna.«

»Da hat aber jemand schlechte Laune«, sagte sie.

»Schlechte Laune? Ich habe mich gerade zu Tode erschreckt, als das Telefon klingelte. Genauso wie damals, als man mich von Haralds Unfall informierte, wie du dich vielleicht erinnerst. Ich finde es ziemlich unsensibel von dir ...«

»Mal langsam, Maren«, unterbrach sie mich. »Heißt das jetzt, man darf dich abends nicht mehr anrufen? Das ist doch lächerlich.«

»Das kannst du getrost mir überlassen, was lächerlich an meinem Verhalten ist und was nicht. Und jetzt wünsche ich dir eine gute Nacht. Harald kannst du morgen ausquetschen.« Ohne eine Antwort abzuwarten, beendete ich das Gespräch.

Also wirklich! Was dachte Johanna sich dabei? Manchmal war sie derart unsensibel ... Ich ging in die Küche, goss mir aus einer vor ein paar Stunden geöffneten Flasche Wein ein Glas ein und leerte es mit großen Schlucken. Ich musste mich unbedingt beruhigen, ich würde mich sonst noch in völlige Hysterie steigern.

Schließlich war es normal, dass ich mir Sorgen machte, oder etwa nicht? Würde nicht jede Ehefrau ängstlich zu Hause sitzen und fürchten, dass sich dieser Alptraum wiederholte? Der nächtliche Anruf, die Frage, ob ich die Ehefrau von Harald Behringer sei, diese Frage, bei der jedem sofort klar wurde, dass etwas Schlimmes passiert sein musste ... Und überhaupt: Niemand konnte vorhersagen, wie Harald, in seinem angeschlagenen Zustand, diesen Abend bestehen würde. Vielleicht war er zusammengebrochen, vielleicht war er längst im Krankenhaus, und eine andere Frau – die, die er heute Abend getroffen hatte – saß gerade bei ihm? Vielleicht ...

In diesem Moment hörte ich seinen Schlüssel in der Eingangstür, und das Licht im Hausflur ging an. Harald summte einen Song von Dean Martin, während er in die Küche geschlendert kam. Bei meinem Anblick blieb er abrupt stehen.

»Du bist noch auf ...«, sagte er, und ich konnte seinem Tonfall nicht anhören, ob er darüber erfreut war oder nicht.

»Ich wünsche dir auch einen guten Abend«, sagte ich.

Plötzlich war ich wütend auf ihn. Ich hatte mir stundenlang Sorgen gemacht, während er sich offenkundig prächtig amüsiert hatte, zumindest wirkte er weder genervt noch erschöpft. Mir war egal, dass ich ihm Unrecht tat, irgendwie musste ich die Anspannung der letzten Stunden loswerden.

Er kam auf mich zu und wollte mich umarmen. Der Duft

eines eindeutig weiblichen Parfums stieg in meine Nase, und ich stieß ihn brüsk von mir.

»He, was ist denn los?«, fragte Harald erstaunt.

Ich schnupperte, ohne mich ihm zu nähern. »Du stinkst nach ihrem Parfum, das ist ja ekelhaft.«

Er wich ein paar Schritte zurück. »Wie soll das denn gehen?«, fragte er überrascht. »Das bildest du dir bestimmt nur ein.«

Ich hatte die Arme vor der Brust verschränkt und starrte ihn finster an. »Ich bilde mir überhaupt nichts ein. Sie benutzt *Opium*, das erkenne ich unter Tausenden.«

»Kann sein, keine Ahnung. Wir haben miteinander getanzt, da kann schon mal was hängen bleiben, nehme ich an. Ich kann ja in Zukunft vorher auswärts duschen, bevor ich mein Haus wieder betrete.«

Ich schnappte nach Luft. Offensichtlich hatte der Abend meinem Gatten gefallen. Damit hatte ich wirklich nicht gerechnet.

»Du willst das also weitermachen?«

»Das habe ich allerdings vor«, erwiderte er. »Maren, ich verstehe dich nicht. Du warst doch so erpicht darauf, noch mehr Geld zu machen, und hattest nichts dagegen, dass ich mit Mathilde ausgehe.«

Das wurde ja immer schöner! »Aha, *Mathilde*. Wir duzen uns also schon?«, keifte ich los.

»Was ist denn bloß los mit dir, Maren? Und um deine Frage zu beantworten: Nein, wir duzen uns nicht. Das habe ich auch in Zukunft nicht vor.«

Ich versuchte verzweifelt, mich wieder zu beruhigen. Was war nur los mit mir? Ich stand hier und kreischte rum wie ein Marktweib. Und sosehr ich mich auch bemühte, es nicht zu tun, stellte ich trotzdem die nächste Frage.

»Was habt ihr gemacht ... wo wart ihr?«

Harald runzelte die Stirn. »Du weißt, wo wir waren, du hast den Tisch selbst gebucht, schon vergessen?«

Hör jetzt auf, Maren, dachte ich, es reicht. Aber statt auf meine innere Stimme zu hören, sagte ich schnippisch: »Aber doch bestimmt nicht bis Mitternacht, oder?«

»Wir haben in der Hotelbar noch zwei Martinis getrunken und getanzt. Dann habe ich sie zum Lift begleitet und ihr eine gute Nacht gewünscht. Ende der Durchsage.«

Mir stiegen Tränen in die Augen. Verdammt, ich hatte mich nicht wie eine eifersüchtige Furie aufführen wollen, das hatte ich mir fest vorgenommen. Und jetzt?

Er kam ein paar Schritte auf mich zu und nahm mich in die Arme. Obwohl der intensive Duft des Parfums mich fast würgen ließ, wehrte ich mich nicht.

»Was ist denn mit dir, Maren?«, murmelte er. »Wir waren uns doch einig. Und du befürchtest doch nicht etwa, dass ich dich betrügen könnte, oder? Das wird niemals passieren.«

Ich klammerte mich an ihn.

»Sei mir nicht böse, aber dieser Abend ... ich hatte plötzlich furchtbare Angst, dass jemand anruft und mir sagt, dass dir wieder etwas Schlimmes passiert ist, und dann klingelte vorhin wirklich das Telefon, und ich habe einen Todesschreck bekommen ...«

Ich schluchzte.

»Aber das brauchst du doch nicht. Du hättest mich jederzeit auf meinem Handy erreichen können.«

Er ließ mich los. »Ich gehe jetzt duschen – und wir treffen uns gleich im Schlafzimmer, ja?« Er grinste breit. »Und ich habe nichts dagegen, wenn du mich mit offenen Armen im Bett erwartest.«

Kapitel 32

Maren Als ich am nächsten Morgen aufwachte, war der Platz im Bett neben mir leer.

Dass Harald bereits aufgestanden war, erstaunte mich. Seit er aus der Rehaklinik zurück war, hatte er immer fast bis mittags geschlafen. Ich hatte ihn nie geweckt oder genötigt, das Bett zu verlassen, denn ich war unsicher, was in dieser Situation das Richtige war. Schließlich brauchte er Erholung, zumal die Ärzte ihn gern noch länger in der Klinik behalten hätten.

Aber dazu war Harald nicht zu überreden gewesen, und so hatte er eines Tages – viel früher als erwartet – zu Hause angerufen und verlangt, dass ich ihn sofort abholte. Dort angekommen, traf ich im Foyer der Klinik auf Harald und seinen behandelnden Arzt, die sich heftig stritten, weil mein Mann darauf bestand, auf eigene Verantwortung entlassen zu werden. Während der gesamten Heimfahrt schimpfte Harald lautstark über seinen Arzt.

»Dieser Quacksalber! Der will mich doch nur in der Klinik behalten, um noch mehr Geld aus mir rauszuholen! Mir geht es längst wieder gut. Und wie mir Seidenmalerei dabei helfen soll, dass es mir noch besser geht, muss mir erst einmal jemand erklären.«

Obwohl ich anderer Meinung war, ließ ich ihn monologisieren und beschränkte mich auf zustimmende Laute, denn Harald war ganz klar gerade nicht in der Stimmung, Für und Wider der Reha-Maßnahmen sachlich zu diskutieren.

Als er dann zu Hause mit den vielen Veränderungen konfrontiert wurde, brach seine Wut in sich zusammen und hinterließ ein Häufchen Elend, das sich zurückzog und stumm litt. Halbe

Tage im Bett, immer wieder der Versuch, mit Michael zu arbeiten und sich auf den Stand der Dinge bringen zu lassen, immer wieder die frustrierende Erkenntnis, dass er sich nicht länger als höchstens eine halbe Stunde konzentrieren konnte, ohne starke Kopfschmerzen zu bekommen.

Für mich war es schrecklich gewesen, ihn derart leiden zu sehen. Aber ich hatte zu tun, was getan werde musste, um das Überleben der Familie zu sichern. Dazu gehörte, Harald aus seinem Büro zu vertreiben, Fakten zu schaffen, lieb gewordene Gewohnheiten aufzugeben, Dinge zu verkaufen.

Zu nichts davon gab Harald einen Kommentar ab, aber die schwere Depression, unter der er offenkundig litt, beeinflusste die Atmosphäre im Haus und besonders meine Verfassung. Ich spürte seinen Kummer geradezu körperlich, verkrampfte mich ihm gegenüber innerlich mehr und mehr, konnte es kaum noch ertragen, wenn er irgendwo saß, blicklos vor sich hinstarrte und stundenlang kein Wort sprach. Amelie und Timo gegenüber riss er sich zusammen und war bemüht, normal mit ihnen umzugehen.

Nachts neben ihm im Ehebett zu liegen war für mich eine Qual gewesen. Die stumme Wut, die er ausstrahlte, raubte mir buchstäblich den Atem – und den Schlaf. Ich lag stocksteif neben ihm, der unruhig schlief, im Schlaf murmelte und sich hin und her warf. Bereits nach wenigen Tagen zog ich zum Schlafen in mein Atelier, mit der Begründung, unsere Tagesrhythmen seien zu verschieden, und ich wolle ihn nicht stören, wenn ich morgens früh aufstand.

Er hatte damals gegen meine Entscheidung mit keinem Wort protestiert, im Gegenteil, er schien sogar erleichtert. Vor seinem Unfall hatten wir immerhin ein Sexleben gehabt; von der Häufigkeit sicherlich nicht vergleichbar mit dem Zwanzigjähriger, aber immerhin regelmäßig, erfüllend und leidenschaftlich.

Seit seinem Unfall hatten wir uns kaum berührt, nebeneinander gelebt wie Fremde.

Und jetzt lag ich im gemeinsamen Bett, nach einer Nacht wie zu Beginn unserer Liebe, während der wir uns immer wieder versichert hatten, wie sehr wir einander vermisst hatten. Dass ausgerechnet seine Verabredung mit einer anderen Frau dazu geführt hatte, war fast schon komisch. War das die in einschlägigen Frauenmagazinen immer viel beschworene »Würze«, die eine fast zwanzigjährige Ehe angeblich brauchte, um »in Schwung« zu bleiben?

Ich ertappte mich dabei, dass ich breit grinste. Mein Körper war weich und entspannt, und wenn ich an die Zärtlichkeiten der letzten Nacht dachte, durchströmte es mich warm. Wie schön wäre es jetzt, wenn die letzten Wochen sich nur als böser Traum entpuppen würden, aus dem ich gerade erwacht war ...

Die Schlafzimmertür öffnete sich, und Harald kam herein. Er setzte sich aufs Bett, beugte sich zu mir herunter und küsste mich. »Das Frühstück ist fertig, Liebling.«

»Sind die Kinder schon auf?«, murmelte ich träge.

»Timo wollte in den Park, Amelie holt Brötchen. Schön, dass sie heute Spätschicht hat und wir gemeinsam frühstücken können. Möchtest du ein Ei zum Frühstück?«

Ich verkniff mir eine schlüpfrige Antwort und schüttelte den Kopf.

Harald und Amelie saßen lachend und schwatzend am Küchentresen, als ich in die Küche kam. Harald sprang sofort auf, um mir einen Kaffee einzuschenken.

»Guten Morgen, Schlafmütze«, rief Amelie fröhlich und schob mir den Korb mit den Brötchen zu. »Endlich ausgeschlafen?«

Harald zwinkerte mir zu und sagte: »Deine Mutter hatte ihren Schlaf heute bitter nötig, glaube ich.«

Amelie sah von mir zu Harald, dann zog sie ihre Augenbrauen hoch und grinste. »Verstehe.«

Ich hoffte inständig, dass man mir meine Verlegenheit nicht ansah. Ich griff nach einem Mohnbrötchen, schnitt es durch und bestrich beide Hälften langsam und sorgfältig mit Butter. Ich wusste, wenn ich Amelies wissendem Blick begegnen würde, könnte ich nicht verhindern, rot zu werden.

»Haben wir keine Orangenmarmelade mehr?«, fragte ich, nur um etwas zu sagen.

Ehe jemand antworten konnte, erklang Johannas Stimme aus dem Wohnzimmer: »Harald, mein Goldstück – wir haben deine wahre Berufung gefunden: Frauenflüsterer! Mathilde ist begeistert und hat dich für zwei weitere Termine gebucht! Und sie will dich ihren Freundinnen empfehlen, unsere Kasse wird ...«

Sie brach abrupt ab, als sie Amelie am Tresen sitzen sah, räusperte sich und sagte: »Oh, du bist zu Hause, Amelie?«

Harald und ich saßen wie versteinert.

Amelie war blass geworden und sah ihren Vater entsetzt an, dann flog ihr Blick zu mir. »Wovon spricht Oma?«

Harald blickte mit rotem Gesicht auf seinen Teller. Von der fröhlichen Stimmung, die noch Sekunden vorher geherrscht hatte, war nichts mehr übrig. Es herrschte betretenes Schweigen.

Johanna fing sich als Erste. »Äh, Maren ... Timo hat gestern schon wieder einen Hund mitgebracht, stell dir vor, einen Rauhaardackel, der einem ganz alten Herrn weggelaufen ist.«

Ich sah Johanna verständnislos an. Rauhaardackel? Mir schwirrte von dem plötzlichen Themenwechsel der Kopf. Dann fing ich mich und sagte lahm: »Tatsächlich. Ein Rauhaardackel?«

»Ja, genau, aber er wurde abends schon abgeholt. Äh ... Timo hat wieder einen fürstlichen Finderlohn kassiert, hundert Euro.«

Wieder schwiegen alle, dann fragte Amelie: »Was ist hier los? Wieso ist Paps ein Frauenflüsterer? Wofür wird er gebucht?«

Als niemand antwortete, sagte sie sehr laut: »Will mir vielleicht mal jemand antworten?«

Mit lautem Klirren fiel Haralds Messer, das er noch immer in der Hand hielt, auf seinen Teller. Ihm standen Schweißperlen auf der Stirn, seine Hände zitterten sichtbar. Dann sah er auf. »Was ist? Will niemand Amelie erzählen, was ich gestern Abend gemacht habe?«

»Also gut«, sagte Johanna. »Amelie – dein Vater hat gestern eine Dame begleitet.«

»Wie – eine Dame begleitet? Was soll das heißen? Wohin begleitet? Und warum? Welche Dame?«

»Eine meiner Kundinnen. Weißt du, sie ist Geschäftsfrau und hat oft hier zu tun. Harald hat sie zum Essen ausgeführt und zu ein paar Cocktails, das ist alles.«

Amelie starrte mich entsetzt an.

»Das ist eine ehrenwerte Branche«, sagte ich schnell. »Daran ist nichts Anrüchiges. Wenn Damen mal einen Begleiter brauchen ...«

Unter Amelies fassungslosem Blick versagte meine Stimme, und Johanna sprang ein: »Dann kann man das als Dienstleistung buchen, so einfach ist das.«

»Du verschacherst Paps gegen Geld an andere Frauen?« Amelie hatte ihren Blick, auch als Johanna sprach, nicht von meinem Gesicht abgewandt. »Und es macht dir gar nichts aus, dass er mit anderen Frauen ...?«

Sie wandte sich an ihren Vater. »Was gehört denn alles zu deiner ... *Dienstleistung?*«

Das letzte Wort hatte sie verächtlich ausgespuckt.

»Stopp«, sagte Johanna streng. »Jetzt wollen wir uns mal alle zusammenreißen, ja? Du auch, mein Fräulein. Dein Vater hat nichts, aber auch rein gar nichts getan, wofür sich hier irgendwer am Tisch zu schämen hätte, verstanden?«

»Wie lange machst du das schon, Paps?«, fragte Amelie leise.

Er sah sie lange an und antwortete dann mit fester Stimme: »Ich war gestern zum ersten Mal mit einer Dame aus, wenn du es genau wissen willst. Es war ein sehr angenehmer Abend.«

»Hattest du Sex mit ihr? Und danach mit ...?«

»Natürlich nicht!«, rief Harald empört. »Wie kannst du so etwas nur denken? Das ist schrecklich!«

»Findest du?«, erwiderte Amelie tonlos. »Warum denn nicht – wenn sie genug bezahlt? Das scheint doch sowieso das Einzige zu sein, was in diesem Haus noch interessiert: wie viel Geld es für irgendetwas gibt. Also: warum nicht, wenn die Summe stimmt? Dafür kann man seinen Mann schon mal ...«

»Amelie! Du entschuldigst dich sofort bei deinem Vater«, verlangte ich empört.

»Ich wüsste nicht, wofür«, schnappte Amelie zurück. »Alles hier dreht sich nur noch um Kohle. Oma zockt mit ihrer Wahrsagerei gutgläubige Frauen ab und erzählt ihnen, was sie hören wollen, damit sie ja wiederkommen und noch mehr Geld bringen; Timo gibt entlaufene Hunde ihren verzweifelten Besitzern gegen jede Menge Cash zurück und hilft Oma, den Frauen mit diesen lächerlichen Mappen noch mehr Geld abzuknöpfen; mein Vater vermietet sich an fremde Frauen – und meine Mutter sitzt mittendrin und zählt die Scheine. Wisst ihr eigentlich, wie sehr ihr euch verändert habt? Ich habe immer gedacht, die hirnlosen Tussen auf dem Internat wären oberflächlich und materialistisch, aber ihr könnt denen echt noch was beibringen.«

Sie sprang von ihrem Barhocker, fauchte, »Mir ist der Appetit vergangen!« und rannte aus der Küche.

Johanna zuckte mit den Schultern, kletterte auf Amelies Platz, nahm die Kanne und fragte: »Noch jemand Kaffee?«

»Ich sollte Amelie hinterhergehen«, sagte ich, aber Johanna winkte ab.

»Sie wird sich wieder beruhigen, glaub mir. Gib ihr ein wenig Zeit zum Nachdenken, dann wird ihr klar werden, dass sie sich ganz umsonst aufgeregt hat.« Sie biss krachend in die Brötchenhälfte, die auf Amelies Teller lag.

»Sie verachtet mich«, murmelte Harald düster.

»Nein, mich«, fügte ich, nicht minder düster, hinzu.

»Ohne Zweifel verachtet sie gerade uns alle.« Johanna lachte. »Sie ist jetzt ein bisschen schockiert, das ist alles. Ich bin sicher, sie fängt sich wieder, und zwar ganz schnell. Sie ist stark. Und sie ist vernünftig. Niemand hier hat etwas getan, das uns peinlich sein müsste. Im Gegenteil: Wir sind in Not geraten und kreativ und unkonventionell genug, um mit der Situation bestmöglich umzugehen. Wir haben Geschäftsideen, die nicht jeder hat, und wir haben sogar Erfolg damit. Apropos, was ich eigentlich erzählen wollte, bevor hier gerade unsere selbst ernannte moralische Instanz ihr Urteil gesprochen hat: Harald, Mathilde ist begeistert. Sie sagt, du hättest formvollendete Manieren, der Abend sei – auch für sie – keinen Moment lang peinlich gewesen, und sie habe sich glänzend und auf höchstem Niveau unterhalten können. Sie hat zwei neue Termine festgemacht.«

»Ich weiß nicht, ob ich das weitermachen sollte, Johanna. Ich fühle mich momentan nicht wohl damit.«

»Bist du verrückt? Sie will dich weiterempfehlen! Weißt du eigentlich, in welchen Kreisen Mathilde sich bewegt? Du wirst ein Vermögen verdienen! Maren, sag doch mal was!«

Ich hatte ganz in Gedanken versunken dagesessen und schreckte hoch. »Ja, natürlich«, sagte ich schnell, ohne genau zu wissen, worüber Harald und Johanna gerade gesprochen hatten.

»Du bist also einverstanden, wenn ich weitermache, Maren?«, fragte Harald.

Ich dachte an die vergangene, leidenschaftliche Nacht, an Haralds gute Laune am Morgen – und an die Tatsache, dass er am vergangenen Abend vierhundert Euro verdient hatte. Schwarz. Nur zehn Abende im Monat, das wären viertausend Euro oder sogar mehr, die in der Behringerschen Familienkasse klingelten. Wer wäre da nicht einverstanden, wenn der Nebeneffekt dazu noch war, dass Haralds Lebensgeister wieder erwachten?

»Wenn du einverstanden bist, bin ich es auch«, sagte ich.

Kapitel 33

Timo radelte langsam durch den Park, in dem er mittlerweile jeden Grashalm, jeden Baum, jede Bank und vor allem jeden Hundebesitzer samt Hund kannte, schließlich hielt er sich täglich hier auf. Bald würde das neue Schuljahr beginnen, und dann würde sich die Zeit, die er hier verbringen konnte, stark verringern. Umso wichtiger war es, dass er noch so viel wie möglich aus den letzten Tagen herausholte. Er umrundete den Ententeich und stieg vom Rad, als er seine Lieblingsbank erreichte, die zu seiner Erleichterung nicht, wie sonst manchmal, belegt war. Die Bank war perfekt. Von hier aus konnte er die gesamte Hundewiese überblicken, ohne dass er auffiel, denn aus der Perspektive der Hundebesitzer war sein Beobachtungsposten durch einen blühenden Busch halb verdeckt.

Timo öffnete seinen Rucksack und holte die Plastikdose heraus, die er ständig bei sich trug und jeden Morgen mit frisch gemachten Leberwurstbroten füllte. Seine Mutter hatte sich über seine plötzliche Vorliebe für Leberwurst schon gewundert. Heute Morgen hatte sein Vater ihn dabei überrascht, wie er die Wurst fingerdick auf ein paar Schnitten Brot verteilte und diese dann zusammengeklappt in die Dose schichtete.

»Was hast du damit denn vor?«, hatte sein Vater gefragt.

»Ich will in den Park. Das ist mein Proviant«, hatte Timo geantwortet und gebetet, dass sein Vater nicht misstrauisch würde. Aber der hatte nur den Kopf geschüttelt und gefragt, ob er nicht ein paar Brote mit Käse belegen wolle, »damit es nicht so eintönig wird, Junge.«

Timo hatte sich beeilt zu versichern, dass Leberwurst sein

absoluter Lieblings-Brotbelag sei, und sich dann schnell verabschiedet.

Er stellte die Dose neben sich auf die Parkbank und holte sein kleines Notizbuch heraus. Während er in eine Leberwurstschnitte biss, blätterte er das Büchlein auf und kontrollierte die Liste, in der er sorgfältig festhielt, was er wann für wen getan und wie viel Geld er dafür bekommen hatte.

Bisher hatte er für seine Oma vierzehn Mappen angefertigt, machte zusammen hundertvierzig Euro. Außerdem hatte er vier Hunde gefunden und an ihre Besitzer zurückgegeben, machte eine Spielekonsole plus insgesamt zweihundert Euro Finderlohn von den glücklichen Hundebesitzern. Von dem Cockerspaniel und dem Pudel hatten sie zu Hause Gott sei Dank nichts mitbekommen, er war mit den Hunden, die ihre Adressen auf einem Anhänger am Halsband trugen, einfach für ein paar Stunden in einen anderen Park gegangen und hatte sie dann direkt bei ihren Besitzern abgeliefert. Selbst die Nachbarn, die seine Dienste als Aushilfsgärtner eigentlich nicht benötigten, gaben ihm kleine Aufträge, weil sie es unterstützenswert fanden, dass er, der kleine höfliche Junge, sein Taschengeld aufbessern wollte.

Er bewahrte sein Vermögen in seiner kleinen Piratenschatzkiste auf, die einen Totenkopf auf dem Deckel und ein Geheimschloss hatte, das nur er öffnen konnte. Bisher hatte er sage und schreibe fünfhundertvierzig Euro verdient. Das wusste er so genau, weil er nicht nur sein Büchlein akribisch führte, sondern auch jeden Abend mit großem Vergnügen sein Geld zählte.

Hinter ihm, im Gebüsch, raschelte es. Eine schnüffelnde Hundenase tauchte aus den Blättern auf und nahm Kurs auf seine Brotdose, die geöffnet neben ihm stand und Leberwurstdüfte aussandte. Zur Nase gehörte ein mittelgroßer, gefleckter Hund mit fransigen Fledermausohren.

Timo nahm eine der Klappstullen heraus, wobei die Augen des Hundes jeder seiner Bewegungen folgten, und brach ein Stück davon ab. Der Hund setzte sich vor ihm auf den Hintern, stierte gebannt auf das Stück Brot in seinen Händen und schleckte sich aufgeregt das Maul.

»Na? Willst du das haben?«, fragte Timo und blickte sich vorsichtig um.

Kein Hundebesitzer in Sicht. In einiger Entfernung spielten zwei Kinder mit einem Terrier, ansonsten war niemand zu sehen. Der Hund war mittlerweile so aufgeregt und gierig, dass sein reichlich fließender Speichel auf die Erde tropfte. Er ließ das Brot nicht für eine Zehntelsekunde aus den Augen.

Timo hielt es ihm näher unter die Nase, und der Hund schnappte zu. Er würgte das Brot herunter, ohne auch nur einmal zu kauen, und bellte auffordernd.

»Das ist lecker, hm?«, raunte Timo.

Der Hund rückte auf seinem Hintern noch ein Stückchen näher und klopfte mit seinem buschigen Schwanz auf den sandigen Boden, sodass kleine Staubwölkchen aufgewirbelt wurden.

Timo hielt ihm die zweite Hälfte des Brotes hin und suchte mit der anderen Hand gleichzeitig in seinem Rucksack nach der Hundeleine, die er ständig mit sich führte.

Er wollte sie gerade herausziehen, als eine laute Männerstimme hinter ihm sagte: »Dandy! Das habe ich mir doch gedacht, dass du auf Schnorrertour bist!«

Vor Schreck ließ Timo die halbe Leberwurstschnitte fallen, die sich der Hund namens Dandy natürlich schnell einverleibte, bevor sein überraschend aufgetauchtes Herrchen ihm das verbieten konnte.

Der große, bärtige Mann, der in Timos Augen wie ein Lehrer aussah, ließ sich neben ihn auf die Bank fallen und sagte: »Was hat er dir denn schon alles abgebettelt?«

»Na ja«, antwortete Timo und setzte sein Ich-kann-kein-Wässerchen-trüben-Lächeln auf, »ich dachte, er hat Hunger. Und da habe ich ihm halt mein Frühstück ...«

Ohne dass der Mann es sehen konnte, schloss Timo den Deckel seiner noch immer reich gefüllten Box.

Der Mann verdrehte die Augen. »Dandy, du verdammter Schnorrer. Einem kleinen Jungen das Frühstück abzubetteln, dass du dich nicht schämst. Als würdest du mir nicht sowieso schon die Haare vom Kopf fressen!«

»Aber das macht doch nichts«, sagte Timo und tätschelte Dandys Kopf. »Einem so süßen Hund gebe ich doch gern mein Frühstück. Ich kann mir ja zu Hause was Neues holen. Oder ich gehe da hinten in den Supermarkt. Ist nicht schlimm.«

Der Mann seufzte. »Wohnst du weit von hier?«

»Na ja ... geht so«, antwortete Timo vage.

»Dandy, Dandy.« Der Mann schüttelte halb ärgerlich, halb amüsiert den Kopf. »Du wirst mich noch mal ruinieren.«

Er griff in seine Jackentasche und zog einen Geldschein heraus. Es war ein Zwanziger. Der Mann zögerte kurz, dann hielt er Timo das Geld hin. »Hier, kauf dir ein paar Brötchen und ein Stück Fleischwurst oder so. Den Rest kannst du behalten.«

Er stand von der Bank auf und wandte sich zum Gehen. »Dandy, bei Fuß, aber flott. Und wenn du so weitermachst, lasse ich dich nicht mehr von der Leine, dass das mal klar ist.« Er winkte Timo zu und ging den Weg hinunter, gefolgt von seinem Hund, der sich immer wieder sehnsüchtig nach Timo umsah. Schließlich wusste Dandy ganz genau, dass die Dose noch nicht leer war.

Timo guckte grinsend auf den Zwanziger und legte ihn zusammengefaltet zwischen die Seiten seines Notizbuches. Dann schrieb er *Dendi – 20 Euro* hinein und klappte es wieder zu. Machte dann fünfhundertsechzig Euro in seiner Schatzkiste.

Die Sache war zwar nicht so gelaufen, wie er es geplant hatte, aber zwanzig Euro für ein Leberwurstbrot waren auch nicht schlecht, fand er.

Er vergewisserte sich, dass der Mann außer Sicht war, nahm den Deckel von der Dose und biss herzhaft in eine Schnitte.

Kapitel 34

Amelie radelte, so schnell sie konnte. Bis zu ihrem Schichtbeginn war zwar noch über eine Stunde Zeit, aber sie hatte es zu Hause nicht mehr ausgehalten. Sie musste sich unbedingt noch beruhigen, bevor sie auf ihrer Arbeitsstelle erschien, auch wenn sie nicht wusste, wie sie das bewerkstelligen sollte. Ihre Gedanken rasten, während sie die Straße hinuntersauste und in den Park einbog.

Sie drosselte ihr Tempo und fuhr langsam den Weg entlang, der zum Teich führte. Einmal glaubte sie kurz, Timo in der Ferne zu sehen, aber der Park war voller Kinder, und sie hatte andere Dinge im Kopf, als sich zu vergewissern.

Sie stieg vom Rad und setzte sich auf eine Bank. Die zahlreichen Enten, die den Teich bevölkerten, hatten sich aufgeregt schnatternd am gegenüberliegenden Ufer gesammelt, wo eine Kindergruppe Futter verteilte. Zum Teil waren die Tiere ans Ufer geklettert und umringten die fröhlich kreischenden Kinder.

Beinahe sah es aus wie eine Szene aus Hitchcocks »Die Vögel«, aber die Kleinen schienen durch den Ansturm der hungrigen Enten nicht eingeschüchtert – wahrscheinlich muss man den Film kennen, um Angst zu kriegen, dachte Amelie.

Sie war noch immer erschüttert von dem, was sie gerade erfahren hatte. Konnte Geldgier wirklich so weit gehen, dass man sich selbst verkaufte? Dass man seinen Ehemann mit anderen zu teilen bereit war? Dass man sich nicht schämte, Rat suchenden Frauen mithilfe von Pendel, Tarotkarten und Horoskopen Hunderte Euro aus der Tasche zu ziehen? Oh, ja, natürlich waren dies alles erwachsene Frauen, die derartige Dinge aus freiem Willen machen oder mit sich machen ließen, und die genug

Geld zu haben schienen. Und wofür man sein Geld ausgab, war jedermanns eigene Sache, oder?

Aber wo endete der freie Wille bei jemandem, der nicht mehr weiterwusste und bereit war, alles zu glauben, was die Sterne oder die Karten angeblich voraussagten? War es nicht moralisch zumindest fragwürdig, dies auszunutzen? Wäre ihre Großmutter wirklich an den Seelenqualen ihrer Besucherinnen interessiert, würde diese dann nicht auf das Geld für ihren Rat verzichten? Sicher, von irgendetwas musste auch ihre Oma leben, aber hundertfünfzig Euro für eine Stunde Hokuspokus? Und dann waren die Damen auch noch höchst begeistert von der großen Show, die sie geboten bekamen, und der Ansicht, dass ein Besuch bei *Madame Josie* jeden Cent wert war! Oder rechtfertigte genau diese Tatsache im Umkehrschluss den hohen Preis?

Ihr fiel ein, dass sie an diesem Morgen Justus hatte anrufen wollen. Laut Planung sollten er und die anderen eigentlich gestern aus Amerika zurückgekehrt sein.

Sie zog ihr Handy aus der Jackentasche und wählte seine Nummer. Es klingelte dreimal, dann meldete sich eine verschlafene, weibliche Stimme.

»Jaa?«

»Ja, äh, wer ist denn da?« Amelie war verwirrt. Hatte sie sich verwählt? Aber das konnte nicht sein, die Nummer war eingespeichert.

»Und wer ist da?«, murmelte die Frau heiser.

»Amelie. Amelie Behringer. Ich wollte eigentlich Justus ...«

»Oh«, sagte die Frau nur, dann hörte Amelie Gemurmel und Rascheln, dann ein geflüstertes »Verdammt, wach auf, Amelie ist dran«, bevor sich schließlich Justus selbst meldete: »Hm?«

Amelie hätte am liebsten wieder aufgelegt.

Die Situation konnte nur eines bedeuten: Sie hatte Justus

mit einer anderen Frau im Bett erwischt. Aber der Tag war sowieso ruiniert, da konnte sie das, was jetzt unweigerlich auf sie zukommen würde, auch gleich erledigen.

»Jussi? Hier ist Amelie.«

Justus räusperte sich einige Male und sagte dann mit belegter Stimme: »Oh, Amelie ... ich wollte dich eigentlich später anrufen, wir müssen reden. Können wir vielleicht später ...?«

»Nein. Können wir nicht«, antwortete Amelie heftig. »Du sagst mir sofort, was los ist, dann haben wir es hinter uns, denkst du nicht?«

Ihr Magen krampfte sich zusammen, aber sie hatte beschlossen, das jetzt durchzuziehen – egal, wie schmerzhaft es auch werden würde.

»Warte kurz.«

Obwohl Justus die Sprechmuschel mit der Hand abdeckte, hörte Amelie, wenn auch verzerrt, was gesprochen wurde: »Ich möchte allein mit ihr sprechen.« – »Wirst du ihr die Wahrheit sagen?« – »Ja, ja, und jetzt hau ab.« Die Frau kicherte. »So, wie ich jetzt bin?« – »Du musst ja wohl nicht nackt durchs Haus rennen, oder?«

Amelie beobachtete währenddessen die Enten, die nach neuen Nahrungsquellen suchten, nachdem die Kinder wieder abgezogen waren, und hoffnungsvoll auf sie zugepaddelt kamen. Sie war erstaunt, wie ruhig sie war, auch wenn sie den Klumpen im Magen noch immer deutlich spürte. Wenn man einen Schock nach dem anderen erlitt, wurde es offensichtlich immer weniger schlimm.

Sie hörte Justus' Stimme wieder laut und klar: »Amelie? Ich bin wieder da. Ich ... Äh, es hat wohl wenig Sinn, um die Situation herumzureden, oder?«

»Da hast du allerdings recht. Gehe ich recht in der Annahme, dass ich gerade mit deiner neuen Freundin gesprochen habe?«

»Soweit würde ich nicht gehen«, sagte Justus, »aber es gibt in der Tat eine Frau, wie soll ich sagen ...«

»Mit der du schläfst«, soufflierte Amelie. »Ob du sie Freundin oder sonst wie nennst, ist mir herzlich egal, um ehrlich zu sein.«

»Bist du sauer?«, fragte Justus kleinlaut.

Fast hätte Amelie laut herausgelacht.

»Sauer? Sauer bin ich, wenn du zu spät kommst, Justus. Das, was du gerade hier abziehst, ist ein Schlag ins Gesicht. Ich denke mal, das war es für uns beide.«

Justus schwieg eine Weile, dann sagte er: »Ist vielleicht besser so. Ich weiß sowieso nicht, wie unsere Beziehung weiter hätte funktionieren sollen. Du in deinem Supermarkt ...«

Aha, dachte Amelie, daher weht der Wind: Ich in meinem Supermarkt und du beim Surfen, beim Polo und auf Cocktailpartys, das geht natürlich nicht. Was sollen die anderen von dir denken, wenn du eine Freundin hast, die im Monat so viel verdient wie ihr an einem Abend ausgebt?

»Alles klar, Justus. Mehr musst du nicht sagen.«

»Versteh mich bitte nicht falsch, Amelie, ich mag dich wirklich! Aber ich weiß nicht, wie das funktionieren soll! Schließlich weigerst du dich, Geld von mir zu nehmen! Wenn du nicht so störrisch wärst ...«

»Hättest du dir nicht eine andere, passende Frau suchen müssen«, fiel sie ihm brüsk ins Wort. »Doch, das verstehe ich durchaus.«

»Amelie, bitte ...«

Ihr riss der Geduldsfaden.

»Hör auf zu jammern. Mir jetzt den Schwarzen Peter zuzuschieben, ist das Allerletzte. Du kannst nicht zu mir stehen, das ist die Wahrheit. Du schämst dich vor deiner Clique, das ist es doch, oder? Mit einem derart armseligen, rückgratlosen Feigling will ich eh nicht zusammen sein. Mach's gut, Justus.«

Sie beendete das Gespräch, ohne seine Antwort abzuwarten. Sie widerstand dem Impuls, ihr Handy in den Teich zu werfen, und löschte stattdessen seine Nummern aus der Kontaktliste. So. Und wenn sie heute Abend wieder zu Hause war, würde sie alles, was sie an ihn erinnerte, in den Mülleimer werfen.

Kapitel 35

Roswitha Ich sah sofort, dass mit Amelie etwas nicht stimmte, denn sie war noch blasser und schweigsamer als sonst. Sie arbeitete fahrig und unkonzentriert, hielt immer wieder inne bei dem, was sie gerade tat, und starrte minutenlang ins Leere. Ich sorgte dafür, dass sie an diesem Tag nicht an der Kasse eingesetzt wurde, sondern sich im Lager vergraben konnte. Auf meine Nachfrage hin hatte Amelie gemurmelt, es habe bei ihr zu Hause morgens eine unschöne Szene gegeben. Meine Einladung, nach Feierabend auf einen Teller Erbseneintopf mit zu mir zu kommen, nahm sie dankbar an.

»Was kann ich dir helfen?«, fragte Amelie, als wir später in meiner kleinen Küche standen.

»Du kannst den Tisch für uns decken, den Eintopf habe ich gestern schon gekocht. Soll ich die Mettwürstchen komplett reintun oder lieber in Scheiben schneiden?«

»Was ist denn der Unterschied?« Amelie bückte sich, um Mimi zu streicheln, die laut quengelnd um ihre Beine strich und Aufmerksamkeit forderte.

»Wenn ich die Würstchen schon vorher zerschneide, nimmt die Suppe mehr Geschmack von ihnen an, es wird dann ein bisschen würziger.« Ich schaltete eine Platte am Herd an und holte einen großen Topf aus dem Kühlschrank. Dann füllte ich Mimis Futterschale und erneuerte das Wasser in dem zweiten Napf. Laut schmatzend begann Mimi zu fressen.

»Ich esse sehr gern würzige Eintöpfe«, sagte Amelie. »Früher, als wir noch eine Haushälterin hatten, gab es die öfter. Tante Bartels war eine Künstlerin in der Küche, und bei Eintöpfen unschlagbar. Ich liebte ihre Suppen über alles, egal, ob Linsen, Erbsen, Bohnen oder Stielmus.«

»Und jetzt?«

Amelie, die gerade Suppenteller aus dem Schrank holte, drehte sich verwirrt um. »Was meinst du mit: und jetzt?«

»Was es jetzt bei euch zu essen gibt.«

»Na ja ... Kommt drauf an. Meine Mutter kann nicht kochen, die bestellt lieber was.«

»Ich dachte, ihr habt kein Geld?«

»Für eine blöde Pizza reicht es offenbar immer, Hauptsache, sie muss sich nicht die Hände schmutzig machen.«

»Na, na«, sagte ich beschwichtigend, »vielleicht kann sie einfach nicht kochen. Wenn sich immer jemand anderer darum gekümmert hat ...«

»Pah.« Amelie setzte sich auf die lange Seite der Eckbank, die zu ihrem Stammplatz geworden war. Mimi sprang auf die Bank und rollte sich, an Amelies Bein geschmiegt, schnurrend zusammen.

Ich gab die geschnittene Mettwurst in den Topf und rührte um. »Amelie, du solltest nicht so über deine Mutter sprechen, auch wenn du gerade böse auf sie bist. Was ist denn überhaupt los mit dir? Hattet ihr Streit?«

»Ja. Nein. Ach, ich weiß nicht.« Sie konzentrierte sich ganz darauf, Mimi hinter den Ohren zu kraulen, und murmelte: »Wenigstens du hast mich lieb, stimmt's, mein Mäuschen?«

Als hätte sie die Worte verstanden, öffnete die kleine Katze ganz kurz die Augen, sah Amelie an und miaute ganz zart. Amelie begann zu weinen.

Ich beschloss, sie noch ein wenig in Ruhe zu lassen und nicht zu bedrängen. Ich rührte stetig im Kochtopf, damit der Eintopf beim Aufwärmen nicht anbrannte. Die Küche füllte sich – trotz brummender Abzugshaube – mit würzigen Düften.

Als ich mich umdrehte, um den Topf auf den Tisch zu stellen, sah ich, dass Amelies Tränen für den Moment wieder versiegt waren. Mimi hatte sich mittlerweile auf den Rücken gerollt und ließ sich laut schnurrend den Bauch kraulen.

»So, Hände waschen – jetzt wird gegessen«, sagte ich und brachte Amelie damit zum Lächeln.

»Warum kannst du nicht meine Mutter sein?«, fragte sie und schlängelte sich hinter dem Tisch hervor.

»Sag so etwas nicht«, tadelte ich und drohte scherzhaft mit dem Zeigefinger. »Egal, wie zerstritten du im Moment mit deiner Familie bist, hörst du?«

Wir redeten nicht, während wir aßen.

»Möchtest du einen Nachschlag?«

»Nein danke«, sagte Amelie und lehnte sich seufzend zurück. »Das war jetzt genau richtig.«

»Eintöpfe wärmen von innen und geben Kraft.« Ich stand auf, um den Tisch abzuräumen. »Bleib sitzen, ich mach das«, fügte ich hinzu, als Amelie Anstalten machte, mir zu helfen. »Noch einen schönen Tee? Und ein paar Plätzchen, vielleicht? Hm?«

»Das weißt du doch ganz genau«, antwortete Amelie und grinste.

Als die Kanne Tee und der Teller mit dem Gebäck ein paar Minuten später auf dem Tisch standen, sagte ich: »Dann erzähl doch mal.«

»Bist du sicher?«, fragte Amelie zögernd. »Immer laber ich dich mit meinen Problemen voll. Das muss dich doch mittlerweile langweilen, oder?«

Ich sah sie ernst an und erwiderte: »Nein, das tut es nicht. Erzähl.«

Amelie berichtete von dem Streit mit ihren Eltern und dem Gespräch, das sie mit ihrem Freund geführt hatte.

»Ach herrje, das ist nicht wenig für einen Tag. Du Arme. Da

würde ich mich auch miserabel fühlen. Und dein Freund hat eine andere? Kennst du sie?«

»Ja«, sagte sie, »ich kenne die andere Frau. Ich habe ihre Stimme erkannt. Sie war in meiner Klasse im Internat.« Sie zuckte mit den Schultern. »Sie passt jedenfalls besser zu Jussi als ich, das ganz sicher. Ich habe eh nie verstanden, was ihn an mir interessiert hat.«

»Die haben dafür andere Sorgen, da bin ich ganz sicher. Und dein Justus hat sich wahrscheinlich genau aus dem Grund für dich interessiert: weil du anders bist. Du bist ein wunderschönes Mädchen, Amelie, intelligent und warmherzig. Diese Kombination ist sowieso selten auf der Welt.«

Sofort traten Amelie wieder Tränen in die Augen. »Das ist ... Du bist so nett zu mir, Roswitha. Ich habe das gar nicht verdient ...«

In diesem Moment klingelte es, und gleichzeitig war ein Schlüssel im Türschloss zu hören.

»Das ist Steffen!«, rief ich erfreut. Vielleicht war das jetzt genau richtig, um Amelie abzulenken. »Ist das jetzt okay für dich? Sonst schicke ich ihn wieder weg.«

Sie schüttelte den Kopf. »Soweit kommt das noch, dass du meinetwegen deinen Sohn wegschickst. Dann lerne ich ihn jetzt endlich mal kennen!«

»Huhu, Muddi – ich bin es!«, rief seine fröhliche Stimme, dann kam er schon in die Küche gestürmt, umarmte mich und drückte mir einen Kuss auf die Wange. »Hm ... wie es hier duftet! Kann ich einen Teller ...«, er schnupperte, »... Erbsensuppe schnorren?«

»Natürlich, setz dich.«

»Wo bleibt denn meine Miss Pummelfuß?«, fragte er und sah sich um. Erst jetzt bemerkte er Amelie, die ihn, Mimi auf dem Schoß, neugierig ansah.

»Oh, Besuch«, sagte Steffen und grinste breit, »und, wie ich sehe, eine echte Konkurrenz um die Gunst meiner kleinen Miss.«

»Wenn ich vorstellen darf: mein Sohn Steffen. Das ist Amelie.«

Steffen setzte sich auf seinen Stammplatz in der Eckbank und streckte Amelie die Hand hin. »Hab schon von dir gehört. Schön, dich endlich mal kennenzulernen.«

»Freut mich auch«, sagte Amelie und schüttelte seine Hand.

»Ah, da ist ja meine kleine treulose Tomate«, rief Steffen, als Mimi von Amelies Schoß kletterte und zu ihm getapst kam. »Das fällt dir aber reichlich spät ein, mich zu begrüßen.«

Er lächelte Amelie strahlend an und beugte sich zu seiner Katze herunter, die mit ihrem Köpfchen an seine Stirn stupste. »Meine Mimi«, murmelte er und nahm sie hoch, um sie in den Armen zu wiegen.

Steffen war ganz mit seinem Liebling beschäftigt, und ich bemerkte, dass Amelie ihn unauffällig musterte. Ich fragte mich, ob sie ihn attraktiv fand. Er war schlank, hatte zerzauste, blonde Haare, die ihm in die Stirn hingen, und eine Brille mit einem modischen, schwarzen Gestell auf der Nase. Er trug eine weinrote Cordhose, T-Shirt, Kapuzenjacke, darüber noch eine Jeansjacke.

Ich stellte einen Teller Erbsensuppe vor ihn und legte einen Löffel dazu. »Jacke aus, Hände waschen«, kommandierte ich, und Steffen gehorchte grinsend.

»Nett«, sagte Amelie, kaum dass er die Küche verlassen hatte. »Du bist sehr stolz auf ihn, nicht wahr?«

Ich nickte. Und ob ich stolz auf meinen Sohn war!

Steffen kam wieder herein und begann, die Suppe zu löffeln. »Super, Muddi. Deine Eintöpfe sind der Knaller.«

»Danke für die Blumen, Sohn. Kommst du von der Arbeit?«

»Ja, wir haben einen wahnsinnigen Auftrag bekommen, da hat so ein neureicher Typ eine riesige Villa gekauft und will den kompletten Garten umgestaltet haben.« Er schüttelte den Kopf. »Total verrückt, der Garten ist astrein. Alter Baumbestand, alles gesund. Aber nein, es muss ein Feng-Shui-Garten sein, der hat sogar so eine Esoterik-Tante engagiert, die mit uns zusammenarbeiten soll. Dafür müssen wir alles rausreißen und neu anlegen. Bekloppt. Ein paar von den Pflanzen werde ich retten und mit in den Schrebergarten nehmen, das habe ich schon geklärt.«

»Ihr habt einen Schrebergarten?«, fragte Amelie erstaunt.

»Nicht wir«, sagte ich, »sondern Steffens WG.«

»Total klasse«, fügte Steffen hinzu. »Komm doch mal vorbei, Amelie, wenn du Lust hast, am Wochenende oder so. Ich kann ja mal Bescheid sagen, wenn wir eine Grillparty machen.«

»Ja, vielleicht mache ich das.«

»Wo findet euer Superauftrag denn statt?«, fragte ich.

»Ach so, das habe ich ja noch gar nicht erzählt! Da werden wir uns in Zukunft wohl öfter sehen, das ist ganz in der Nähe von deinem Supermarkt, in der Schillerstraße.«

»Wohnst du nicht auch in der Schillerstraße, Amelie?«, warf ich ein.

Amelie nickte, und Steffen sah sie neugierig an. »Echt? Da stehen doch nur solche Protzpaläste ... Und du arbeitest im Supermarkt? Wow. Deine Eltern haben bestimmt jede Menge Kohle, oder?«

Als ich sah, dass Amelie nach einer Antwort suchte, sagte ich schnell: »Da kannst du mal sehen, nicht jeder ruht sich in seiner Villa aus, auch da gibt es Leute, die ordentlich arbeiten gehen und nicht vom Geld ihrer Eltern leben wollen.«

Steffen nickte Amelie anerkennend zu. »Respekt. Das hätte ich mir nie vorstellen können. Aber dann habt ihr bestimmt auch so einen Park hinter dem Haus, da wird dir unser Schrebergarten bestimmt popelig vorkommen.«

»Ganz bestimmt nicht«, sagte Amelie. »Unser Garten ist einfach nur groß und langweilig.«

Ich bemerkte, dass Amelie bei diesem Thema unbehaglich auf der Bank herumrutschte, wechselte schnell das Thema und fragte Steffen über seine Arbeit und sein neues Leben in der WG aus. Steffen erzählte lustige Anekdoten, und als wir das nächste Mal auf die Uhr sahen, war es bereits kurz vor elf Uhr.

»Oh, ich muss los«, sagte Amelie und erhob sich.

»Wenn du willst, nehme ich dich mit«, bot Steffen an, aber Amelie schüttelte den Kopf. »Ich bin mit dem Fahrrad da.«

»Kein Problem. Das werfen wir hinten ins Auto. Ich bringe dich schnell nach Hause. Mach ich gern.«

»Danke, wirklich nett von dir, aber ich brauche noch ein bisschen frische Luft, ehrlich.«

Steffen sah aus, als würde er ihre Ablehnung bedauern.

Kapitel 36

Maren »*Salon Scherzinger*, mein Name ist Bergmann, guten Tag. Was können wir für Sie tun?«, sagte die freundliche Dame am Telefon.

»Maren Behringer, guten Tag. Ich möchte mit Ihnen einen Termin vereinbaren, möglichst noch diese Woche, gern morgens.«

»Waren Sie schon einmal bei uns, Frau Behringer? Dann haben wir Sie nämlich in unserer Kundenkartei.«

»Nein, das ist der erste Termin.«

»Kleinen Augenblick, Frau Behringer, ich schau mal nach.«

Ich hörte, wie auf einer Computertastatur getippt wurde, dann sagte Frau Bergmann: »Passt es Ihnen Donnerstag, acht Uhr? Oder doch lieber später? Um vierzehn Uhr wäre auch noch ein Termin frei, da hat gerade jemand abgesagt.«

»Nein«, antwortete ich, »acht Uhr ist perfekt.«

»Und was dürfen wir dann für Sie tun, Frau Behringer?«

»Haare schneiden, Gesichtsbehandlung, Maniküre, bitte.«

»Wünschen Sie auch ein Tages-Make-up, Frau Behringer? Die Farbe des Nagellacks und andere Details bestimmen Sie dann vor Ort.«

Ich grinste. Harald mit Tages-Make-up? »Nein, vielen Dank, der Termin ist nicht für mich, sondern für meinen Mann. Harald Behringer, bitte.«

»Alles klar, wir erwarten ihn dann am Donnerstag um acht.«

»Vielen Dank.«

»Einen schönen Tag noch, Frau Behringer.«

Ich legte auf und gab den Termin in Haralds Kalender im Computer ein. Dann sah ich auf die Uhr – kurz nach neun. In einer halben Stunde stand die Besprechung mit Harald und Johanna an.

Seit Haralds erster Verabredung mit Frau von Beck waren knapp drei Wochen vergangen. Die Sommerferien waren vorbei, Amelie und Timo gingen wieder zur Schule, und ich hatte alle Hände voll damit zu tun, Johannas und Haralds Termine zu planen und zu organisieren, ihre Anfragen zu beantworten, Tische in Restaurants zu reservieren und Karten für Theatervorstellungen oder Konzerte zu besorgen. Beide besaßen mittlerweile eigene Handynummern für ihre jeweiligen Aktivitäten, sodass ich, je nachdem, welcher Apparat gerade klingelte, immer wusste, welches Anliegen die Anruferin haben würde.

Ganz offensichtlich hatte Mathilde von Beck, wie versprochen, Harald weiterempfohlen, denn in den Tagen nach ihrer ersten Verabredung waren etliche Anfragen gekommen. Ich hatte alle Hände voll damit zu tun gehabt, die Termine zu koordinieren und Überschneidungen zu vermeiden.

Ich hatte einen Fragebogen ausgearbeitet, mit dem ich die Vorlieben und Abneigungen der Auftraggeberinnen abfragte, um den jeweiligen Abend perfekt gestalten zu können. So wusste ich jetzt von jeder Dame, ob diese Alkohol trank oder nicht, modernes oder klassisches Theater schätzte, sich für Politik oder Klatsch interessierte, welche kulinarischen Vorlieben sie hatte, oder ob sie es leiden konnte, wenn ein Mann nach Rasierwasser roch.

Ich druckte die Terminpläne für die nächsten zwei Wochen aus, danach meine aktuelle To-do-Liste, und verließ das Büro. Im Hausflur stolperte ich über Harald, der so nah vor dem Spiegel stand, dass seine Nase beinahe das Glas berührte.

»Ich krieg Falten, verdammt«, murmelte er, als er mich hinter sich bemerkte.

»Du bist über vierzig«, sagte ich trocken, »aber tröste dich, bei Männern gilt das als interessant.«

Er drehte sich ins Profil und verrenkte sich beinahe den Hals bei dem Versuch, im Spiegel hinter seine Ohren zu sehen. »Vielleicht sollte ich was machen lassen.«

»Und was zum Beispiel? Facelifting? Straffung der Oberlider? Oder warte, ich weiß: Permanent-Make-up! Da musst du nur darauf achten, dass sie dir die Augenbrauen nicht zu hoch tätowieren, sonst siehst du ständig verdutzt aus.« Ich kicherte.

»Also wirklich!« Harald fuhr herum und sah mich empört an. »Ich glaube, du nimmst mich nicht ernst. Ich meine natürlich eine Gesichtsbehandlung, so mit allen Schikanen, und das regelmäßig.«

Ich hielt seinen Kalender hoch. »Ich habe dir gerade einen Termin gemacht. Donnerstagmorgen, Gesichtsbehandlung, Friseur, Maniküre, alles unter einem Dach.«

Er nickte zufrieden, drehte sich wieder zum Spiegel, zupfte in seinen Haaren herum und sagte: »Was denkst du – färben?«

»Deine Haare?«

»Meine Nase wohl kaum«, gab er schnippisch zurück. »Natürlich meine Haare. Ich werde grau.«

»Und das nicht erst seit gestern, mein Lieber. Würde ich nicht machen.«

Wieder drehte er seinen Kopf hin und her. »Ihr Frauen macht das doch auch, sobald ihr auch nur ein weißes Haar findet.«

Ich lachte. »Das weiß aber auch jeder – und niemand spricht darüber, weil es sowieso klar ist. Das ist ein ungeschriebenes Gesetz. Keine Frau über vierzig, bei der keine weißen Haare zu sehen sind, ist ungefärbt, dafür lege ich meine Hand ins Feuer.«

Es juckte mich in den Fingern, ihn zu ärgern. Die Situation war aber auch zu komisch, denn mein Gatte hatte meinen Part übernommen: die Suche nach Falten und grauen Haaren, Besuche im Schönheitssalon – diese Form von Eitelkeit hatte es früher bei ihm nicht gegeben. Natürlich war es heutzutage auch bei Männern längst gang und gäbe, sich die Haare zu färben, und niemand fand das mehr seltsam.

Aber ich hatte Lust, ihn ein bisschen zu foppen, und sagte: »Bei Männern ist das irgendwie ... ich weiß nicht. Kannst du dich noch an diese absurde Diskussion erinnern, ob unser damaliger Kanzler Schröder sich die Haare färbt oder nicht? Das will doch niemand wissen, zumal ... na ja, das wirkt irgendwie unmännlich, oder? Ein Kerl, der jünger wirken will als er ist. Je länger darüber geredet und geschrieben wurde, desto lächerlicher wurde die ganze Geschichte.«

Er runzelte die Stirn. »Ja schon, aber ... ich mache mir natürlich meine Gedanken. Muss ja keiner wissen. Mein Aussehen ist schließlich mein Kapital.«

Das war zu viel. Ich versuchte, es zu unterdrücken, aber vergebens: Ich brach in lautes Gelächter aus.

»Dein Kapital!«, johlte ich. »Hast du vor, bei *Germany*'s *Next Topmodel* mitzumachen?«

Harald sah mich empört an. Offensichtlich fand er das gar nicht witzig.

Ich wurde wieder ernst. »Harald, Liebling, du siehst gut aus, und du wirst auch in zwanzig Jahren noch gut aussehen. Fast beneide ich dich um deine grauen Schläfen. Denk an George Clooney: Der ist Ende vierzig, fast weißhaarig und gilt trotzdem als einer der attraktivsten Männer der Welt. Oder Cary Grant. Weißt du, dass die Frau, die in *Der unsichtbare Dritte* von Hitchcock seine Mutter gespielt hat, nur acht Jahre älter war als er? Das sagt doch wohl alles, oder?« Ich gab ihm einen Kuss. »Komm, wir gehen runter zu Johanna, ich habe hier eure Termine für die nächsten zwei Wochen.«

Endlich riss er sich von seinem Spiegelbild los.

»Zeig mal.«

Er griff nach den Zetteln in meiner Hand, aber ich versteckte sie schnell hinter meinem Rücken. »Nix da.«

Johanna erwartete uns schon.

»Dass du es hier aushältst«, sagte Harald kopfschüttelnd, wie immer, wenn er Johannas Wohnung betrat. »Ich würde hier Alpträume kriegen.«

Sie lachte. »Du wiederholst dich, mein Lieber. Meine Kundinnen finden es fantastisch und fühlen sich wohl hier, und nur das zählt für mich.«

»Das lässt einige Rückschlüsse auf den geistigen Zustand deiner Klientel zu, finde ich«, flachste er weiter.

Schlagartig wurde Johanna ernst. »Harald, es steht dir nicht zu, so über die Damen zu sprechen. Das ist beleidigend. Zu dem, was ich anbiete, gehört ein entsprechendes Ambiente. Damit teile ich ihnen mit, dass ich meine Profession nicht nur für Geld ausübe, sondern buchstäblich lebe. Wie es hinter den Kulissen aussieht, geht niemanden etwas an. Und außerdem: Die Damen sind auch deine Kundinnen. Die Damen *ernähren* uns, das wollen wir mal nicht vergessen.« Sie seufzte theatralisch. »Da kann ich ja nur inständig hoffen, dass du es bei deinen Terminen nicht am gebotenen Respekt fehlen lässt.«

Harald holte Luft, aber ich hatte genug von dem Geplänkel und mischte mich ein.

»Wollen wir uns hinsetzen, bitte? Ich finde diese Diskussion allmählich langweilig, um ehrlich zu sein.«

»Gott, bist du humorlos«, sagte Johanna. »Harald und ich machen doch nur Spaß, oder, Harald?«

Die beiden stießen sich an und kicherten wie Schulkinder.

»Schön, dass ihr euch einig seid«, sagte ich und verteilte die ausgedruckten Terminpläne.

»Zuerst du, Johanna. Zwölf Termine während der nächsten vierzehn Tage – nicht schlecht, davon drei neue Kundinnen. Zwei davon wollen Horoskope, die dritte Tarot. Siehst du, ich habe jeweils farbig markiert, um was es geht. Insgesamt haben wir Aufträge für neun Horoskop-Mappen, vier davon als Geschenke für andere Personen. Ich habe mal ausgerechnet ...«

»Lass hören!« Johanna beugte sich gespannt vor.

»Also, neun mal ...«

»Einzelheiten interessieren mich nicht«, fuhr sie dazwischen. »Sag mir die Summe!«

»Um die zweieinhalbtausend Euro, wenn ich mich nicht verrechnet habe. Davon gehen Timos Anteil an den Mappen und die Materialkosten ab.«

Sie winkte ab. »Papperlapapp, das sind doch nur Peanuts.« Ihre Augen glitzerten.

»Das nenne ich leicht verdientes Geld«, sagte Harald. »Auf Samtkissen hocken und den Damen irgendeinen Blödsinn erzählen.«

»So einfach ist es nun auch wieder nicht«, fauchte Johanna. »Auf die Horoskoptermine muss ich mich stundenlang vorbereiten und Fachliteratur wälzen, damit das, was ich erzähle, mit dem übereinstimmt, was in den Mappen steht. Ausgebildete Astrologen studieren das jahrelang. Ich muss im Moment noch jede Planetenkonstellation und ihre Bedeutung nachschlagen.«

»Oho«, sagte Harald spöttisch, »eine echte Wissenschaft also, die man studieren kann, und sogar mit Fachbüchern. Ich bin beeindruckt. Und wo studiert man das? An der weltberühmten Abrakadabra-Universität in Atlantis?«

Johanna zog drohend die Augenbrauen zusammen. Sie konnte durchaus einen derben Scherz vertragen, und Harald und sie nahmen sich gern gegenseitig auf die Schippe, aber manchmal schlugen die Neckereien unversehens in Streit um.

»Leute, bitte! Könnt ihr das ein anderes Mal besprechen?«

Ich rieb mir die Augen. Ich war müde, und dieses Scharmützel ging mir gehörig auf die Nerven.

»So. Jetzt zu dir, Harald. Fünf Termine in den nächsten vierzehn Tagen, zusätzlich drei Anfragen für diesen Zeitraum, die ich noch nicht beantwortet habe.«

»Warum nicht?«, fragte Harald.

»Weil ich einen Durchschnitt von einem Termin alle zwei Tage reichlich viel finde. Schaffst du das? Außerdem sind bei den Anfragen zwei Termine, die nicht abends, sondern tagsüber stattfinden würden.«

»Na und?«, riefen Harald und Johanna gleichzeitig, stutzten, wechselten einen Blick und grinsten sich breit an.

»Na, wenigstens bei diesem Thema scheint ihr euch ja einig zu sein«, sagte ich. »Die eine Dame wünscht eine Begleitung für ein Reitturnier am übernächsten Sonntag, das geht über den ganzen Tag. Die zweite hätte dich gern bei einem Benefiz-Golfspiel dabei, ebenfalls für den ganzen Tag, Ende offen. Bei der dritten Anfrage geht es um eine Vernissage.«

»Lass mich raten!«, rief Johanna, »Frau Schlichting will zum Reitturnier, und die andere ist Frau Dierkes, richtig?«

»Warte ...« Ich suchte in den Unterlagen nach den Namen. »Stimmt. Woher weißt du das?«

»Na, Frau Schlichting wollte letztens ein Horoskop für das aktuelle Fohlen ihrer Zuchtstute ...« Von Harald kam ein Kichern, das Johanna mit einem Stirnrunzeln quittierte, bevor sie fortfuhr: »... und Frau Dierkes spricht ständig von ihren Triumphen beim Golf. Das war also nicht schwer.«

»Wie viel Geld bringt das?«, fragte Harald.

»Na, jede Menge, möchte ich meinen.« Johanna stieß Harald in die Seite. »Hör mal, Schwiegersohn, wenn wir uns weiter so ins Zeug legen, schaffen wir diesen Monat noch die Zehntausend.«

»Nicht zu euphorisch, Herrschaften«, warf ich ein. »Diese Häufung der Termine kann auch einfach nur Zufall sein. Das ist nichts, womit wir fest kalkulieren können.«

»Na und?« Johanna wedelte meinen Einwand mit einer lässigen Handbewegung einfach weg. »Ich hatte auch nicht damit gerechnet, wie viele meiner Kundinnen unsere Horoskopmappen als Geschenk für andere Leute haben wollen: Enkelkinder, Partner, Freundinnen, Haustiere – das ist schier unerschöpflich. Außerdem gibt es Partner-, Familien- und Freundschaftshoroskope, genau ausgearbeitete Tendenzen nur für das kommende Jahr, Horoskope für Geschäftsgründungen oder geplante geschäftliche Partnerschaften. Frau Dierkes hat schon angekündigt, dass sie zu Weihnachten mindestens zehn Mappen braucht. Wir sollten uns Gedanken über eine Luxusversion machen, auf besonders edlem Papier oder so. Wir sollten mal herausfinden, was es für einen Aufwand bedeutet, diese Mappen richtig zu binden, mit einem festen Einband.«

Ich seufzte. Wenn es darum ging, Geld zu verdienen, schien Johannas Fantasie schier unerschöpflich. »Wir« – das bedeutete, dass ich gefordert war. Recherche, Angebote einholen; würde es günstiger sein, derartige Mappen produzieren zu lassen oder Geräte anzuschaffen, um sie selbst herzustellen? Und wenn – wie schnell würde sich eine eventuelle Anschaffung amortisieren? Ich machte mir eine Notiz, um dieses Thema nicht aus den Augen zu verlieren.

»Übrigens kannst du dich schon mal auf einen Theaterbesuch einstellen, Harald«, sagte ich, während ich noch schrieb.

»Bitte nicht!«, rief er entsetzt aus. »Und wenn, dann bloß keine moderne Inszenierung, bei der die Schauspieler mit nackten Ärschen auf Kloschüsseln sitzen, während sie Shakespeare rezitieren, und Othello ein Rapper ist, der um eine brennende Mülltonne herumtanzt. Ich hasse das.«

Johanna fiel vor Lachen fast vom Stuhl, aber ich blieb ernst.

»Selbst wenn es die schrecklichste Inszenierung aller Zeiten ist – wenn deine Kundin sie sehen will, hat dir das gefälligst zu gefallen. Und nicht nur das: Du wirst dich vorher sowohl über das Stück als auch über den Regisseur und die Schauspieler informieren, damit du nicht wie ein Idiot dastehst.«

Wie ein Kind verzog er sein Gesicht zu einer Grimasse. »Pah. Was sehen wir uns denn an?«

»Samuel Beckett. Endspiel.«

»Oh. Mein. Gott.« Harald war fassungslos. »Beckett? Maren, tu mir das nicht an! Da werde ich mich zu Tode langweilen.«

»Ach, und das weißt du jetzt schon? Informiere dich doch erst einmal, bevor du meckerst. Außerdem war das der ausdrückliche Wunsch von Frau Weber-Holzenbrink, dieses Stück zu sehen.«

»Ja, aber ...«, maulte Harald, doch ich ließ ihn nicht ausreden. Mir reichte es endgültig.

»Schluss jetzt. Ich komme mir ja vor wie im Kindergarten. Diese Abende dienen nicht deinem Vergnügen, sondern dem deiner Kundinnen. Und wenn die mit dir zufrieden sein und dich wieder buchen sollen, dann ist eben manchmal deine ganze Professionalität gefordert. Ende der Diskussion. Ich habe mit der Organisiererei genug zu tun. Tische reservieren, Recherche, Datenpflege, Theaterprogramme und so weiter. Harald, du überprüfst bitte deine Garderobe, ob du etwas für die Reinigung hast.«

Ich ging meine Notizen durch, ob ich etwas vergessen hatte.

»Ah ja, richtig. Harald, wir werden ab sofort vor jedem Treffen ein Foto von dir machen und bei der jeweiligen Dame abspeichern, damit du nicht zweimal nacheinander denselben Anzug trägst. Gott sei Dank hast du genug im Schrank hängen.«

»Äh, gut, dass du das ansprichst«, sagte er, »dieser Meinung bin ich keineswegs. Ich kann meine Anzüge schon nicht mehr sehen, die habe ich schon tausendmal getragen. Ich bin da letztens an einem Schaufenster vorbeigekommen ...«

Du liebe Güte! Schönheitssalon, Faltensuche und jetzt auch noch das doch angeblich so typisch weibliche »ich habe nichts anzuziehen« angesichts eines proppevollen Kleiderschranks?!

»Vergiss es«, unterbrach ich seinen Vorstoß. »Hier geht es darum, Geld zu verdienen, und nicht, es auszugeben. Deine Schönheitstermine und das Fitnessstudio kosten schon genug, das müssen wir schließlich erst einmal erwirtschaften.«

»Wir?« Harald verschränkte die Arme vor der Brust und zog die Augenbrauen hoch. »Wir?! Du sitzt schließlich schön zu Hause, während ich ...«

Mir riss der Geduldsfaden.

»Jetzt werde ich aber gleich sauer! Du würdest immer noch unrasiert und depressiv durchs Haus schlurfen, wenn Johanna nicht diese Idee für dich gehabt hätte, oder? Glaubst du, ich habe mir das hier gewünscht? Bestimmt nicht! Ich fand unser Leben vor deinem verdammten Unfall auch schöner. Deine Eitelkeiten stinken mir gewaltig, mein Lieber. Wir machen das nicht, damit du dir den fünfunddreißigsten Anzug kaufen kannst, sondern damit wir überleben! Hast du das vergessen?«

Harald sprang wütend auf.

»So lasse ich nicht mit mir reden!«, rief er aufgebracht und verließ mit langen Schritten Johannas Wohnung.

Hinter ihm knallte die Tür zu.

Ich wollte ihm folgen, aber Johanna hielt mich auf.

»Lass ihn, Kind. Das zeigt dir immerhin, dass er wieder lebendig ist. Oder möchtest du, dass er wieder wie eine Pflanze im Wohnzimmer hockt und tagelang kein Wort spricht? Der wird sich schon wieder einkriegen.«

Jetzt wurde ich wirklich wütend und schrie: »Ist das alles, was dir dazu einfällt? Der oder die kriegt sich schon wieder ein? Und was, wenn nicht? Wenn sich Harald oder Amelie mal nicht wieder einkriegen?«

»Das sehen wir dann«, sagte sie seelenruhig. »Kein Grund, mich anzuschreien. Schenk ihm ein hübsches Hemd, dann ist alles wieder gut, du wirst sehen.«

Wider Willen musste ich lachen. Trotzdem sagte ich: »Nicht alles auf der Welt ist mit einem hübschen Geschenk oder Geld zu regeln, Johanna.«

Sie winkte ab.

»Reg dich nicht künstlich auf. Alles ist mit Geld zu regeln. Es kommt nur auf die Höhe der Summe an.«

Kapitel 37

Harald stürmte durchs Wohnzimmer in Marens Büro, das einmal seines gewesen war, damals, vor Urzeiten, als die Welt noch in Ordnung war. Wütend riss er Schranktüren und Schubladen auf, auf der Suche nach seinem alten Terminplaner. War der etwa noch bei Michael? Er versuchte, sich zu erinnern. Nein, Michael hatte ihn zurückgegeben, als sie sich vor ein paar Wochen getroffen hatten. Er musste ihn unbedingt finden! Es wurde Zeit, die Kundenkontakte neu zu beleben, sich zurückzumelden. Es wurde Zeit, wieder normal zu arbeiten und Geld zu verdienen, es konnte doch nicht sein, dass die eigene Tochter einen so ansah, wie Amelie es getan hatte ...

Da, endlich, in der untersten Schublade, in der hintersten Ecke. Er setzte sich an den Schreibtisch und blätterte das Telefonregister auf. Mit zitternden Fingern wählte er die erste Nummer.

»Ahrhaus.«

»Professor Ahrhaus, guten Tag, hier spricht Harald Behringer.« Harald hoffte inständig, dass am anderen Ende der Leitung nicht zu hören war, wie sehr ihm die Nerven flatterten.

»Herr Behringer, wie geht es Ihnen? Sind Sie wieder wohlauf?«

»Bestens, danke der Nachfrage. Und bei Ihnen?«

»Hervorragend, vielen Dank. Was kann ich für Sie tun?«

»Ich schlage vor, dass wir uns so schnell wie möglich treffen, Professor Ahrhaus. Ich würde unsere Geschäftsbeziehung gern wieder aufnehmen.«

Unbehagliches Schweigen war die Antwort. Dann sagte der Professor hastig: »Ja, wir können uns ja irgendwann auf einen Drink treffen, mal sehen ...«

Harald könnte hören, dass in einem Terminkalender geblättert wurde.

»... oh, das sieht schlecht aus. Frühestens in drei Wochen, vorher wird das nichts, fürchte ich.«

Harald schluckte, beschloss aber, noch einen Vorstoß zu wagen. »Wissen Sie was? Dann komme ich in den nächsten Tagen zu Ihnen und werfe einen Blick auf den Stand Ihrer Aktien, dabei muss ich Sie ja gar nicht stören. Und wenn ich mir ein Bild gemacht habe, kann es wieder losgehen.«

Diesmal dauerte das Schweigen noch etwas länger. Dann räusperte sich Ahrhaus und sagte: »Herr Behringer, das tut mir jetzt leid, aber ich bin mit der Arbeit von Herrn Orthmann hochzufrieden. Sie können sich vorstellen, wie schockiert ich war, als er mir von Ihrem Unfall berichtet hat. Ungeachtet dessen brauchte ich sofort jemanden, der sich um meine Geldanlagen kümmert, das werden Sie sicherlich verstehen, und ich war heilfroh, dass Herr Orthmann sofort übernehmen konnte. Es gibt, nun ja, für mich keine Veranlassung, jetzt wieder zu wechseln. Was, wenn Sie einen Rückfall erleiden oder wieder ausfallen? Tut mir wirklich leid, Herr Behringer, ich war mit Ihrer Arbeit immer sehr zufrieden ... Oh, ich sehe gerade, ich muss los, eine Besprechung ... äh, man wartet bereits auf mich. Auf Wiederhören, Herr Behringer, alles Gute, und lassen Sie mal wieder von sich hören.«

Sag doch gleich, ich soll nie wieder anrufen, dachte Harald, während er sich verabschiedete.

Ruhig bleiben, jetzt bloß nicht in Panik geraten, ich habe noch genug Namen auf der Liste.

Zwölf Telefonate später wusste er, dass er verloren hatte. Es hatte keinen Sinn, noch mehr Kunden anzurufen. Alle Gespräche verliefen mehr oder weniger genauso wie das mit Professor Ahrhaus, manche länger, andere kürzer.

Immerhin hatte er hinterher drei Party-Einladungen und fünf vage Verabredungen zu einem Drink, von denen Harald genau wusste, dass diese niemals stattfinden würden. Michael, sein bester Freund Michael, hatte seinen Kundenstamm übernommen, und es gab kein Zurück mehr. Nein, falsch, er hatte seine Kunden an Michael abgegeben, jetzt bekam er die Quittung dafür. Er konnte niemanden dafür anklagen, weder Michael noch seine Kunden.

Er war selbst schuld, er selbst hatte die Weichen zu dieser Situation gestellt, als er sich an jenem Abend in seiner Euphorie, einen dicken Fisch an der Angel zu haben, betrunken hatte, mithalten wollte mit seinem trinkfesten, neuen Kunden.

Und auch Maren hatte seinen Zorn nicht verdient, im tiefsten Inneren wusste er das. Sie bemühte sich, das Familienleben in einigermaßen geordneten Bahnen zu halten, organisierte, plante ...

Aber irgendwen musste er schließlich anschreien können, oder etwa nicht?

Kapitel 38

Maren Amelie und ich waren gerade dabei, das Abendessen vorzubereiten, als Timo durch die Terrassentür ins Haus gestürmt kam. Er raste mit gehetztem Blick durchs Wohnzimmer und die Treppe hinauf zu seinem Zimmer. Mit lautem Knall fiel seine Tür ins Schloss. Amelie und ich sahen ihm verblüfft hinterher.

»Was war das denn? Der rennt ja, als wäre der Teufel hinter ihm her.«

»Vielleicht hat er im Park mit ein paar Jungs Zoff gekriegt und ist auf der Flucht. Amelie, sei so nett und sag ihm Bescheid, dass es gleich Essen gibt, ja?«

Sie nickte und machte sich auf den Weg.

Ich hatte mich gerade wieder meinem Gurkensalat zugewandt, als es an der Haustür Sturm klingelte. Ich öffnete und vor mir stand ein Mann, der einen kleinen Collie an der Leine hielt.

Der Mann atmete schwer, als wäre er gerannt, und seine Augen funkelten wütend. »Wo ist der kleine Verbrecher?«, fragte er, ohne sich vorzustellen.

Ich wich zwei Schritte zurück, völlig überrumpelt von der Wut des Mannes. »Erst einmal guten Abend. Ich bin Maren Behringer. Wer sind Sie, bitte? Und wovon, um Himmels willen, sprechen Sie?«

»Er ist in diese Einfahrt gefahren«, schnaufte der Mann. »Ein Junge, ungefähr zehn Jahre, Jeans, grünes Ringelshirt, schwarze Haare, Rucksack.«

»Das ist mein Sohn Timo«, bestätigte ich zögernd.

Was war hier los? Warum war dieser aufgebrachte Kerl hinter meinem Sohn her? Amelie kam die Treppe wieder herunter – ohne Timo.

»Wo ist er?«

»Er sagt, er hat keinen Hunger, er will sofort ins Bett gehen«, sagte Amelie und grüßte den Fremden in der Tür mit einem Nicken.

»Ha, das kann ich mir vorstellen«, keuchte der Mann, »der kleine Gauner weiß ganz genau, dass ich ihn gefunden habe.«

Jetzt reichte es mir, und ich fuhr den Mann an: »Worum geht es denn, bitte? Hat Timo etwas angestellt?«

»Er hat versucht, meine Tinka zu entführen, das ist los! Wenn ich ihn nicht erwischt und verfolgt hätte ...« Er brach ab und rang krampfhaft nach Luft.

»Wer ist denn jetzt schon wieder Tinka? Das ist bestimmt ein Irrtum, Herr ...?«

Ich überlegte, ob ich ihm die Tür nicht einfach vor der Nase zuschlagen sollte.

»Weidig«, stieß der Mann hervor, »Martin Weidig. Tinka ist mein Hund.« Er stützte sich mit der Hand am Türrahmen ab. »Verdammt, ich kann nicht mehr. Haben Sie schon mal ein Fahrrad verfolgt? Zu Fuß?«

Es klingt vielleicht seltsam, aber ich glaubte ihm sofort. Timo und Hunde ... das hatte sich in letzter Zeit auffallend gehäuft. Ich beschloss, mir anzuhören, was Herr Weidig zu sagen hatte.

»Kommen Sie doch herein, wir klären das sofort. Sie sehen außerdem aus, als könnten Sie einen Schluck zu trinken brauchen.«

Weidig ließ sich ins Wohnzimmer führen und nahm dankbar ein Glas Wasser entgegen. Langsam beruhigte sich sein Atem, normalisierte sich seine Gesichtsfarbe wieder. Er hielt seine Tinka ganz kurz an der Leine neben sich.

Ich drehte mich zu Amelie um, die der Szene schweigend zugesehen hatte, und bat sie: »Amelie, leistest du Herrn Weidig bitte kurz Gesellschaft? Ich gehe Timo holen.«

Als ich in sein Zimmer kam, stopfte Timo gerade seinen unvermeidlichen Rucksack in die hinterste Ecke seines Kleiderschranks. Ohne sich umzudrehen, schrie er: »Kannst du nicht anklopfen, du blöde Kuh?«

»Was sind denn das für Töne?«

Als er meine Stimme erkannte, fuhr er schuldbewusst herum. Sein Gesicht war dunkelrot. »Ich hab gedacht, du wärst Amelie.« Er knallte die Schranktür zu und stellte sich davor.

»Du sollst mit niemandem so sprechen, auch nicht mit Amelie, hörst du? Und jetzt komm bitte mit.«

»Aber, Mutti, ich hab keinen Hunger, ehrlich nicht. Ich ... äh ... ich bin müde. Ich gehe ins Bett.«

Ich hatte keine Lust mehr, weiter mit ihm zu diskutieren, ergriff sein Handgelenk und zog ihn hinter mir her.

Aber er schien nicht vorzuhaben, sich kampflos zu ergeben.

»Lass mich los, lass mich los«, kreischte er wütend, als ich mit ihm ins Wohnzimmer kam.

»Ah, da ist er ja«, rief Weidig. »Hast gedacht, du könntest den alten Kerl abschütteln, was? Nicht mit mir, mein Lieber! Jetzt werde ich deiner Mutter mal erzählen, was du so im Park treibst.«

Timo stampfte mit dem Fuß auf und rief: »Ich kenne Sie überhaupt nicht! Und ich war gar nicht im Park! Sie sind ein Lügner! Sie haben mich im Park verfolgt, und da habe ich Angst gekriegt und bin abgehauen! Ich habe gedacht, Sie wollen mir was tun!«

»Was denn nun, Timo?«, fragte ich. »Warst du jetzt im Park oder nicht?«

»Natürlich war er«, sagte Weidig, während Timo gleichzeitig

widersprach: »Nein, ich bin einfach rumgefahren, und da hat der da mich verfolgt! Mutti, der Mann ist bestimmt böse! Du musst mich vor dem bösen Mann beschützen!«

Um seinen Worten Nachdruck zu verleihen, warf Timo sich schluchzend in meine Arme. Unter uns: Sein schauspielerisches Talent war ganz beachtlich, wie ich fand.

»Zeig doch mal deinen Rucksack«, sagte Weidig. Er griff in seine Jackentasche, hielt eine Hundeleine hoch und fuhr fort: »Hier, die hast du übrigens verloren.«

»Das ist nicht meine. Und ich habe gar keinen Rucksack«, schnappte Timo und klammerte sich noch fester an mich.

Ich löste seine Arme sanft, aber unnachgiebig von meinem Hals und hielt ihn ein Stückchen von mir weg.

»Hol sofort deinen Rucksack, Timo. Das klären wir jetzt. Amelie, du gehst mit.«

Als sie das Zimmer verlassen hatten, sagte ich: »Herr Weidig, was ist denn überhaupt passiert?«

»Das Früchtchen hat versucht, Tinka zu entführen. Es scheint nicht der erste Hund zu sein.«

Mir wurde unbehaglich.

Ich wusste plötzlich, dass die vielen, angeblich zugelaufenen Hunde mich schon längst hätten misstrauisch machen sollen. Trotzdem sagte ich: »Wie bitte? Das sind harte Anschuldigungen. Ich bin sicher, wir können alles aufklären.«

»So? Denken Sie, Frau Behringer?«, antwortete Weidig spöttisch und zog die Augenbrauen hoch. »Wissen Sie, man kennt sich im Park, wenn man dort täglich mit seinem Hund spazieren geht. Man unterhält sich miteinander, und Tinka ist nicht der erste Hund, bei dem er es versucht hat, da bin ich sicher. Immer, wenn ein Hund verschwunden ist, taucht Ihr Sohn später auf und hat ihn angeblich gefunden. Das sind mir zu viele Zufälle.«

Auch wenn ich geahnt hatte, dass so etwas kommen würde, war ich sprachlos. Vermutlich guckte ich ziemlich schuldbewusst aus der Wäsche, denn er fragte: »Na, wie viele Hunde hat er mit nach Hause gebracht?«

»Drei«, sagte ich betreten, »über die letzten Wochen verteilt.«

Weidig nickte zufrieden. »Sehen Sie? Ich sage Ihnen jetzt mal was: Das sind nur die, von denen Sie etwas mitbekommen haben. Ich weiß von sieben oder acht. Wie ich erfahren habe, hat er ordentliche Belohnungen kassiert. Ganz schön clever, das Bürschchen. Und deshalb habe ich ihn heute gewähren lassen, als er sich an meine Tinka rangemacht hat. Er hat mich nicht gesehen, weil ich mich hinter einem Busch versteckt hatte. Ich behaupte, er ist professionell ausgerüstet.«

Wieder hielt er die Leine hoch.

Ich wusste darauf keine Antwort und war froh, dass Amelie und Timo wieder auftauchten. Amelie stellte Timos Rucksack auf den Couchtisch.

»Auspacken«, ranzte ich Timo an.

Weil er sich nicht rührte, sondern mich nur trotzig anstarrte, öffnete ich den Rucksack selbst und kippte den Inhalt auf den Couchtisch.

»Ha!«, rief Weidig triumphierend. »Wusste ich es doch! Professionell ausgerüstet, der kleine Gauner.«

Vor uns lagen noch zwei weitere Hundeleinen verschiedener Länge und Stärke, ein Hundehalsband, ein Beutel mit Hundesnacks, eine Packung mit Plastikbeuteln für Hundehaufen, zwei Knochen aus Gummi, die Plastikdose, die Timo immer mit Leberwurstbroten füllte, bevor er das Haus verließ, außerdem sein geheimnisvolles Notizbuch, das ich mir sofort schnappte.

»Timo«, sagte ich streng, »hast du versucht, den Hund von Herrn Weidig zu klauen?«

Timo schüttelte stumm den Kopf.

»Herr Weidig, kann es nicht doch sein, dass Sie die Situation missverstanden haben?«

»Nein, habe ich nicht. Ich habe beobachtet, wir Ihr Junge meinen Hund aktiv angelockt hat, zuerst mit dem Spielzeug. Dabei hat er sich immer wieder umgesehen, aber nicht so, als würde er den dazugehörigen Besitzer suchen, sondern ganz verstohlen, um zu überprüfen, dass ihn auch ja niemand beobachtet. Dann hat er die Wurstbrote rausgeholt, an Tinka verfüttert und sie so immer weiter weggelockt. Als er sich sicher glaubte, zog er plötzlich die Leine aus seinem Rucksack und wollte sie an Tinkas Halsband festmachen. In diesem Moment bin ich aus dem Gebüsch gesprungen. Er hat sofort die Leine fallen lassen und ist abgehauen, so schnell er konnte. Ich wäre chancenlos gewesen, wenn er nicht seinen Rucksack verloren hätte und anhalten und umkehren musste, um ihn wieder aufzusammeln. Nur deshalb konnte ich ihn bis hierher verfolgen.«

»Timo, ist das wahr?«, fragte ich.

Aber Timo schob trotzig die Unterlippe vor, schüttelte wieder den Kopf und fauchte: »Der Hund war alleine, und ich wollte nur ...«

Ich hob die Hand, und er verstummte. Ich hätte ihn ohrfeigen können, so sauer war ich, dass er mich in eine derart peinliche Situation gebracht hatte.

»Entschuldige dich sofort bei Herrn Weidig.«

»Aber wieso denn?«, begehrte Timo auf. »Ich wollte den Hund nicht klauen! Wieso glaubst du dem da?«

Ich zeigte zur Treppe.

»Ab in dein Zimmer, wir reden später. Ich bin sehr enttäuscht von dir.«

Timo stürmte aus dem Wohnzimmer.

Weidig erhob sich von der Couch und sagte: »Ich will dann mal nicht weiter stören, Sie haben mit Ihrem Sohn jetzt bestimmt einiges zu besprechen. Er soll sich in Zukunft von meiner Tinka fernhalten, sonst steh ich bei Ihnen wieder auf der Matte. Aber dann mit der Polizei.«

Er marschierte ohne einen Abschiedsgruß hinaus und knallte die Haustür hinter sich zu.

»Was muss ich da hören? Timo klaut Hunde? Ist ja lustig«, sagte Johanna, die unbemerkt ins Wohnzimmer gekommen war. Sie sah überaus erheitert aus.

»Ich weiß nicht, ob *lustig* das richtige Wort dafür ist«, antwortete ich und seufzte. »Das war gerade ganz schön peinlich.«

»Tja, wenn man erwischt wird, wird es immer peinlich. Was hast du denn da?«

Ich hatte Timos Notizbuch aufgeschlagen und seine Listen gefunden. Kommentarlos gab ich das Büchlein an Johanna weiter, deren Grinsen immer breiter wurde.

»Alle Achtung, der Junge hat einiges zusammengekriegt. Meine Mappen, Rasen mähen«, sie blätterte weiter, »fünf ... sechs ... sieben Hunde! Ganz schön umtriebig – wenn auch größtenteils ethisch nicht wirklich korrekt. Aber Ideen hat er, das muss man ihm lassen.«

Sie kicherte und stieß mich an. »Guck nicht so biestig! Ist doch irgendwie saukomisch. So wie es aussieht, musst du dir um die finanzielle Zukunft deines Sohnes keine Gedanken machen.«

Ich war hin- und hergerissen. Irgendwie hatte sie ja recht, die ganze Sache war so absurd, dass sie schon wieder lustig war. Andererseits war es natürlich ein Unding, dass Timo Hunde klaute.

»Ich weiß nicht ...«, sagte ich, ließ mich dann aber von ihrer unstillbaren Heiterkeit anstecken und lachte.

»Das muss man sich mal vorstellen«, prustete Johanna, »geht

in den Park, schnappt sich Schoßhündchen und bringt sie dann als ehrlicher Finder zurück zu den Besitzern! Spielt da den lieben Jungen und kassiert richtig ab! Scheint sich ja zu lohnen!«

Sie wischte sich die Lachtränen aus dem Gesicht.

»Hör auf«, keuchte ich, »wenn der Junge mitkriegt, dass wir das komisch finden ...«

»Was ist denn bloß los mit euch?«, schrie Amelie plötzlich, die sich endlich aus ihrer Erstarrung gelöst hatte. »Das ist kriminell! Er hat die Hunde entführt! Und ihr findet das auch noch lustig!«

»Jetzt sei mal nicht päpstlicher als der Papst«, gab Johanna zurück, die sich mühsam beruhigt hatte. »Er hat ja schließlich keine Lösegeldforderungen geschickt oder gedroht, den Hund zu töten, wenn er kein Geld bekommt. Die haben ihm die Belohnung alle freiwillig gegeben. Bei der Größenordnung hat es offenbar keinen Armen getroffen. Der Junge ist clever.«

»Clever?«, wiederholte Amelie fassungslos. »Päpstlicher als der Papst?«

Sie sah mich Hilfe suchend an. »Was ist mit dir? Du findest das auch lustig? Du wirst Timo hoffentlich zwingen, das Geld zurückzugeben und sich bei den Leuten zu entschuldigen.«

»Ich weiß nicht ...«, erwiderte ich, »wer weiß, ob es das Geld überhaupt noch gibt.«

»Das ist doch nicht der Punkt!«, rief Amelie. »Versteht ihr nicht? Er ist aufgeflogen! Ihr habt doch gehört, was der Mann gesagt hat: Die kennen sich alle untereinander. Was ist, wenn die sich zusammentun und Anzeige erstatten?«

»Dann sollen die uns das erst mal beweisen«, fauchte Johanna, »dieser Typ kann viel erzählen. Weißt du denn, ob das stimmt? Vielleicht ist er auf seiner Parkbank eingeschlafen, sein Hund ist stiften gegangen, und Timo hat ihn wirklich nur aufgesammelt. Und die anderen? So ein Tattergreis, der mit seinem Fiffi durch den Park zockelt … da kann ein Hund schon mal die Geduld verlieren und haut ab. Anzeigen! Pah. Außerdem – Timo ist noch nicht strafmündig. Niemand kann von Eltern verlangen, dass sie ihrem Sohn auf Schritt und Tritt folgen, um zu verhindern, dass er irgendjemandem einen Streich spielt.«

Amelie schnappte nach Luft. »Bitte? Streich? Ihr könnt doch nicht ignorieren, dass Timo wie ein professioneller Hundefänger ausgerüstet ist. Der nimmt Leberwurstbrote mit in den Park, um die Viecher anzulocken. Das ist richtig abgezockt! Dem gehört der Hintern versohlt!«

»Na, na, jetzt übertreib mal nicht, Amelie. Abgezockt … wie sich das anhört, das siehst du aber jetzt ein bisschen eng. Tss, dass du so über deinen Bruder denkst …« Johanna drohte Amelie scherzhaft mit dem Zeigefinger.

»Mum! Sag nicht, dass du das genauso siehst«, flehte Amelie.

Um ehrlich zu sein, ich hatte keine Lust, mich vor meiner Tochter zu rechtfertigen. Wir waren glimpflich davongekommen, und ich würde dafür sorgen, dass Timo so einen Blödsinn in Zukunft unterließ.

»Ich werde das morgen mit deinem Vater besprechen, und dann entscheiden wir gemeinsam, ob und was wir unternehmen.«

»Ja klar«, sagte Amelie höhnisch, »dann könnt ihr euch ja auch gleich überlegen, wie ihr Timo für seine kreative Idee vielleicht auch noch belohnen könnt. Verdammt, am liebsten würde ich direkt zu ihm hoch gehen und ihm den Hosenboden strammziehen.«

Ich fand, es reichte allmählich.

»Das ist nicht deine Aufgabe, Amelie.« Ich runzelte die Stirn. »Wir als Eltern werden entscheiden, was zu tun ist, und niemand sonst. Wenn er verspricht, das nie wieder zu machen …«

»Dann wird er sich etwas anderes ausdenken, begreift ihr das nicht? Er ist gerade mal zehn Jahre alt und steht praktisch schon mit einem Bein im Knast!«, ereiferte sie sich weiter. »Was kommt denn als Nächstes? Klassenkameraden beklauen? Euch beklauen? Was er gemacht hat, ist keineswegs ein Dummer-Jungen-Streich, das ist kriminell. Wie soll er denn lernen, was richtig und was falsch ist, wenn ihr ihm nicht ganz klare Grenzen aufzeigt? Wenn ihr das nicht tut, mache ich es.«

»Das lässt du bleiben!«, sagte ich.

»Wirklich, das finde ich auch«, fügte Johanna hinzu. »Ich habe allmählich auch keine Lust mehr, mir deine Vorträge in angewandter Ethik anzuhören.«

Amelie sah aus, als hätte sie einen Schlag ins Gesicht bekommen.

»Ich kann einfach nicht mehr«, sagte sie leise. »Ihr kennt meine Meinung. Ich gehe jetzt in mein Zimmer.«

Sie drehte sich um und ging.

Kapitel 39

Roswitha Als mein Telefon um kurz nach sechs klingelte, war ich schon im Bad und machte mich für den Tag zurecht. Mimi saß – wie jeden Morgen – auf dem weichen Überzug des heruntergeklappten Toilettendeckels und sah mir zu, reglos und konzentriert, drehte aber blitzartig mit aufgestellten Ohren den Kopf und sah in den Wohnungsflur, aus dem das plötzliche Geräusch kam.

Das Klingeln hatte mich erschreckt. Wer rief um diese Zeit an? Ich eilte aus dem Bad und griff nach dem Hörer.

»Döring.«

»Roswitha, hier ist Amelie, habe ich dich geweckt?«

»Amelie«, sagte ich erleichtert, »ich dachte schon ... Nein, du hast mich nicht geweckt. Aber was kann ich denn für dich tun? Ist alles in Ordnung?«

»Ja. Nein. Ich ... Kann ich bei dir einziehen, Roswitha? Wenigstens vorübergehend?« Sie klang aufgeregt.

Ich schwieg für einen Moment, musste das Gehörte erst einmal verarbeiten.

»Roswitha? Bist du noch da?«

Aus dem Hörer kam der zittrige, verlegene Versuch eines Lachens. »Habe ich dich so erschreckt mit meiner Frage? Ich dachte nur, Steffens Zimmer ist doch frei, und ich zahle dir natürlich Miete. Aber ich würde es auch verstehen, wenn du Nein sagen willst, ehrlich.«

Ach herrje, das arme Mädchen denkt, ich will sie hier nicht, weil ich nichts sage.

»Nein, du bist mir herzlich willkommen«, sagte ich schnell. »Willst du sofort herkommen?«

»Ich habe sogar schon gepackt«, flüsterte sie, »ich möchte aus dem Haus sein, bevor hier jemand aufwacht.«

Obwohl ich neugierig war, stellte ich keine weiteren Fragen. »Ich hole dich ab, wenn du willst«, bot ich stattdessen an.

»Danke, ich bestelle mir ein Taxi«, erwiderte Amelie. Die Erleichterung war ihr anzuhören.

Sie war mir wirklich herzlich willkommen, aber eine Sache war mir wichtig.

»Amelie, um eines bitte ich dich noch: Leg deiner Familie eine Nachricht hin, und sag ihnen, was du vorhast. Verschwinde nicht einfach ohne ein Wort, egal, was zwischen euch vorgefallen ist. Versprich mir das.«

Aus dem Hörer kam kein Ton.

Dann, nach einer Ewigkeit: »Na gut. Aber ich sage ihnen nicht, wo ich bin.« Wieder eine Pause, dann sagte sie: »Bis gleich. Vielen Dank, Roswitha.«

Ich legte auf und wurde umgehend aktiv. Ich war richtig aufgeregt, ich freute mich, helfen zu können. Die Wohnung war so leer und still, seit Steffen ausgezogen war. Ich vermisste ihn so sehr. Oder handelte ich zu impulsiv? Wenn ich ehrlich war, kannte ich Amelie nur oberflächlich, aber ich mochte sie sehr. Sie schien wirklich Hilfe zu brauchen.

Ich ging in Steffens Zimmer und öffnete das Fenster, um frische Luft hereinzulassen. Dann zog ich mich schnell an, bezog sein Bett frisch und kontrollierte Kleiderschrank und Kommode. Alles war leer geräumt und sauber, ein kurzer Durchgang mit einem feuchten Tuch reichte vollkommen.

Ich suchte zwei meiner Topfpflanzen aus, die ich auf die Fensterbank stellte, wo Mimi schon hockte und meine Aktivitäten neugierig beäugte. Diesen Platz verließ sie auch nicht, als ich in die Küche ging, um die Kaffeemaschine zu füllen und einzuschalten.

Dann klingelte es auch schon. Ich drückte den Türöffner und ging zum Aufzug, um Amelie in Empfang zu nehmen.

Die Türen glitten auseinander, und Amelie strahlte mich an. Zwei große Reisetaschen standen neben ihr, außerdem hatte sie zwei Umhängetaschen auf dem Rücken.

Ich hatte eigentlich heulendes Elend erwartet und überspielte mein Erstaunen, indem ich nach den beiden Taschen griff und in Steffens Zimmer trug. Amelie folgte mir, warf ihr Gepäck ab und ging zum Fenster, um Mimi zu streicheln.

Dann drehte sie sich um und sagte: »Danke.«

»Nichts zu danken. Komm, wir trinken erst einmal einen Kaffee, dann richtest du dich ganz in Ruhe ein. Herzlich willkommen.«

Amelie saß auf der Küchenbank, Mimi schnurrend neben sich, und erzählte mir vom letzten Streit mit ihrer Familie – und damit von dem Grund, warum ihre Taschen jetzt in Steffens altem Kinderzimmer standen.

»Du hast ihnen aber eine Nachricht hinterlassen, oder?«, fragte ich schließlich.

Amelie nickte. »Schriftlich. Liegt auf dem Küchentresen, da kann sie nicht übersehen werden.«

»Dann pack mal deine Sachen aus. Im Kleiderschrank sind Bügel, wenn du mehr brauchst, sag mir einfach Bescheid. Wenn du mich suchst – ich bin auf dem Balkon. Das wollte ich heute sowieso machen, die verwelkten Blüten müssen abgepflückt werden, da gibt es jede Menge zu tun. Hast du keine Schule heute?«

Amelie errötete: »Ich mache heute blau, zum ersten Mal in meinem Leben. Ich könnte mich sowieso auf nichts konzentrieren.«

»Dass mir das nicht einreißt«, sagte ich und lachte. »Sonst

heißt es später noch, ich hätte einen schlechten Einfluss auf dich gehabt.«

Ich winkte lachend ab, als Amelie mich später, nachdem sie sich eingerichtet hatte, fragte, ob ich mit zum Möbeldiscounter ein paar Straßen weiter kommen wollte.

»Aber wie willst du denn da hinkommen – und vor allem: wie deine Beute hierhin schaffen?«

»Ich habe mein Fahrrad mitgebracht. Der Taxifahrer war zwar nicht begeistert, aber das Rad hat locker in den Kombi gepasst. Ich will ja auch kein Sofa kaufen oder so. Nur einige Kleinigkeiten, ein paar Kissen, eine Tagesdecke, das ist nicht schwer und passt in meine große Umhängetasche.«

Sie schlug die Hand vor den Mund und sah mich erschrocken an. »Natürlich nur, wenn es dir recht ist – ich bin schließlich hier zu Gast. Oh, je, ich führe mich auf, als wäre es meine Wohnung ...«

Ich lächelte. »Unsinn. Mach dir das Zimmer so zurecht, dass du dich wohlfühlst. Ich bin gespannt.«

Amelie strahlte mich an. »Danke, Roswitha, das ist nett. Bis später dann.« Sie winkte fröhlich, schnappte sich die große Tasche und stürmte aus der Wohnung.

KAPITEL 40

Maren Ich rieb mir müde die Augen, als ich in die Küche kam. Es war bereits halb neun, und trotzdem schien ich die Erste zu sein. Timo musste erst zur dritten Stunde, und Harald schlief noch den Schlaf der Gerechten, nachdem er in der Nacht zuvor erst um zwei Uhr nach Hause gekommen war. Er hatte einen Opernabend mit anschließendem Mitternachtssnack hinter sich und war todmüde ins Bett gekrochen. Aber dass Amelie keinerlei Spuren hinterlassen zu haben schien – sonst stand doch immer die Müslischale im Spülbecken ...

Dann sah ich die Nachricht auf dem Tresen und las: »Ich brauche ein bisschen Abstand und ziehe für die nächste Zeit zu einer Bekannten. Macht euch keine Sorgen, ich werde mein Abitur nicht gefährden. Bitte respektiert meinen Wunsch. Wenn ich reden will, melde ich mich. Bis dann, Amelie.«

Ich raste die Treppe hinauf, in Amelies Zimmer. Auf den ersten Blick hatte sich nicht viel verändert, das Bett war gemacht, wie immer tagsüber, das Zimmer ordentlich aufgeräumt. Bei näherem Hinsehen bemerkte ich die Lücken im CD-Regal, den fehlenden Wecker, den allzu aufgeräumten Schreibtisch. Ich musste mich nicht weiter umsehen, die Botschaft war unmissverständlich: Amelie war nicht mehr da. Welche Bekannte wohl gemeint war? Ein Mädchen aus der Schule? Aber dann würde sie diese wohl eher als Klassenkameradin bezeichnen, oder? Bestimmt aus dem Supermarkt, ab und zu hatte Amelie eine Kollegin erwähnt, aber nie einen Namen genannt.

Ich ging wieder in die Küche, schnappte mir Amelies Zettel und rannte durch den Garten zu Johannas Wohnung. Sie war auf der Terrasse und machte ihre allmorgendlichen Gymnastikübungen.

»Johanna, Amelie ist weg!«, rief ich schon von Weitem.

Sie machte eine Rumpfbeuge, richtete sich wieder auf und fragte: »Was meinst du mit weg?«

Ich gab ihr den Zettel und wartete gespannt auf ihre Reaktion.

Sie las den Brief mit unbewegtem Gesicht, gab ihn mir zurück und sagte achselzuckend: »Jetzt kommt zu den Predigten also auch noch das Melodram dazu. Das hätte ich dir problemlos vorhersagen können, und zwar ohne Karten, Sterne oder Pendel. Lass ihr ihren Willen.«

Es schien sie völlig kaltzulassen. »Weißt du, welche Bekannte gemeint sein könnte?«, bohrte ich. »Hat sie dir mal einen Namen gesagt?«

Sie hatte wieder mit ihren Rumpfbeugen begonnen. Sie stoppte kurz und sagte: »Lass das Kind in Ruhe.«

»Aber sie ist gegangen, weil sie uns verachtet!«, rief ich aufgeregt. »Weil sie nicht mehr mit uns zusammenleben will! Das ist doch schrecklich!«

»Sie ist eine hochnäsige kleine Prinzessin«, gab Johanna spitz zurück, ohne ihre Übungen zu unterbrechen. »Wenn wir ihr nicht mehr gut genug sind, bitte. Vielleicht holt sie gerade ihre Pubertät nach, mit allem Drum und Dran, inklusive Rebellion gegen das Elternhaus. Sie ist volljährig, Maren. Sie kann tun, was sie will. Und jetzt lass mich bitte weitermachen.«

Das war deutlich.

Ich saß danach grübelnd am Küchentisch. Zwischendurch – ich hatte es kaum mitbekommen – hatte Timo sich für die Schule fertig gemacht.

Auf leisen Sohlen und bemüht, nicht aufzufallen, war er um mich herumgeschlichen, hatte stumm sein Müsli gegessen, ein

Schulbrot geschmiert und sich dann Richtung Schule aus dem Staub gemacht. Offensichtlich steckte ihm die Strafpredigt, die er am Abend zuvor für seine Hundediebstähle von Harald und mir bekommen hatte, noch in den Knochen.

Auch Harald reagierte gelassen auf Amelies überstürzte Flucht aus der Familie.

»Gib ihr Zeit«, sagte er nur. »Sie wird langsam erwachsen und muss ihre eigenen Entscheidungen treffen. Sie ist vernünftig, wir müssen uns keine Sorgen machen, da bin ich sicher.«

Machte sich denn niemand Sorgen um Amelie? Spontan suchte ich in meinem Telefonbuch nach Roswithas Nummer.

Roswitha ... ich hatte ihre Bodenständigkeit und ihren trockenen Humor schätzen gelernt, während wir uns gemeinsam durch die Computerkurse gekämpft hatten. Am Ende der Abende waren wir immer in die benachbarte Eisdiele gegangen, und ich hatte das Gefühl, dass wir so etwas wie Freundinnen werden könnten. Nicht diese Art von »Freundschaft«, die ich mit Brigitte gepflegt hatte, sondern eine Beziehung, in der man sich Dinge anvertrauen konnte. Noch hatte ich nicht viel über mich und meine Situation preisgegeben. Roswitha wusste lediglich, dass mein Mann einen schweren Unfall gehabt hatte und dass es in unserer Familie einen Sohn und eine Tochter gab.

Ich griff nach dem Telefon und wählte ihre Nummer.

Kapitel 41

Roswitha Ich stieg von der Leiter und lief in den Flur, als das Telefon klingelte. »Döring, hallo?«

»Roswitha? Hier ist Maren. Du, hast du Zeit für einen Kaffee? Ich lade dich ein, ich brauch mal jemanden ...« Sie verstummte.

»Zum Quatschen«, half ich weiter. »Jetzt sofort?

»Ich will dich nicht stören«, sagte sie schnell, »wenn du keine Zeit hast, verstehe ich das.«

»Nein, nein. Sollen wir uns um ein Uhr in unserer Eisdiele treffen?«

Maren stimmte zu, und ich legte auf. Ich sah auf die Uhr. Amelie war jetzt seit zwei Stunden unterwegs und sollte jeden Moment zurück sein. Wie aufs Stichwort klingelte es.

Ein paar Minuten später trat Amelie aus dem Aufzug, bepackt mit Tüten und einer prallvollen Umhängetasche.

»Kann ich dich heute Mittag allein lassen?«, fragte ich, nachdem ich ihr geholfen hatte, Tüten und Taschen auf dem Bett abzulegen. »Kommst du zurecht?«

»Natürlich, ich war doch schon oft genug hier, dass ich mich schon ein bisschen auskenne«, antwortete Amelie. »Ich verteile jetzt erst einmal meine Beute.«

Eine Stunde später hörte ich sie rufen und ging hinüber in Steffens altes Kinderzimmer, das völlig verwandelt aussah. Sie beobachtete mich gespannt, während ich mich umsah.

Mit ein paar Accessoires hatte sie dem Raum einen völlig anderen Look verpasst: Einige Kerzen, Kissen und eine bunte Decke für das Bett ließen das Zimmer gleich viel gemütlicher aussehen. Ich lächelte, als ich das winzige Katzenkörbchen aus Plüsch entdeckte, das für Mimi auf der Fensterbank stand. Vor dem Bett lag ein kleiner, zotteliger Baumwollteppich in Dunkelrot.

»Wie hübsch!«, rief ich. Ich war ehrlich begeistert.

Ihr angespanntes Gesicht hellte sich auf.

»Es gefällt dir also! Ich danke dir so sehr, dass du mich aufnimmst, Roswitha. Ich werde dich auch bestimmt nicht stören. Wenn ich nicht arbeite oder in der Schule bin, werde ich hier ganz still und leise lernen. Du wirst nicht merken, dass ich hier bin.«

»Na, das will ich aber nicht hoffen«, sagte ich. »Ich finde es hier viel zu ruhig, seit Steffen weg ist. Ich freue mich, wenn wir gemeinsam essen und morgens zusammen frühstücken. Und Mimi freut sich auch, nicht wahr, Mimi?«

Die kleine Katze stand in ihrem neuen Plüschkörbchen und beschnüffelte es ausgiebig. Offensichtlich hatte es Gnade gefunden, denn sie miaute kurz, drehte sich ein paar Mal um sich selbst und ließ sich dann zusammengerollt nieder.

»Schau mal, sie mag es!«, rief Amelie glücklich.

Ich nickte und sah auf Amelies Wecker. »Oh, ich muss los. Ich bringe Kuchen mit, zur Feier des Tages, dann können wir später schön zusammen Kaffee trinken. Fühl dich wie zu Hause, probier die Dusche aus – was immer du willst.«

»Ich setze mich mit meinen Schulbüchern auf den Balkon.«

Ich lachte. »Kind, setz dich doch einfach mal in die Sonne und mach überhaupt nichts außer entspannen. Das macht Spaß, du wirst sehen.«

Als ich die Eisdiele betrat, saß Maren bereits an einem der Tische und sah gespannt zur Tür.

»Schön, dass du Zeit hast«, sagte sie.

Vor ihr stand ein großer Milchkaffee mit eindrucksvoller Haube aus geschäumter Milch.

Ich suchte den Blick der Kellnerin, rief: »Für mich auch so einen, bitte!«, und setzte mich zu Maren.

»Ärger zu Hause?«, fragte ich ohne Umschweife.

Sie nickte und rührte in ihrem Milchkaffee.

»Allerdings. Meine Tochter ist ausgezogen. Heute Morgen oder gestern Nacht, keine Ahnung. Heute früh habe ich nur einen Zettel gefunden, sie sei zu einer Bekannten gezogen, und wir sollen sie in Ruhe lassen.«

Ich stutzte. War das nur eine zufällige Übereinstimmung der Ereignisse oder ...?

Marens Stimme drang wieder in mein Bewusstsein.

»Wir hatten gestern Abend einen bösen Streit. Meine Tochter ist«, sie zögerte einen winzigen Moment, »momentan mit einigen Dingen nicht ... wie soll ich es sagen ... sie fühlt sich nicht wohl zu Hause. Gestern gab es einen Vorfall mit ihrem Bruder, der jemandem einen Streich gespielt hatte, und Amelie war der Ansicht, wir hätten ihn strenger bestrafen müssen.«

Amelie?

Die Amelie, die gerade bei mir eingezogen war?

Ich war froh, dass Maren redete, und bemühte mich, ihren Worten zu folgen. Die plötzliche Erkenntnis, hier mit der Mutter meiner neuen Mitbewohnerin zu sitzen, machte mich sprachlos. Alle Dinge, die Amelie mir über ihre geldbesessene Mutter und den Rest ihrer Familie erzählt hatte, schossen mir durch den Kopf.

Maren war es also, die ihren Mann als Damenbegleiter auf die Piste schickte, und deren Mutter als Kartenlegerin arbeitete.

Ich entschied spontan, mich nicht als Amelies »Bekannte« zu erkennen zu geben. Das konnte ich dem Mädchen unmöglich antun. Und auch Amelie würde nicht erfahren, mit wem ich hier im Eiscafé saß.

»Vielleicht solltest du deiner Tochter Zeit lassen«, sagte ich.

»Manchmal reicht ein bisschen Abstand, um die Wogen zu glätten.«

»Du bist jetzt schon die Dritte, die mir das sagt.« Maren seufzte. »Trotzdem habe ich das Gefühl, etwas tun zu müssen, verstehst du? Wir haben uns so furchtbar gestritten ...«

Und während ich mich mit Maren unterhielt, dachte ich an Amelie, die gerade bei mir zu Hause auf dem Balkon saß.

Kapitel 42

Amelie hatte Roswithas Rat befolgt und es sich – ohne Bücher – auf dem Balkon gemütlich gemacht. Sie blickte auf üppig wuchernde Blumen, in ihrem Rücken dufteten die Kräuter. Der Himmel, über den langsam weiße Wolken zogen, war von einem fast unnatürlichen Blau. Das Letzte, was Amelie gesehen hatte, bevor sie einschlief, war ein winziger, gleißender Punkt, der beinahe träge durch ihr Blickfeld wanderte und einen dicken Kondensstreifen hinter sich her zog.

Als sie vom Klingeln an der Tür aufwachte, fehlte ihr für einen kurzen Moment die Orientierung. Sie sprang auf und rannte zur Wohnungstür, um den Öffner zu drücken, als es schon klopfte und eine Männerstimme rief: »Roswitha? Ich bin's, Jonny!«

Er sagte nicht *Dschonny*, sondern sprach seinen Namen mit einem einfachen Jott aus.

Amelie linste durch das Guckloch in der Tür, sah aber nichts weiter als einen zerzausten, weißen Haarschopf und einen riesigen Blumenstrauß. Kurz entschlossen öffnete sie die Tür. Vor ihr stand ein schlanker, braungebrannter Mann von ungefähr sechzig Jahren, der in Jeans, Segelschuhen und leichtem, naturfarbenem Pullover äußerst lässig aussah.

Er hielt ihr strahlend die Sommerblumen entgegen, stutzte bei ihrem Anblick, guckte auf das Klingelschild und sagte dann: »Guten Tag. Ich bin Jonny Winter, ich habe früher hier im Haus gewohnt. Ist Roswitha zu Hause? Sie wohnt doch noch hier?«

Seine Sprache hatte einen ganz leichten Akzent.

Amelie fiel ein, dass Roswitha erzählt hatte, »Onkel Jonny« lebe in England. Das war also der nette Nachbar, der Steffen das Kochen beigebracht hatte, und der von beiden Dörings so schmerzlich vermisst wurde.

»Herr Winter, kommen Sie doch bitte herein«, sagte sie spontan. »Roswitha ist gerade unterwegs, aber sie wollte zum Kaffeetrinken zurück sein.«

Sie schloss die Tür hinter ihm und nahm ihm die Blumen ab.

»Die sind für Roswitha, nicht wahr? Ich suche gleich mal eine Vase.« Dann streckte sie ihm die Hand hin: »Entschuldigung, ich habe mich noch gar nicht vorgestellt: Amelie Behringer. Ich wohne hier.«

Winter schüttelte ihre Hand und lächelte. »Du bist bestimmt Steffens Freundin.«

»Nein, nein, Steffen ist ausgezogen, der wohnt jetzt in einer WG, zusammen mit zwei Arbeitskollegen, glaube ich. Ich ... ich will gerade Kaffee machen. Darf ich Sie zu einem Kaffee einladen, Herr Winter?«

»Ich habe eine Idee, Deern«, sagte Winter, »ich mache den Kaffee, und du suchst eine Vase, damit diese Pracht hier nicht verdorrt. Und nenn mich bitte Jonny oder von mir aus auch Onkel Jonny.«

Er verschwand in der Küche und rief: »Hier hat sich ja überhaupt nichts verändert!«

Amelie lächelte. Dieser Herr Winter – Onkel Jonny, korrigierte sie sich innerlich – schien nett zu sein. Roswitha würde sich freuen, ihn zu sehen. Sie hatte immer sehr liebevoll vom väterlichen Freund und Lehrer ihres Sohnes gesprochen und nie unerwähnt gelassen, wie gern sie ihn wiedersehen wollte.

Im Wohnzimmerschrank fand sie Vasen, aber keine war groß genug für den Strauß. Amelie nahm drei schlichte, hohe Vasen, füllte sie in der Küche mit Wasser und sagte zu Winter: »Wir müssen die Blumen teilen, aber dann haben wir drei schöne Sträuße.«

»Und einen davon stellst du in dein Zimmer. Wenn ich gewusst hätte, dass mich hier so eine seute Deern erwartet, hätte ich natürlich zwei Sträuße mitgebracht.«

»Was ist denn eine seute Deern?«, fragte Amelie.

Winter lachte. »Das ist ein süßes Mädchen. Sollen wir uns auf den Balkon setzen? Ich bringe alles raus, und du kümmerst dich um die Blumen.«

Er griff nach dem bereits gefüllten Tablett und verließ die Küche. »Da ist ja die kleine Mimi! Gibt's dich also immer noch!«, hörte Amelie seine Stimme ein paar Sekunden später.

Als sie es sich auf dem Balkon bequem gemacht hatten, fragte Amelie: »Sind Sie zu Besuch in Deutschland? Für länger?«

Winter wiegte den Kopf. »Das weiß ich noch nicht. Aber ich erzähle von mir, wenn Roswitha auch da ist, einverstanden? Bis dahin könntest du meine Neugier befriedigen, was dich hierhin verschlagen hat.« Er lächelte. »Natürlich nur, wenn du magst. Und wenn du endlich aufhörst, mich zu siezen.«

Amelie wurde rot. »Wirklich?«

»Wirklich.« Jonny Winter grinste. »Erzähl doch mal: Woher kennt ihr euch, Roswitha und du?«

Ehe sie wusste, wie ihr geschah, hörte Amelie sich selbst über ihre Situation sprechen, zwar nicht in jedem Detail, aber immerhin. Sie redete mit einem wildfremden Menschen, dem sie vor einer halben Stunde zum ersten Mal begegnet war. Aber sie verstand nun, wieso dieser Mann für Steffen so wichtig gewesen war. Jonny Winter flößte Vertrauen ein. Er hörte ihr aufmerksam zu und stellte ab und zu eine Verständnisfrage.

»Und deshalb bin ich heute hier eingezogen«, schloss Amelie ihren Bericht.

Er sah sie ernst an. »Wenn ich dir einen Rat geben darf, Amelie, rede mit deinen Eltern, bevor es zu spät ist.«

Sie schüttelte heftig den Kopf. »Nicht jetzt. Ich brauche Abstand. Irgendwann wieder, aber jetzt noch nicht.«

Winter schwieg eine Zeit lang, dann sagte er plötzlich: »Ich erzähle dir jetzt etwas, was niemand von mir weiß. Als ich sechzehn oder siebzehn war, so genau weiß ich nicht mehr, bin ich von zu Hause ausgerissen, weil ich mich nicht mit meinen Eltern verstanden habe. Ich sollte etwas Ordentliches lernen, am besten Beamter werden, aber ich träumte von Abenteuern und der großen, weiten Welt und fand mein Zuhause unglaublich spießig. Ich bin nach Hamburg getrampt, zum Hafen gegangen und habe dort so lange die Mannschaften der großen Pötte angebettelt, bis mir schließlich jemand einen Job in der Kombüse gegeben hat, für einen lächerlichen Hungerlohn – aber ich war selig! Ich würde auf große Fahrt gehen, exotische Länder sehen, von denen meine Eltern noch nicht einmal den Namen kannten. Ich fühlte mich ihnen haushoch überlegen, wie sie da in der Provinz hockten, mit ihrem armseligen Horizont, der allenfalls bis zum Zaun der nächsten Kuhweide zu reichen schien. Ich vergaß sie schnell, so bunt und abenteuerlich war mein Leben. Zuerst war ich nur unter Deck und verbrachte meine Tage damit, Kartoffeln zu schälen und der persönliche Leibsklave des Kochs zu sein. Aber ich war flink wie ein kleiner Affe und hatte eine rasche Auffassungsgabe, und bereits im nächsten Hafen musterte ich ab und suchte mir einen neuen Kapitän. Bei jeder neuen Fahrt stieg ich die Leiter ein bisschen höher. Als meine Eltern mir wieder einfielen, waren zig Jahre vergangen. Ich fand heraus, wo sie waren: mein Vater auf dem Friedhof und meine demente Mutter in einem Pflegeheim. Sie erkennt mich nicht mehr, begreift nicht, wer ich bin. Mein einziger Trost ist, dass sie ständig ein abgegriffenes Bild bei sich trägt. Es zeigt mich als kleines Kind.«

Er seufzte und sagte eindringlich: »Manchmal vergeht Zeit

sehr schnell, und man nimmt Abzweigungen von seinem Weg, die in eine völlig andere Richtung führen, als man eigentlich wollte. Und dann denkt man sich, macht ja nichts, ist ja nur ein kleiner Umweg, irgendwann führt diese komische Holperpiste bestimmt wieder auf die Hauptstraße zurück. Und plötzlich sind fünfundzwanzig Jahre vergangen, und du hockst in Indonesien an einer Strandbar, hörst dem zugedröhnten Gebrabbel eines alten Hippies zu und versuchst, dich zu erinnern, wie dein Vater mit Vornamen heißt. Du nimmst dir vor, deine Eltern zu suchen, aber du bist sicher, dass du gar nicht lang suchen musst, denn sie wohnen ja ganz bestimmt noch in ihrem kleinen Spießerhäuschen, so wie damals.«

Er schwieg und sah in den blauen Himmel.

»Was ist passiert?« Amelie hatte fasziniert zugehört und konnte sich die Frage nicht verkneifen.

Winter machte eine wegwerfende Handbewegung.

»Wie das dann manchmal so kommt: schöne Frauen, große Fahrten, andere Häfen, immer verantwortungsvollere Aufgaben an Bord. Plötzlich war es weitere zehn Jahre später, einfach so. Und es war zu spät. Ich war niedergeschmettert, nachdem ich meine Mutter besucht hatte. Es ist wirklich unheimlich, wenn deine eigene Mutter sich nicht mehr an dich erinnert.«

»Lebt sie noch?«, flüsterte Amelie.

»Sie ist vor zwei Wochen gestorben, deshalb bin ich auch hier, in Deutschland.«

»Oh«, war alles, was Amelie herausbrachte.

Winter bemerkte sofort, wie unbehaglich Amelie zumute war.

»Ist schon okay. Ich bin traurig, aber ich habe die ganze Zeit mit dem Pflegeheim Kontakt gehalten und Geld geschickt. Also war ich vorbereitet. Sie hatte keinen klaren Moment mehr, jedenfalls keinen, bei dem jemand dabei gewesen wäre.«

»Roswitha wird sich wahnsinnig über deinen Besuch freuen, und wir müssen unbedingt Steffen Bescheid sagen.«

»Über was werde ich mich wahnsinnig freuen?«, kam Roswithas Stimme aus dem Wohnzimmer. »Und woher kommen die schönen Blumen überall?«

Sie trat durch die Balkontür, blieb bei Jonnys Anblick wie angewurzelt stehen, breitete dann die Arme aus und rief: »Jonny! Wo kommst du denn her?«, bevor sie ihm in die Arme stürzte.

Kapitel 43

Maren Zum wiederholten Mal ließ ich die letzten Ziffern ungewählt, drückte die Taste mit dem kleinen roten Telefonhörer und legte den Apparat auf den Schreibtisch zurück.

Immer wieder drängte es mich, Amelies Handy anzurufen, nur ein kurzes Lebenszeichen, mehr wollte ich nicht. Ich solle meiner Tochter Zeit lassen, hatte auch Roswitha gesagt. Deswegen machte ich um den Supermarkt immer einen großen Bogen, denn ich wollte nicht, dass Amelie sich bedrängt fühlte und dadurch noch weiter von mir entfernte.

Seufzend wandte ich mich wieder den Unterlagen auf meinem Schreibtisch zu. Belege mussten sortiert und Haralds Damen zugeordnet werden, um dann die Abrechnung machen zu können. Ich verteilte einige Quittungen in verschiedene Ablagefächer, die sich auf einem Sideboard stapelten und mit den Namen von Haralds und Johannas Kundinnen beschriftet waren.

Eine ganz andere Aufgabe wartete danach auf mich: ein Stapel Bewerbungsmappen.

Johanna wurde oft nach einer Begleitung für eine gemütliche Wanderung oder Ähnliches gefragt, und diese Damen waren größtenteils jenseits der sechzig. Harald war ihnen schlicht zu jung.

Sie hatte eine Anzeige geschaltet, als sie zu dem Schluss gekommen war, ein älterer Herr müsste eine gute Ergänzung zu Harald sein. Wir hatten ein Inserat geschaltet: *»Jung gebliebener Rentner, fit und abenteuerlustig, als seriöser Begleiter für alleinstehende Damen gesucht.«*

Die dreiundvierzig Mappen und Briefumschläge auf meinem Schreibtisch waren die Reaktion darauf.

Ich schlug die erste Mappe auf und schnappte nach Luft.

Das beigefügte Nacktfoto des muskulösen, tätowierten Enddreißigers, der sich im beigefügten Brief seiner stets abrufbaren Standfestigkeit rühmte und weiterhin angab, Frührentner und zu allen Schandtaten bereit zu sein, ließ zumindest keinen Zweifel daran, dass er fit war. Ich klappte die Mappe wieder zu und ließ sie auf den Boden fallen. Einer weniger. Blieben noch zweiundvierzig.

Beim nächsten Kandidaten begann das Anschreiben mit: »Unsswar ich möchte mich bei sie als seriöhsen Herr bewehrben.«

»Miserabler Satzbau«, murmelte ich. »So wird das nichts mit uns.«

Zwei Stunden später lagen achtunddreißig Bewerbungen auf dem Fußboden und fünf auf dem Schreibtisch. Ich rieb meine brennenden Augen und ging in die Küche, um mir einen Cappuccino zu machen. Dann rief ich von der Terrasse aus nach Johanna.

Sie saß vor ihrer Wohnung in der Sonne.

»Was ist los?«, rief sie und nahm die Sonnenbrille ab.

»Kommst du hoch? Ich habe die Briefe durchgesehen.«

»Was? Wir beide wollten doch zusammen ...«

»Nein, *du* wolltest, dass wir beide zusammen«, gab ich zurück. »Mir ist klar, dass das nicht funktioniert. Wir würden Jahrhunderte brauchen, bis wir uns einig sind. Deshalb habe ich vorsortiert.«

Ich ging wieder ins Haus zurück und holte die fünf Mappen aus dem Büro.

»Nur fünf?«, fragte Johanna angesichts des kläglichen Haufens Mappen auf dem Couchtisch.

Ich schüttelte den Kopf. »Der Rest ist aussortiert.«

»Wie viele haben sich denn insgesamt gemeldet?«

»Dreiundvierzig.«

»Und wo ist der Rest?«

Ich seufzte. »Die liegen unter meinem Schreibtisch, du kannst sie dir gleich gern alle Stück für Stück antun. Du wirst in menschliche Abgründe blicken, so viel kann ich versprechen. Die mit Pornofotos sind direkt unter den Tisch geflogen, danach alle Frührentner unter fünfzig. Dann die, die kein fehlerfreies Wort schreiben konnten.«

Ich hob die Hand, als sie protestieren wollte.

»Tut mir leid, aber ein Mindestmaß an Bildung wünsche ich mir schon. Ich schlage vor, dass wir mit diesen Herren hier«, ich tippte auf die fünf Mappen, »Termine vereinbaren. Am besten auf neutralem Boden, in einem Café. Ich kümmere mich darum.«

Sie nahm die oberste Mappe und schlug sie auf.

»Oho, Wolfgang, pensionierter Oberstudienrat mit einer Passion für klassische Literatur und Zwölftonmusik.«

Sie studierte das Foto und verzog das Gesicht.

»Na, ich weiß nicht, der sieht wie ein langweiliger alter Furz aus, finde ich. Der quatscht unsere Damen ins Koma. Und dieser Pullunder!« Sie klappte die Mappe wieder zu und stand auf. »Weißt du was? Ich lasse mich überraschen, wer zu den Terminen kommt. Ich gucke mir jetzt den Ausschuss an. Wer weiß – vielleicht ist ja für mich privat etwas dabei.«

Ich hatte eine kurze, grelle Vision, wie meine Mutter einem der muskelstrotzenden Testosteronmonster verfiel, die in ihren Bewerbungen unverhohlen ihre Dienste als professionelle Beischläfer angeboten und versichert hatten, das Alter der jeweiligen Dame spiele nicht die geringste Rolle.

Das fehlte noch: ein hirnloser, knackig braun gebrutzelter Poolboy, der bei uns herumhing und meiner Mutter, die blind vor Verliebtheit war, das Geld aus der Tasche zog.

Schnell vertrieb ich die Bilder aus meinem Kopf und folgte Johanna ins Büro.

Sie saß auf dem Fußboden, las den Brief eines ausgemusterten Kandidaten und lachte schallend.

»Bei mir hat sich noch keine beschwert, untenrum«, zitierte sie prustend aus den ungelenk gekritzelten Zeilen. »Das muss man sich mal vorstellen! Untenrum! Zu obenrum reicht es bei dem auch garantiert nicht. Guck dir mal das Bild an.«

Sie hielt ein Foto hoch, auf dem ein Mann, dessen dichte, dunkle Brustbehaarung durch die Maschen eines Netzunterhemdes drängte, debil grinsend ein volles Bierglas in die Kamera hielt. Offensichtlich ein privater Schnappschuss.

»Was ist das wohl für ein Mann, der das hier attraktiv genug findet, um es seiner Bewerbung beizulegen?«

»Einer mit einer ausgewachsenen Realitätsstörung, wenn du mich fragst«, sagte ich trocken. »Wer weiß, vielleicht hat er ja sogar wirklich eine denkwürdige Ausdauer oder beherrscht exotische Techniken, die man als Frau niemals vergisst – und in einer anderen Branche könnte er womöglich zu einem Gott werden. Aber hier fliegt er unter den Tisch.«

Kapitel 44

Maren   Zwei Tage später saßen Johanna und ich gespannt im Café und warteten auf unsere Kandidaten. Es war einer der Orte, in denen die Zeit stillzustehen schien. Weit ab von der lärmenden Gastro-Meile der Innenstadt, in einer baumbestandenen Seitenstraße, war hier nichts weiter zu hören als das leise Klirren von Geschirr, gemurmelte Unterhaltungen an einigen der anderen Tische, und leise Klaviermusik aus verborgenen Lautsprechern. Wir saßen im hinteren der beiden Räume des Cafés in einer Nische auf einer halbrunden Lederbank. Als Erkennungszeichen lag eine rote Rose auf unserem Tisch.

Um Punkt neun Uhr kam ein kleiner, bärtiger Mann im Tweedanzug herein, blickte sich suchend um und kam an unseren Tisch. Er verbeugte sich knapp und sagte: »Dr. Wolfgang Krömer mein Name. Gehe ich recht in der Annahme, dass Sie die Damen sind, mit denen ich verabredet bin?«

»Behringer«, sagte ich und bat ihn mit einer Geste, sich zu setzen. »Das ist meine Geschäftspartnerin, Frau Siegmann.«

Krömer verbeugte sich wieder und setzte sich ungelenk auf den zierlichen Stuhl uns gegenüber.

Ich lächelte freundlich. »Erzählen Sie uns etwas von sich, Doktor Krömer. Sie sind gerade sechzig geworden, nicht wahr?«

Er begann einen weitschweifigen, mit monotoner Stimme dargebrachten Vortrag über sein vergangenes, berufliches Leben. Er habe Deutsch und Musik gelehrt, Oberstufe Gymnasium, sagte er, und dozierte leidenschaftslos über die Freude, junge Menschen zu unterrichten.

Ich stellte mir vor, als Schülerin bei diesem Langweiler im Deutsch-Leistungskurs zu sitzen und sechs Stunden lang pro

Woche gegen die bleierne Müdigkeit, die sich beim Klang seiner Stimme unweigerlich einstellte, kämpfen zu müssen. Ich schüttelte den beinahe hypnotischen Bann ab, der mich befallen hatte, und räusperte mich energisch, um ihn zu unterbrechen.

»Vielen Dank, Doktor Krömer, das ist sehr interessant. Aber wie stellen Sie sich die Arbeit vor, für die Sie sich bei uns beworben haben?«

Krömer rutschte auf seinem Stühlchen herum. »Nun, ich stelle mir erbauliche Abende mit Lesungen oder Konzerten vor, mit Damen bester Erziehung, denen man nicht erklären muss, wer Gottfried Benn ist. Oder Alban Berg.«

»Alban Berg, soso«, murmelte Johanna fast unhörbar und warf mir mit hochgezogenen Augenbrauen einen Blick zu.

Ich unterdrückte ein Grinsen. »Leider geht die Bandbreite dessen, was die Damen erwarten, über Lyrikabende und klassische Konzerte hinaus, fürchte ich.«

»Was kann es denn darüber hinaus an niveauvoller Unterhaltung für eine Dame geben?«, fragte Krömer erstaunt. »Sie suchen doch nach einem seriösen Herrn.«

»Können Sie tanzen?«, platzte Johanna dazwischen. »Schon mal das Tanzbein geschwungen, als alle Ihre erbaulichen Bücher ausgelesen waren?«

»Dieser Tag wird wohl niemals kommen«, sagte Krömer empört und erhob sich. »Profane Tanzmusik kann kein Ersatz sein für das geschriebene Wort, für die Schönheit zarter Lyrik. Ich scheine hier dramatisch falsch zu sein. Die Damen entschuldigen mich bitte.«

Er verbeugte sich ein letztes Mal vor uns, dann drehte er sich auf dem Absatz um und ging steifbeinig aus dem Café.

Johanna lehnte sich feixend zurück. »Also, ich bin überhaupt nicht überrascht. Als ob das Foto zu mir gesprochen hätte. Alban Berg, pah. Angeber.«

»Ich bin nur froh, dass du dich zurückgehalten hast, Johanna«, sagte ich.

»Ich hab doch gesagt, der quatscht einen ins Koma. Brr.« Johanna schüttelte sich. »Ich dachte, ich versinke in Treibsand, ich war vor Langeweile wie gelähmt. Hoffentlich hat der Nächste ein bisschen mehr Pfeffer im Hintern.«

Ihr Wunsch sollte erfüllt werden: Paul Denker verstand sich als Alleinunterhalter, daran gab es keinen Zweifel.

Schwungvoll betrat er das Café, sah sich um und kam dann strahlend zu unserem Tisch. »Denker, Paul Denker. Frau Behringer, hoffe ich?«

Er schnappte sich meine Hand und schmatzte einen feuchten Kuss auf den Handrücken.

Dann wandte er sich Johanna zu. »Und diese überaus attraktive Dame ist ...?«

»Johanna Siegmann«, sagte sie und entzog ihm schnell ihre Hand, denn er setzte wieder zu einem Handkuss an. »Setzen Sie sich doch, Herr Denker.«

»Nennen Sie mich Paul, Herr Denker klingt so förmlich.« Er grinste. »Wissen Sie, meine Mutter hat früher immer gesagt: Junge, wie kann jemand mit dem Namen seinen Kopf so wenig benutzen?« Er gackerte los und sah uns Beifall heischend an.

Wir lachten pflichtschuldig. Bewusst wich ich Johannas Blick aus, ich hätte sonst für nichts garantieren können.

Denker strahlte eine gewisse Selbstgefälligkeit aus und schien sich seiner Wirkung auf Damen sehr sicher zu sein. Modisch war er vor ungefähr dreißig Jahren stehen geblieben: Sein dunkelblauer Anzug hatte ein breites Revers, sein rosa Hemd einen ausladenden, geöffneten Kragen und kleine Rüschen über der Knopfleiste, dazu trug er weiße Slipper ohne Socken. Eine goldene Panzerkette, ein klotziger Siegelring und mit viel Gel zurückgekämmte, graue Haare vervollständigten sein Outfit.

»Sind Sie ein guter Tänzer, Herr Denker?«, fragte ich, um dieses Thema von vornherein zu klären.

»Nennen Sie mich doch Paul, Herr Denker klingt so förmlich«, wiederholte er.

Ich hätte unser Haus darauf verwettet, dass er diesen Satz in seinem Leben schon mindestens fünf Millionen Mal gesagt hatte.

»Ja, ich tanze gern, Discofox, Rumba, Samba ... so ein Tanztee ist eine feine Sache«, fuhr er strahlend fort. »Da habe ich schon sehr attraktive Damen getroffen.« Er schnalzte mit der Zunge. »Und als ich Ihre Anzeige gelesen habe, dachte ich, hey, damit kann man Geld verdienen? Super.«

Kann ich mir lebhaft vorstellen, dachte ich, du willst einsame Frauen aufreißen, vielleicht zwei, drei Bratkartoffelverhältnisse eingehen und dafür auch noch Geld kassieren. Du kommst dir bestimmt vor, als hättest du gerade das Schlaraffenland entdeckt.

»Tanzen Sie nur mit den Damen oder unterhalten Sie sich auch? Lesen Sie regelmäßig die Tagespresse?«, wollte ich wissen.

Ich warf Johanna einen Blick zu, die erstaunlich still neben mir saß. Sie stierte Denker an, als hätte sie ein exotisches Insekt mit sechzehn Beinen vor sich – fasziniert und angeekelt zugleich.

Denker lachte dröhnend. »Tageszeitung? Brauch ich nicht. Die Damen wollen nicht über Politik quatschen, sondern unterhalten werden, glauben Sie mir, ich kenn mich da aus.«

Er machte eine Kunstpause und sagte dann mit verschwörerisch gesenkter Stimme: »Witze.«

»Und das gefällt den Damen?«, fragte ich. Ich hatte da so meine Zweifel – aber was wusste ich schon?

»Aber hallo!« Paul Denker beugte sich vor. »Zuerst trinken

wir ein oder zwei Likörchen, und dann schicke ich den ersten Witz. Und je nachdem, wie sie reagiert ...«

Er lehnte sich zurück und sah uns auffordernd an.

»Passiert was genau?«, platzte Johanna schließlich heraus.

Denker zwinkerte schelmisch. »Eigentlich sollte ich mein unfehlbares System ja nicht verraten ...«

Hör auf zu kaspern, dachte ich entnervt, bringen wir es endlich hinter uns, Paul, du Denker. Erleuchte uns, wie du die Damen rumkriegst. Du zappelst doch schon vor Aufregung.

»Jetzt machen Sie uns erst neugierig, Herr Denker, und dann wollen Sie uns Ihr Geheimnis doch nicht verraten?«, gurrte ich.

Mir war längst klar, dass Paul Denker nicht für uns infrage kam, aber ich hatte beschlossen, sein Spielchen noch ein bisschen mitzuspielen. Irgendwie war ich auch neugierig.

»Also gut«, sagte Denker, »ist ganz einfach. Aber nennen Sie mich Paul, Herr Denker klingt so förmlich. Also, zuerst erzähle ich einen Blondinenwitz oder so, aber einen harmlosen. Kommt eine Blondine mit zwei Matratzen unterm Arm zum Bewerbungsgespräch und sagt: Ich hab da mal«, seine Mundwinkel begannen zu zucken, »ich hab da mal meine Unterlagen mitgebracht!«

Die letzten Worte hatte er kaum noch verständlich herausgebracht, so sehr wurde er von Lachen geschüttelt.

»Du liebe Güte«, hörte ich Johanna fassungslos murmeln.

Denker war jetzt endgültig in Fahrt.

Unsere steinernen Gesichter schien er nicht wahrzunehmen, denn er ging weiter ins Detail: »So. Der mit den Matratzen ist ja ganz harmlos. Wenn die Dame darüber lacht, werde ich ein bisschen kesser. Was ist das einzige Fremdwort, das eine Blondine kennt? Na? Na? *Fiktiv,* natürlich!«

Er gackerte wieder los, hingerissen vom eigenen Humor, und wischte sich mit einem Taschentuch die Lachtränen aus dem Gesicht.

»Ich kann nicht mehr, den finde ich echt klasse«, keuchte er und stutzte dann, als er unsere ausbleibende Reaktion bemerkte. »Nicht verstanden? Fiktiv! Das kann man so und so verstehen, wenn man nicht sieht, wie es geschrieben ist. Nicht?«

Er kicherte wieder und sagte eindringlich: »Hören Sie noch einmal genau hin: Fik-tiv. Na? Na? Verstanden?«

Ich zwang mir ein Lächeln ins Gesicht. Ich war derart von den Socken, dass ich außerstande war, diesem Mann Einhalt zu gebieten. Und mit dieser Masche wollte er Erfolg bei der Damenwelt haben? Ich konnte es nicht fassen. Aber Paul Denker war durchaus noch steigerungsfähig.

»So«, sagte er begeistert und strahlte uns an. »Und wenn die Dame jetzt nicht ganz ernst bleibt oder empört ist, kann ich Gas geben. Wir trinken weiter Likörchen, und dann schicke ich Witze, die so richtig sexy sind, Sie verstehen. Meine Schlüpferstürmer, so nenne ich sie.« Er zwinkerte uns zu. »So zum Beispiel: Kommt eine Einbeinige zum Gynäkologen ...«

»Stopp!«, raunzte Johanna plötzlich. »Noch ein Wort, und ich vergesse mich, Herr Denker.«

Sichtlich geschockt von Johannas Ausbruch leierte er automatisch los: »Nennen Sie mich Paul, Herr Denker klingt ...«

»So förmlich, ich weiß«, fiel sie ihm brüsk ins Wort. »Herr Denker, Ihre etwas, nun ja, eindimensionale Vorstellung von Unterhaltung entspricht nicht dem, was wir uns wünschen. Ihre *Witze* lassen einen gewissen Esprit vermissen. Etwas mehr Niveau ...«

»Niveau? Erzählt mir doch nichts!« Denker war empört aufgesprungen. »Die alten Schabracken wollen alle nur das eine, egal, wie etepetete sie sich aufführen oder wie geschwollen sie daherreden. Die wollen alle eine Männerhand in ihrem Schlüpfer ...«

Das reichte mir jetzt endgültig. Während Johanna noch um

Worte rang, sagte ich kalt: »Vielen Dank, Herr Denker. Das war sehr aufschlussreich. Bitte, nehmen Sie Ihre Mappe wieder mit.«

»Soll das heißen, ihr nehmt mich nicht?«, fragte er verblüfft.

»Das soll es heißen«, bestätigte ich.

Denker zischte: »Frigide Weiber!«, schnappte nach seinen Unterlagen und strebte aus dem Café.

Wir sahen ihm schweigend hinterher, dann begann Johanna zu kichern und prustete: »Kommt eine Einbeinige zum Gynäkologen! Das ist doch der Brüller!«

Ich starrte sie verdutzt an. »Das findest du komisch? Diese unglaublich schlechten Witze?«

»Blödsinn!« Johanna keuchte vor Lachen. »Der Typ war komisch, Paul, der Denker! Als wäre er mit einem Virus infiziert, der ihn zwingt, ständig schlechte Witze auf unterstem Niveau zu plappern. Das war gerade so richtig zum Fremdschämen – und mit Paul dem Denker und Wolfgang dem Hypnotiseur sollten wir eigentlich die Extreme kennengelernt haben. Wieso hast du dich eigentlich für Paul entschieden?«

»Der Brief war super, aber im Nachhinein glaube ich nicht mehr, dass er ihn selbst formuliert hat. *Charmanter, gebildeter Endfünfziger, niveauvoll und weltgewandt* ... das hat der doch garantiert Wort für Wort irgendwo abgeschrieben.« Ich schüttelte lachend den Kopf. »So was in einem Film, und ich würde denken, die Drehbuchschreiber wollen mich veralbern. Aber der Tag ist noch nicht zu Ende.«

Johanna gähnte verstohlen. »Ich kann nicht behaupten, dass ich mich bisher gut amüsiert hätte, mein Kind. Aber wir haben ja noch drei Kandidaten. Ich gebe die Hoffnung nicht auf.«

Der nächste Bewerber, Reinhard Nowotny, war ein asketisch wirkender Mann Mitte sechzig mit kurz geschorenem Haar und runder Nickelbrille.

Während der nächsten vierzig Minuten entpuppte er sich als

humorloser Gesundheitsfanatiker und passionierter Marathonläufer, der uns mit Vorträgen über gesunde Ernährung halb zu Tode langweilte. Er hoffte, »eine gleich gesinnte Dame zu treffen, ohne bei der Suche arm zu werden«, wie er freimütig verriet.

»Da haben Sie was missverstanden, Herr Nowotny«, sagte Johanna spitz, »das ist hier keine kostenlose Blind-Date-Veranstaltung für einsame Herren. Seien Sie bei Ihrem nächsten Marathon ein bisschen charmant zu den Damen, dann klappt das schon mit der Gleichgesinnten.«

»Danke, dass Sie sich herbemüht haben, Herr Nowotny. Viel Glück noch auf Ihrer Suche«, fügte ich hinzu.

Er wirkte enttäuscht, als er zum Abschied meine Hand schüttelte und fragte: »Sie laufen nicht zufällig, oder, Frau Behringer?«

Als wir wieder allein waren, rutschte Johanna aus der Bank und streckte sich. »Allmählich tut mir der Hintern weh. Und dann noch dieses hirnlose Geschwätz. Ich muss mich mal bewegen.« Sie reckte den Hals und sagte: »Da vorne ist doch eine Kuchentheke, oder? Meine Vorstellung von Marathon ist, dass ich jetzt mal losgehe und mir leckere Torte aussuche. Du auch irgendwas?«

»Eine frische Waffel, aber nur mit Puderzucker.«

Sie schlenderte zur Kuchentheke, an der ein salopp gekleideter, weißhaariger Herr stand und sich ein Stück Kuchen aussuchte. Ich holte meinen Terminkalender aus der Tasche und blätterte die nächsten beiden Wochen durch. Als ich wieder hochsah, kam Johanna mit dem Mann von der Kuchentheke auf mich zu. Er balancierte eine große, dampfende Milchkaffeeschale, und die beiden plauderten fröhlich miteinander.

»Maren«, sagte Johanna, »das ist Jonny Winter, der nächste Kandidat. Jonny, das ist meine Tochter, Maren Behringer.«

Hinter ihnen erschien die Kellnerin mit der bestellten Torte und meiner Waffel, und es dauerte einen Moment, bis sich alle am Tisch eingerichtet hatten.

»Sie haben recht, Johanna«, sagte Winter und deutete auf das pompöse Stück Schokoladentorte auf ihrem Teller, »sieht wirklich sexy aus.«

Ich wollte weder Augen noch Ohren trauen, als meine Mutter daraufhin wie ein Teenager errötete und kicherte: »Aber Ihres ist auch nicht schlecht.«

»Kennt ihr euch?«, fragte ich.

War mit Herrn Winter zufällig jemand aus Johannas Vergangenheit auf der Bildfläche aufgetaucht?

Aber beide schüttelten den Kopf.

»Mir ist Ihre Mutter vorne an der Kuchentheke einfach aufgefallen«, sagte Winter. »Wir haben uns sofort verstanden. Ganz simpel.« Er lächelte Johanna an. »Da bin ich ganz pragmatisch: In meinem Alter kann ich es mir nicht mehr leisten, eine interessante Frau nicht anzusprechen. So, und jetzt höre ich auf mit der Süßholzraspelei.«

»Erzählen Sie uns von sich, Herr Winter«, bat ich.

Er berichtete kurzweilig und humorvoll von seinen Jahren auf See, seinem Aufstieg bis zum Restaurantchef eines Kreuzfahrtschiffes, seinen letzten drei Jahren in England in einem Heim für ehemalige Seefahrer, der Langeweile dort und seinem Plan, als Gentleman Host auf der Queen Mary II anzuheuern.

»Und dann habe ich zufällig Ihre Anzeige gesehen«, schloss er seinen Vortrag.

»Und was tut ein Gentleman Host auf der Queen Mary?«, fragte Johanna neugierig.

»Abends mit den Damen tanzen, aber höchstens drei Tänze pro Dame pro Abend, das ist Vorschrift. Und mittags Tanzunterricht geben, für die Anfängerinnen.«

»Der Mann ist perfekt«, sagte Johanna und strahlte mich an. »Wenn Sie für uns arbeiten, Jonny, können Sie mit jeder Dame, die Sie bucht, sooft tanzen, wie Sie wollen. Außerdem Minigolf spielen, Konzerte besuchen, Museen, Kirchen besichtigen … Können Sie sich das vorstellen?«

»Kann ich, Teuerste. Ich habe viel Lebenszeit auf dem Wasser verbracht, aber ich habe immer darauf geachtet, nicht zu verblöden. Auf fast jedem Schiff gibt es eine kleine Bibliothek, ich kenne alle Klassiker. In jedem Hafen bin ich an Land gegangen und habe mich umgesehen. Sie würden nicht glauben, in wie vielen Kirchen und Museen ich schon war. Aber was ich nicht kenne, ist das Theater. Oder mit einer netten Dame Minigolf zu spielen. Ich möchte es gern versuchen. Und wer weiß, vielleicht kann ich noch ein bisschen Geld verdienen, bevor es losgeht.«

»Losgeht? Womit?« Johanna klang leicht alarmiert, wie ich amüsiert feststellte.

Winter griff nach seinem Lederrucksack und holte eine Brieftasche heraus. Er entnahm ihr ein Foto.

»Hier, das ist mein Boot. Die *Seute Deern*. Die wartet auf mich. Sie muss komplett überholt werden, das dauert und kostet viel Geld. Und dann steche ich mit ihr in See. Nächstes Jahr, das steht fest. Nix Wildes und vielleicht auch nicht für immer, aber ein bisschen im Mittelmeer rumschippern, unabhängig sein, diesen Traum möchte mir erfüllen.«

»Ich glaube, ich kann auch für meine Mutter sprechen, Herr Winter«, sagte ich, »wenn ich Ihnen mitteile, dass wir es gern mit Ihnen versuchen möchten. Wir erwarten zwar noch einen Bewerber«, ich linste nervös auf die Uhr, die Stunde mit Herrn Winter war wie im Flug vergangen, »aber ich wüsste jetzt nicht, wer Sie noch ausstechen sollte.«

»Das kannst du sicher allein erledigen, nicht wahr?« Johanna stand schon neben dem Tisch, als sie diese Frage stellte.

»Herr Winter und ich setzen uns ein Stück weg und besprechen die Details seiner Tätigkeit.«

Ich sah den beiden zu, wie sie ihre Sachen nahmen und drei Nischen weiter zogen. Sie steckten ihre Köpfe zusammen, und ab und zu hörte ich Johannas Lachen, während ich selbst am Lebenslauf des letzten Bewerbers Interesse heuchelte. Wäre doch eigentlich nett, wenn Johanna und Jonny sich enger anfreundeten.

Ob Johanna dann wohl eifersüchtig wäre? Ich selbst musste meine Eifersucht auf die Damen, mit denen Harald ausging, immer wieder im Zaum halten. Es konnte lange Zeit gut gehen, und dann gab es ohne Vorwarnung Abende, an denen ich vor Eifersucht und Angst schier zu ersticken glaubte. Diese Attacken hatten keinen gemeinsamen Auslöser, es ging nicht um eine bestimmte Frau oder um bestimmte Aktivitäten. Ich hatte bewusst nach einer Schnittmenge gesucht und nichts gefunden.

»Frau Behringer? Hören Sie mir überhaupt zu?«

Karsten Schürmann wirkte beleidigt, seine Lippen bildeten einen schmalen Strich.

Ich schreckte aus meinen Gedanken hoch und stellte fest, dass ich kaum ein Wort meines Gesprächspartners mitbekommen hatte. Angestrengt dachte ich nach.

»Sie haben mal auf der Bühne gestanden, Herr Schürmann?«

Er hatte doch irgendwas von Theater erwähnt ...

Schürmann lächelte geschmeichelt. »Ich habe Hauptrollen gespielt, zwar an kleinen Bühnen, aber man hat mein Spiel durchaus beachtet. Mein Romeo, mein Hamlet ...«

»Und jetzt haben Sie sich von der Bühne ... äh ...« Ich suchte vergeblich nach einer möglichst schmeichelhaften Formulierung für die Tatsache, dass er ein erfolgloser Schauspieler war.

»Zurückgezogen«, sagte er hastig. »Von der Bühne. Ins Privatleben. Man hat ja kein Privatleben als prominente Person. Und diese Tourneen.«

Er seufzte. »Sicher, es ist eine wunderbare Aufgabe, Kultur ins intellektuelle Niemandsland unserer Landbevölkerung zu bringen. Aber ich bitte Sie, was fängt ein Bauer mit Brecht an? Oder mit Kleist? Und dann jede Nacht ein anderes, unpersönliches Hotelzimmer, eine andere, unpersönliche Kleinstadt. Zuerst Rampenlicht und Applaus, dann trübe Nachttischlampe und Einsamkeit.«

Er seufzte wieder, zauberte einen wehmütigen Ausdruck in sein Gesicht und wandte mir sein attraktives Profil zu.

Ich war mir nicht sicher, ob Schürmann seinen letzten kleinen Monolog ironisch gemeint hatte oder nicht. Ich fand, er sah aus wie ein gealterter David Cassidy, aber durchaus attraktiv. Er trug sogar dieselbe Frisur, die allerdings für sein zerknittertes Gesicht viel zu jugendlich war.

Aber reichte eine hübsche Larve, wenn zu befürchten war, dass man den Damen gleichzeitig dieses selbstverliebte Geschwätz zumutete?

Mal ganz abgesehen davon, dass dieser Herr Winter, der drei Tische weiter immer noch meine Mutter bespaßte, für unsere Zwecke der perfekte Mann zu sein schien.

»Herr Schürmann«, sagte ich entschlossen, »vielen Dank für Ihr Kommen. Bis spätestens morgen Mittag teile ich Ihnen und den anderen Herren meine Entscheidung mit.«

Schürmann zog die eine Spur zu dünn gezupften Augenbrauen hoch. »Sie müssen darüber nachdenken, ob Sie mich engagieren? Ich bin es nicht gewöhnt, dass man darüber nachdenken muss. Ich hätte gern jetzt Ihre Entscheidung, Frau Behringer.«

Na gut, dachte ich, damit bringst du dich um die Chance,

einen oder zwei Probetermine zu machen, um zu prüfen, ob du die Damen wirklich mit deiner Eitelkeit belästigst. Was spricht schließlich dagegen, drei Herren im Angebot zu haben? Aber du bist einfach zu dumm und zu eitel, Karsten Schürmann.

»Wenn Sie jetzt auf eine Entscheidung bestehen, Herr Schürmann, dann fällt sie gegen Sie aus, tut mir leid. Sie sind nicht der einzige Herr, der sich vorgestellt hat.«

»Aber mein Status als Prominenter ... Da können Sie gleich mehr Geld von den Damen verlangen, wenn die dafür mit einem Schauspieler ausgehen dürfen«, schnarrte er empört. »Ich habe mit der Flickenschildt auf der Bühne gestanden ...«

»Das hat mein bester Schulfreund auch«, unterbrach ich ihn genervt, »Kaukasischer Kreidekreis, Ruhrfestspiele Recklinghausen, das war in den Achtzigern. Zwar nur als Komparse, aber er kann genau wie Sie sagen, er habe mit der Flickenschildt auf der Bühne gestanden. Sie sehen also, Herr Schürmann, in meinen Augen qualifiziert Sie diese Tatsache nicht mehr oder weniger als jeden anderen auch. Mir ist ebenfalls nicht wichtig, ob Sie Bäcker, Klempner oder Finanzbeamter waren oder der Königin von England jahrelang morgens die Zeitung gebügelt haben. Wichtig ist, dass ein Mann, der eine meiner Damen begleiten will, sich nicht selbst für den funkelndsten Stern am Firmament hält – das ist für die Dame nämlich unglaublich langweilig, Flickenschildt hin oder her. Und wenn ich Pech habe, kann ich der Dame dann womöglich noch das Geld zurückzahlen.«

Schürmann schnappte wütend nach Luft und sprang auf.

»Geld zurück! Also, das ist doch ...«

Mit wehenden Mantelschößen verließ er schimpfend das Café.

Ich atmete auf.

Dieser Mensch müsste der perfekte Gesprächspartner für Brigitte sein, dachte ich. Die beiden könnten sich gemeinsam betrinken und dann ein wehmütiges Duett über ihre verpassten Chancen und längst vergangenen Triumphe anstimmen, weinerliche Beschwörungen alter, besserer Zeiten und einst makelloser Schönheit.

Eigentlich bin ich Schauspieler – das Musical.

In den Hauptrollen: Brigitte O. und Karsten S., die die zwei verwirrten, zornigen Geister, für die die Vergangenheit realer war als die Gegenwart, mit eindringlichem Realismus spielten.

Ich verzog das Gesicht und schüttelte das Bild ab. In meiner Welt hatte diese Form von Vergangenheitsbewältigung keinen Platz mehr.

Kapitel 45

Maren »Kommt ihr runter? Die Steaks liegen auf dem Grill!«

Jonny Winters Stimme war laut genug, um sich vom Garten aus bis in mein Büro Gehör zu verschaffen. Ich lächelte. Der Mann hatte sich nicht nur, wie erwartet, in kürzester Zeit zum Verkaufsschlager entwickelt, sondern war zudem zu Johannas ständigem Begleiter avanciert.

Ich nahm einige Blätter aus dem Drucker, fuhr den Rechner herunter und aktivierte den Anrufbeantworter.

Winter stand auf Johannas Terrasse am Grill, bestrich Steaks mit Marinade und wendete riesige Champignonköpfe, die direkt auf dem Grillrost lagen. Er begrüßte Harald und mich, verkündete, die Gastgeberin werde in Kürze zu uns stoßen, und bat uns, Platz zu nehmen.

Seine Kundinnen waren voll des Lobes über ihn. Jonny konnte ganze Reisebusse unterhalten, ohne dabei das Wohl der ihm anvertrauten Dame zu vernachlässigen. Innerhalb von vierzehn Tagen sah er drei Boulevardkomödien, besuchte ein Bingo-Turnier, wanderte zweimal durch liebliche Landschaften und komplettierte eine Bridgerunde, als eine Spielerin krankheitsbedingt ausfiel. Die Frauen vergötterten ihn und berichteten Johanna enthusiastisch von munteren Nachmittagen, tief gehenden Gesprächen und kreislaufanregenden Abenden im Tanzcafé. Einige der Damen, lange verwitwet, blühten regelrecht auf. Johanna genoss es, sich seiner Zuneigung, aus der er keinen Hehl machte, sicher zu sein.

Harald und ich saßen bereits am Tisch, als Johanna erschien.

»Schön wie eine hawaiianische Orchideenblüte«, rief Jonny angesichts Johannas spektakulärer Erscheinung.

Sie zupfte kichernd an ihrem blau schillernden Kaftan. Eine opulente, schwarze Stickerei umrundete den Ausschnitt und die Säume der weit fallenden Ärmel. Ein schwarzer Samtturban mit einem Arrangement aus Pfauenfedern über der Stirn komplettierte die Komposition.

»Ein bisschen overdressed, nicht wahr? Ich bin zwischen zwei Terminen, ich wollte mich nicht extra umziehen.« Johanna drehte sich graziös einmal um sich selbst und schlug dann übertrieben mädchenhaft die Augen nieder.

»Ich nehme die Orchidee wieder zurück«, sagte Jonny Winter, »wohl eher eine fleischfressende Pflanze, wenn Sie gestatten, Johanna. Wunderschön und sehr gefährlich.«

Sie lachte herzlich. »Und gleich schwinge ich mich auf meinen Hexenbesen und kreise um die Häuser.«

»Nicht, dass mich das überraschen würde«, murmelte Harald und fing sich dafür unter dem Tisch einen Tritt von mir ein.

Johanna lachte noch lauter. »Das habe ich sehr wohl gehört, Schwiegersohn. Aber tu mir einen Gefallen: nicht wieder diese Diskussion. Ich mache heute ein paar hundert Euro Umsatz, mein Lieber. Das ist keine Hexerei. Sag mir, welches Lied du hören willst, und ich spiele die Melodie dazu.«

Sie setzte sich und mühte sich damit ab, die verschwenderische Stoffmenge ihres Gewandes unter Kontrolle zu bekommen. »Wo ist eigentlich Timo? Noch in der Schule?«

Ich schüttelte den Kopf. »Fußballverein. Wird mal Zeit, dass seine überschüssige Energie sinnvoll kanalisiert wird. Wenn er Fußball spielt, hängt er nicht im Park rum und kommt auf dumme Gedanken.«

Die Steaks waren fertig, und während des Essens drehten

sich die Gespräche um kommende Aufträge und die Termine für die kommende Woche.

»Übrigens«, sagte Johanna, »mir ist da bezüglich Harald eine Frage gestellt worden.« Als wir sie neugierig ansahen, fuhr sie fort: »Man hat mich gefragt, ob er auch für eine Urlaubsbegleitung zur Verfügung steht oder eine mehrtägige Geschäftsreise.«

Mein Blick flog zu Harald, der seine Gabel sinken ließ und – wie ich fand – betont desinteressiert fragte: »Wer hat danach gefragt?«

»Oh, oh, oh«, sagte Winter. »Falsche Frage, Harald.«

Ich war bei Haralds Worten erstarrt. Mein ganzer Körper verkrampfte sich schmerzhaft, nagende Eifersucht ließ ihn Amok laufen. Reiß dich zusammen, dachte ich, zieh hier jetzt kein Drama ab, er hat die Frage einfach ungeschickt formuliert – aber ich konnte mich nicht bremsen.

»Hast du auf diese Frage schon gewartet? Eine bestimmte Dame, vielleicht?«, fragte ich spitz.

Harald zuckte wie ertappt zusammen und sah mich schuldbewusst an – zumindest sah es für mich so aus.

»*Wer hat denn danach gefragt?* – ich weiß nicht, wen du damit verarschen willst«, sagte ich schnippisch. »Du weißt doch genau, wer gefragt hat. Das solltet ihr beim nächsten Mal etwas weniger offensichtlich planen, du und deine Freundin.«

Harald saß wie versteinert. Dann platzte er heraus: »Sag mal, was redest du denn da für einen Blödsinn? Ich dachte, mit *meinem* Kopf wäre was nicht in Ordnung.«

»Sei bloß nicht so überheblich«, zickte ich zurück. »Mit meinem Kopf ist alles in bester Ordnung, aber wenn du versuchst, hinter meinem Rücken ...«

»Hinter deinem Rücken?«, fiel Harald mir ins Wort. »Du bist ja paranoid, Maren. Du weißt doch immer hundertprozentig, wo ich mich gerade aufhalte. Und mit wem.«

»Na und? Weiß ich, was ihr redet, oder ob du dich nicht längst in eine der wohlhabenden Damen verguckt hast? Immerhin könnten sie dir ein bequemeres Leben bieten als ich!«

Ein Teil von mir hörte sich selbst zu, fassungslos und beschämt wegen der Dinge, die ich zu meinem Mann sagte. Aber es ging einfach mit mir durch. Eine Biestigkeit nach der anderen fiel aus meinem Mund, ohne dass ich es wollte. Ich rang nach Luft und dachte, bitte, kann uns nicht jemand stoppen?

»Du kannst mich ja in Zukunft verkabeln!«, schrie Harald, griff sich dann an den Kopf und stöhnte. »Verdammt, ich habe seit Wochen keine Kopfschmerzen gehabt ...« Er warf mir einen zornigen Blick zu. »Danke, Maren, vielen herzlichen Dank auch.«

»Ach, und jetzt bin ich schuld daran, dass du Kopfschmerzen hast, oder wie?«

Wieder hörte ich mich keifen und schämte mich dafür.

»Stopp!« Johanna hatte mit der Faust auf den Tisch geschlagen. »Bin ich hier im Kindergarten? Macht das untereinander aus und belästigt nicht andere Leute damit, die in Ruhe essen und ihre Mittagspause genießen wollen.«

Sie nickte Jonny Winter zu. »Was sagen Sie, Jonny?«

Winter wiegte den Kopf. »Es steht mir als Gast nicht zu, andere Gäste für ihr Verhalten zu maßregeln.«

Johanna kicherte. »Mal nicht so steif in der Oberlippe. Ich erteile Ihnen hiermit die Erlaubnis. Er rede frei heraus oder schweige für immer.«

»Maren und Harald«, sagte Jonny, »Sie sollten ein klärendes Gespräch miteinander führen, Sie sind schließlich immer noch Eheleute. Und ich fühle mich unbehaglich als unfreiwilliger Zuhörer eines ehelichen Streits, da gebe ich Johanna recht. Aber, Maren, vielleicht reicht es Ihnen, wenn ich Ihnen als Experte versichere, dass die Treffen mit den Damen mit Gefühlen nicht das Geringste zu tun haben. Ich bin zu jeder Dame so nett, wie ich zu der davor war oder wie ich zu der danach sein werde. Das sehen wir gänzlich professionell, nicht wahr, Harald?«

Harald rieb sich mit schmerzverzerrtem Gesicht die Schläfen, nickte aber.

»Und außerdem bekäme er bei einer Reise selbstverständlich ein Einzelzimmer«, fügte Johanna hinzu. »Einigt euch. Redet von mir aus miteinander oder schreibt euch Zettel, das ist mir egal.«

Harald und ich nickten wortlos zum Abschied und nahmen den Weg durch den Garten.

»Und denkt verdammt noch mal an das Geld, das eine ganztägige Begleitung einbringt!«, rief Johanna uns hinterher.

Für den Rest des Tages war ich Harald aus dem Weg gegangen. Ich hatte mich ins Büro zurückgezogen und starrte auf die Fotos der Frauen, die Harald ausgeführt hatte, einige davon mehrfach. Wer von ihnen wohl wegen einer Reise angefragt hatte? Die Pharmavertreterin, die auf klassische Konzerte stand? Oder Frau von Beck, deren Humor und Bodenständigkeit Harald so mochte? Sicher, die Frau war fünfzehn Jahre älter als er, aber heutzutage galt das ja sogar als chic. Oder vielleicht war es die Restaurantkritikerin, die ihren Beruf natürlich in Begleitung wesentlich unauffälliger ausüben konnte – und auf deren Kosten Harald sich durch die Speisenkarten hoch dekorierter Sternerestaurants schlemmte, und das mit großem Vergnügen, wie ich von ihm wusste.

Ich stand nur mühsam das gemeinsame Abendessen durch.

Harald lauschte mit Engelsgeduld Timos aufgeregten Erzählungen, wann, wie oft und auf welche Art er den Ball getroffen hatte. Das Lob des Trainers wurde mindestens zwanzig Mal wiedergegeben, mit jedem Mal wurden die Komplimente hymnischer – und in der finalen Version spielte Timo praktisch schon in der Nationalmannschaft.

»Super!«, sagte Harald. »Ich kann ja mal zum Training mitkommen, wenn du willst.«

Das war ja mal was ganz Neues. Harald hatte sich noch nie für die Freizeitaktivitäten seiner Kinder interessiert, aber schließlich hatte er auch erst jetzt Zeit dazu. Oder richtiger: Erst jetzt nahm er sich die Zeit. Wenn er früher gewollt hätte, wäre es bestimmt auch einzurichten gewesen.

Entsprechend begeistert reagierte Timo.

»In der nächsten Woche üben wir Elfmeter, hat der Trainer gesagt«, rief er eifrig, »das wird bestimmt spannend, dann kannst du sehen, wie gut ich schießen kann.«

»Abgemacht.«

Sie schüttelten sich feierlich die Hände, um die Vereinbarung zu besiegeln. Dann sagte Harald: »Und jetzt ab mit dir, du hast doch bestimmt noch Hausaufgaben zu machen.«

Timo rutschte von seinem Stuhl. »Nur Geschichte lesen, Julius Caesar. Den kenne ich schon aus Asterix. *Die spinnen, die Römer!*«, zitierte er feixend.

»Na, dann weißt du ja praktisch schon alles. Und jetzt ab nach oben. In einer Stunde kommen wir gucken, ob du im Bett liegst.«

»Bis gleich, Papa.«

Timo flitzte los und hopste die Treppe hoch.

»Du solltest dem Jungen nichts versprechen, was du nicht halten kannst«, sagte ich.

»Keine Sorge, ich gehe in einer Stunde hoch.«

Ich verzog das Gesicht. »Das meine ich nicht. Ich spreche von dem Training.«

»Trag es doch einfach in meinen verdammten Terminkalender ein.«

Harald begann, das benutzte Geschirr abzuräumen, und lief zwischen Esstisch und Spülmaschine hin und her.

»Dann wollen wir mal hoffen, dass dieser Termin sich nicht mit einer Reise überschneidet«, ätzte ich.

»Wohl kaum.« Harald warf das Besteck extra laut auf das Tablett, das er mit zum Tisch gebracht hatte. »So kurzfristig wird sich wohl keine Reise ergeben, oder?«

Ich ballte die Fäuste. Ich fühlte mich, als hätte ich einen Tritt in den Magen bekommen.

»Heißt das, du hast dich dafür entschieden, auch für Reisen zur Verfügung zu stehen? Ohne mit mir darüber zu reden?«

»Tun wir ja gerade.«

Harald schnappte sich das Tablett und marschierte damit in die offene Küche.

»Und mich beschleicht der Verdacht, dass wir keine Einigung erzielen werden«, rief er zu mir herüber, während er, ebenfalls lauter als nötig, die Dinge vom Tablett in Fächer, Kühlschrank und Spülmaschine räumte. »Wenn ich deinen Ton schon wieder höre ...«

Ich zog die Luft ein. Am liebsten hätte ich ihn geschüttelt und angebrüllt. Ich fühlte mich unterlegen, und das hasste ich.

»Ich muss ja schreien, wenn du so einen Radau machst. Oder wäre es dir lieber, ich laufe hinter dir her, immer zwischen Esstisch und Küche hin und her ...«

Harald kam ein paar Schritte heran, verschränkte die Arme vor der Brust und sagte: »Siehst du? Genau das meine ich. Unsachlich und schnippisch. Wir entfernen uns immer weiter vom Kern des Problems.«

»Und das alles nur, weil *ich* unsachlich und schnippisch bin, das willst du doch damit sagen?«

Harald funkelte mich wütend an und fauchte: »Ja, das will

ich wohl. Ich verstehe das ganze Theater überhaupt nicht. Du wolltest doch, dass ich das mache, du und deine geldgierige Mutter. Und jetzt habe ich Erfolg, und du fängst an durchzudrehen. Und übrigens: Ich habe noch keine Entscheidung gefällt, ich wollte mit dir darüber sprechen. Aber du streitest ja lieber. Dazu habe ich keine Lust.«

»Du hast keine Lust? Du hast doch angefangen! Du hast gesagt, ich soll Timos Training in deinen Termin...« Ich brach ab, als ich sah, wie sein Gesicht sich veränderte.

»Es ist doch so was von egal, wer angefangen hat«, sagte er leise. »Mit dir ist einfach nicht zu reden. Ich wette, wir würden genauso streiten, wenn es um das Wetter ginge oder wer den Wocheneinkauf erledigt. Du hast dich verändert, Maren.«

Das hatte gesessen. Ich saß da mit klopfendem Herzen, stumm und erschrocken. Er klang so ernst, so müde und genervt. Genervt von mir, die ihm mit ihrer Eifersucht das Leben zur Hölle machte. So würde ich ihn erst recht in die Arme anderer Frauen treiben, und zwar mit Lichtgeschwindigkeit.

»Kein Wunder, dass du deine Zeit lieber mit denen verbringst«, murmelte ich.

Bitte, sag das Richtige, Harald, betete ich lautlos, sag, dass du dir keine Frau auf der Welt vorstellen kannst, mit der du deine Zeit lieber verbringen würdest als mit mir. Bitte. Ich schloss die Augen, ich wollte sein Gesicht nicht sehen.

Aber das schützte mich nicht vor der Schonungslosigkeit seiner Antwort.

»Maren, wenn ich ehrlich antworten soll ...«

Ich presste die Augenlider noch fester zusammen und kämpfte gegen den Drang, mir die Ohren zuzuhalten.

»... ja, im Moment genieße ich die Abende sehr, ich bekomme Komplimente, mir geht es mental gut. Und je besser es mir geht, desto wütender wirst du.«

Sei froh, dass du keine Ahnung hast, wie wütend ich wirklich bin, hatte ich gedacht, ich könnte jetzt mit beiden Fäusten auf dich losgehen.

Du mit deiner Scheißehrlichkeit.

Jetzt lag ich in meinem Metallbett unter dem Dach.

Ich wolle ihn beim Überlegen nicht stören, hatte ich kalt gesagt und damit meinem ohnehin peinlichen Auftritt das Sahnehäubchen aufgesetzt.

Statt das Ehebett für eine leidenschaftliche Versöhnung zu nutzen, verschanzte ich mich beleidigt in meinem Atelier.

Als ich endlich eingeschlafen war, träumte ich von Harald, der sich, braungebrannt und in einer knappen Badehose, auf einer riesigen Yacht von einer Horde faltiger, mit dicken Klunkern behängter Bewunderinnen in zu kleinen Bikinis hofieren ließ. Der Champagner floss in Strömen, und die Frauen wetteiferten um seine Gunst, indem sie ihm die Füße massierten, mit erlesenen Häppchen vom opulenten Büffet fütterten, seinen Körper mit Sonnenöl einrieben und ihm Kühlung zufächelten. Irgendwann zeigte Harald träge auf eine der Frauen, sagte: »Du«, erhob sich von der Liege und verschwand mit der glücklich kichernden Gewinnerin des Tages unter Deck. Die anderen blieben enttäuscht zurück und begannen, wild zu streiten und sich gegenseitig mit Plänen zu überbieten, wie sie am kommenden Tag zur Auserwählten werden konnten bei Harald, dem Unersättlichen, dem Frauenversteher, dem Liebhaber mit eingebauter Orgasmusgarantie.

Als ich aufwachte, war ich schweißgebadet.

Der Traum war noch so präsent, als hätte ich nur mal kurz meinen Beobachtungsposten auf der Yacht verlassen, und meine Brust war eng vom Schmerz, den ich auch im Traum gefühlt hatte, als Harald sich mit der Frau zurückgezogen hatte.

Ich sah mich verwirrt um, aber ich war eindeutig auf keinem

Schiff, obwohl ich mir einbildete, noch immer das Sonnenöl und die aufdringlichen Parfüms der Frauen zu riechen.

Ich schüttelte mich und warf die Bettdecke zurück. Ein Kaffee, vielleicht würde der meine Lebensgeister wecken und die Bilder, Gerüche und Geräusche vertreiben.

Ich benutzte die schmale Dusche in meinem privaten, winzigen Bad, das zum Atelier gehörte, zog mich an und ging hinunter in die Küche. Das Haus war noch still, es war erst sechs Uhr am Morgen, Timos Wecker würde erst in einer halben Stunde klingeln. Harald stand ohne Grund nicht vor zehn auf.

Ich bewegte mich leise durch die Küche, die von der grauen Morgendämmerung in diffuses, kaltes Licht getaucht wurde, ganz anders als das Licht in meinem Traum mit gleißender Sonne vor knallblauem Himmel, blendend weißer Yacht und grellpink lackierten, künstlichen Fingernägeln. Warum verschwand das alles nicht endlich aus meinem Kopf?

Wieso war es heute nicht wie an anderen Tagen, an denen man verzweifelt versuchte, die von Minute zu Minute blasser werdenden Bilder eines schönen Traums festzuhalten?

Ich dagegen konnte die Standbilder jeder einzelnen Szene aufrufen, brillant und klar.

»Schon wach?«

Ich zuckte heftig zusammen und konnte gerade noch meine volle Tasse abstellen, sie wäre sonst auf dem Fußboden zerschellt. Ich hatte nicht gesehen, dass Harald im Halbdunklen auf dem Sofa saß.

»Gott, hast du mich erschreckt! Warum machst du denn kein Licht an? Seit wann sitzt du da?«

Er lachte leise. »Zum Nachdenken braucht man kein Licht, da sieht man im Dunklen viel klarer.«

Ich zog eine Grimasse.

Ich hatte sowieso schon miese Laune, musste Harald mich jetzt noch zusätzlich auf die Palme bringen?

»Welch mystische Worte, so früh am Morgen. Willst du mir irgendetwas mitteilen, Harald? Oder willst du weiter in Rätseln sprechen?«

»Oha«, sagte er, »klingt nach akutem Schlafmangel. Oder nach Alpträumen.«

Ich verdrehte genervt die Augen. »Komm zur Sache. Mir wird das jetzt zu doof hier. Ja, ich habe schlechte Laune.«

Harald zuckte mit den Schultern, erhob sich vom Sofa und streckte sich. »Ich werde es machen.«

Ich wusste sofort, was er meinte.

Als ich nicht antwortete, fuhr er fort: »Ich weiß, dass dir damit nicht wohl ist. Das verstehe ich sogar. Ich habe hier gesessen und mir vorgestellt, wie ich mich umgekehrt damit fühlen würde.«

»Und wie hat es sich angefühlt?«, flüsterte ich.

»Nicht gut. Wirklich nicht. Aber ich weiß und ich kann dir schwören, Maren, dass ich keine Hintergedanken habe. Johanna hat recht, wir sollten an das Geld denken. Ich will das ja nicht ewig machen, ich werde mich langsam wieder in meinen alten Beruf einarbeiten. Michael hat gesagt, ich soll mich melden, wenn ich wieder ganz fit bin. Und bis dahin verdienen wir so viel wie möglich, damit die Bank weiter stillhält.«

»Ist gut«, sagte ich.

Ich wusste, er würde sich nicht umstimmen lassen, vielleicht hätte ich nachts noch eine Chance gehabt, aber jetzt nicht mehr.

Ich wusste noch wesentlich klarer, dass ich mir dringend eine Strategie überlegen musste, um es zu überstehen, wenn mein Ehemann mit einer anderen Frau verreiste.

Kapitel 46

Amelie assistierte Steffen beim Kochen. Nach seiner Anleitung schnitt sie Lauch in dünne Scheibchen, während er gleichzeitig Speckwürfel anschwitzte und Zwiebeln würfelte. Roswitha und Jonny Winter machten einen Spaziergang, und das Essen sollte bei ihrer Rückkehr fertig sein.

»Und? Fühlst du dich wohl hier?«, fragte Steffen. Er hatte sich umgedreht und sah ihr zu, wie sie dasaß, konzentriert über die Lauchstange gebeugt.

Amelie blickte auf. Ihr Gesicht wurde heiß, als sie seinen Blick auffing. »Ich … ja, ich fühle mich wohl hier. Danke.«

»Denkst du manchmal an deine Eltern?«

»Ja, klar. Aber ich bin so viel entspannter hier, ich kann in Ruhe lernen, niemand streitet sich. Und du?«

»Ob ich meine Mutter vermisse?« Er lachte. »Natürlich. Ich hab ja immer gedacht, meine Beteiligung an der Hausarbeit wäre vorbildlich, aber jetzt kenne ich die grausame Wahrheit. Es ist schon etwas ganz anderes, mit zwei Kerlen mit Schweißfüßen und zweifelhafter Einstellung zum Putzen zusammenzuwohnen. Das Schlimmste ist, dass ich eigentlich genauso bin wie die beiden, da kommt einiges an stinkenden Socken zusammen.«

Er gab die Zwiebelwürfel zum Schinkenspeck und rührte um. »Fertig mit dem Lauch? Dann kannst du alles hier zugeben.«

Sie stellte sich neben ihn an den Herd und hielt das Schneidebrett schräg über die Pfanne. Steffen benutzte den Kochlöffel und drehte gleichzeitig mit der anderen Hand die Pfanne, um die Lauchringe gleichmäßig über den brutzelnden Inhalt zu verteilen.

»Perfekte dünne Ringe«, lobte er ihre Arbeit. »Das wird lecker.«

Ein Küchenwecker bimmelte.

»Geh mal kurz zur Seite, Amelie.«

Er bückte sich, holte zwei knusprig gebackene Blätterteigböden mit hohem Rand aus dem Backofen und stellte die heißen Backformen auf dem Küchentisch ab.

»So, immer schön weiterrühren, ich passiere die Sauce durch.«

Er stellte die Herdplatten ab und gab die sahnige Flüssigkeit, die in einem kleinen Topf geblubbert hatte, durch ein feines Haarsieb in ein anderes Gefäß. Im Sieb blieben Knoblauchzehen, ein Gewürzsträußchen und zwei Wacholderbeeren zurück. Steffen löffelte den Pfanneninhalt auf die beiden Blätterteigböden und rührte ein Ei in die Sauce, bevor er die Flüssigkeit über die Lauch-Zwiebel-Mischung gab. Der Schinkenspeck duftete würzig.

»So, in den Backofen damit.«

»Kann ich noch was tun?«, fragte Amelie.

Er nickte, holte zwei Packungen Quark aus dem Kühlschrank und stellte sie neben eine Glasschüssel, die schon bereitstand.

»Bitte glatt rühren, nimm einen Schneebesen dafür. Ich hole Kräuter.«

Steffen kramte eine Schere aus einer Schublade und verschwand aus der Küche. Amelie zog die Deckel von den Packungen und ließ den Inhalt in die Schüssel klatschen. Der Quark bildete zwei kompakte, rechteckige Kleckse, die in einer kleinen, wässrigen Pfütze lagen und sich Amelies Bemühungen, sie zu einer glatten Creme zu verrühren, störrisch widersetzten.

»Nicht aufgeben.« Steffen lachte, als er sah, wie sie sich abmühte. »Du kannst einen Schluck Milch dazugeben.«

»Na, Gott sei Dank«, sagte Amelie erleichtert. Allmählich wurde der Quark geschmeidiger. »Und weiter?«

»Pfeffer, Salz, eine Prise Zucker und einen Spritzer Zitrone, bitte. Trau dich ruhig, ich pass auf. Und immer wieder probieren. Ich habe hier Schnittlauch und Kresse. Kresse kann gefährlich werden, weil sie ziemlich bitter schmeckt. Versuchen wir es.«

Zaghaft streute Amelie Kleinstmengen Salz und Pfeffer in den Quark, rührte sorgfältig um, probierte, träufelte Zitronensaft tropfenweise dazu, rührte wieder, kostete, dann eine Messerspitze Zucker, immer wieder ermuntert von Steffen. Schließlich gaben sie die gehackten Kräuter zu der Masse und hoben sie darunter. Steffen tauchte einen Löffel ein, probierte die Creme und nickte dann. »Perfekt. Sollte man gar nicht meinen, dass der Quark von jemandem ist, der von Kochen ungefähr so viel versteht wie ich von der Relativitätstheorie.«

»Also, wenn das die Art ist, wie du Komplimente machst, wirst du auf Dauer Schwierigkeiten bekommen. Auch wenn es nicht so gemeint war, es klang wie eine Beleidigung«, sagte Amelie lachend.

»Aber es war ja als Beleidigung gemeint«, feixte Steffen und wich geschickt ihrem spielerischen Fausthieb aus.

Amelie räumte den entstandenen Abfall vom Tisch, wischte die Tischplatte ab und platzierte die grasgrünen Tischsets aus Stroh, die sie vor einigen Tagen gekauft hatte. Steffen kümmerte sich um Geschirr und Besteck.

»Darf ich vom Balkon ein paar Blumen holen?«, fragte Amelie.

»Sicher. Der Schnittlauch blüht, den kannst du auch nehmen. Lavendel, ein paar Glockenblumen, da blüht noch einiges.«

Als Amelie mit den Händen voller Blüten an kurzen Stielen zurückkam, hatte Steffen schon drei niedrige Trinkgläser mit

Wasser gefüllt. Er nahm die Blumen und verteilte sie auf die Gläser, die er dann in der Mitte des Tische aufreihte. Er trat einen Schritt zurück und besah den Tisch kritisch aus mehreren Perspektiven.

»Haben wir Kerzen? Hast du nicht bunte Kerzen in deinem Zimmer?«

»Wird der Tisch dann nicht zu voll?«, fragte Amelie zweifelnd.

»Mehr als die Teller passt sowieso nicht mehr drauf. Einer von uns muss den Service übernehmen.«

Amelie übernahm freiwillig diese Aufgabe.

Es machte ihr Spaß, und durch diese und andere kleine Gesten konnte sie sich gleichzeitig immer wieder für die Gastfreundschaft ihrer Kollegin bedanken.

»Kann ich abräumen?«, sagte sie schließlich, als auf dem Tisch nur noch leer gekratzte Teller standen. »Alle satt oder ist noch Platz für einen kleinen Nachtisch?«

»Was gibt es denn?«, fragte Jonny Winter.

»Steffen hat Griespudding gemacht, dazu gibt es frisches Obst«, erwiderte Amelie.

Sie stellte die benutzten Teller und Besteckteile in die Spüle und holte vier gefüllte Glasschälchen aus dem Kühlschrank.

»Die Jungs auf dem Containerschiff damals, die wollten auch immer Griespudding, aber mit literweise Himbeersirup, denen konnte es nicht süß genug sein.« Winter lachte. »Frisches Obst musste ich ihnen immer irgendwie unterjubeln, damit die keine Mangelerscheinungen kriegten.«

Er stürzte sich in eine anekdotenreiche, immer wieder vom Gelächter der anderen unterbrochene Geschichte über eine Überfahrt bei tagelangen, heftigen Stürmen mit einer schlecht gelaunten Mannschaft, die er Tag für Tag mithilfe seiner Kochkünste bei Stimmung halten musste. Selbst wochenlange Entbehrungen unter Deck, die harte Arbeit in einer winzigen Kombüse und die Gefahren, die in der Kombination aus kochenden Flüssigkeiten und schwerem Seegang lagen, schilderte er mit sarkastischem Humor.

»... und dann konnten wir wegen des Seegangs nicht in den Hafen, um die Vorräte aufzufüllen!«

Roswitha und Steffen brachen in lautes Gelächter aus.

Offenbar war der letzte Satz die Pointe einer Geschichte. Amelie stellte fest, dass sie nicht mitbekommen hatte, worum es in der Geschichte gegangen war, so sehr war sie in Gedanken versunken gewesen.

»Du wolltest uns doch von deinem neuen Job erzählen, Onkel Jonny«, sagte Amelie. »Aber du wirst kein Gentleman Host, oder etwa doch?«

»So ähnlich«, sagte Winter und grinste. »Nur individueller. Ich muss mich nicht auf mehrere Damen aufteilen und darauf achten, dass ich nicht mit der einen viermal, mit einer anderen aber nur zweimal tanze. Der gesamte Abend oder Tag gehört einer Dame.«

»Und damit kann man Geld verdienen?«, fragte Steffen erstaunt. »Was musst du denn dafür machen?«

»Charmant sein und die Dame dorthin begleiten, wo sie gern hin möchte. Theater, Wanderung, Bingo-Turnier, was auch immer.«

»Wow.« Steffen war beeindruckt. »Amelie, hast du gewusst, dass es so einen Job überhaupt gibt? Verrückt.«

Amelie antwortete nicht, was hätte sie auch sagen sollen? Ganz normaler Job, mein Vater macht den auch, vielleicht? Bevor ihr noch eine ausweichende Antwort eingefallen war, fragte Roswitha: »Soso, du bist also ein professioneller Damenbegleiter geworden?«

»Keine üble Tätigkeit, und es ist leicht verdientes Geld. Die Damen sind reizend, wirklich.«

»Das hört sich richtig nett an«, erwiderte Roswitha. »Wer weiß, vielleicht findest du sogar jemanden, der deinen Traum mit dem Boot versteht oder sogar teilt.« Sie seufzte. »Ach, wenn ich mir das vorstelle, von Hafen zu Hafen schippern, nur von Brot, Käse und Wein leben ...«

»So eine Lady, die dich mietet, kann ja keine arme Rentnerin sein, oder?« Steffen grinste. »Und so ein Gentleman wie du kostet doch sicher mehr als Zwanzig pro Stunde.«

Jonny Winter hob beide Hände. »Über Geld kann ich leider nicht sprechen. Gentleman-Schweigepflicht.«

»Aha«, triumphierte Steffen, »nicht wenig also. Vielleicht findest du ja sogar eine Lady, die schwerreich ist und dir die *Seute Deern* ratzfatz auf Vordermann bringt. Oder sowieso selbst eine Yacht hat.«

»Nun ja«, sagte Winter gedehnt und errötete leicht, »es gibt da jemanden ...«

»Eine deiner Damen?«, fragte Roswitha.

Winter schüttelte den Kopf. »Keine der Damen, mit denen ich ausgehe. Eigentlich ist sie so etwas wie meine Chefin.« Er lächelte versonnen. »Eine wirklich interessante Frau, sehr selbstbestimmt. Sie könnte diejenige welche sein, aber ...« Er verstummte.

»Aber was?«, rief Steffen ungeduldig. »Hat sie einen Mann? Oder einen Freund? Mag sie dich auch?«

»Kein Mann, kein Freund. Sie ist frei. Aber ihr wäre ein Leben auf meinem Boot, bei Brot, Käse und Wein, zu karg. Sie verdient relativ viel Geld, denke ich. Und sie mag Geld. Mich auch, aber in erster Linie Geld.«

»Was macht sie denn beruflich?«, meldete sich Roswitha wieder zu Wort.

Winter lächelte. »Ihr Broterwerb ist auch nicht gerade konventionell.« Er lachte leise und fuhr fort: »Johanna ist ... sie legt Karten und erstellt Horoskope.«

Amelie schwirrte der Kopf. Hatte sie richtig gehört? Onkel Jonny, der nette Herr Winter, hatte sich in ihre Großmutter verliebt? Und er kannte ihre Mutter und ihren Vater, schließlich war der sein Kollege. Und Roswitha ... sie wusste doch auch Bescheid.

Diesmal sah Amelie starr auf die leere Schüssel vor sich und vermied es angestrengt, in Roswithas Richtung zu sehen.

»Horoskope und Karten, das ist ja interessant«, hörte sie Roswithas Stimme, die mit dieser Bemerkung eine weitere, muntere Erzählung von Onkel Jonny, diesmal über seinen Schwarm Johanna, auslöste.

Danke, Roswitha, du bist die Beste, du hast mich gerettet, dachte Amelie, du hast alle abgelenkt. Sie stand auf, räumte unauffällig den Tisch ab, ließ Spülwasser ein und setzte Kaffee auf.

Roswitha half ihr sicherlich ganz bewusst nicht, Steffen war von Winters Schilderungen völlig gefesselt. Amelie stand mit dem Rücken zum Tisch am Spülbecken und war heilfroh, dass niemand ihr Gesicht sehen konnte, während Jonny Winter von ihrer Großmutter erzählte, gewohnt flapsig, aber nie respektlos.

Als Winter den Streit ihrer Eltern um längere Aufträge für ihren Vater erwähnte, sank die Spülbürste ins Wasser und schwamm darin herum, was Amelie erst Minuten später bemerkte, als Steffen rief: »He, Prinzessin, bist du da eingeschlafen?«

Amelie fuhr herum und wurde rot. Sie spürte es genau, denn ihr Gesicht wurde schlagartig heiß.

»Ihr wollt Kaffee? Gleich ... sofort.«

Steffen war neben sie getreten, nahm ihr sanft die Spülbürste aus der Hand und schob sie an den Schultern zu ihrem Platz zurück. »Hinsetzen, Prinzessin. Bedienen lassen. Ich kümmere mich um den Kaffee.« Er schüttelte den Kopf. »Ich finde ja auch, sie arbeitet zu viel. Immer nur lernen, Schule, Supermarkt.«

»Warum macht ihr denn nicht mal was zusammen?«, fragte Jonny Winter.

Steffen hob in gespielter Verzweiflung die Arme und ließ sie wieder fallen. »Hab ich doch schon versucht. Keine Chance. Frühestens nach dem Abitur, sagt sie.«

Obwohl es Amelie auch nicht gerade angenehm war, im Mittelpunkt der Unterhaltung zu stehen, war sie doch froh, dass ihre Familie nicht mehr das Thema war. Sie beschloss, gute Miene zum – wenn auch nicht bösen, sondern nur unangenehmen – Spiel zu machen und sagte betont munter: »Aber ihr wisst schon, dass ich hier sitze? Hallo? Ich meine, ihr redet über mich ...«

»Oh, es ist wach!« Steffen klatschte in die Hände. »Und es kann sprechen!«

»Nutze die Gelegenheit, min Jung«, feuerte Winter ihn lachend an, »frag sie jetzt noch mal, ob sie mit dir ausgeht.«

»Sehr gern.« Steffen setzte sich ganz aufrecht hin, als wolle er eine offizielle Verlautbarung machen, räusperte sich und sagte: »Mein kleines Wohnkollektiv und ich planen die letzte Open Air Party des Jahres. Im Schrebergarten. Grillen, Spaß haben, ein Bierchen trinken, quatschen. Ungefähr in dieser Reihenfolge. Mir fehlt noch eine ... Tischdame.«

»Einer so charmanten Einladung kann ich nicht widerstehen«, antwortete Amelie lachend. »Abgemacht. Und ich helfe gern mit.«

»Unsinn, du sollst feiern und Spaß haben, Deern, und Steffen serviert dir Drinks und Spezereien vom Grill und ist dein galanter Ritter, der dir eine Wolldecke um die Schultern hängt, wenn dir kalt wird.«

»Jonny, du solltest einen Dating-Ratgeber schreiben oder eine Flirtschule gründen, für Herren mittleren Alters, die längst vergessen haben, wie man charmant ist und was gute Manieren sind«, schlug Roswitha amüsiert vor. »Steffen weiß ja jetzt genau Bescheid: Drink, Essen und eine warme Decke für die fröstelnde Dame ...«

»Ich werde mich warm genug anziehen, da muss Steffen sich etwas anderes ausdenken.«

Amelie verschränkte die Arme vor der Brust und sah Steffen auffordernd an. Sie ließ es zu, dass ihre Blicke sich einen Moment länger ineinander verhakten als normal, dann schlug sie verlegen die Augen nieder.

Ihr Herz klopfte, aber sie mahnte sich zur Zurückhaltung. Sie wusste wenig über Steffens Privatleben, viel zu wenig jedenfalls, um definitiv sagen zu können, ob es eine Frau in seinem Leben gab oder nicht. Dass er nie eine Freundin mitbrachte, hieß ja nicht, dass nicht irgendein Mädchen sein Bett in der WG teilte. Oder – auch diese Möglichkeit zog Amelie in Erwägung – vielleicht interessierte Steffen sich nicht für Frauen, sondern für Männer?

Und sie selbst? Hatte sie wirklich mit Justus abgeschlossen und der Tatsache, dass er sie mit Chiara betrogen hatte? Dass sie weit voneinander entfernt waren und sich nicht zufällig begegnen konnte, machte ihr die Trennung leichter. Wie aber wäre es für sie, wenn sie die beiden täglich in der Schule träfe und mit deren Verliebtheit konfrontiert würde? War sie überhaupt bereit für eine neue Beziehung?

Wieder hatte sie sich ganz ihren Gedanken hingegeben und schreckte auf, als die beiden Männer sich verabschiedeten.

»Du solltest schlafen gehen, Dornröschen, sonst verschläfst du mir noch die Party.« Er strich ihr über den Arm. »Und das fände ich schade. Sag bitte nicht ab, ja? Meine Jungs sind lustig, die werden dir gefallen. Wir sind mit dir sechs Leute. Meine beiden WG-Kumpels und ihre Freundinnen. Ganz beschaulich. Wir wollen vorher im Garten arbeiten und ihn auf den Winter vorbereiten, und irgendwann kommen die Damen.«

»Was soll ich mitbringen?«, fragte Amelie.

»Nichts, nur dich«, erwiderte Steffen, »alles ist organisiert. Gemüse ist im Garten, die Mädels bringen Fleisch mit und Gewürze und so weiter, vielleicht auch gekochte Kartoffeln, dann machen wir einen Kartoffelsalat ...«

Jonny Winter wurde ihr Gespräch offenbar zu langweilig.

»Komm jetzt«, sagte er und zog an Steffens Ärmel. »Lektion zwei: Quatsch nicht alles kaputt. Lass Platz für Überraschungen. Tschüs, Amelie, tschüs, Roswitha, mein Schatz.«

Sie hatten die Küche schon verlassen, als Winter sich noch einmal umdrehte und hinzufügte: »Schade, Roswitha, dass du nicht fünfzehn Jahre älter bist. Dann würde ich dich packen und auf mein Boot schleppen, und dann hätten wir eine Menge Spaß.«

Roswitha lachte und drohte mit dem Zeigefinger. »Was ist, wenn deine Wahrsagerin in ihre Kristallkugel guckt und das erfährt? Dann hext sie dir womöglich was an den Hals. Oder schlimmer: mir!«

Kapitel 47

Maren Harald und ich behielten die Regelung mit den getrennten Schlafzimmer bei. Nicht, dass wir darüber gesprochen hätten. Aber ich kehrte nicht zurück ins Ehebett, und er bat mich nicht darum. Wir stritten auch nicht mehr.

Es war wesentlich schlimmer: Wir redeten überhaupt nicht mehr miteinander.

Wir rissen uns zusammen, solange wir nicht allein waren, besonders Timo sollte von unseren Problemen unbehelligt bleiben. Darüber hinaus beschränkte sich unsere private Kommunikation auf das Notwendigste, wenn wir nicht gerade an einem Tisch sitzen mussten, um die kommenden Termine zu besprechen.

Für mich war die Situation kaum erträglich. Ich war permanent damit beschäftigt, meine Wut und meine Ängste zu unterdrücken.

Johanna lachte mich aus, unfähig, meine Eifersucht zu verstehen oder auch nur zu akzeptieren. Sie sei überhaupt nicht eifersüchtig auf Jonnys Aktivitäten, aber das sei wohl eine Frage des Charakters, hatte sie gekichert. Den Einwand, dass es bei mir immerhin um eine lange Ehe ging, ließ Johanna nicht gelten.

Ich musste erkennen, dass sich die Auswahl meiner potenziellen Gesprächspartner damit auch schon so gut wie erschöpft hatte.

Amelie rief zwar sporadisch an, um mitzuteilen, es gehe ihr gut und wir sollten uns keine Sorgen machen, aber ihre Stimme war kühl und distanziert. Ich fand nicht den Mut, sie um ein Gespräch zu bitten, wollte sie gleichzeitig auch nicht bedrängen. Ich hatte mir vorgenommen, ihr Zeit zu geben, sich zu sammeln, und begnügte mich damit zu hoffen, dass sie eines Tages mit ihren Koffern wieder in der Tür stehen würde.

Sollte ich vielleicht Brigitte anrufen? Aber so groß war meine Verzweiflung auch nun wieder nicht. Außerdem hatte ich seit Wochen nicht mit ihr geredet.

Blieb noch Roswitha. Mit ihr hatte ich bisher nur allgemein über Familienprobleme und über Amelie gesprochen. Und was soll ich auch erzählen?

»Mein Mann geht für Geld mit anderen Frauen aus, und jetzt will eine mit ihm verreisen. Ich bin halb verrückt vor Eifersucht, aber mein Mann will es trotzdem machen.«

So, vielleicht? Wohl kaum. Roswitha wird schon nicht verstehen, warum ich das überhaupt zugelassen habe, dass mein Mann ... Das würde keine Frau verstehen.

Das hatte ich ja an Amelie gesehen, dem einzigen Menschen in der Familie, der diese Fixiertheit auf Geld nicht mehr hatte ertragen können. Sogar Timo hatte sich anstecken lassen und sich die Sache mit den Hunden einfallen lassen.

Mein schlechter Einfluss auf meine Kinder lag auf der Hand.

Ich schloss die Haustür auf.

Mit angehaltenem Atem horchte ich ins stille Haus hinein, bis mir einfiel, dass Harald einen Friseurtermin hatte.

Ich entspannte mich wieder, holte einen Packen Magazine aus meiner Einkaufstasche und ging in die Küche.

Ich hatte nachts wieder von der Yacht und den Frauen geträumt, und diesmal hatte Harald mich direkt verhöhnt.

»Was willst du denn?«, hatte er mich in meinem Traum hämisch gefragt. »Du hast es doch gewollt, dass ich das mache. Denk doch einfach an das Geld!«

Die Frauen hatten gekreischt vor Vergnügen. Dann war das

Kreischen zum Schrillen meines Weckers geworden, und ich war weinend aufgewacht.

Ohne Harald zu begegnen, hatte ich Timo das Frühstück zubereitet und dann gemeinsam mit ihm das Haus verlassen. Ich lief lange durch den Stadtpark, um mich etwas zu beruhigen und für den Tag zu wappnen. Auf dem Heimweg kaufte ich am Kiosk die üblichen Klatschmagazine, deren Lektüre seit Kurzem zu Haralds und Jonnys Pflichtprogramm gehörte. Es konnte nie schaden zu wissen, wer den Fernsehpreis bekommen hatte und welcher in die Jahre gekommene Schlagerbarde seine endgültig allerletzte Deutschlandtournee plante.

Ich legte die Zeitschriften auf dem Tresen ab und machte mir einen großen Milchkaffee. Harald würde noch einige Zeit unterwegs sein, ich konnte mich entspannt hinsetzen.

Ich trank kleine Schlucke, während ich müßig blätterte, ohne die Artikel zu lesen. Bekannte Gesichter grinsten mir entgegen, eine Schauspielerin mittleren Alters verriet das Geheimnis ihres strahlend jugendliches Aussehens, ein hochrangiger Politiker war in Erklärungsnot wegen seiner schwangeren Sekretärin, ein Volksmusikstar outete sich als schwul und präsentierte seinen Lebensgefährten, sexy Abendkleider für jeden Geldbeutel, entfesselter Prominachwuchs auf Tour durch angesagte Nachtclubs, der Adel trifft sich zur Jagd, Premierenparty des neuen Kinofilms von Deutschlands beliebtester …

Ich stutzte.

Premierenparty? Deutschlands beliebteste Charakterdarstellerin? Harald war doch vor ein paar Tagen als Begleitung zu einer Premierenparty … Wer war noch gleich die Kundin? Eine Schauspielagentin? Oder eine Produzentin?

Ich wusste es nicht mehr.

Der Artikel war reich bebildert, bekannte Gesichter, jede

Menge B-Prominenz, Frau Sowieso, Moderatorin, trägt eine Robe von XY, Herr Sowieso, berühmter Sänger, stellt seine neue Partnerin vor.

Meine Augen wanderten über die Fotos und blieben an einem hängen: eine hochgewachsene, blonde Frau in dunkelgrünem, bodenlangem Taft, daneben Harald.

Mein Harald.

Bildunterschrift: Monica Falter, Agentin des Hauptdarstellers, mit unbekanntem Begleiter.

Der Artikel griff das Thema auf. Monica Falter schien in Klatschkreisen kein unbeschriebenes Blatt zu sein. Mit steigendem Entsetzen las ich, dass ihre Amouren in der Branche allgemein bekannt waren. Natürlich war Frau Falter zu ihrem Begleiter befragt worden, und was hatte sie wahrheitsgemäß gesagt?

»Das ist mein Walker für heute. Ein professioneller, bezahlter Begleiter«, wurde sie zitiert.

Das Magazin schien das für einen grandiosen Scherz zu halten und spekulierte trotzdem über eine Beziehung.

Ich klappte das Magazin zu. Harald hatte kaum über den Abend gesprochen, langweilig sei es gewesen, hatte er gemurrt. Er habe nichts weiter zu tun gehabt, als Monica Falters Sektflöte zu halten und ihre Handtasche zu bewachen, während sie sich einen lustigen Abend mit Kollegen machte. Endlich, um drei Uhr morgens, habe sie genug gehabt, zu dem Zeitpunkt habe er schon zwei Stunden allein am Tisch gesessen und sich halb zu Tode gelangweilt. Aber Auftrag war Auftrag. Natürlich konnte er nicht einfach gehen, nur weil ihm langweilig war.

Ich erinnerte mich gut – ich hatte einige hämische Bemerkungen unterdrücken müssen und mich wie ein neidisches Kind insgeheim gefreut, dass der Abend für Harald ein Flop gewesen war.

Das ist die gerechte Strafe für meine Schadenfreude, dachte

ich. Wieder schlug ich das Magazin auf, suchte nach der Seite – da war das Foto, diese schöne, alterslos wirkende Frau in Dunkelgrün mit Harald neben sich, auf dem roten Teppich, umringt von Fotografen, in aller Öffentlichkeit. Abgebildet in einer Zeitschrift, die zu den Branchenführern zählte, die in Tausenden Wartezimmern lag.

Ob Harald das Bild schon gesehen hatte? Beim Friseur, vielleicht? Ich war gespannt auf seine Reaktion.

Als das Telefon klingelte und ich das Gespräch annahm, konnte ich die aufgeregt Stimme sofort einordnen.

»Maren? Du *armer* Schatz! So eine *Blamage* für dich! Wie *kann* er dir das antun? Seit *wann* seid ihr getrennt?«

Brigitte, natürlich. Die hatte dieses Magazin abonniert, wusste ich, und seufzte ergeben.

»Hallo, Brigitte. Wer tut mir was an?«

»Na, *Harald!*«, schrie sie aufgeregt. »Wie kann er *dich* nur so bloßstellen?«

»Ich weiß nicht, was du meinst.«

Glaubte ich wirklich, sie so loswerden zu können? Durch Dummstellen?

»Dein Harald ist in der *Zeitung*, Maren. Mit der anderen *Frau*. Und *weißt* du, was sie behauptet? Dass *Harald* ein Gigolo ist. Hält die *das* für komisch? Und *Harald?* Wie kann er dich *derart* in aller Öffentlichkeit, also, ich *weiß* gar nicht, was ich sagen soll.«

Dafür redest du aber ziemlich viel, dachte ich und sagte: »Von Trennung kann keine Rede sein.«

»Ja, aber, wer *ist* denn die Frau? *Kennst* du sie?«

»Sagen wir so: Ich wusste, dass Harald sie zu der Premiere begleitet. Mehr möchte ich dazu nicht sagen.«

Brigitte schien es die Sprache verschlagen zu haben, denn ich hörte durch den Hörer nur ihren erregten Atem.

Dann sagte sie, bebend vor Sensationslüsternheit: »Mein Gott, die Frau hat die *Wahrheit* gesagt. *Hat* sie doch, oder? Harald *ist* ein Gigolo.«

»Blödsinn. Ein Gigolo schläft auch mit den Frauen, das tut Harald nicht.«

Ich hielt erschrocken die Luft an. Kein Wort hatte ich dazu sagen wollen, erst recht nicht Brigitte gegenüber. Und jetzt hatte ich praktisch zugegeben, dass ich meinen Mann an andere Frauen vermietete. Ehe Brigitte reagieren konnte, sagte ich schnell: »Und jetzt entschuldige mich bitte, ich habe zu tun.«

Ich wartete keine Antwort ab und legte auf.

Jetzt konnte ich Haralds Rückkehr kaum noch erwarten. Er musste sich so schnell wie möglich mit Michael in Verbindung setzen und ihm alles erklären.

Solange Haralds Verabredungen mit den Damen in aller Diskretion abliefen, hatte keine Gefahr bestanden, dass er in der Öffentlichkeit kompromittiert wurde. Aber so? Es war zwar nicht zu befürchten, dass einer seiner Kunden dieses Magazin las – aber die Herren hatten Gattinnen, und die kannten Harald von diversen gesellschaftlichen Anlässen, die wir früher oft und gern besucht hatten.

Endlich hörte ich seinen Schlüssel in der Haustür und rief: »Harald? Hast du mal kurz Zeit? Ich bin in der Küche.«

Er kam sofort. »Was gibt's? Eine Anfrage?«

Ich schüttelte den Kopf und schob ihm die aufgeklappte Zeitschrift hin. »Schon gesehen?«

»Was soll ich gesehen haben?« Sein Blick wanderte desinteressiert über die Seite, dann zu mir. »Und?«

Ich tippte auf das betreffende Foto.

Harald beugte sich tiefer über die Zeitschrift und murmelte: »Ich brauche eine Lesebrille, verdammt.«

Er studierte die Seite erneut, wurde blass und ließ sich auf einen Hocker sinken.

»Du liebe Güte«, brach es aus ihm hervor. »Was ist das denn für eine Scheiße?«

Ich zog die Augenbrauen hoch. »Willst du sagen, dass du nicht mitbekommen hast, dass die Fotos gemacht werden?«

Er fuhr wütend auf. »Denkst du, ich bin blöd? Natürlich habe ich das bemerkt. Aber Madame hat gesagt, ich solle mir keine Sorgen machen, die würden immer auf Verdacht alle Leute knipsen. Sie selbst sei viel zu unwichtig, um abgedruckt zu werden.«

Er überflog den Artikel und schnaubte. »Ich konnte ja nicht ahnen, dass ich mit einer stadtbekannten Profilneurotikerin unterwegs bin, die reihenweise Männer vernascht und mich benutzt, um sich mal wieder interessant zu machen.«

»Du solltest Michael anrufen, ich hatte vorhin schon Brigitte an der Strippe, geifernd vor Begeisterung.«

Er starrte mich entsetzt an. »Oh, du liebe ... daran habe ich überhaupt noch nicht gedacht! Meine Kunden, meine geschäftlichen Kontakte, ich wollte doch gerade mit Michael ...«

Sein Gesicht verzerrte sich. »Mein Kopf«, stöhnte er, »hört das denn nie auf?«

»Espresso?« Ich war schon auf dem Weg zur Kaffeemaschine.

»Gern«, sagte er gepresst. Er massierte sich die Schläfen und fluchte: »Diese verdammte Monica Falter! Und dann noch so ein furchtbar langweiliger Abend. Und ich wollte das nicht mal machen!«

Er hatte recht.

Ich erinnerte mich, dass er bei der Anfrage nicht gerade begeistert gewesen war, aber auch diesmal hatte letztendlich das finanzielle Angebot überzeugt.

»Mach dir doch einen Spaß draus«, hatte Johanna gesagt, »einen außergewöhnlichen, gut bezahlten Spaß.«

Schließlich hatte er widerwillig und unter ungewohnt lautstarkem Protest zugestimmt.

Ich servierte Harald den Espresso.

Er hatte das Gesicht in den Händen vergraben und stöhnte: »Was haben wir uns da nur angetan? Ich will mein altes Leben wieder zurück.«

Weinte er? Ich war nicht sicher.

Er saß bewegungslos auf seinem Barhocker, hob plötzlich den Kopf und sah mich an. Seine Augen waren trocken, wenn auch gerötet. »Dieses verdammte Foto schafft es, dass ich mir billig vorkomme. Zum ersten Mal. Diese ... diese ... Kuh!«

»Stopp«, gebot ich. »Es bringt nichts, wenn du deine Wut jetzt auf diese Frau projizierst. Die fliegt aus der Datenbank und fertig. Ganz einfach.«

»Als wenn das so einfach wäre. Ich bin blamiert.«

»Ach ja? Brigitte findet, dass ich die Blamierte bin.«

Mist, dachte ich, das hätte ich mir auch verkneifen können.

Harald ließ seine Faust auf den Tresen donnern. »Verdammt, haben wir nicht so schon genug Probleme? Muss diese Schnepfe noch zusätzlich Öl ins Feuer schütten?«

»Sie hat angerufen, weil sie sich um mich Sorgen macht. Sie hat gedacht, du hättest mich verlassen«, sagte ich, allerdings selbst wenig überzeugt davon.

Er reagierte wie erwartet: »Das glaubst du doch wohl selbst nicht! Ich wette mit dir, die wollte sich nur noch ein bisschen mehr Material besorgen, bevor sie auf Schludertour geht. Mehr unschöne Details, mehr intime, kleine Informationen. Ekelhaft.« Er schüttelte sich. »Was hast du ihr erzählt? – Nur, damit ich vorbereitet bin, wenn ich gleich mit Michael rede«, fügte er eilig hinzu.

»Sie hat gedacht, du bist mit meiner Nebenbuhlerin auf dem Bild, aber ich habe gesagt, ich wusste, dass du diese Frau begleitest. Dann wurde sie ganz still und kam zu dem Schluss, dass du wirklich ein Gigolo bist, und ich habe mich verplappert und praktisch zugegeben, dass gegen Geld alles außer Sex möglich ist.«

»Das hast du nicht gesagt!«, rief Harald entsetzt aus.

»Nicht mit diesen Worten«, antwortete ich. »Aber das ist genau das, was Brigitte daraus machen wird, egal, was ich gesagt oder nicht gesagt habe. Die erzählt sowieso, was sie will. Und sie wird die Geschichte immer mehr aufbauschen, und am Ende bist du Deutschlands Callboy Nummer eins. Der, der sie alle hatte.«

»Hör auf! Findest du das komisch?« Harald starrte mich völlig verdattert an.

Ich spürte plötzlich, wie Heiterkeit in mir hochstieg, zwar bedenklich nahe an der Hysterie, aber der Drang, zu lachen, wurde übermächtig. Ich prustete los und keuchte: »Ja ... ja, ich finde das komisch! Sieh uns doch an! Das ist doch alles völlig absurd! Mein Mann ist der Callboy Nummer eins in Deutschland – wer hätte das vor einem Jahr gedacht?«

Ich konnte kaum noch sitzen, so sehr schüttelte es mich.

Haralds Miene zeigte deutlich, dass ihm die Komik der Situation gänzlich verborgen war und dass er an meiner geistigen Gesundheit zu zweifeln begann.

Ich wollte mir die Lachtränen abwischen, aber das gelang mir nicht, denn die Tränen liefen immer weiter – und ich lachte schon längst nicht mehr, denn natürlich fand ich in Wirklichkeit gerade gar nichts komisch.

Die Verzweiflung überwältigte mich, und ich schlug schluchzend die Hände vors Gesicht.

Nach einiger Zeit hörte ich Haralds zaghafte Stimme: »Maren? Alles in Ordnung?«

Ich hob das Gesicht, versuchte ein schiefes Lächeln und

nickte. Ich nahm eine Serviette aus dem Spender, wischte mir das nasse Gesicht ab und schnäuzte mich.

»Puh.« Harald klang erleichtert. »Ich dachte schon, du hast einen Nervenzusammenbruch oder so was. Erst lachst du wie eine Verrückte und redest irres Zeug, dann weinst du plötzlich, ganz schön unheimlich.«

»Tut mir leid«, schniefte ich.

»Nein, nein, du musst dich nicht entschuldigen, so meinte ich es nicht, wirklich«, versicherte er schnell. »Ich weiß ja, dass du eine sehr schwere Zeit durchlebt hast. Und immer noch durchlebst. Ich muss mich entschuldigen.«

Er kam um den Tresen herum und nahm mich in die Arme. »Meine arme ... ich mute dir so viel zu, ich weiß nicht, wie ich das jemals wieder ...«

»Hör auf«, flüsterte ich, »wir müssen endgültig damit aufhören. All diese Entschuldigungen, Selbstanklagen und Vorwürfe sind vollkommen überflüssig, wir lassen uns nur davon die Energie auffressen. Wichtig ist, dass wir uns nicht gegenseitig zerfleischen, sondern ...«

»Unterstützen«, vervollständigte er meinen Satz. »Genau. Egal, was andere Leute sagen. Oder deine Mutter.« Er ließ mich wieder los. »So, und ich rufe jetzt Michael an.«

»Geh in mein ... Geh in unser Büro, da hast du deine Ruhe«, sagte ich und gab ihm einen Kuss.

Kapitel 48

Harald setzte sich in den bequemen Sessel mit Fußhocker, in dem er früher viel Zeit verbracht hatte, wenn er Börsenkurse oder Fachliteratur studierte. Er legte die Füße hoch, lehnte sich zurück und schloss die Augen. Ein wenig Konzentration noch, ein bisschen das klopfende Herz beruhigen. Er hatte Angst vor diesem Gespräch, aber Michael womöglich erst morgen anzurufen, kam einfach nicht infrage. Kurz entschlossen wählte er die Nummer.

»Orthmann.«

»Michael, hier ist Harald.«

»Oh«, dann Schweigen.

»Du weißt Bescheid?« Harald wusste, wenn Brigitte schon aktiv gewesen war – und dessen war er sich sicher –, bedurfte es keines Wortes der Erklärung, was er meinte.

»Ja.« Michael seufzte. »Brigitte hat mir alles brühwarm erzählt, und selbst wenn ich fünfzig Prozent abziehe ... Mensch, Harald, warum hast du denn nie was gesagt? Ich hätte dir doch was leihen können, ich hatte ja keine Ahnung, dass es euch so schlecht geht.«

Harald unterdrückte seinen aufsteigenden Ärger. So ein Blödsinn, nichts geahnt wollte Michael haben? Er wusste doch, dass kein Geld reinkam, woher denn auch? Schließlich hatte Michael alle Kunden übernommen ...

»Wir wollten uns kein Geld leihen. Wir haben nach Alternativen gesucht, wie wir uns selbst über Wasser halten können. Das hättest du genauso gemacht.«

»Ja, vielleicht«, sagte Michael. Er klang nachdenklich. »Und nachdem du kurz vorher dieses Haus gekauft hattest ...«

»Eben. Unfall selbst verschuldet, kurz vorher alles flüssige Kapital ins Haus investiert, Auto kaputt, arbeitsunfähig, die Kinder auf dem Internat ... da muss man nur zwei und zwei zusammenzählen, das ist der komplette und finale Ruin.«

»Aber als Gigolo arbeiten, gab es da keine andere Möglichkeit? Ich meine, musstest du wirklich für Geld mit den Frauen ... du weißt schon. Ist das eigentlich schwer?«

Seine Stimme hatte einen anzüglichen Klang angenommen.

Wieder schluckte Harald seine Wut herunter. Wenn das so weitergeht, dachte er, werde ich am Ende dieses Telefonats ein Magengeschwür haben.

Er atmete tief durch und sagte: »Michael, egal, was Brigitte dir erzählt hat: Der Beruf eines professionellen Damenbegleiters ist seriös und hat nichts mit Sex zu tun. Das ist wie bei den klassischen Geishas: Die unterhalten ihre Kunden, aber sie schlafen niemals mit ihnen. Ein bisschen tanzen, ein bisschen amüsante Konversation, ins Theater begleiten, in ein schönes Restaurant ...«

»Oder zu einer Filmpremiere«, unterbrach Michael. »Und alles wird bezahlt. Du bist ein Glückspilz, Harald. Ist dir da noch nie eine gefährlich geworden? Komm, mir kannst du es ja sagen.«

Jetzt klang er eindeutig lüstern.

Diesmal musste Harald innerlich bis zehn zählen, bevor er antworten konnte.

»Ehe du deine Fantasie ganz unnötig auf Wanderschaft schickst – keine erotischen Eskapaden und kein Prickeln in der Luft, sondern eine professionelle Dienstleistung. Aber wir schweifen ab.«

»Tun wir das?«, kicherte Michael.

Ruhig bleiben, ermahnte Harald sich selbst, und sagte dann: »Brigitte. Wie weit ist sie mit ihrem Rundruf?«

»Oh, hehehe.« Michael lachte verlegen. »Nun, du kennst sie ja, sie zwitschert den lieben langen Tag. Es ist leider so, dass sie viele der Gattinnen unserer Kunden kennt, sie hat nämlich eine monatliche Cocktailparty eingeführt. Sie hat es sich zur Aufgabe gemacht, den Kontakt zu den Frauen aufrechtzuerhalten, du weißt schon, Brunch im Golfclub, zusammen shoppen gehen, Geburtstagskarten, dieser ganze Weiberkram halt. Sie nennt es Netzwerk knüpfen.« Er lachte wieder. »Langer Rede kurzer Sinn: Ich denke, sie wird bereits flächendeckend gestreut und Telefonketten gestartet haben. Wie gesagt: Du kennst sie ja.«

Ja, dachte Harald, ich kenne sie. Und gerade hat sie den letzten Rest meiner Würde mit ihren spitzen Stöckelschuhen in Grund und Boden getrampelt.

Harald konnte nichts mehr sagen. Er legte einfach auf.

Maren fand ihn im Büro, er hatte das Gesicht in den Händen vergraben, saß regungslos.

Vorsichtig berührte sie sein Haar. »Harald? Kann ich etwas tun?«

Er griff nach ihrer Hand und legte sie an seine Wange. »Es geht schon. Ich bin einfach unendlich müde.« Er drückte einen Kuss in ihre Handfläche. »Das ist wohl eine der Situationen, vor denen die Ärzte mich gewarnt haben«, fuhr er fort und lächelte schief.

Maren sah ihn an, wie er zusammengesunken und verzweifelt in seinem Sessel saß, und wurde plötzlich von ihrer Liebe zu ihm geradezu überwältigt.

Seit Wochen hatte sie dieses Gefühl nicht mehr gespürt, so erstarrt war sie seit seinem Unfall gewesen. Und diese bösen Streitereien, bei denen sie sich gegenseitig wehgetan hatten ...

»Ich liebe dich«, sagte Maren spontan.

Sein Blick war erstaunt, erfreut und gleichzeitig zweifelnd, als er flüsterte: »Meinst du das ernst? Ich habe gedacht ... Wie kannst du mich noch lieben, nachdem ich ...« Seine Augen füllten sich mit Tränen.

Sie kniete sich neben ihn. »Nachdem was, Harald? Nachdem du diesen grauenvollen Unfall überlebt hast? Nichts in meinem ganzen Leben hat mich je glücklicher gemacht.«

In dieser Nacht zog Maren zurück in ihr gemeinsames Schlafzimmer.

KAPITEL 49

»Da sind wir.«

Steffen stieß das kleine Gartentor auf. Mit einer Geste bat er Amelie, vorauszugehen. Sie betrat den gepflasterten Weg, der an einer Rasenfläche entlang auf eine rote Holzhütte zuführte. Stachelbeer- und Johannisbeerbüsche bildeten eine Hecke zum nächsten Schrebergarten auf der rechten Seite, auf der gegenüberliegenden Seite grenzte ein Maschendrahtzaun, der völlig mit Efeu überwuchert war, das Grundsstück ein.

Auf einem kleinen, gepflasterten Platz vor der Holzhütte standen zwei junge Männer an einem Grill, und zwei Mädchen saßen an einer Biergartengarnitur, zwischen sich eine große Schüssel und einen Berg Pellkartoffeln. Aus der Hütte dudelte ein Radio die nachmittägliche Konferenzschaltung der Fußball-Bundesliga. Das schwarzhaarige Mädchen blickte plötzlich auf und rief: »Da kommt ja unser Grillmeister!« Alle wandten sich ihnen zu und sahen ihnen neugierig entgegen.

Nett sehen die aus, dachte Amelie, als sie neben Steffen auf dessen Freunde zuging.

»Das ist Amelie«, sagte Steffen. Er stellte ihr seine beiden Mitbewohner und deren Freundinnen ausführlich vor, und für einen kurzen Moment schwirrte Amelie der Kopf, als sie versuchte, sich alles zu merken: Mike, blonde Dreadlocks, Ringelpullover, Cordhose, Dennis, kurze Haare, Kapuzenpulli, uralte Jeans, beide Gärtner wie Steffen selbst. Dann ihre Freundinnen: Miriam, schwarze Haare, schwarze Kleidung, Friseurin, gehörte zu Dennis, blieb noch Mikes blonde Freundin Kirsten, zierlich und im bunten Hippiekleid.

»Setz dich doch zu uns«, sagte Kirsten und klopfte einladend neben sich auf die Bank. »Während die Jungs wichtig um den Grill herumstehen und fachmännisch den Röstgrad des Fleischs und gefallene Tore diskutieren, sind wir hier zur Sklavenarbeit verdonnert.«

»Dann habt ihr hoffentlich noch ein Messer für mich«, sagte Amelie und setzte sich neben Kirsten.

»Du bist also Amelie.« Miriam musterte sie neugierig. »Und du wohnst bei Steffens Mutter?«

Amelie nickte. »Seit ein paar Wochen.«

»Warum?«, fragte Kirsten geradeheraus.

»Zuhause ...«, Amelie zögerte, suchte nach Worten, »ich brauchte Abstand zu meiner Familie, das trifft es wahrscheinlich am besten.«

»Das kenne ich«, sagte Kirsten, »ich würde auch lieber heute als morgen zu Hause ausziehen, aber solange ich studiere, kann ich mir das abschminken. Du gehst doch noch zur Schule, oder? Wie finanzierst du dich?«

»Ich gehe arbeiten, und das Zimmer bei Roswitha ... bei Steffens Mutter ist nicht so teuer.«

Offensichtlich hatte der Radioreporter ein wichtiges Tor verkündet, denn die drei Jungs am Grill brachen plötzlich in Jubel aus, prosteten sich ausgiebig mit ihren Bierflaschen zu und vollzogen eine komplizierte Abfolge von Gesten und Siegerposen. Dann stellten sie sich hintereinander auf, fassten ihren Vordermann an die Schultern und zogen als kurze Polonaise durch den Garten, während sie »So sehn Sieger aus, shalalalala« sangen. Dann scharten sie sich wieder um den Grill, als hätte es die kleine Performance nie gegeben.

Die Mädchen kicherten. Miriam hatte Amelies Erstaunen bei der Vorstellung bemerkt. »Siehst du das zum ersten Mal?«

Amelie nickte. »Das heißt, das passiert öfter?«, fragte sie gespielt besorgt – froh, dass sie ein anderes Gesprächsthema gefunden hatten. »Muss ich mir Sorgen machen?«

»Wenn du Glück hast, bekommst du das heute noch häufiger zu sehen.« Miriam kicherte. »Eigentlich immer, wenn du in ihrer Nähe bist und gerade Fußballzeit ist. Das wirst du schnell merken, wenn du mal in die WG kommst. Da verschanzen die sich in ihrem Fernsehzimmer, und wir dürfen nur rein, wenn wir Nahrung oder Getränke bringen. Und dabei kein Wort sagen, natürlich.«

»Okay …«, sagte Amelie gedehnt und fuhr fort: »Das sagt hoffentlich nichts über die sonstigen Regeln zwischen Männern und Frauen in der WG aus. In dem Fall müsste ich mir sehr genau überlegen, ob ich je zu Besuch komme.«

»Nein, nein, Miriam hat ja nur die Hälfte erzählt«, rief Kirsten, »das gibt es durchaus auch andersherum. Wenn wir was gucken wollen, das die Jungs blöd finden …«

»… wie zum Beispiel eine Hollywood-Komödie oder *Germany's Next Topmodel* oder so«, warf Miriam ein und grinste breit.

»… dann bekommen wir den gleichen Service von den Jungs. Getränke, Häppchen, klappt wunderbar.«

»Hast du Steffen denn bei sich zu Hause nie so erlebt?«, fragte Miriam.

Amelie schüttelte den Kopf. »Nee. Aber er guckt ja nie Fußball, wenn er mal da ist. Und so oft ist er ja auch nicht zu Hause.«

Der Berg ungepellter Kartoffeln hatte sich deutlich verkleinert und war, zu Scheiben zerschnitten, in der großen Schüssel gelandet.

»Steffen, denkst du an den Salat?«, rief Kirsten zum Grill herüber.

Steffen drehte sich zu ihnen um und zwinkerte Amelie, deren Blick er gesucht hatte, zu. Dann sagte er: »Der Ansatz für die Vinaigrette steht drinnen, ihr müsst nur noch eine Tasse heißes Wasser dazugeben.« Er wandte sich wieder dem Grill zu, um dann unvermittelt ein weiteres Mal zusammen mit Mike und Dennis das Polonaise-Ritual zu zelebrieren, nachdem der Radiomann unverständliche Dinge gebrüllt hatte.

»Los, mitmachen!«, rief Dennis, als sie singend am Tisch vorbeizogen.

»Nee, lass mal, beim nächsten Tor vielleicht.« Kirsten winkte lachend ab. Sie neigte sich Amelie zu und raunte: »Und außerdem haben wir die Choreographie nicht drauf. Miriam und ich haben überlegt«, sie kicherte und vergewisserte sich, dass die Jungs außer Hörweite waren, »wir proben heimlich, und dann machen wir einfach mal mit, wenn sie nicht damit rechnen. Wie wär's – bist du dabei? Wir treffen uns dann mal und üben.«

»Klar, gerne«, sagte Amelie spontan und fühlte sich plötzlich so wohl wie schon lange nicht mehr.

»Ich hol mal die Vinaigrette.« Kirsten kletterte aus der Bank und ging in die Hütte.

»Wo kommt das hier hin?«, fragte Amelie und deutete auf die Kartoffelschalen.

»Ich zeig dir, wo der Kompost ist«, bot Miriam an und griff nach dem Tablett, auf dem sie die Kartoffelschalen gesammelt hatten.

»Halt – wohin wollt ihr?«, rief Steffen plötzlich, als er sah, dass Miriam und Amelie sich anschickten, in den hinteren Teil des Gartens zu gehen.

»Wieso? Zum Kompost«, antwortete Miriam. »Was ist denn los?«

Steffen grinste verlegen und sagte: »Da habe ich noch eine Überraschung für Amelie, die will ich ihr aber erst später zeigen.« Mike und Dennis stießen sich feixend an und tauschten bedeutungsvolle Blicke. Steffen errötete, räusperte sich und fuhr fort: »Du kannst direkt Schnittlauch von hinten mitbringen, Miriam.«

»Zu Befehl, Maître.« Miriam schlug die Hacken zusammen und verschwand über einen schmalen Weg hinter der Hütte.

Amelie fühlte Hitze in ihrem Gesicht. Hoffentlich bin ich jetzt nicht knallrot geworden, dachte sie und wusste gleichzeitig, dass diese Hoffnung vergebens war. Kurz war ihr unbehaglich damit, derart im Mittelpunkt des Interesses zu stehen. Steffens Blick schien um Entschuldigung zu bitten, er hob die Arme und ließ sie wieder fallen. Amelie musste lachen und spürte sofort, dass die Anspannung von ihr abfiel. Onkel Jonny hatte recht: Sie sollte sich einfach mal amüsieren. Um welche geheimnisvolle Überraschung es sich wohl handelte? Hinter der Hütte? Der Flirt mit Steffen machte ihr mehr und mehr Spaß, sie fühlte sich wohl mit ihm. Und wie schön es war, mit den beiden Mädchen zu plaudern, auch wenn diese neugierige Fragen stellten. Mit Steffens Mitbewohnern hatte sie zwar noch nicht viel gesprochen, aber sie machten einen entspannten, netten Eindruck.

Amelie half Kirsten, den Salat fertigzustellen, während Miriam den Tisch deckte. Offenbar war die Clique ein eingespieltes Team, denn zeitgleich waren Steaks und gegrilltes Gemüse servierfertig. Die Dämmerung hatte eingesetzt, und zwei Windlichte mit dicken Blockkerzen und eine Lichterkette mit bunten Lampions spendeten warmes Licht. Jemand hatte eine Reggae-CD eingelegt – Mikes Rastalocken ließen Amelie vermuten, dass er es gewesen sein könnte. Die Musik lief leise im Hintergrund und störte ihre Unterhaltung nicht. Alle erzählten reihum von ihrer Woche, lustige oder aufregende Dinge, die sie mit Kunden, Kollegen oder Kommilitonen erlebt hatten. Es wurde viel gelacht und noch mehr dazwischengefragt, während sie die butterzarten Steaks und den Salat aßen. Amelie hörte zu, lachte mit ihnen und fühlte sich so wohl wie schon lange nicht mehr. Steffen saß ihr gegenüber und sah sie immer wieder an, lächelte ihr zu oder erforschte ihre Reaktion auf die eine oder andere Anekdote, die am Tisch erzählt wurde.

»Und wie war deine letzte Woche, Amelie?«, fragte Mike plötzlich.

Amelie, überrumpelt, sah Steffen Hilfe suchend an. »Na ja, äh ... ich bin zur Schule gegangen und habe gearbeitet, nicht weiter aufregend, fürchte ich.«

»Was arbeitest du eigentlich? Das hast du uns noch gar nicht erzählt«, meldete sich Kirsten zu Wort.

»Ich bin halbtags im Supermarkt. Da habe ich übrigens Steffens Mutter kennengelernt, sie arbeitet auch dort. Ich arbeite während der Woche halbtags nach der Schule und samstags meist den ganzen Tag«, sagte Amelie.

»Wow.« Kirsten war beeindruckt. »Dann hast du bestimmt nicht viel Freizeit, wenn du im nächsten Jahr dein Abitur machen willst.«

»Deswegen musste ich sie ja fast gewaltsam hier hinschleppen!«, rief Steffen. »Ich habe sie schon tausendmal eingeladen, aber sie hat ja nie Zeit. Aber vor ein paar Tagen habe ich sie überrumpelt, zusammen mit einem alten Freund. Und deswegen auch die Überraschung. Gehört alles zum Deal.« Er musterte Amelie und sagte: »Ich glaube allerdings gerade, die junge Dame hier ist nicht die Spur neugierig.«

»Und das erkennst du genau woran?«, fragte Amelie zurück und ging auf seinen verspielten Ton ein.

»Nun ja – ich kann nicht behaupten, dass ich viel Begeisterung sehe.«

»Ach, ach«, Amelie seufzte theatralisch, »da hat aber jemand Onkel Jonnys Tipps nicht verstanden. Und außerdem: per Definition ist eine Überraschung etwas, das man plötzlich und unerwartet präsentieren sollte, ohne schon vorher Applaus und Aufregung einzufordern. Das mit der Dramaturgie müssen wir wohl noch ein bisschen üben.«

»Hört, hört«, rief Dennis feixend, und die anderen lachten.

»Ihr spinnt ja beide«, kreischte Kirsten vergnügt. »Was soll das denn überhaupt für eine Überraschung sein, wenn sie schon Bestandteil eines Deals zwischen euch ist?«

»Amelie weiß doch nur, dass sie eine Überraschung von mir bekommt, das habe ich ihr versprochen. Aber sie weiß nicht, was es sein wird«, erklärte Steffen.

»Ach, und trotzdem soll sie hier schon aufgeregt rumhopsen und dich dafür feiern, dass du nur machst, was du versprochen hast?« Kirsten schüttelte den Kopf. »Wow, das muss man sich erstmal trauen.«

»Also, jetzt reicht's mir aber«, sagte Steffen, stand auf und hielt Amelie die Hand hin. »Komm.«

»Ohoho!«, riefen die anderen fröhlich im Chor, als Amelie sich von Steffen wegziehen ließ.

An der Ecke der Hütte flüsterte er: »Warte kurz« und lief noch einmal zurück. Im Garten hinter der Hütte wurde es hell. Steffen kam zurück, ergriff wieder ihre Hand und sagte: »Licht angemacht, sonst siehst du ja nichts.«

Er führte sie zwischen Reihen von Kohlköpfen hindurch zu einem kleinen Beet, dessen Bepflanzung von einer glänzenden, dunkelgrünen Plastikfolie verdeckt war, und blieb davor stehen.

»Hier ist es«, verkündete er feierlich.

»Das nenne ich mal eine Überraschung: ein Grab«, konstatierte Amelie in gespieltem Ernst. Ihr war natürlich klar, dass die Überraschung unter der Plane lag, aber sie konnte es sich nicht verkneifen, Steffen zu ärgern.

Prompt starrte er sie bestürzt an. »Aber das ist doch kein ...

also wirklich, Amelie!« Er bückte sich, griff nach der Plastikfolie und zog sie mit einem Schwung weg. Amelies Hand hatte er dabei nicht losgelassen.

Das Beet war komplett mit Astern bepflanzt, dicke, kugelige Blüten drängten sich aneinander, dicht an dicht, in zwei Farben. In der Mitte bildeten die Blumen in pink ihren Namen mit einem Ausrufezeichen dahinter, schienen schwerelos zu schwimmen in einem Meer tief dunkelvioletter Blütenkissen.

»Du bist verrückt«, murmelte Amelie, überwältigt von diesem Anblick. Sie spürte, wie Steffen ihre Hand leicht drückte.

»Gefällt es dir?«, flüsterte er neben ihr.

»Na ja«, sagte Amelie, »nicht gerade meine Lieblingsfarben. Und ich glaube, das ist das Kitschigste, das ich je gesehen habe.« Sie bemerkte, dass er erstarrte, und fügte schnell hinzu: »Ich hab nur Spaß gemacht, entschuldige. Ich bin so verlegen, dass ich nicht weiß ... das ist so wunderschön, Steffen. Ich weiß einfach nicht, was ich sagen soll.« Enttäuscht registrierte sie, dass er ihre Hand losließ. Bestimmt war sie mit ihrer Frotzelei zu weit gegangen ...

Steffen drehte sie sanft zu sich herum, nahm ihr Gesicht in seine Hände und sah sie liebevoll an. »Was bist du nur für eine kleine Kratzbürste«, flüsterte er und küsste sie.

Amelies Arme wanderten ganz von allein um seine Taille, als sie seinen Kuss herzklopfend erwiderte. Steffen fühlte sich gut an, schmal und sehnig, ganz anders als Justus, der größer und muskulöser gewesen war ... Sie erstarrte und bog den Kopf zurück. Vorsichtig löste sie sich von Steffen, hielt seine Hände aber in ihren fest. Er nickte, als hätte sie ihm soeben eine Frage beantwortet. »Geht dir das zu schnell?«

Ja, dachte Amelie, wenn mir bei unserem ersten Kuss mein Ex einfällt, dann ist das vielleicht wirklich ein Zeichen dafür, dass wir zu schnell sind.

Sie strich Steffen mit der Hand über die Wange und sagte: »Gib mir noch ein wenig Zeit, ja? Es gibt Dinge, über die ich nachdenken muss.«

»Über mich?«, fragte er besorgt.

»Nein. Über mich und das, was eigentlich längst Vergangenheit sein sollte. Ich bin so durcheinander, Steffen. Und verliebe mich gerade in dich, und das bringt mich noch mehr durcheinander, verstehst du?«

Er lächelte sie liebevoll an. »Du bist mir wichtig, Amelie. Zuerst habe ich gedacht, du bist mir nur deshalb wichtig, weil meine Mutter dich mag. Ich hatte ein schlechtes Gewissen, nachdem ich so überstürzt ausgezogen bin. Aber das stimmt nicht. Irgendwann hat Dennis mich damit aufgezogen, dass ich ständig von dir rede. Mir selbst ist das überhaupt nicht aufgefallen.« Steffen zog sie an sich und murmelte: »Ich ... Wenn du Zeit brauchst, dann ... dann ist das okay. Aber ich möchte dich noch einmal küssen.«

Amelie legte ihm lachend die Arme um den Hals.

»Und ich möchte dich auf jeden Fall noch mindestens einmal küssen, Steffen Döring.«

Endlich lösten sie sich voneinander und schlenderten Hand in Hand zurück zu den anderen.

»Was ist es, was ist es?«, schrie Miriam sofort, als sie die beiden sah. »Dürfen wir sehen, was es ist?«

Steffen lachte. »Die Jungs haben nichts verraten? Gut gemacht, Männer. Von mir aus könnt ihr gucken gehen.«

Kirsten und Miriam sprangen auf und rasten hinter die Hütte. Nach ein paar Sekunden konnte man ihre Entzückensschreie bis zu ihnen nach vorne hören.

»Er hat den ganzen Mittag hinten auf den Knien gehockt und das Kunstwerk für dich gebastelt«, sagte Dennis. »Ich sag noch, setz den Standard nicht so hoch, Steffen, ein schöner Strauß

Blumen tut es doch auch, aber er hört ja nicht. Und wer muss jetzt dafür büßen? Wir.«

»Genau«, bestätigte Mike. »Vielen Dank auch, Steffen.«

In diesem Moment kamen die beiden Mädchen zurück, und Kirsten warf Mike die Arme um den Hals und zirpte: »Ich will auch so was!«

»Ich auch«, verkündete Miriam und tippte Dennis vor die Brust. »Dann lass dir mal schön was einfallen, mein Freund.«

»So«, rief Dennis gespielt empört, »und wem verdanken wir das? Steffen. Nochmals vielen Dank.«

Alle lachten, und sofort begann ein lautstarker Wettbewerb darum, wer die beste Idee für die verrückteste Überraschung hatte.

Amelie saß zwischen ihnen, an Steffen gelehnt, der den Arm um ihre Taille gelegt hatte. Sie war dankbar, dass niemand fragte, was sie so lange hinter der Hütte gemacht hatten, auch anzügliche Bemerkungen waren komplett ausgeblieben. Das wäre auf dem Internat ganz anders abgelaufen, dort war nichts unbeobachtet oder unkommentiert geschehen – erst recht keine Beziehung oder eine, die sich gerade anbahnte. Das Internat ... die Zeit dort war so weit weg, schon fast nicht mehr wahr.

Amelie war plötzlich todmüde und fröstelte. Sie gähnte verstohlen. Kein Wunder, sie war schon um sechs Uhr morgens zum Dienst im Supermarkt angetreten, und nach Feierabend hatte sie gerade Zeit für eine Dusche gehabt, bevor Steffen geklingelt hatte.

»Möchtest du nach Hause?«, flüsterte er ihr ins Ohr.

Sie nickte. »Nimm es mir bitte nicht übel, aber ich bin wirklich müde.«

Steffen lachte leise. »Du wirst immer kleiner neben mir, ich habe schon befürchtet, dein Kopf fällt gleich auf den Tisch, weil du im Sitzen eingeschlafen bist. Lass uns fahren.« Er zog sie an der Hand von der Bank hoch und verkündete: »Ich bringe Amelie nach Hause. Bis später.«

Amelie verabschiedete sich von den anderen, die sie erst gehen ließen, nachdem sie versprochen hatte, sich bald wieder blicken zu lassen.

Leise schloss Amelie die Wohnungstür auf. Alles war dunkel und still, Roswitha schlief also schon.

Amelie hängte ihre Jacke an die Garderobe und ging auf Zehenspitzen ins Bad. Sie drehte den Wasserhahn an, nahm ihre Zahnbürste, blickte in den Spiegel und hielt inne: Sie sah ein lächelndes, rosiges Gesicht mit glänzenden Augen. Sie starrte sich selbst erstaunt an, denn sie hatte schon lange nicht mehr so glücklich ausgesehen.

Amelie schloss die Augen und berührte ihre Lippen, die noch immer Steffens letzten Kuss spürten. Nach einer schweigsamen Fahrt, während der Amelie ständig darum hatte kämpfen müssen, nicht einzuschlafen, hatte Steffen sie bis zur Haustür begleitet und in den Arm genommen.

»Du hast nette Freunde, Steffen. Ich habe mich sehr wohlgefühlt, danke für den schönen Abend.«

Er löste sich von ihr. »Ich habe noch etwas für dich.« Steffen ließ seinen Rucksack von der Schulter gleiten; Amelie hatte sich schon gewundert, warum er die Tasche mitgenommen hatte, obwohl er sie nur bis zur Tür bringen wollte. Sie war erleichtert, dass er nicht versuchte, sich noch bei ihr einzuladen. Zu ihrer Überraschung holte er einen Bilderrahmen heraus.

Er grinste verlegen. »Für dich.«

Steffen drehte den Rahmen um, und erst jetzt konnte Amelie sehen, was er ihr schenkte: ein gerahmtes Foto des Asternbeets.

»Damit du eine Erinnerung hast, du kannst ja nicht jeden Tag in den Garten fahren, um es dir anzusehen.«

Um ihre Rührung zu überspielen, sagte Amelie: »Onkel Jonny wird zufrieden mit dir sein. Und wenn er mich fragt – ich werde Höchstnoten für den Abend vergeben.«

Steffen lachte und umarmte sie. »Dann bin ich also im Recall?«

Amelie schmiegte sich an ihn. »Du bist auf jeden Fall eine Runde weiter.«

Sie küssten sich, dann sagte Steffen: »Ich muss zurück, die Jungs warten. Wir sind heute mit meinem Auto unterwegs.«

Sie war mit dem Aufzug zur Wohnung hinaufgefahren, und vermutlich hatte sie während der gesamten Zeit diesen Gesichtsausdruck gehabt, dieses selige Lächeln und diese leuchtenden Augen, die ihr erzählten, was ihr Verstand noch nicht zulassen wollte. Dieser eine Abend mit Steffen und seinen Freunden schien sie ins Leben zurückgeholt zu haben.

Ein leises Miauen neben sich ließ Amelie wieder in die Wirklichkeit zurückkehren. Sie blickte nach rechts. Mimi saß auf dem Toilettendeckel und sah sie aufmerksam an. Amelie streichelte das Köpfchen der Katze, die sofort knatternd schnurrte. »Na, meine kleine Maus? Weißt du, mit wem ich heute verabredet war? Mit Steffen. Und es war so schön …«

Amelie putzte sich schnell die Zähne und legte sich ins Bett. Sie wollte dieses warme, wohlige Gefühl mit in den Schlaf nehmen, vielleicht davon träumen, wie sie sich geküsst hatten. Das Foto hatte sie auf den Schreibtisch gestellt, über den endgültigen Platz wollte sie sich noch Gedanken machen. Was Roswitha wohl dazu sagen würde, dass ihre Mitbewohnerin und ihr Sohn … ob sie sich wohl freuen würde? … Aber noch war es schließlich nicht so weit. Das Foto konnte bis dahin als Beweis für Onkel Jonny durchgehen … oder war das schon ein Zeichen für ihre Verliebtheit? War sie denn überhaupt verliebt? Oder war sie Steffen vielleicht nur dankbar, weil er sie aufgemuntert hatte? Seine Küsse hatten sich so gut angefühlt ... Seine Arme hatten sie gewärmt wie ein warmer Wintermantel bei Schneegestöber ... Ihr Herz klopfte ...

Das Letzte, was sie spürte, war Mimi, die leichtfüßig auf das Fußende ihres Bettes sprang und sich dort schnurrend zusammenrollte.

Kapitel 50

Maren »Begleitservice Behringer, guten Tag, Sie sprechen mit Maren Behringer.«

»Hier ist Ingeborg Scheele, hallo, Frau Behringer.«

Schnell tippte ich den Namen ein und rief das entsprechende Profil in meiner Datenbank auf. Ingeborg Scheele, Restaurant- und Hoteltesterin für ein erstklassiges Hochglanzmagazin. Eine attraktive Dame Mitte vierzig, die Harald regelmäßig als Begleiter bestellte, wenn sie ein neues Restaurant auszuprobieren hatte.

»Frau Scheele, was können wir für Sie tun? Sind Sie demnächst wieder in der Stadt? Für wann darf ich reservieren?«

»Frau Behringer, ich ... ich habe ein Attentat auf Sie vor.« Sie lachte nervös. »Besser gesagt: auf Harald, vorausgesetzt, er ist von morgen bis Sonntag frei. Ich weiß, das ist überaus kurzfristig, aber ich bin in einer Notlage, meine ursprüngliche Planung ist mir gerade kollabiert, und ich weiß so schnell nicht ...«

Ich saß stumm da, heilfroh, dass Frau Scheele redete und redete, während ich versuchte, mich unter Kontrolle zu bekommen. Da war sie: Die Anfrage, vor der ich mich gefürchtet hatte, seit zum ersten Mal die bloße Möglichkeit im Raum gestanden hatte.

Harald und ich hatten uns darauf geeinigt, derartige Anfragen – nach sorgfältiger Prüfung – anzunehmen. Ich hatte mir tatsächlich vorgemacht, damit umgehen zu können, aber mein rasendes Herz machte diese Hoffnung gerade zunichte.

»Frau Behringer? Bitte, sagen Sie mir, dass Harald verfügbar ist, sonst muss ich die Reise verschieben. Ich brauche unbedingt einen Begleiter, wenn ich das Hotel unauffällig testen will.« Ingeborg Scheele schwieg erwartungsvoll.

Los, Maren, jetzt sag was, sonst denkt sie noch, du bist am Telefon eingeschlafen.

»Äh ... von Mittwoch bis Samstag, sagten Sie? Moment, ich schaue kurz nach«, sagte ich, um überhaupt ein Lebenszeichen von mir zu geben.

Ich wusste natürlich genau, dass Harald verfügbar war – verfügbar, wie sich das anhörte! Als wäre er ein Versandhausartikel, der auf Lager war.

Eigentlich hatten wir uns fest vorgenommen, ein wenig Zeit miteinander zu verbringen, vielleicht eine kleine Reise, Qualitätszeit als Ehepaar, nur zu zweit ...

»Fünftausend Euro«, rief sie plötzlich. »Wir hatten ja noch nicht über den Preis gesprochen. Ich biete Fünftausend, das zahlt mein Arbeitgeber. Schließlich können Sie ihn für fünf Tage nicht vermieten.«

»Ihr Arbeitgeber zahlt Fünftausend?«, fragte ich zweifelnd.

»Frau Behringer, ich flehe Sie an.« Ihre Stimme wurde immer beschwörender. »Es geht um eine wichtige, lange geplante Reportage. Ein neues Wellness-Resort für Leute mit zu viel Geld wird eröffnet, mit allem Trara. Es sind zwei Plätze für den Eröffnungsball reserviert, Golfstunden, Behandlungen im Spa, Tischreservierungen im hoteleigenen Feinschmeckerrestaurant – alles für zwei Personen. Ich kann unmöglich allein dort auftauchen, kein Kollege ist frei, mein Bekannter, der mitfahren wollte, ist krank geworden ...«

Sie schnappte nach Luft, so schnell hatte sie geredet.

Ich wusste keinen anderen Ausweg, als zu sagen: »Ich muss mit Harald sprechen, Frau Scheele. Das kann ich ohne Rücksprache mit ihm nicht entscheiden. Er hat sich ein paar Tage freigenommen.«

»Oh, bitte, fragen Sie ihn«, rief Ingeborg Scheele. »Ich lege privat noch tausend Euro als Taschengeld für ihn drauf, sagen Sie ihm das. Vielleicht stimmt es ihn um.«

»Ich frage ihn, Frau Scheele«, erwiderte ich lahm und versprach, noch am Vormittag zurückzurufen, um ihr Bescheid zu sagen.

Dann saß ich minutenlang bewegungslos da und versuchte, die Energie aufzubringen, nach Harald zu suchen.

Ich fand ihn in der Küche. Er saß mit Johanna am Tresen und erzählte ihr von seinem vorhergehenden Abend, den er mit Mathilde von Beck bei einem klassischen Konzert verbracht hatte.

Als ich die Küche betrat, lachten die beiden gerade herzlich, und Johanna rief: »Du solltest ein Buch schreiben!«

Ich machte mir einen Cappuccino, während Harald und Johanna sich fröhlich weiter unterhielten.

Ich stellte meine Tasse auf den Tresen und setzte mich dazu.

Johanna lachte immer noch und fragte: »Sag mal, hat Harald dir schon erzählt, wie er und Mathilde gestern mit diesem arroganten Kellner zusammengestoßen sind? Zu komisch, wirklich!«

Ich schüttelte den Kopf. »Hat er noch nicht. Ich störe euch nur ungern, aber ... Harald, kann ich dich allein sprechen, bitte?«

»Wieso, worum geht es denn?«, sagte Johanna und blieb wie festgewachsen sitzen. »Eine Anfrage? Ich habe doch gerade das Begleitservice-Telefon klingeln hören, wer war es denn?«

»Frau Scheele«, erwiderte ich automatisch.

»Ingeborg«, riefen Harald und Johanna gleichzeitig, und Johanna fuhr fort: »Harald, du Glückspilz, du wirst wieder mal wie ein König schlemmen dürfen! Hach, darum beneide ich dich wirklich.« Sie lachte. »Ich glaube, ich werde Ingeborg demnächst mal fragen, ob ich sie nicht mal begleiten kann. Ich gehe auch ganz umsonst mit!«

»Mutter, bitte ... Harald ...« Ich versuchte, mir Aufmerksamkeit zu verschaffen.

»Jetzt sag schon«, bohrte Johanna weiter, »was will Ingeborg? Und warum guckst du so verkniffen aus der Wäsche?«

Sie musterte mich nachdenklich, dann hellten sich ihre Gesichtszüge in plötzlicher Erkenntnis auf. »Es geht um mehrere Tage, richtig? Ingeborg hat doch erzählt ... Moment ... sie muss auf irgendeine Nordsee-Insel, in ein Luxushotel mit Spa und Casino, daran kann ich mich schwach erinnern. Aber das ist doch super! Was zahlt sie denn?«

»Viel Geld«, sagte ich und fing Haralds Blick auf, der ernst und fragend war.

»Wie viel, sag schon«, insistierte sie mit glitzernden Augen. »Lass dir doch nicht alles aus der Nase ziehen.«

»Johanna, bitte, ich würde wirklich gern allein mit Harald ...«

»Seit wann haben wir denn Geheimnisse voreinander?«, fuhr Johanna auf. »Zierst dich hier, also wirklich. Und warum ist hier eigentlich auf einmal so eine betretene Stimmung? Ich dachte, das mit den Reisen hättet ihr geklärt, und wir hätten beschlossen, dass wir das machen wollen. Ich hätte kein Problem damit, wenn Jonny eine Dame für ein paar Tage begleiten würde.« Sie runzelte die Stirn. »Ihr habt das doch besprochen? Oder habt ihr das nur gesagt, damit ich die Klappe halte?«

»Wenn ich ein Mittel dafür wüsste, dass du die Klappe hältst, würde ich es jetzt einsetzen«, fauchte ich wütend.

»Sag ihr halt, was Ingeborg angeboten hat«, meldete Harald sich zu Wort. »Und dann, Johanna, lässt du uns bitte allein.«

Er tauschte einen Blick mit mir. »Wir möchten dich nicht noch einmal darum bitten.«

Johanna blitzte ihn aus funkelnden Augen an, schwieg aber.

Harald nickte mir zu. »Also raus damit.«

»Fünftausend, plus Tausend als Taschengeld für Harald«, sagte ich und bemerkte selbst aus den Augenwinkeln, wie Haralds Brauen hochschnellten.

Von Johanna war nur ein Keuchen zu hören, dann rief sie: »Das ist die Bundesliga! Wir haben es geschafft!«

»So«, sagte Harald zu ihr, »und jetzt raus. Wir möchten uns allein unterhalten.«

Sie schnappte beleidigt nach Luft, ging aber ohne weiteren Protest.

Zwischen Harald und mir entstand unbehagliches Schweigen, als wären wir zwei Fremde, die es zufällig an einen Tisch verschlagen hat und feststellen müssen, dass es mit dem Gegenüber kein gemeinsames Gesprächsthema gibt.

Ich saß zwar äußerlich ruhig am Tresen, aber in meinem Inneren tobte es. Theoretisch über eine Sache zu sprechen und eine Vereinbarung zu treffen, war eine Sache, aber eine andere war es, konkret damit konfrontiert zu werden, wie ich gerade feststellen musste. Aber konnte ich jetzt einfach hingehen und sagen, dass ich meine Meinung geändert hatte? Dass es mir gerade schier das Herz zerriss? Wie würde Harald reagieren und wie – Gott bewahre! – Johanna?

Plötzlich sagte Harald: »Sechstausend Euro, hm? Das ist eine Menge Geld.«

In diesem Moment wusste ich, dass es kein Zurück mehr gab, dass ich keine neue Diskussion um dieses Thema beginnen konnte.

»Ja«, erwiderte ich mit dünner Stimme, »das ist ein großzügiges Angebot, das kann man wohl kaum ablehnen, oder?«

Er sah mich forschend an und nahm meine Hand. »Du fühlst dich nicht wohl damit.«

Das war keine Frage, sondern eine Feststellung.

Ich versuchte ein Lachen und sagte betont munter: »Der eigene Mann mit einer anderen für ein paar Tage in einem Luxushotel – davon träumt doch wohl jede Frau, nehme ich an.«

»Sechstausend Euro«, wiederholte Harald eindringlich.

»Du könntest ja mit deinem Tausender Taschengeld ins Casino gehen und mehr daraus machen. Viel mehr.«

»Welches Casino?«, fragte Harald erstaunt. »Erzähl mir doch mal, um was es überhaupt geht bei Ingeborgs Anfrage.«

Wie immer, wenn Harald eine seiner Kundinnen beim Vornamen nannte, gab es mir einen Stich. Ich riss mich zusammen und berichtete ihm alles, was ich wusste.

»Und wann soll es losgehen?«

»Schon morgen.«

»Das heißt ja ...«

»Genau. Wenn wir zusagen, müssen wir sofort packen. Willst du vorher noch einmal zum Friseur?«

Er schüttelte den Kopf. »Das kann ich doch bestimmt vor Ort machen, oder?« Er lachte. »Dann kann Ingeborg auch gleich eine Kritik über den Hotelfriseur schreiben.«

Ich merkte plötzlich, dass sich in meinen Kummer auch Neid mischte. Er freut sich richtig darauf, dachte ich, aber warum auch nicht? Er fährt weg, macht ein paar Tage bezahlten Luxusurlaub ... und ich?

Aschenputtel hockt zu Hause, während der Prinz hofiert wird. Freut er sich nur auf ein paar schöne Tage, oder freut er sich darauf, für ein paar Tage von mir wegzukommen? Hervorragend, jetzt bin ich nicht nur eifersüchtig und traurig, sondern zusätzlich auch noch neidisch und wütend. Auf ihn? Auf mich selbst? Wenn ich das nur wüsste ...

Haralds Stimme drang wieder zu mir durch. »He, einer

zu Hause? Hilfst du mir denn nun?« Er sah mich erwartungsvoll an.

Er hatte mich offenbar um etwas gebeten, aber um was?

»Harald, entschuldige, ich war mit meinen Gedanken ganz woanders. Wobei soll ich dir helfen?«

»Beim Kofferpacken, Träumerle. Ich werde eine Menge einpacken müssen.«

»Ja«, sagte ich automatisch, »Abendgarderobe, Freizeitkleidung – sie sagte etwas von Golfstunden –, mindestens eine Badehose, Nachtwäsche und so weiter.« Ich zwang mich zu einem Lächeln. »Vielleicht sollte ich dir mein Beautycase leihen, damit du deine ganzen Tuben und Tiegelchen verpackt bekommst.«

»Wie sieht das denn aus, wenn ich mit so einem Schönheitsköfferchen angetanzt komme. Nee, nee, das müssen wir diskreter verpacken. Aber solltest du Ingeborg nicht anrufen? Oder hast du schon bei eurem Gespräch zugesagt?«

»Natürlich nicht. Niemals, ohne mit dir vorher zu sprechen, das weißt du doch. Kann ja sein, dass du ...«

»Dass ich etwas Besseres vorhabe als einen bezahlten Luxusurlaub?«, fiel er mir fröhlich ins Wort. »Einen mit sechstausend Euro bezahlten Luxusurlaub? Da fällt mir jetzt so schnell nichts ein!«

Ach nein?

Mit deiner Frau Zeit verbringen, vielleicht? So, wie wir es uns vorgenommen haben? Ich könnte dich ohrfeigen, weißt du das?

Ich stellte meine Tasse in die Spüle und versuchte, mich wieder zu sammeln. Ich konnte Harald nicht für meine Enttäuschung verantwortlich machen – er tat nur, was wir gemeinsam beschlossen hatten, und wie hätte ich ihm das vorwerfen können? Natürlich hätte er sich mir zuliebe etwas weniger freuen können.

»Ich rufe Frau Scheele jetzt an und sage zu. Willst du selbst mit ihr reden? Das wäre vielleicht das Beste, dann könnt ihr direkt besprechen, was für die Tage geplant ist.«

Ohne seine Antwort abzuwarten, ging ich in mein Büro.

»Frau Scheele, hier ist Maren Behringer.«

»Frau Behringer, Sie haben hoffentlich positive Neuigkeiten?« Sie lachte aufgeregt. »Wissen Sie, auf diesen Anruf wartet meine gesamte Redaktion.«

»Dann wird es Sie freuen zu hören, dass Harald Sie gern begleiten wird.«

»Oh, der Mann ist ein Traum!«, rief sie begeistert. »Wo haben Sie den bloß gefunden, Frau Behringer?« Ihre Stimme nahm unvermittelt einen vertraulichen Tonfall an. »Sagen Sie, ist Harald eigentlich vergeben? – Nicht, dass es mich persönlich interessieren würde, aber das fragt man sich bei einem derartigen Prachtexemplar doch unwillkürlich, oder?«, fügte sie eilig hinzu.

Ich schluckte und rang um Beherrschung.

Ja, du Ziege, Harald ist vergeben, und zwar an mich.

Und du lässt besser die Finger von ihm, sonst kann ich für nichts garantieren.

»Nein, das weiß ich leider nicht, Frau Scheele«, sagte ich förmlich. »Da persönliche Beziehungen zwischen unseren Herren und den Damen vertraglich verboten sind, ist das eine Frage, die hier nicht erörtert wird. Das müssen Sie Harald schon selbst fragen.«

Sie kicherte. »Vielleicht mache ich das sogar. Ich habe ein paar alleinstehende Freundinnen ... da könnte ich Harald direkt an die Meistbietende versteigern.«

Harald war hinter mich getreten und flüsterte: »Ingeborg?«

Ich nickte.

»Was muss sie mich selbst fragen?«

Ich schüttelte unwillig den Kopf und sagte in den Hörer: »Frau Scheele, Harald steht gerade neben mir, er ist sofort hergekommen, als ich ihm Ihre Anfrage mitgeteilt habe. Vielleicht möchten Sie die Details direkt mit ihm besprechen?«

»Gern, hervorragend. Haben wir noch etwas zu besprechen?«

»Nein, wir haben einen Preis vereinbart, die Modalitäten sind Ihnen bekannt – im Moment bleibt mir nur, Ihnen ein paar schöne Tage und eine erfolgreiche Reportage zu wünschen. Ich gebe Sie jetzt weiter an Harald. Bis bald, Frau Scheele.«

»Ganz sicher, Frau Behringer! Ich bin immer sehr zufrieden. Auf Wiederhören.«

Ich reichte Harald den Hörer, und das Letzte, was ich hörte, bevor ich den Raum fluchtartig verlassen konnte, war sein fröhliches »Na, Ingeborg? Sie laden mich zu einer wunderbaren Reise ein, habe ich gehört? Ich freue mich!«

Ich stieg langsam die Treppe hinauf. Haralds muntere Stimme, sein Gelächter verfolgten mich bis in unser Schlafzimmer. Ich holte zwei große Koffer aus dem Ankleidezimmer und legte beide aufgeklappt aufs Bett. Dann verließen mich die Kräfte. Ich setzte mich mit hängenden Schultern auf die Bettkante und ließ meinen Tränen freien Lauf.

Plötzlich, viel schneller als erwartet, kam Harald herein. Er lächelte, aber als er meine Tränen sah, kam er schnell zu mir und nahm mich in den Arm. »Maren, was ist denn los?«

Ich versuchte, mich aus seinen Armen zu winden, aber er hielt mich unerbittlich fest.

»Maren, bitte, sprich mit mir. Was hast du?«

Ich beschloss, ihn anzulügen.

»Ach«, schluchzte ich, »ich weiß auch nicht, ich bin plötzlich so traurig. Es ist so eine schwere Zeit für uns beide, und ich bin so müde und erschöpft.«

Ob er mir das abnimmt? Ich kann doch jetzt nicht mit meiner Eifersucht ankommen, wir können sowieso nicht mehr absagen, selbst, wenn wir wollten.

»Mein armes Mädchen«, murmelte Harald zärtlich, »eigentlich hättest du es verdient, in den Urlaub zu fahren. Alles hast du allein regeln müssen. Und du vermisst unsere Amelie, oder?«

Als ich stumm nickte, dankbar, dass er einen Grund für meine Traurigkeit gefunden hatte, fuhr er fort: »Ich vermisse sie auch. Sehr sogar. Aber sie wird wiederkommen, da bin ich sicher. Amelie braucht ein bisschen Abstand von uns. Du kennst doch vom Computerkurs diese Roswitha, arbeitet die nicht im selben Supermarkt wie Amelie? Könntest du sie nicht mal fragen, wie es Amelie so geht?«

»Das kommt nicht infrage. Was ist, wenn Amelie das herausfindet und denkt, ich spioniere ihr hinterher?« Ich schluchzte lauter. »Und dann kommt sie vielleicht nie mehr wieder!«

»Unsinn, Unsinn.« Er wiegte mich in seinen Armen, bis ich mich wieder beruhigt hatte, als wäre ich ein kleines Kind.

»Weißt du was?«, fragte er dann. »Wir beide fahren ein paar Tage zusammen weg, wenn ich wieder zurück bin, ja?«

»Dafür haben wir kein Geld.«

»Unsinn«, sagte Harald wieder. »Ingeborg zahlt sechstausend Euro, und davon nehmen wir uns ein bisschen. Muss ja nicht fünf Sterne mit Butler sein. Vielleicht eine kleine Pension auf dem Land, ganz einfach, Übernachtung mit Frühstück, und wir gehen auf Tour und sehen uns die Gegend an, was denkst du? Hast du Lust?«

Ich setzte mich auf und schnäuzte lautstark meine verstopfte Nase. »Natürlich habe ich Lust, mit dir wegzufahren.« Ich gab mir einen Ruck. »So, und jetzt packen wir deine Koffer. Was sagt Frau Scheele, wann ihr morgen losfahrt?«

»Ich werde um neun Uhr abgeholt, und dann fahren wir mit dem Zug, ist schon alles reserviert.«

Und bestimmt erster Klasse, möchte ich wetten, dachte ich.

Kapitel 51

Maren Ruhelos lief ich durchs Haus.

Vor vier Stunden hatte das Taxi Harald abgeholt, und noch während der Wagen die Einfahrt herunterrollte, war mir schlagartig klar geworden, dass ich gerade einen schrecklichen Fehler beging.

Hatte ich wirklich geglaubt, das aushalten zu können?

Tagelang?

Und schlimmer: nächtelang?

Ich spürte noch immer Haralds Hände auf meinem Körper, seine Küsse und Umarmungen, seine Zärtlichkeiten. Ich hörte noch immer seine Stimme flüstern, dass er nur mich liebte, dass ich die Einzige, die Schönste sei, die ewige Wächterin seines Herzens.

Ich hatte mich letzte Nacht an ihn geklammert wie eine Ertrinkende, aber die Uhr hatte mir unerbittlich die schwindenden Minuten bis zu seiner Abreise vorgezählt.

Schlaflos, unruhig und mit klopfendem Herzen hatte ich mit offenen Augen dagelegen, während Harald seiner Luxusreise mit Ingeborg Scheele ruhig entgegenschlummerte.

Drei Uhr, vier Uhr, fünf Uhr.

Die rot glühenden Ziffern des Weckers hatten mir eines klargemacht: Die Zeit blieb nicht stehen, nur weil ich es wollte.

Beim Klingeln des Weckers war ich längst auf gewesen. Ich hatte lange heiß geduscht und mit Gesichtspackung und Schminke die Spuren meiner durchwachten Nacht verschwinden lassen: die dunklen Augenringe, meine Blässe, meine Kummerfalten, die vom Weinen geschwollenen Lider.

Nichts davon sollte er sehen.

Zum Abschied hatte er mich zärtlich umarmt und lange festgehalten, und ich hatte die aufsteigenden Tränen gewaltsam unterdrückt, die nicht zu der fröhlichen Maske gepasst hätten, die ich mir ins Gesicht gemalt hatte.

Dann war die Autotür zugeschlagen, endgültig, der Taxifahrer gab Gas, und alles war zu spät.

Zu spät, irgendetwas aufzuhalten, zu spät, ihm die Wahrheit über meine Gefühle zu sagen, zu spät, ihn anzuflehen, nicht zu fahren. Fassungslos hatte ich in der Haustür gestanden und dem Taxi hinterhergestarrt, minutenlang unfähig, auch nur einen Muskel zu rühren.

Es war bereits Mittagszeit, als ich an Johannas Tür hämmerte, auf der verzweifelten Suche nach einem Menschen, dem ich mich anvertrauen konnte.

Johanna stutzte, als sie durch die Glasscheibe mein verweintes Gesicht sah, und öffnete rasch die Tür. »Grundgütiger, es ist doch nichts passiert?«

»Nichts passiert?«, schrie ich völlig außer mir. »Ich habe gerade meinen Mann mit einer anderen Frau auf eine Luxusreise geschickt, das ist passiert! Ich habe einen schrecklichen Fehler gemacht, das ist passiert!«

»Ach so.« Johanna winkte achselzuckend ab. »Nichts Neues, also. Komm rein, Jonny und ich essen gerade. Hast du Hunger?«

Sie drehte sich um und ging ins Haus.

Für einen Moment war ich viel zu baff, um zu reagieren, aber dann stürmte ich ihr hinterher. Sie hatte sich wieder an den Tisch gesetzt und aß seelenruhig weiter.

Jonny Winter hingegen stand auf, kam mir entgegen, legte den Arm um mich und geleitete mich an den Tisch.

»Maren, was ist denn los, beruhigen Sie sich bitte. Möchten Sie einen Tee? Oder etwas anderes?«

Ich schüttelte nur den Kopf.

Johanna sagte, ohne von ihrem Teller aufzusehen: »Sie sollte mal einen ordentlichen Schnaps trinken, damit sie sich wieder beruhigt. Ich bin dieses Drama allmählich leid. Schon als Kind hat sie immer so einen Zirkus veranstaltet, furchtbar.«

»Wie kannst du nur so herzlos sein?«, weinte ich. »Ist dir denn völlig egal, wie es mir geht?«

Johanna legte ihr Besteck ab und sah mich streng an. »Du solltest mal allmählich lernen, zu deinen Entscheidungen zu stehen. Verdammt, werd erwachsen, Maren.«

»Das hat mit Erwachsenwerden wenig zu tun, wenn Sie mir die Einmischung erlauben, Johanna. Ihre Tochter stellt jetzt fest, dass eine Entscheidung, die als bloße Theorie gefällt wurde, falsch war. Wenn das Herz spricht ...«

»Ha! Das Herz, dass ich nicht lache«, höhnte Johanna. »So ein sentimentaler Quatsch. Hier sollte höchstens das Konto sprechen. Das ist die einzige Stimme, auf die ich höre. Hier geht es um ein Geschäft, auf das mein Fräulein Tochter sich eingelassen hat. Da kriegt das Herz einen Knebel verpasst und hat gefälligst die Klappe zu halten. Und sechstausend Euro sind ein verdammt guter Knebel.«

»Manchmal denke ich, dass ich Sie überhaupt nicht kenne, Johanna«, sagte Winter. Er klang traurig. »Das ist eine Seite an Ihnen, mit der ich nur schlecht zurechtkommen kann, um ehrlich zu sein.«

»Kommen Sie mir jetzt nicht so, mein Lieber«, fauchte Johanna und sprang auf. Ihr Stuhl fiel krachend um. »Moralpredigten kann ich überhaupt nicht leiden. Außerdem, Jonny, ist das eine Familienangelegenheit, das geht Sie, mit Verlaub, nichts an. Aber wenn ihr beiden eine Front gegen mich bilden wollt, bitte.«

Sie schnappte ihren leeren Teller und marschierte in die Küche.

»Jetzt streitet ihr wegen mir«, flüsterte ich, »das wollte ich nicht.«

»Ich denke, hier geht es gerade um Grundsätzliches, Maren. Ich mag Ihre Mutter sehr, aber das ständige Kreisen um Geld ist mir fremd. Die sechstausend Euro sind unwichtig, wenn Sie das Gefühl haben, eine falsche Entscheidung getroffen zu haben.«

»Aber was soll ich jetzt bloß tun? Am liebsten würde ich ihn zurückholen.« Ich schluchzte auf. »Ich weiß nicht, wie ich die nächsten Tage aushalten soll.«

»Herrgott, hör endlich auf zu jammern!«, rief Johanna aus der Küche. »Das ist ja nicht auszuhalten! Und wage es nicht, irgendetwas zu unternehmen, hörst du? Das verbiete ich dir, das ist geschäftsschädigend!«

Zutiefst enttäuscht sank ich zusammen.

Meine Welt, mein Leben lag in Trümmern. Amelie war vor mir geflohen, Timo hatte schon kleinkriminelle Tendenzen gezeigt – und wie sehr schämte ich mich heute dafür, dass ich auf die Geschichte mit den Hunden so amüsiert reagiert hatte! Amelies Entsetzen und Abscheu darüber konnte ich immer noch vor mir sehen, das angeekelte Gesicht meiner Tochter, die ich damit aus dem Haus getrieben hatte. Niemals würde ich mir das verzeihen können. Und jetzt hatte ich die gerechte Strafe bekommen, verdient und – wie ich mit einem Rest Sarkasmus feststellte – ehrlich erarbeitet.

Ich lachte auf, hart und bitter.

»Ach, das findest du wohl komisch?« Johannas Stimme hatte sich zu einem Keifen gesteigert, mit dem sie ihr wütendes Geschirrgeklapper in der Küche zu übertönen versuchte. »Ich rate dir noch mal: Lass Ingeborg und Harald in Ruhe, sonst ...«

»Sonst was?«, schrie ich zurück. »Muss ich dann ohne Abendbrot ins Bett? Oder sagst du mir, dass du mich nicht mehr lieb hast? Das musst du mir nicht extra sagen, das habe ich längst gemerkt!«

Sie kam aus der Küche gefegt und baute sich vor mir auf. Sie bebte vor Zorn. »Sonst lernst du mich kennen«, zischte sie gefährlich leise. »Von dir lasse ich mir nicht mein Geschäft kaputt machen, hörst du? Ich warne dich.«

»Johanna, Sie gehen zu weit«, sagte Jonny Winter. »Ich verbiete Ihnen, weiterhin so mit Maren zu sprechen.«

Johanna fuhr herum. »Sie wollen mir etwas verbieten, Jonny? Da haben Sie sich aber eine Menge vorgenommen. Und wenn Sie wirklich wollen, dass ich Sie auch nur einen Tag auf Ihrer armseligen Schaluppe begleite ...«

»Ich bin mir nicht mehr sicher, dass ich das will, Johanna.«

Jonny Winters Stimme war ernst, genau so wie seine Augen, ernst und traurig.

»Ah, Sie wollen mich also erpressen? Nicht mit mir. Dann treffe ich jetzt eine Entscheidung: Ich möchte, dass ihr beide meine Wohnung verlasst, und zwar sofort. Hockt euch von mir aus oben zusammen und heult euch gegenseitig den Jackenkragen voll, dann muss ich das Gejammer wenigstens nicht hören. Von Ihnen, Jonny, erwarte ich eine Entschuldigung, und ich möchte *sehen*, dass Sie es ernst meinen. Mit einem popeligen Blumenstrauß ist es da nicht getan. Du, Maren, kannst dich wieder melden, wenn du dich beruhigt hast. Und jetzt raus.«

Sie marschierte zu ihrer Terrassentür, riss sie auf und blieb in der offenen Tür stehen. »Sofort.«

»Bleiben Sie hier, Jonny, und sprechen Sie mit meiner Mutter«, sagte ich und stand auf. »Ich möchte nicht schuld daran sein, dass Sie sich trennen.«

Aber Jonny schüttelte den Kopf. »Jetzt ist sowieso nicht der richtige Moment für ein Gespräch. Wir sind alle aufgeregt. Bekomme ich bei Ihnen noch einen Kaffee, Maren? Ich möchte Sie jetzt ungern allein lassen.«

Ich nickte, und dann gingen wir an Johanna vorbei, die aussah, als wolle sie jeden Moment vor Wut platzen.

Mein Abschiedsgruß wurde nicht erwidert, Jonny blieb stumm.

Hinter uns knallte die Tür ins Schloss.

Kapitel 52

Maren Ich stellte zwei Tassen Milchkaffee auf den Küchentresen und setzte mich zu Jonny Winter.

»Sie sehen erschöpft aus, Maren«, sagte er und nahm meine Hände.

Ich lächelte mühsam. »Kein Wunder, ich habe heute Nacht nicht eine Sekunde geschlafen, ich bin völlig fertig.« Ich seufzte. »Was soll ich denn jetzt bloß tun?«

»Sie hören auf Ihr Herz, und dann tun Sie das, was Ihr Herz sagt. Nichts auf der Welt ist wichtiger als der geliebte Partner oder das geliebte Kind. Geld sowieso nicht. Ich weiß von Johanna, dass Sie es während der letzten Monate sehr schwer hatten. Sie sind eine tapfere und starke Frau, Maren.«

»Das hat sie bestimmt nicht gesagt.«

Jonny Winter lächelte. »Vielleicht nicht mit diesen Worten, aber durchaus in diesem Sinne.«

»Davon habe ich gerade nicht viel gemerkt. Ich merke erst jetzt, zu was ich mich habe überreden lassen. Ich vermiete meinen Mann an andere Frauen, ich bin nicht besser als irgendein x-beliebiger Zuhälter!«

Das brachte Jonny Winter zum Lachen. »Entschuldigen Sie bitte, Maren, aber selbstverständlich sind Sie kein Zuhälter. Sie quälen sich nur unnötig.«

»Ich möchte ihn zurückholen«, murmelte ich.

»Dann tun Sie das.«

»Meinen Sie das ernst, Jonny? Mache ich mich damit nicht lächerlich?«

»In der Liebe und im Krieg ist alles erlaubt, diesen Spruch kennen Sie doch bestimmt. Nichts, aber auch gar nichts ist lächerlich, wenn Sie Ihre Liebe oder Ihre Ehe retten wollen. Wissen Sie denn, wo er sich aufhält?«

Ich dachte angestrengt nach. War der Name des Hotels überhaupt gefallen? Nicht, dass ich mich erinnerte. Und hinterher hatte Harald mit Frau Scheele geredet, als diese ihn über das geplante Programm informiert hatte. Es gab auch keinen Grund, Kontaktdaten auszutauschen, schließlich hatte Harald sein Handy dabei.

»Nicht genau«, gab ich zu. »Aber wie viele brandneue Luxushotels kann es auf so einer kleinen Insel schon geben?«

Jonny Winter lachte. »Nicht allzu viele, das stimmt. Haben Sie ihn denn schon zu erreichen versucht?«

Ich schüttelte den Kopf und sagte leise: »Das habe ich mich nicht getraut.«

»Dann versuchen Sie es jetzt. Vielleicht können Sie ihn aufhalten, bevor die Fähre geht.«

Ich wählte mit zitternden Fingern Haralds Handynummer und erstarrte, als aus dem Hausflur Vivaldis »Frühling« piepste, der Klingelton, den er für Anrufe von zu Hause reserviert hatte.

Winter sah mich fragend an, und ich wisperte: »Er hat sein Handy vergessen. Er wollte es morgens noch aufladen, dann war das Taxi schon da, und dann haben wir es einfach vergessen.«

»Und das Handy von dieser Frau ... Scheele, nicht wahr? Vielleicht könnten Sie dort anrufen?«

»Niemals. Das tue ich nicht.«

»Na ja«, sagte er, »das würde ich auch nicht wollen. Es gibt aber noch eine andere Möglichkeit.«

»Und die wäre?«

»Fahren Sie ihm hinterher. Haben Sie jemanden, der Sie begleiten kann? Eine Freundin? Sie sollten nicht selbst fahren, so aufgeregt und übermüdet, wie Sie sind. Das geht nicht gut.«

Er warf einen Blick auf die Uhr. »Oh, ich muss ja los! Ich habe heute Nachmittag einen Auftrag, aber vielleicht kann ich mich schnell wieder entschuldigen. Sie haben meine Telefonnummer. Halten Sie mich auf dem Laufenden, ja? Zur Not fahren wir heute Nacht los und nehmen die erste Fähre.«

»Wir? Wollen Sie denn mitfahren?«

Jonny Winter zog sich bereits die Jacke an. »Na, ich kann Sie doch nicht alleine fahren lassen. Ich biete mich als Chauffeur und starke Schulter an.«

Spontan fiel ich ihm um den Hals. »Danke, Jonny, Sie sind ein Schatz. Meine Mutter ist verrückt, dass sie so mit Ihnen umgeht.«

Jonny Winter lächelte. »Ihre Mutter ist einfach so, wie sie ist. Man darf Menschen nicht zu ändern oder zu verbiegen versuchen, nur damit es einem selbst besser geht. Und ich muss mir jetzt darüber klar werden, ob meine Sympathie für sie ausreicht, um das zu akzeptieren. Machen Sie sich keine Gedanken, Maren, Sie haben nichts damit zu tun, dass ich vor dieser Entscheidung stehe. Vielleicht ist es jetzt noch früh genug, dass keine Herzen gebrochen werden.«

Nachdem Winter gegangen war, versuchte ich, mich zu beschäftigen, mich mit aller Kraft abzulenken von meinen Gedanken und von meiner Angst. Ich putzte die Küche, räumte jedes Regal und jeden Schrank aus und wieder ein, polierte ausgiebig Herd und Dunstabzugshaube, schrubbte die Bodenfliesen mit einem Schwamm, Zentimeter für Zentimeter, bis ich völlig verschwitzt war und erschöpft auf dem Fußboden hockte.

Als es an der Haustür klingelte, war ich kaum in der Lage, darauf zu reagieren, aber ein Blick auf die Uhr sagte mir, dass es Timo sein musste, der von der Schule kam.

Ich schleppte mich zur Tür.

»Hallo, Mami, wo ist Papi?«, rief Timo und raste an mir vorbei in die Küche.

Ich folgte ihm langsam. »Papi musste plötzlich verreisen, er ist erst Sonntag wieder da.«

Timos Gesicht verzog sich enttäuscht. »Aber er wollte doch mit mir zum Training gehen, das hat er versprochen!«

Natürlich, das war geplant gewesen. Und hatte ich nicht noch gesagt, Harald solle Timo nichts versprechen, was er nicht halten könne? Die Anfrage von Frau Scheele war so kurzfristig gekommen, und wir waren derart mit unserem Durcheinander beschäftigt gewesen, dass wir Timo dabei vergessen hatten.

»Timo, Schätzchen, das tut mir so leid«, sagte ich. »Ich soll dir von Papi sagen, dass er nächste Woche mitkommt.«

... und wenn ich ihn höchstpersönlich an den Haaren auf den Fußballplatz schleife, fügte ich in Gedanken hinzu.

Timo befreite sich ungestüm aus meinen Armen. Er hatte Tränen in den Augen.

»Nächste Woche?«, schrie er und stampfte auf. »Ich habe mich schon den ganzen Tag gefreut! Nächste Woche braucht er dann auch nicht mehr zu kommen! Wenn ich ihm egal bin, ist er mir auch egal!«

»Aber du bist ihm doch nicht egal«, sagte ich bestürzt, »er musste weg, und das kam ganz plötzlich.«

»Doch! Ich bin ihm egal, und dir bin ich auch egal! Und Amelie ist euch auch egal, sonst wäre sie nicht weggelaufen, oder? Ich gehe zu Oma, die mag mich! Ich will euch nie wieder sehen!«

Er trat wütend den Putzeimer um und rannte weg.

Ich hockte wie erstarrt auf dem Boden, das schmutzige Putzwasser floss durch die Küche und durchnässte meine Jeans, aber ich merkte es kaum.

Nie zuvor hatte sich Timo dazu geäußert, dass Amelie ausgezogen war, ich hatte nicht einmal geahnt, dass es ihn beschäftigte. Nichts hatte er sich anmerken lassen – und deshalb hatte ich in meiner Naivität gedacht, es ginge ihm gut.

Nichts war gut, gar nichts.

Und wenn ich jetzt nicht handelte, würde meine Familie endgültig und unwiderruflich zerbrechen, das wusste ich plötzlich genau.

Ich wischte die Bescherung in der Küche auf und zog mich um. Dann wählte ich Johannas Telefonnummer.

»Ist Timo bei dir?«, fragte ich ohne lange Vorrede.

»Ja, allerdings ist er das«, gab sie knapp zurück.

»Kann er bei dir bleiben? Ich muss dringend weg«, sagte ich. Sie hatte an diesem Nachmittag keinen Termin – und dass Jonny Winter nicht bei ihr war, wusste ich ebenfalls.

»Wo willst du denn hin?« Johannas Stimme klang lauernd. »Du hast doch wohl nicht vor ...«

»Ich muss einkaufen und ein paar Dinge erledigen, die liegen geblieben sind«, unterbrach ich sie und legte auf.

Minuten später war ich auf dem Weg zum Supermarkt. Dem Supermarkt, in dem Amelie und Roswitha arbeiteten und den ich seit Wochen gemieden hatte.

Ich fuhr auf den Parkplatz und bremste abrupt, als ich im weiblichen Part eines Pärchens, das sich vor der Tür umarmte und küsste, Amelie erkannte. Langsam lenkte ich den Wagen in eine Parklücke. Wer war der Mann, von dem Amelie sich gerade küssen ließ?

Ich konnte ihn nur von hinten sehen. Dann aber lösten die beiden sich voneinander, und der junge Mann ging auf einen Lieferwagen zu, der mit der Adresse einer Gärtnerei beschriftet war.

Ich hielt die Luft an, als ich ihn erkannte: Es war Roswithas Sohn, der mir damals mit den Pfandflaschen geholfen hatte … wie hieß er noch? … Stefan?

Seit wann ist Amelie mit ihm zusammen?, fragte ich mich verwirrt. Und was ist mit Justus?

Dass es Zoff gab, weil Amelie sich von ihm nicht die Amerikareise bezahlen lassen wollte, wusste ich ja, aber was war seitdem passiert? Hatten die beiden endgültig Schluss gemacht, ohne dass ich davon etwas mitbekommen hatte?

Ich beobachtete, wie Amelie dem jungen Mann liebevoll eine Kusshand zuwarf, als er mit seinem Lieferwagen noch einmal an ihr vorbeifuhr, kurz stoppte und rief: »Wir sehen uns dann heute Abend bei meiner Mutter, ja?« Amelie nickte, er hupte einmal kurz und lenkte den Firmenkombi vom Parkplatz.

Ich saß mit gerunzelter Stirn in meinem Auto. Obwohl ich nur wenige Meter von Amelie entfernt stand, hatte sie mich nach wie vor nicht bemerkt und sah verträumt in die Richtung, in die ihr Freund verschwunden war.

Der Junge mag zwar nett sein, dachte ich, aber Justus von Wallenburg ist doch irgendwie angemessener als Partner für Amelies Zukunfts- und Karrierepläne, oder etwa nicht? Diesen jungen Mann aus bestem, adeligem Hause, mit einer jetzt schon gesicherten Existenz – den hat sie für einen Gärtner eingetauscht? Für einen Handwerker, der zeit seines Lebens nicht über ein bestimmtes Niveau hinauskommen wird? Wie soll das funktionieren, wenn Amelie im Ausland studiert und dann vielleicht eine Stelle in London oder Hongkong annimmt? Ich habe doch von Anfang an gewusst, dass dieser Job im Supermarkt zu nichts Gutem führt …

Ich kurbelte mein Fenster hoch und stieg gerade aus dem Auto, als Roswitha aus dem Personaleingang kam und auf Amelie zuging. Ich überlegte kurz, ob ich mich, ohne mich bemerkbar zu machen, wieder zurückziehen sollte, aber es war schon zu spät.

Roswitha hatte mich entdeckt, winkte mir spontan zu, ließ dann aber die Hand sinken und sah zu Amelie, die unwillkürlich in meine Richtung blickte, um herauszufinden, wen Roswitha begrüßt hatte.

Zu meiner Überraschung hellte Amelies Gesicht sich erfreut auf, als sie mich erkannte.

»Mum, was machst du denn hier?«

Ja, was machte ich eigentlich hier? Ich war spontan losgefahren, ohne konkreten Plan. Ich brauchte Hilfe, Unterstützung, eine Gesprächspartnerin, und war gleichzeitig meinem Bedürfnis gefolgt, mich mit Amelie zu versöhnen – aber jetzt wusste ich nicht, was ich sagen sollte.

Roswitha hob wieder die Hand und rief: »Guten Tag, Maren!«

Ich gab mir einen Ruck und ging auf die beiden zu.

»Hallo, Roswitha, hallo, Amelie.«

Amelie sah zwischen uns hin und her. »Ihr kennt euch? Woher ... Ich wusste ja gar nicht ...« Sie verstummte wieder, ihr Gesicht ein einziges Fragezeichen.

»Computerkurs«, sagte Roswitha trocken.

»Dann ist meine Mutter die Kollegin aus dem Kurs, mit der du dich getroffen hast? Das ist ja ...«

Amelie schüttelte den Kopf.

»Maren«, sagte Roswitha, »was ist mit dir? Du siehst aus, als ob ... ich weiß nicht, ist irgendetwas passiert? Brauchst du Hilfe?«

Ich spürte, wie mir die Tränen in die Augen stiegen.

»Ich brauche jede Hilfe, die ich kriegen kann. Und, Amelie, ich vermisse dich furchtbar. Ich möchte, dass du wieder nach Hause kommst.«

»Nach Hause ...?«, fragte Amelie gedehnt. »Mir geht es gut bei Roswitha, so gut wie schon lange nicht mehr.«

Es fühlte sich für mich an, als hätte man mir den Boden unter den Füßen weggezogen.

Amelie wohnte bei Roswitha? Schon die ganze Zeit? Was war hier eigentlich los?

Ich hatte plötzlich das Gefühl, dass meine Beine mich nicht mehr tragen konnten. Ich knickte in den Knien ein und taumelte, aber Amelie sprang hinzu und fing mich auf.

»Ich verstehe überhaupt nichts mehr«, flüsterte ich verwirrt.

»Mum, was ist denn bloß los mit dir?«, fragte Amelie besorgt. »Ist was mit Paps?«

Das war zu viel. Ich brach in Tränen aus.

»Kommt«, sagte Roswitha kurz entschlossen. »Ihr wohnt doch hier ganz in der Nähe, oder? Wir fahren jetzt zu dir, Maren. Gib mir deinen Autoschlüssel, du kannst jetzt nicht selbst fahren.«

Kapitel 53

Maren Ich beobachtete, wie Roswitha staunend durch mein Wohnzimmer blickte. Amelie brachte den Tee aus der Küche und setzte sich neben sie auf das Sofa.

Ich fühlte mich plötzlich ausgegrenzt, die Vertrautheit der beiden versetzte mir einen Stich. Ich spürte, wie meine Panik und Unsicherheit in Wut umschlugen. Ich konnte meinen Blick nicht von Roswithas Gesicht wenden.

»Amelie wohnt also bei dir«, platzte ich unvermittelt heraus, »und wann wolltest du mir das sagen?«

Ich sah Amelie an. »Oder du? Habt ihr euch schön über mich lustig gemacht, ja? Und über mich hergezogen? Die böse, geldgierige Hexe, die ihre Tochter aus dem Haus treibt?«

»Sei nicht unfair«, sagte Roswitha. »Deine Tochter brauchte einen Platz zum Wohnen, und Steffen war gerade ausgezogen. Du solltest froh sein, dass sie nicht auf der Straße gelegen hat.«

»Ach, tatsächlich«, rief ich wütend. »Meine Tochter wohnt bei dir, und du sagst mir kein Wort davon? Du hast doch gewusst, dass sie meine Tochter ist, erzähl mir jetzt nicht, dass du es nicht wusstest.«

»Das habe ich nicht vor, Maren.« Roswitha blieb ganz ruhig.

»Ha! Und dann hast du dir gedacht, das passt ja prima, da hast du gleich eine gute Partie für deinen Sohn im Haus, oder? Ich will dir mal was sagen, Roswitha: Ich bin strikt gegen diese Verbindung. Amelie hat vor, im Ausland zu studieren. Und wie soll das funktionieren, wenn sie mit einem kleinen Handwerker, dessen Horizont nur von einem Gartenzaun bis zum nächsten reicht, zusammen ist? Das bremst sie doch! Sozialromantik hat keinen Platz, wenn man Pläne hat für sein Leben!«

»Mum!« Amelie war aufgesprungen. »Wie kannst du dermaßen beleidigend und arrogant über Steffen sprechen? Ich schäme mich für dich! Komm, Roswitha, wir gehen!«

»Setz dich wieder hin, Amelie«, sagte Roswitha.

»Wie – du lässt dir das gefallen? Sie hat Steffen beleidigt, sie hat dich beleidigt ... Verstehst du jetzt, warum ich hier nicht mehr leben kann?«

»Setz dich wieder hin, Amelie«, wiederholte Roswitha. »Lasst uns in Ruhe reden. Zu den Beleidigungen kommen wir später. Deiner Mutter geht es nicht gut.«

»Deine Gönnerhaftigkeit kannst du dir sparen«, rief ich wütend. »Wer bist du – Mutter Teresa? Ist es nicht langweilig, immer nur verständnisvoll und gut zu sein?«

»Probiere es doch mal aus«, sagte sie, »vielleicht gefällt es dir ja. Und wenn du glaubst, dass ich immer verständnisvoll und gut bin, täuschst du dich gewaltig, Maren Behringer. Der Unterschied zwischen uns beiden ist lediglich, dass ich es möglichst vermeide, meine Umwelt mit meinen Launen zu terrorisieren.«

Als ich nach Luft schnappte und auffahren wollte, fügte Roswitha schnell hinzu: »Aber das ist doch nicht der Grund, weshalb wir hier sitzen. Du hast gesagt, du brauchst Hilfe.«

»Wo ist Paps?«, fragte Amelie plötzlich, und ich zuckte zusammen. Meine Wut war wie weggeblasen, und meine Augen füllten sich wieder mit Tränen.

»Geht es ihm wieder schlechter?«, setzte Amelie nach, da ich keine Antwort gab.

»Was ist mit deinem Mann?«, schaltete Roswitha sich ein. »Ist ... ich meine, mit eurer Beziehung ist doch alles in Ordnung?«

Ich fing an zu lachen. Die beiden starrten mich an, als hätte ich den Verstand verloren. Nicht, dass ich fröhlich geklungen hätte, keineswegs. Mein Lachen klang verzweifelt und bitter und unendlich traurig.

»Er macht gerade Urlaub. Mit einer anderen Frau«, sagte ich.

Amelie fuhr hoch. »Paps betrügt dich?«, rief sie empört. »Nach allem, was du für ihn getan hast? Das ist doch ...«

Sie verstummte, als ich den Kopf schüttelte.

Roswitha verstand sofort, was ich hatte sagen wollen.

»Es ist ein Auftrag, nicht wahr? Er ist für diesen Urlaub als Begleiter engagiert.«

Ich nickte verzweifelt.

»Du vermietest Paps an andere Frauen für deren Urlaub? Bist du verrückt?«, sagte Amelie entsetzt. »Wie konntest du das tun?«

»Ich weiß ja, dass es falsch war«, brach es aus mir heraus. »Alles habe ich falsch gemacht, deshalb bin ich ja so verzweifelt. Ich habe mich vom Geld blenden lassen, und ich fühle mich schrecklich. Ich habe ihm gesagt, es ist in Ordnung für mich, aber ich weiß jetzt, dass ich es nicht aushalten kann!«

Ich brach wieder in Tränen aus und schluchzte: »Was soll ich denn jetzt bloß tun?«

»Seit wann ist er weg?«, fragte Roswitha.

»Seit heute Morgen – und ich hätte ihn am liebsten wieder aus dem Taxi gezerrt und ihn gar nicht erst fahren lassen ... Ich war so dumm und verbohrt. Alles habe ich kaputt gemacht.«

»Wo sind sie hingefahren? Ruf Paps doch einfach an und sag ihm, dass er zurückkommen soll. Hast du schon versucht, ihn zu erreichen?«

»Er hat sein Handy hier vergessen! Und ich weiß nur, dass sie auf Spiekeroog in einem neuen Luxushotel sind.«

»Na, das dürfte doch nicht so schwer sein, oder? So viele neue Luxushotels wird es da nicht geben«, sagte Roswitha.

»Ich kann da nicht anrufen«, murmelte ich, »sie haben unter

falschem Namen eingecheckt. Frau Scheele ist Journalistin und will das Hotel inkognito testen.«

»Dann fahren wir hin und holen ihn da raus. Basta«, bestimmte Roswitha.

»Das hat Jonny auch gesagt«, schluchzte ich. »Er hat gesagt, er kommt mit und hilft mir suchen.«

»Na also!«, rief Roswitha. »Wir stellen eine Suchmannschaft zusammen, was haltet ihr davon? Ich habe zwei Tage frei. Du kommst auch mit, Amelie. Musst du morgen arbeiten?«

Sie schüttelte den Kopf. »Nein, weder morgen noch übermorgen. Und die Schule kann ich ausfallen lassen.«

»Aber mein Auto ist viel zu klein für uns alle«, gab ich zu bedenken. Ich wischte mir die Tränen aus dem Gesicht und schniefte.

»Steffen hat ein großes Auto, da passen wir alle locker rein«, schlug Amelie vor. »Vielleicht kann er kurzfristig zwei Tage Urlaub nehmen. Was meint ihr?«

»Also gut. Amelie, du rufst Steffen an und erklärst ihm alles. Und dann setzt du dich an den Computer und findest raus, in welchem Hotel dein Vater ist und wann die Fähren gehen. Wir nehmen die erste morgen früh.«

Wie es aussah, hatte Roswitha die Zügel in die Hand genommen.

Als Amelie den Raum verlassen hatte, entstand unbehagliches Schweigen – zumindest kam es mir so vor. Ich starrte auf meine Knie und traute mich nicht, Roswitha anzusehen. Ich schämte mich für das, was ich über Steffen und sie gesagt hatte. War ich mittlerweile derart verdorben, dass ich auch anderen Menschen für alles, was sie taten oder nicht taten, finanzielle Motive unterstellte? Wie sollte ich mich jemals dafür entschuldigen können? Konnte ich noch tiefer sinken?

Ich hatte eine Freundin massiv persönlich beleidigt, die nur helfen wollte. Die der praktisch obdachlosen Amelie ein Dach über dem Kopf angeboten hatte. Oder war ich nur eifersüchtig auf Roswitha? Weil Amelie unsere Villa gegen eine – davon ging ich aus – winzige Wohnung eingetauscht hatte, weil kein Geld der Welt menschliche Wärme ersetzen konnte?

»Maren? Was grübelst du?«, fragte Roswitha und goss frischen Tee in unsere Tassen.

»Ich schäme mich mehr, als ich sagen kann«, flüsterte ich. »Was ich vorhin zu dir gesagt habe ...«

Meine Stimme brach.

»Na immerhin«, sagte Roswitha, »Einsicht ist der beste Weg zur Besserung, wenn ich diesen uralten Spruch mal benutzen darf. Aber ich mag es überhaupt nicht, wenn man über meinen Sohn sagt, er habe einen eingeschränkten Horizont, nur weil er einen handwerklichen Beruf ergriffen hat. Das zu sagen, meine Liebe, ist eingeschränkt und dumm, aber das ist dir mittlerweile hoffentlich selbst klar geworden.«

Ich nickte und wagte es endlich, ihr ins Gesicht zu sehen. »Wenn ich es ungeschehen machen könnte ...«

»Kannst du aber nicht. Manchmal ist es einfach viel cleverer, vorher darüber nachzudenken.«

»Ich will mich nicht entschuldigen, aber ich bin im Moment ...« Ich suchte vergeblich nach Worten.

»Ich weiß. Du bist in einem emotionalen Ausnahmezustand, und das rettet dir meine Sympathie. Hauptsache, es geht nicht ewig so weiter, sonst würde es nämlich auf Dauer schwierig mit uns beiden.« Sie lachte leise. »Wäre doch schade, wenn ich dir bei mir Hausverbot erteilen müsste, weil du nicht aufhörst, meinen Sohn zu beleidigen. Und jetzt Kopf hoch und nach vorne sehen.«

Ich seufzte erleichtert. »Das ist leichter gesagt als getan. Was, wenn wir Harald wirklich finden, und er schickt mich weg? Was soll ich dann machen?«

»Du machst den zweiten Schritt vor dem ersten, Maren. Erst müssen wir ihn finden. Wenn dein Mann dich liebt, dann versteht er deine Ängste, da bin ich sicher. Wie ich gehört habe, soll er nett sein.«

»Gehört? Von wem – von Amelie?«

»Auch. Eigentlich spricht Jonny immer sehr nett über Harald.«

»Jonny? Jonny Winter? Du kennst ihn?«

Roswitha lachte. »Allerdings. Er war jahrelang mein Nachbar, er hat Steffen praktisch großgezogen. Ich musste ja den ganzen Tag arbeiten, um uns über die Runden zu bringen, nachdem mein Gatte sich verdrückt hatte. Und Jonny war für den Jungen so etwas wie ein Ersatzvater, dafür bin ich ihm bis heute dankbar.«

»Du weißt, dass Jonny und meine Mutter ...?«

»Er sucht eine Gefährtin, die Lust hat, mit ihm in See zu stechen. Jonny ist ein wunderbarer Mann, ich mag ihn sehr. Ich würde ihm gönnen, wenn er eine nette Frau fände. Aber ob deine Mutter die Richtige für ihn ist?«

»Die beiden hatten vorhin einen Riesenstreit deswegen. Mutter hat ihn rausgeworfen.«

»Schön dumm von ihr«, sagte Roswitha und lächelte. »So jemanden wie Jonny findet man nicht alle Tage: weit gereist, lebenserfahren, humorvoll, klug, gelassen, attraktiv ... ich meine, für sein Alter? Der Mann ist über sechzig und sieht aus wie jemand, der noch mindestens zehn Jahre vor seiner Pensionierung steht.« Sie kicherte wie ein junges Mädchen. »Ich glaube, Jonny ist unter uns die beste Partie.«

»Wäre er nichts für dich? Du scheinst ihn ja wirklich zu mögen. Oder ist er dir doch zu alt?«

Roswitha kicherte wieder. »Darüber habe ich noch nie nachgedacht. Ich glaube auch eher, ich bin ihm zu jung – er hat da letztens so eine Bemerkung gemacht …«

Wir kamen nicht dazu, das Thema weiter zu vertiefen, weil in dem Moment mein Handy klingelte. Hastig griff ich danach, vielleicht war es Harald? Aber auf dem Display blinkte Jonnys Name.

»Hallo, Jonny.«

»Min Deern, ich könnte in einer Stunde bei Ihnen sein. Haben Sie schon was rausgefunden oder inzwischen mit Harald gesprochen?«

»Weder noch, ich bin dabei. Kommen Sie doch später her, dann essen wir zusammen.« Ich zwinkerte Roswitha zu.

Jonny versprach, so schnell wie möglich zu kommen, und verabschiedete sich.

Ich legte das Telefon weg und grinste. »Na, der wird Augen machen, wenn er dich gleich hier sieht.«

»Hoffentlich kriegt er keinen Infarkt«, sagte Roswitha lachend.

Amelie kam wieder herein, ließ sich in einen Sessel fallen und schwenkte einen Zettel.

»Ich habe alles erledigt. Die Fähre geht morgen früh um halb zehn von Neuharlingersiel aus. Steffen hat direkt seinen Chef gefragt, er bekommt frei und kann uns fahren. Das Hotel heißt *Luxus-Resort Neptun* und liegt nicht weit vom Strand. Hier, ich habe eine Inselkarte ausgedruckt.«

»Das ist nett von Steffen«, sagte ich. »Ich freue mich darauf, ihn kennenzulernen. Er ist dein neuer Freund, nicht wahr?«

Amelie errötete. »Er wird dir gefallen, Mum. Wirklich. Er kommt nach Feierabend hierher, damit wir alles besprechen können. Und wenn wir wollen, kocht er für uns.«

»Von mir aus gern. Dann müssen wir vorher aber noch einkaufen.«

»Das übernehme ich«, sagte Amelie. »Ich gehe sofort los, mein Fahrrad steht sowieso noch am Supermarkt. Was haltet ihr von Lasagne und Salat?«

Roswitha und ich nickten.

»Alles klar, bis später.«

Und schon war Amelie wieder verschwunden.

Ich sah ihr hinterher und sagte: »Danke, dass du sie aufgenommen hast und dass du ihr eine Freundin bist.«

»Weißt du«, erwiderte Roswitha, »deine Amelie kam zu einem Zeitpunkt, als ich mich sehr einsam gefühlt habe. Steffen war gerade ausgezogen. Ich habe mich über Amelies Gesellschaft wirklich gefreut, um ehrlich zu sein.«

»Sie hat schlimme Dinge über mich erzählt, oder?«

Sie winkte ab. »Halb so wild. Und außerdem: Ich kannte ja von dir die andere Seite der Geschichte. Es war nicht leicht für mich, euch nicht die Wahrheit zu sagen, aber ich wollte mich nicht einmischen. Das ist nie gut, wenn man nicht darum gebeten wird.« Sie lächelte verlegen. »So, jetzt aber genug davon. Wir haben einiges zu planen, oder?«

Ich griff nach den Informationen, die Amelie ausgedruckt hatte. »Wann müssen wir denn losfahren, wenn wir die Fähre erreichen wollen?«

»Früh«, sagte Roswitha gespielt düster, »sehr früh. Sag mal, wo ist eigentlich dein Jüngster? Und wo bleibt er, wenn du wegfährst?«

»Er ist unten bei meiner Mutter. Er ist gerade sehr sauer auf Harald und mich. Harald hatte ihm versprochen, heute mit zu seinem Fußballtraining zu gehen und dann vergessen, ihm zu sagen, dass es nicht klappt. Ich glaube, schon allein seinetwegen muss ich Harald zurückholen.«

»Kann er denn auch zwei Tage bei deiner Mutter bleiben?«

»Das macht sie bestimmt, wenn auch nicht mir, sondern

Timo zuliebe. Am besten, ich rede sofort mit ihr.« Ich lachte. »Schließlich habe ich mir vorgenommen, nichts mehr auf die lange Bank zu schieben. Ist es okay, wenn ich dich kurz allein lasse?«

»Natürlich. Ich sehe mir euren sagenhaften Garten an, wenn ich darf. Steffen wird Augen machen, wenn er den sieht. Er ist mit Leib und Seele Pflanzenflüsterer, weißt du.«

»Dann soll er nicht so genau hingucken, der Garten ist reichlich zerzaust, seit wir den Gärtner nicht mehr bezahlen können. Wir haben es gerade mal geschafft, ab und zu den Rasen zu mähen, alles andere ... na ja.«

»Darum kümmern wir uns, wenn wir deinen Mann zurückgeholt haben.«

Kapitel 54

Maren Dann stand ich vor Johannas Tür und klopfte. Timo erschien, streckte mir die Zunge raus und verschwand wieder, ohne zu öffnen. Unwillkürlich musste ich grinsen, der Junge machte aus seinem Herzen wahrlich keine Mördergrube. Ich klopfte wieder, und endlich kam Johanna und öffnete.

Sie blickte an mir vorbei und fragte: »Wer ist die denn?«

Ich drehte mich um und sah Roswitha am Pool stehen. »Das ist meine Freundin Roswitha.«

»Aha. Wenn du Timo holen willst, kannst du gleich wieder gehen. Er will unbedingt hierbleiben und auf meiner Couch schlafen.«

»Das passt gut«, sagte ich, »Roswitha und ich ... wir wollen für zwei Tage wegfahren. Ich brauche Ablenkung, wie du dir vorstellen kannst.«

Die Lüge ging mir glatt über die Lippen; lieber so als eine weitere, fruchtlose Diskussion mit Johanna.

»Wo wollt ihr denn hin?«, fragte Johanna misstrauisch.

»Irgendwo aufs Land«, erwiderte ich.

Möglichst vage halten, dachte ich.

»Hm.«

Johannas Gesichtsausdruck spiegelte ihre Zweifel deutlich wider.

»Vielleicht in die Eifel oder so. Hauptsache raus.« Um möglichst unauffällig das Thema zu wechseln, sagte ich schnell: »Ich packe alles zusammen, was Timo braucht, und bringe es dir gleich runter. Zur Not weißt du ja, wo oben alles ist.«

»Wann wollt ihr denn losfahren? Heute noch?«

»Nein, morgen in aller Frühe, haben wir uns überlegt, damit

wir zum Frühstück ankommen. Roswitha hat nur zwei Tage frei, die wollen wir ausnutzen.«

»Roswitha, soso. Du hast sie noch nie erwähnt, oder? Woher kennt ihr euch überhaupt?«

»Vom Computerkurs, wir haben nebeneinander gesessen, und so haben wir uns ein bisschen angefreundet. Seitdem sehen wir uns ab und zu.«

Ich sah, dass Johannas Interesse wieder erlahmte, und fügte hinzu: »Also abgemacht. Tust du mir den Gefallen und hörst zwischendurch den Anrufbeantworter ab?«

»Hm.« Johanna blickte wieder über meine Schulter und runzelte die Stirn. »Deine Roswitha sieht aber nicht so aus wie deine früheren Freundinnen. Viel Geld hat die nicht gerade, oder?«

»Das kannst du sie ja bei Gelegenheit mal fragen«, erwiderte ich knapp, woraufhin Johanna »Pah!« schnaubte und mir die Tür vor der Nase zuknallte.

Ich ging zu Roswitha, die auf der Bank am Pool saß.

»Ich habe mich immer gefragt, wie es wohl hinter diesen Villen aussieht«, sagte sie kopfschüttelnd. »Dass die Gärten nicht gerade handtuchgroß sind, habe ich mir natürlich gedacht. Aber das hier ...«, sie machte eine Geste mit der Hand, »... das hier ...«, sie suchte nach Worten und fuhr fort: »So viel Platz für eine einzige Familie, das ist doch irgendwie verrückt, oder? Und deine Mutter wohnt da unten?«

Ich nickte. »Und zwar gar nicht schlecht. Souterrain hört sich immer nach dunklem Kellerloch an, aber das ist es keineswegs.«

»Das Haus ist wirklich schön, Maren, und dieser ... dieser Park hier macht mich sprachlos. Ich kann verstehen, dass du hier nicht wegwillst. Wenn man einmal so großzügig gewohnt hat, ist das bestimmt schwer.«

Eine Antwort war hier ganz und gar unnötig, wusste ich. Wir saßen schweigend nebeneinander und genossen die warme

Septembersonne, bis wir hinter uns Amelies Stimme hörten. Wir drehten uns um. Amelie strahlte, neben ihr stand Steffen. »Ich möchte dir Steffen vorstellen«, sagte Amelie.

»Wir sind uns schon einmal begegnet.« Ich streckte ihm zur Begrüßung die Hand entgegen.

»Sie sind Amelies Mutter?«, fragte Steffen erstaunt, und, mit einem schnellen Blick zur sichtlich verblüfften Amelie: »Erkläre ich dir später.«

»Komm, bevor wir mit kochen anfangen, zeige ich dir mein Zimmer«, rief Amelie und zog ihn ins Haus.

Mein Herz machte vor Freude einen kleinen Sprung. Sie hat *mein Zimmer* gesagt, ob das wohl heißt, dass sie wieder zurückkommen will? Stopp, Maren, nicht zu voreilig. Lass ihr noch Zeit. Alles wird sich fügen.

Ich sah hoch, als ich vom Balkon Stimmen hörte.

Amelie und Steffen standen am Geländer, Arm in Arm, und winkten fröhlich herunter.

»Er ist ein guter Junge, Maren«, hörte ich Roswithas Stimme hinter mir. »Gib ihm eine Chance, er hat es verdient.«

»Er hat meine Tochter wieder zum Lachen gebracht, ich erkenne sie kaum wieder«, sagte ich leise. »Allein dafür bin ich ihm unendlich dankbar. Lass uns reingehen, Jonny muss jeden Augenblick kommen.«

Wie aufs Stichwort klingelte es an der Haustür.

Roswitha kicherte. »Ich mache auf. Dieses Gesicht will ich mir nicht entgehen lassen.«

Jonny kam mit Roswitha in die Küche, wo ich gerade Amelies Einkauf für das gemeinsame Essen auspackte. Ich ging auf ihn zu und umarmte ihn.

Er sah immer noch verdutzt aus. »Also, jetzt erklärt ihr mir bitte, was hier los ist und wieso ihr euch kennt.«

Roswitha lachte und klärte ihn kurz auf.

»Eigentlich bin ich die Einzige, die beinahe während der ganzen Zeit wusste, dass Amelie Marens Tochter ist – oder dass meine Computerkollegin die Mutter meiner neuen Untermieterin ist, ganz wie du willst«, schloss sie ihren Vortrag.

»Und du hast die ganze Zeit nichts gesagt? Das ist aber ein starkes Stück, Deern.« Er setzte sich auf einen Barhocker. »Und nu? Was machen wir jetzt alle zusammen?«

»Wir fahren morgen früh los und holen Harald zurück«, sagte ich bestimmt.

»Amelie und Steffen fahren auch mit«, fügte Roswitha hinzu. »Wir nehmen Steffens Wagen. Und dann schwärmen wir über die verdammte Insel aus. Wäre doch gelacht, wenn wir ihn nicht finden würden.«

Die Runde am Tisch, fröhlich und laut, half mir, die Sorge um Harald zu vergessen. Ich ließ mich einfangen von der guten Laune, und beinahe war es so, als würden wir wirklich nur einen Ausflug planen und nicht in eine Reise mit ungewissem Ausgang starten.

Kapitel 55

Maren Wir hatten uns früh voneinander verabschiedet, damit alle noch ein paar Stunden schlafen und ein paar Dinge packen konnten, bevor es am nächsten Morgen losgehen sollte. Obwohl ich im Stillen gehofft hatte, Amelie würde in ihrem Zimmer übernachten, ließ ich mir meine Enttäuschung nicht anmerken, als sie nach dem Essen mit den anderen zusammen aufbrach.

Aber sie hatte mich liebevoll umarmt und geflüstert: »Alles wird wieder gut, Mum. Alles.«

Es war exakt drei Uhr morgens, als es an der Haustür klingelte. Wir hatten verabredet, nicht vor der Abfahrt zusammen zu frühstücken, denn die Gefahr, dass wir uns festquatschen würden, war einfach zu groß. Wir planten aber, an einer Raststätte einzukehren, sollte unser Zeitplan es zulassen.

Ich war die Letzte, die abgeholt wurde. Jonny Winter hatte geklingelt und mein Gepäck – unter anderem eine Kühlbox mit Reiseproviant – zum Wagen getragen. Trotz der frühen Stunde wirkte er munter und ausgeruht. Roswitha und Amelie saßen hinten im Auto und sahen mindestens so verschlafen aus wie ich selbst.

Natürlich hatte ich kaum ein Auge zugetan.

Immer, wenn ich die Lider geschlossen hatte, war wieder dieses Bild erschienen: Harald, der mich auslachte und wegschickte. Schließlich hatte ich es aufgegeben, schlafen zu wollen, und im Büro liegen gebliebene Arbeit erledigt, bis es endlich spät – oder früh – genug war, mich auf die Fahrt vorzubereiten. Ich hatte eine trockene Scheibe Toast heruntergewürgt, nur um irgendetwas zu essen, und dann ungeduldig auf die anderen gewartet.

Ich stieg hinten ins Auto und setzte mich neben Amelie, Roswitha saß gegenüber auf der zweiten Rückbank. Zwischen die beiden Bänke war ein einfacher Tisch montiert.

»Da haben wir beide wohl die gleiche Idee gehabt«, sagte Roswitha nach einem Blick in meine Kühltasche und zeigte auf ihre. »Wir werden definitiv nicht verhungern, damit kommen wir bis nach Afrika.«

Ich seufzte. »Mir reicht schon, wenn wir heute Mittag Spiekeroog erreichen, Hauptsache, wir verpassen die Fähre nicht.«

»Nachmittags fährt noch eine«, murmelte Amelie und gähnte ausgiebig.

Ich setzte mich neben Roswitha und sagte zu Amelie: »Schlaf noch ein bisschen.«

»Aber was ist mit euch? Ich komme mir doof vor, wenn ich als Einzige schlafen darf.«

Aber noch während sie sprach, knüllte sie schon ihre Jacke zu einem Kopfkissen zusammen und zog ihre Beine auf den Sitz. Sie streckte sich aus und war Sekunden später eingeschlafen.

»In den Kästen unter den Sitzbänken sind Kissen und Decken«, sagte Steffen, »damit könnt ihr es euch auch ein bisschen gemütlicher machen, wenn ihr wollt.«

»Du bist der Beste«, rief Roswitha und zog den Schubkasten unter Amelie heraus. Als Erstes breitete sie eine Wolldecke über die Schlafende. Dann holte sie zwei leichte Bettdecken und zwei weiche Kopfkissen hervor, für sich selbst und mich. »Du bist ja mit allen Schikanen ausgerüstet. Oder hast du die Kissen und Decken extra für heute eingepackt?«

Steffen lachte leise. »Man kann die Rückbänke zu einer großen Liegefläche ausklappen, sehr praktisch, wenn man unterwegs spontan eine Übernachtungsmöglichkeit braucht. Und dann ist es doch nur clever, Decken dabeizuhaben, oder?«

»Meine Dankbarkeit ist dir jedenfalls gewiss«, versicherte Roswitha.

Wir benutzten die Kühltaschen als Fußablage, nachdem ich für die beiden Männer vorn im Auto eine Runde Kaffee ausgeschenkt hatte. Dann kuschelten wir uns in unsere Decken ein.

Während Steffen und Jonny sich vorne miteinander unterhielten und Roswitha mittlerweile leise schnarchte, wechselten sich bei mir kurze Dämmerschlaf-Phasen, wilde Tagträume und tiefe Unruhe ab. Das Gemurmel der Männerstimmen und das gleichmäßige Brummen des Motors wirkten zwar einschläfernd, aber die Angst vor dem Ungewissen, dem ich mich langsam, aber mit jedem gefahrenen Kilometer unerbittlich näherte, ließen mich immer wieder hochschrecken. Mehrmals musste ich den Impuls, umkehren zu wollen, unterdrücken.

Ich sah mich weinend über die unbekannte Insel irren, ich sah mich Harald und Frau Scheele in inniger Umarmung ertappen, ich sah immer wieder Harald, der mich lachend wegschickte, die triumphierende Nebenbuhlerin im Arm.

Langsam dämmerte der Morgen, der Verkehr um uns herum wurde stärker. Ich blickte auf die grau in grau vorbeifliegende Landschaft, ohne wirklich etwas zu sehen. Dicke Wolken ballten sich am Himmel und bestätigten die Wettervorhersage, die für den Vormittag ausgiebigen Regen angekündigt hatte.

Der Wagen wurde langsamer und verließ die Autobahn. Steffen fuhr in eine Parkbox vor einer Raststätte und stellte den Motor ab.

»Pinkelpause, Beine vertreten, Kaffee trinken«, verkündete er nach hinten. »He, schlafen alle?«

Ich richtete mich auf, Roswitha ebenfalls.

»Ein paar Schritte laufen«, stöhnte Roswitha, »das ist eine

gute Idee.« Sie beugte sich vor und berührte Amelie an der Schulter, die sofort erwachte und »Was ist denn los?« murmelte.

»Aufstehen, Dornröschen«, befahl Steffen gut gelaunt. »Es ist sieben Uhr, wir haben den größten Teil der Strecke geschafft. Bis nach Neuharlingersiel brauchen wir noch eine knappe Stunde, schätze ich. Zeit genug für eine kurze Pause.«

Als wir nach einer halben Stunde die Raststätte verließen, klatschten die ersten Regentropfen aufs Pflaster. Die dicken, dunklen Wolken schienen direkt über unseren Köpfen zu hängen. Der Regen wurde rasch stärker und zwang uns, zum Auto zu rennen.

»Puh!« Völlig außer Atem ließ Roswitha sich wieder auf ihren Platz fallen. »Zwanzig Kilo weniger, und ich wäre nach einem derart kurzen Sprint nicht am Rande eines Schlaganfalls«, keuchte sie. »Ab morgen nur noch Knäckebrot, ihr seid meine Zeugen. Und wer mich mit einer Currywurst erwischt, darf sie mir aus der Hand schlagen. Erlaubnis hiermit erteilt.«

»Red keinen Blödsinn«, brummte Jonny Winter, »du bist genau richtig so. Welcher Mann, der bei Verstand ist, will schon einen von diesen Hungerhaken? In anderen Kulturen sind beleibte Menschen geliebt und verehrt, auf Hawaii zum Beispiel.«

»Schade, dass hier nicht Hawaii ist, sondern die norddeutsche Tiefebene«, parierte Roswitha sarkastisch.

»Wenn du nach Hawaii willst, bringe ich dich hin«, gab Jonny Winter zurück. »Du musst nur ein Wort sagen.«

»Ach, mir würde es schon reichen, einmal in meinem Leben das Mittelmeer zu sehen.« Sie seufzte sehnsüchtig. »Aber ich will ja nicht unbescheiden sein. Die Nordsee ist auch schön. Hier war ich auch noch nie.«

»Wo seid ihr denn im Urlaub immer hingefahren?«, fragte

ich neugierig und dachte an die vielen Reisen, die wir mit den Kindern gemacht und an die vielen Länder, die wir dadurch kennengelernt hatten – Griechenland, Spanien, Italien, England und viele, viele mehr. Jedes Jahr musste es ein neues Land sein, ich war der festen Überzeugung gewesen, dies sei zwingend nötig, um die Kinder zu weltoffenen und zufriedenen Menschen zu erziehen.

»Urlaub? Dafür hatten wir kein Geld. Mal ein Tag auf dem Erlebnisbauernhof, mal ein Tag im Freibad, das war unser Urlaub. Und blöd, wie ich war, habe ich mich geschämt, zum Sozialamt zu gehen und nach einer Kinderverschickung für sozial Schwache zu fragen.«

»Urlaub auf Balkonien – heißt es nicht so? Wir haben Liegestühle aufgebaut und einen bunten Sonnenschirm, ein winziges Planschbecken aufgestellt, den Grill angeworfen und uns eingebildet, wir wären am Strand«, erzählte Steffen lachend. »Oder ich habe mit den anderen Kindern im Hof gespielt, das war klasse. Ich habe überhaupt nichts vermisst. Onkel Jonny ist manchmal mit mir und ein paar anderen Kids aus dem Haus Angeln gegangen oder ins Museum. Als ich sechzehn wurde, hat meine Mutter mir ein Interrail-Ticket geschenkt, damit bin ich ein paar Wochen durch Europa gereist.«

Ich war bei dem Gespräch immer kleiner geworden.

Mir wurde klar, dass ich immer noch nicht begriffen hatte, wie andere Leute – die Leute ohne Geld – lebten. Nicht in den Urlaub fahren? Unvorstellbar! Wie erweiterte man denn sonst seinen Horizont? Und wie bewältigte man seinen Frust und seinen Neid?

»Wie kommt man damit zurecht?«, fragte ich Roswitha, die mich erstaunt ansah.

»Womit?«

»Warst du nicht neidisch?«

Jetzt sah Roswitha völlig verständnislos aus. »Worauf denn bloß?«

Ich rutschte unbehaglich hin und her. Wusste Roswitha wirklich nicht, was ich meinte?

»Na ja«, sagte ich langsam, »auf die Leute, die sich all das leisten konnten, was du dir gewünscht hast. Urlaub, große Wohnung, ein schickes Auto, was weiß ich, einen Pelzmantel vielleicht?«

Roswitha brach in schallendes Gelächter aus. »Das setzt voraus«, kicherte sie, »dass ich mir alle diese Dinge wünsche.«

Sie wurde ernst.

»Ja, vielleicht hätte ich gern eine Luxuswohnung, aber – wenn überhaupt – dann steht so ein Wunsch ganz unten auf der Liste. Es gab für mich so viele Dinge, die wichtiger waren: dass mein Junge gesund ist und seine Schule schafft, dass ich gesund bleibe und mich um ihn kümmern kann, bis er auf eigenen Füßen steht.«

Wir hatten die Autobahn verlassen und fuhren durch eine flache, grüne Landschaft mit Weiden voller gefleckter Kühe, gigantischen Windrädern und kleinen Orten mit winzigen Häusern aus rotem Backstein. Die Kronen der Bäume entlang der kurvenreichen Landstraße hatten sich dem ständigen Wind gebeugt und waren alle in eine Richtung gewachsen. Der Regen hatte nachgelassen, und die steife Brise trieb die Wolken auseinander und ließ blauen Himmel und Sonnenstrahlen hervorblitzen. Wir passierten ein Ortsschild mit der Aufschrift »Neuharlingersiel«.

Fahrplanmäßig legte die Fähre ab und tuckerte ihrem Ziel entgegen, eskortiert von einem Schwarm kreischender Möwen. Der Wind blies die restlichen Wolken in Richtung Festland, strahlende Sonne schien vom fast dunkelblauen Himmel.

Wir hatten uns nicht, wie die meisten anderen Fahrgäste, ins Innere der Fähre gesetzt, sondern uns von Jonny überzeugen lassen, auf das höchste, offene Deck des Schiffes zu steigen.

Er stand an der Reling, breitete die Arme aus und atmete tief ein. »Riecht ihr das?«, rief er glücklich. »Riecht ihr die Seeluft? Ist das nicht wunderbar? Salzige, frische, saubere Luft – das habe ich vermisst!«

Er drehte sich um und setzte sich neben Roswitha auf eine Holzbank. »Sieht so aus, als wäre ich wirklich keine Landratte. Ich muss nur diese Luft riechen, das Möwengeschrei hören, und schon packt mich die Sehnsucht, wisst ihr?« Er lachte. »Zwei Handbreit Wasser unter dem Kiel ist einfach schöner als fester Boden unter den Füßen.«

Roswitha lächelte. »Es ist wunderschön, Jonny. Würdet ihr glauben, dass ich zum ersten Mal in meinem Leben auf einem Schiff bin? Ich wusste ja nicht, was ich verpasst habe! Ich habe immer gedacht, ich würde vielleicht seekrank werden ...«

Ich wurde zwar nicht seekrank, aber mir war trotzdem schlecht, stellte ich fest. Je näher die Insel kam, desto unruhiger wurde ich – und nicht nur das: Mittlerweile war ich zu dem Schluss gekommen, dass diese ganze Aktion eine Schnapsidee war. Oder war es nur meine steigende Panik vor der Konfrontation, die mich an der Richtigkeit meines Plans zweifeln ließ?

»Du bist so still«, sagte Roswitha leise, »geht es dir gut?«

»Ich glaube, ich mache gerade einen schrecklichen Fehler«, flüsterte ich zurück, »ich würde am liebsten über Bord springen und zurück schwimmen. Wie konnte ich nur glauben, dass dieser Plan hier funktioniert?«

»Wir sind doch bei Ihnen.« Jonny Winter nahm mich in den Arm. »Und Sie müssen nur ein Wort sagen: Wenn Sie wollen, werfe ich mir Harald über die Schulter und schleppe ihn von dieser Frau weg.«

»Dazu müssen wir ihn erst einmal finden«, sagte ich düster, mittlerweile völlig mutlos. »Und dann? Dann stehe ich da wie der letzte Depp, wie eine eifersüchtige Ehefrau.«

Er lächelte. »Sie *sind* eine eifersüchtige Ehefrau, Maren. Sie können die Situation nicht aushalten, das ist Fakt. Und wir sind hier, um Ihnen zu helfen, weil wir Ihre Gefühle respektieren, Punkt. Nicht mehr und nicht weniger.«

Er deutete auf Amelie und Steffen, die Arm in Arm am Heck standen. »Ist es nicht schön, dass Ihre Tochter wieder zu Ihnen gefunden hat? Manchmal muss erst ein Drama passieren, damit alle aufwachen und erkennen, was im Leben wichtig ist.« Sein Gesicht wurde ernst. »Und meistens ist einer dabei, der die Augen lieber verschlossen hält.«

»Sie sprechen von meiner Mutter.«

Jonny Winter nickte. »Sie ist eine beeindruckende Frau, aber sie ist niemand, mit dem ich mein restliches Leben verbringen könnte, das weiß ich mittlerweile. Stellt euch nur mal vor, Johanna und ich auf meinem kleinen Boot, allein auf hoher See! Wer die Fahrt wohl überleben würde?«

Roswitha griff spontan nach seiner Hand und sagte: »Wenn du ums Verrecken niemanden findest, kannst du mich ja fragen.«

»Du würdest mit mir altem Sack auf Segeltour gehen?«

»Jederzeit. Ich verliebe mich gerade in diese unendliche Weite, den Blick bis zum Horizont, das Wasser, die Wolken ... ich will gar nicht mehr zurück.« Sie wurde plötzlich rot und ließ seine Hand wieder los. »Und ein alter Sack bist du auch nicht. Ich kenne Männer, die an Jahren halb so alt sein mögen wie du, aber im Kopf ... na ja, du weißt schon. Verkalkt und voller Spinnweben.«

Er lächelte Roswitha liebevoll an. »Na dann, vielleicht suche ich gar nicht mehr weiter, vielleicht habe ich meine Traumfrau ja schon längst gefunden, wer weiß?«

Kapitel 56

Maren Nach knapp vierzig Minuten Fahrt wurde das Schiff langsamer und rangierte mit röhrendem Motor in den Hafen der kleinen Nordseeinsel. Wir verließen die Fähre. Während die anderen Passagiere zielstrebig den Weg zum Ort einschlugen, standen wir zunächst ratlos am Anleger.

»Ich könnte mal für kleine Mädchen«, sagte Roswitha, sah sich suchend um und steuerte dann eine entsprechend ausgeschilderte Tür an.

»Und jetzt?«, fragte Amelie.

»Jetzt gehen wir ordentlich frühstücken«, verkündete Jonny Winter, »ich weiß auch schon, wo. Und wenn wir unsere Batterien aufgeladen haben, machen wir einen Schlachtplan, okay? Maren, einverstanden?«

Ich schreckte auf. Ich war ganz und gar mit meinem aufgeregt klopfenden Herzen beschäftigt, mit meinen zitternden Knien. Jetzt, da ich an dem Ort war, wo Harald sich aufhielt, steigerte sich meine Nervosität schier ins Unermessliche. Fast bildete ich mir ein, seine Nähe zu spüren – und trotzdem drängte es mich, zu fliehen, so groß war meine Angst vor dem, was eine Begegnung mit ihm für mich bereithalten mochte.

»Maren? Bist du in Ordnung? Du bist so blass.« Roswitha war zurückgekehrt und legte den Arm um mich.

Ich schüttelte den Kopf. Ich schauderte, denn plötzlich war mir kalt. Meine Knie gaben nach, aber Roswithas Arm hielt mich auf den Beinen.

»Steffen, du nimmst Marens Tasche. Wir sehen jetzt zu, dass wir etwas in den Magen bekommen.«

»Mein Reden«, rief Jonny Winter, »alle Mann mir nach!«

Er führte uns mitten in den Ortskern, zu einem weißen Haus, in dem sich eine Konditorei mit Café befand, das bereits gut besucht war. Wir suchten uns einen großen Tisch in der Ecke des gemütlichen Raumes aus und setzten uns.

»Hier gibt es nicht nur die beste Sanddorntorte der Welt, sondern auch ein hervorragendes Frühstück. Sucht euch etwas aus, ich lade euch ein«, sagte Jonny.

»Kommt nicht infrage«, murmelte ich, »ich übernehme natürlich sämtliche Kosten, die euch hier entstehen, schließlich seid ihr meinetwegen hier.«

»Lass mal, Deern«, erwiderte Jonny, »das Frühstück geht auf mich.«

Na gut, dachte ich, ich habe sowieso keine Kraft, mich zu streiten.

»Ich muss mal telefonieren«, sagte ich. »Ich will mal hören, ob zu Hause alles in Ordnung ist.« Ich suchte nach meinem Handy und stellte entsetzt fest, dass mein Akku beinahe leer war.

Ich wählte Johannas Nummer, und es wurde sofort abgehoben.

»Siegmann.«

»Guten Morgen, ich bin es, Maren. Ich wollte nur hören, ob ... Hat alles geklappt heute morgen? Ist Timo in der Schule?«

»Nein, ich habe ihn zum Hundeklauen in den Park geschickt, du weißt doch, wie geldgierig ich bin«, fauchte sie. Selbst durch den Hörer war zu spüren, wie ärgerlich sie war. »Ich habe übrigens vorhin mit deinem Mann gesprochen.«

»Harald hat angerufen?«, entfuhr es mir lauter als beabsichtigt. Die Köpfe der anderen am Tisch wandten sich mir zu. Sofort wurden meine Handflächen feucht, und ich spürte flammende Hitze im Gesicht. Ich eilte aus dem Café nach draußen.

»Maren? Bist du noch dran?«

»Ja ... ja ... ich bin nur vor die Tür gegangen, der Empfang hier im Café ... Was hat er denn gesagt?«

Reiß dich zusammen und hör auf zu stottern, Maren.

»Wer – Harald? Ich soll dich grüßen, es geht ihm gut. Er sagt, er konnte gestern Abend nicht mehr anrufen, weil er sein Handy zu Hause vergessen hat und erst eine Telefonzelle suchen musste.«

»Gibt es im Hotel kein Telefon?«

»Was weiß ich. Harald hat irgendwas erzählt, dass die komplette Anlage ausgefallen ist oder so ähnlich.« Sie stockte plötzlich und fragte scharf: »Wo bist du?«

»Ich ... äh ... in der Eifel«, stammelte ich, völlig aus dem Konzept gebracht. Gerade noch rechtzeitig erinnerte ich mich daran, was ich ihr zu meiner Reise erzählt hatte.

»Wo denn da genau?«, bohrte sie weiter.

»Äh ... wie heißt das hier ...?« Verzweifelt kramte ich in meinem Gedächtnis nach einem Ortsnamen. Ich war doch mal vor Jahren mit Harald zusammen zu einem Kunden gefahren, wie hieß der Ort noch gleich ... »Daun!«, rief ich erleichtert. »Wir sind in Daun.«

»Und da gibt es Möwen? Ungewöhnlich für die Eifel, oder?«

Verdammte Mistviecher, dachte ich. »Hier sind keine Möwen, das sind Krähen oder so was.«

Johanna lachte böse. »Wenn du glaubst, du kannst mich verscheißern, dann hast du dich getäuscht. Ich kann Krähen durchaus von Möwen unterscheiden. Du bist auf dem Weg nach Spiekeroog, mach mir nichts vor. Oder du bist sogar schon da. Du bist so unglaublich dumm, Maren. Du machst alles kaputt.«

Aus meinem Handy erklang ein Tuten, Johanna hatte aufgelegt. Egal, dachte ich, irgendwann wäre ich sowieso aufgeflogen, dann eben jetzt schon. Immerhin kann sie Harald nicht anrufen, um ihn zu warnen. Obwohl – was, wenn er eine Nummer hinterlassen hat? Bestimmt hat er das! Ich muss ihn unbedingt finden, bevor sie mit ihm sprechen kann!

Ich stürzte zurück ins Café und rief: »Wir müssen sofort los, wir haben keine Zeit für ein Frühstück!«

»Was ist denn los?«, fragte Amelie erschrocken. »Ist irgendwas mit Timo?«

»Nein, nein ... Johanna ... sie weiß, wo ich bin ... wir müssen Harald finden, bevor sie ihn warnen kann ...« Mir stiegen Tränen in die Augen.

Roswitha griff nach meiner Hand und zog mich sanft auf den Stuhl neben sich. »Beruhige dich. Was genau meinst du mit *warnen*? Harald ist doch kein Heiratsschwindler, der vor dir auf der Flucht ist.«

»Genau«, sagte Jonny Winter. »Und wenn sie ihm sagt, dass Sie auf der Insel sind, na und? Was soll passieren? Er wird höchstens nach Ihnen suchen.«

»Und wenn er sich vor mir versteckt? Und wütend auf mich ist, weil ich ihn verfolgt habe?« Ich schlug die Hände vors Gesicht und schluchzte. Sollten die anderen von mir denken, was sie wollten, es war mir egal.

»Dann kriegt er es mit mir zu tun!«, rief Amelie.

Die Kellnerin erschien am Tisch und servierte das bestellte Frühstück. Beim Anblick der Croissants und der anderen Köstlichkeiten wollte sich mir der Magen umdrehen. Während die anderen zugriffen, blieb mein Teller leer.

»Mum, iss etwas, bitte. Es bringt überhaupt nichts, wenn du uns gleich zusammenbrichst.«

»Ich habe keinen Appetit, und mir ist schlecht«, flüsterte ich. Ich fühlte mich müde und kraftlos.

»Amelie hat recht«, sagte Roswitha streng. Sie nahm ein

Croissant, schnitt es auf, belegte es mit Käse und legte es auf meinen Teller. »So, das isst du jetzt. Möchtest du einen Kamillentee, der wirkt beruhigend.«

Ich verzog das Gesicht und schüttelte den Kopf. Ich biss in das knusprige Croissant, das mir wider Erwarten gut schmeckte. Sofort begann mein Magen zu knurren und verlangte nach mehr.

Steffen kramte in seinem Rucksack und zog einige bedruckte Seiten hervor. »Ich habe hier einen Inselplan und die Adresse des Hotels. Außerdem den Fährplan.« Er faltete den Plan auseinander und zeigte auf einen Punkt außerhalb des Ortskerns. »Hier liegt das Hotel. Was machen wir zuerst?«

»Wir gehen zum Hotel«, schlug Jonny Winter vor. »Vielleicht haben wir ja Glück.«

»Nehmen wir ein Taxi?«, fragte Roswitha.

Jonny Winter lachte. »Autos gibt es hier nicht, das wäre ja noch schöner – hier alles mit Abgasen zu verpesten. Wir können einen Bollerwagen mieten, wenn wir unsere Taschen nicht schleppen wollen, oder Fahrräder. Aber mit denen darf man auch nicht überall hin. Nee, ein bisschen Bewegung tut uns mal ganz gut.«

Er bezahlte die Rechnung und lotste uns aus dem Ortskern heraus auf einen gepflasterten Weg, der durch die Dünen führte.

»Dass die überhaupt hier bauen durften«, brummte er, »eine Schande. Gibt es nicht schon genug Hotels auf der Welt? Was wollen die – ein zweites Sylt?«

Ich bildete das Schlusslicht ihrer kleinen Truppe. Vor mir schlenderten Amelie und Steffen, Hand in Hand. Jonny Winter und Roswitha gingen voraus, und Jonny redete auf sie ein und zeigte immer wieder in die Landschaft. Sein Gesicht strahlte. Die Freude, hier zu sein, schien ihn um mindestens zwanzig

Jahre verjüngt zu haben. Roswitha hing an seinen Lippen, ihre Augen leuchteten. Ich wünschte mir, ich wäre unter anderen Umständen hier, vielleicht sogar zusammen mit Harald. Dann könnten wir gemeinsam diese wunderschöne Landschaft genießen.

Der Weg führte uns um eine hohe Düne herum, und plötzlich standen wir vor dem Hotelkomplex, der überraschend klein war und in seiner Bauweise den niedrigen, weißen Friesenhäuschen mit ihren typischen Reetdächern nachempfunden war. Ohne zu zögern, steuerten Roswitha und Jonny den Eingang an.

Das muss ich allein erledigen, dachte ich und sagte: »Wartet hier. Ich gehe rein.«

»Ich gehe mit.« Amelie hakte sich bei mir unter. »Versuch nicht, mich abzuwimmeln.«

Wir betraten das Foyer und gingen auf die Rezeption zu. Eine junge Frau in dunkelblauem Kostüm und weißer Bluse sah von ihren Unterlagen auf und zauberte sich ein professionelles Lächeln ins Gesicht.

»Willkommen in unserem Haus«, piepste sie mit hoher Stimme. »Sie haben reserviert? Darf ich Sie um Ihre Namen bitten?«

»Wir sind keine Gäste ... wir suchen jemanden«, sagte ich.

Die Augenbrauen der jungen Frau wanderten hoch.

»Hier bei uns? Wir eröffnen offiziell erst heute Abend, und es sind bisher kaum Gäste im Haus. Ich glaube nicht, dass ich Ihnen weiterhelfen kann.«

Mir wurde plötzlich klar, wie sinnlos es war, die Angestellte nach Harald zu fragen. Natürlich würde sie keinerlei Auskunft über Gäste erteilen, zumal nicht einmal klar war, unter welchen Namen Harald und seine Begleitung eingecheckt hatten.

»Wir suchen meinen Vater«, meldete sich Amelie zu Wort. »Harald Behringer. Er ist seit gestern hier, zusammen mit einer

Frau Scheele. Es ist wichtig, es geht um eine Familienangelegenheit.«

Die Augenbrauen der jungen Frau wanderten noch ein Stück höher. Ihr Lächeln war restlos verschwunden. »Ich fürchte, ich kann Ihnen nicht helfen, wie ich schon sagte. Wir geben prinzipiell keine Auskünfte über unsere Gäste.«

»Also ist er hier!«, rief Amelie.

Die Lippen der Frau wurden schmal. »Das habe ich nicht gesagt. Ich kenne niemanden namens Behringer oder Scheele. Ich darf Sie bitten, unser Haus zu verlassen. Guten Tag.«

»Hören Sie mal! Wie reden Sie denn mit uns!«

Die Rezeptionistin zuckte zurück. »Wenn Sie nicht sofort unser Haus verlassen, rufe ich den Sicherheitsdienst.«

Sie zeigte zum Eingang, und mir war klar, dass jegliches Aufbegehren zwecklos war. Ich ergriff Amelies Arm und zerrte sie aus dem Hotel, bevor die Situation weiter eskalieren konnte. Die junge Frau folgte uns und blieb in der Tür stehen.

Wir rannten auf die anderen zu, die uns neugierig entgegensahen.

»Los, weg hier«, keuchte ich, »die ist drauf und dran, uns den Sicherheitsdienst hinterherzujagen!«

Amelie zappelte in meinem Griff und rief: »Lass mich los, die kann uns doch nicht einfach rauswerfen! Ich gehe zurück und sag der Kuh Bescheid!«

Steffen nahm Amelie in seine Arme und hielt sie fest umschlungen. »Ganz ruhig, Prinzessin, wir werden deinen Vater auch so finden. Zur Not beziehen wir hier Beobachtungsposten, irgendwann muss er ja mal vor die Tür gehen.«

Amelie versuchte, sich gegen seine Umarmung zur Wehr zu setzen. »Ich gehe jetzt und gucke durch die Fenster rein, vielleicht sehe ich ihn irgendwo ...«

»Nein, wir gehen«, bestimmte Jonny Winter ruhig und deutete auf die junge Frau, die noch immer im Eingang stand und uns argwöhnisch beobachtete. Hinter ihr war mittlerweile ein großer Mann aufgetaucht, der nur auf die Anweisung zu warten schien, die Eindringlinge in die Flucht zu schlagen.

»Es ist ja nicht einmal gesagt, dass Harald jetzt gerade im Hotel ist.« Jonny sah auf seine Uhr. »Es ist schon Mittag. Vielleicht machen sie einen Strandspaziergang oder reiten aus. Oder sie sitzen in einem Restaurant. Sie könnten auch im Schwimmbad sein. Was haltet ihr davon, wenn wir uns aufteilen? Ich klappere mit Roswitha die Restaurants und Teestuben ab und ihr ...«

»Ich möchte allein sein«, unterbrach ich ihn. »Ich halte am Strand nach ihm Ausschau.«

Ich musste durchatmen, den Kopf freimachen, ein bisschen laufen, damit ich mich wieder spüre. Ich fühlte mich wie tot.

»Wir leihen uns Fahrräder«, schlug Steffen vor, und Amelie nickte. »Wir sind gerade an einem Fahrradverleih vorbeigekommen. Was haltet ihr davon – in zwei Stunden treffen wir uns wieder in dem Café. Und wer Amelies Vater sieht, informiert die anderen. Haben alle ihre Handys dabei?«

»Meins ist mittlerweile leer, ich habe vergessen, es aufzuladen«, sagte ich.

Sofort holte Amelie ihres aus der Tasche und gab es mir. »Hier, die Nummern von Roswitha und Steffen sind eingespeichert. Bist du sicher, dass du allein gehen möchtest? Ich komme gern mit dir.«

Ich schüttelte den Kopf. »Ich brauche ein bisschen Zeit für mich, ich bin völlig durcheinander.«

Jonny Winter nahm meine Tasche und hängte sie sich über die Schulter. »Roswitha und ich gehen zum Café und fragen, ob wir die Taschen dort unterstellen dürfen. Die vermieten auch Zimmer, wahrscheinlich müssen wir sowieso auf der Insel übernachten. Die letzte Fähre geht um kurz nach vier, da müssten wir Harald schon sehr bald finden, um die noch zu erwischen.«

Er erklärte mir den Weg zum Strand, und ich war dankbar, dass niemand den Versuch machte, mich zu überreden, mit ihnen zu kommen.

Kapitel 57

Maren Ich lief über einen schmalen Sandweg, der sich zwischen den dicht bewachsenen Dünen hindurchschlängelte, durchquerte kleine Wäldchen und stand schließlich oben auf dem Kamm einer hohen Düne, unter mir der breite, hell schimmernde Strand, gegen den die Nordseewellen brandeten. Eine kleine Flotte von Fischkuttern kehrte von ihrem Tagesfang zurück. Bunte Strandkörbe standen im Sand, dem offenen Meer zugewandt.

Ich folgte dem Weg, hinunter an den Strand, und hielt kurz an, um mir Schuhe und Strümpfe auszuziehen. Ich krempelte die Jeans bis zu den Knien hoch und stapfte Richtung Wasser. Ich war bei Weitem nicht die Einzige, die es dort hingezogen hatte. Obwohl die Hauptsaison beinahe vorbei war, waren etliche Strandkörbe vermietet, und Kinder bauten Sandburgen oder buddelten Kanäle, die sich zu ihrem juchzenden Vergnügen mit Wasser füllten. Ein paar Jugendliche spielten Volleyball, und viele Spaziergänger wanderten am Wasser entlang.

Vorsichtig streckte ich den Fuß ins Meer und zog ihn keuchend wieder zurück. Dass es so kalt sein würde, hatte ich nicht erwartet, schließlich schien die Sonne. Ich hielt den Atem an und ging ein paar Schritte durch das flache Wasser. Die kalte Nordsee belebte und erfrischte mich, die unendliche Weite des Horizonts ließ mich ruhiger werden. Dicke, weiße Wolken jagten über den blauen Himmel Richtung Festland, wo es vermutlich noch immer regnete.

Ich folgte der Wasserlinie und stemmte mich gegen den Wind, der hier, direkt am offenen Meer, durch nichts mehr gebremst wurde. Es war nicht unangenehm, im Gegenteil: Durch die Anstrengung wurden Körper und Geist abgelenkt von dem Gefühlschaos, das in mir tobte. Überrascht stellte ich fest, dass ich mich beinahe heiter fühlte und die Schönheit der Landschaft genießen konnte.

Ich sah mich um und musterte die Spaziergänger und die Pärchen, die sich in Strandkörbe kuschelten. Zwei- oder dreimal begann mein Herz, wild zu klopfen, weil ich Harald erkannt zu haben glaubte. Aber jedes Mal musste ich beim zweiten Hinsehen erkennen, dass ich mich geirrt hatte. Ob die anderen schon etwas erreicht hatten? Vorsichtshalber sah ich auf dem Handy nach, ob ich womöglich wegen des Meeresrauschens einen Anruf verpasst hatte, aber das Display zeigte nichts an. So klein die Insel auch war, hier konnte man bestimmt tagelang aneinander vorbeilaufen.

Ich setzte mich in einen offenen Strandkorb und schaute auf die See hinaus. Das Meer rauschte, das Wasser rollte heran, gleichmäßig und stetig, bis sich die Wellen am Strand brachen und beim Rückzug einen schmalen Streifen Gischt hinterließen, der sich rasch auflöste, nur um Sekunden später neu zu entstehen. Irgendwo hinter mir spielten ein paar Kinder lärmend Fußball, aber das fröhliche Kreischen störte mich nicht.

Plötzlich knallte es, und ich fuhr erschrocken hoch. Noch während mein Gehirn nach Erklärungen für dieses Geräusch suchte, erschien ein kleiner, braungebrannter Junge mit weißblonden, zerzausten Haaren in meinem Blickfeld. Er hielt einen Fußball in den Händen, grinste mich zahnlückig an und lispelte: »Schulligung, ich hab aus Versehen meinen Ball an deinen Strandkorb geschossen.«

»Macht nichts«, sagte ich und rieb mir die Augen. »Kann passieren.«

Der Junge legte den Kopf schief. »Hast du geweint? Du hast so rote Augen.«

Das brachte mich zum Lächeln. »Nein, ich bin eingeschlafen, und wenn man aufwacht, hat man rote Augen. Guck mal morgen früh in den Spiegel, direkt nach dem Aufwachen, dann hast du bestimmt auch rote Augen.«

Das schien ihn nicht zu überzeugen. Er kniff die Augen zusammen und musterte mich ernst.

»Ich glaube trotzdem, dass du traurig bist.«

Er kam näher, strich mir mit seiner kleinen, sandigen Hand sanft über die Wange und murmelte: »Morgen ist alles wieder gut, ganz bestimmt.«

Sein Gesicht verzog sich wieder zu einem breiten Grinsen. »Das sagt meine Mami immer, wenn ich traurig bin. Und weißt du was? Das stimmt! Morgen ist dann immer alles gut!«

Und während ich ihn noch sprachlos anstierte, winkte der Knirps frenetisch, rief: »Ich geh dann jetzt wieder! Nicht mehr weinen!«, und rannte los, zurück zu seinen Spielkameraden, die irgendwo hinter dem Strandkorb auf ihn warteten.

Ich berührte meine Wange, an der noch immer ein paar Sandkörner von der Hand des Jungen klebten. Ich war völlig verdattert. Lauerte hinter einem der Strandkörbe vielleicht ein Kamerateam, und in ein paar Wochen würde sich die Nation über die verrückte Maren Behringer schlapp lachen, die allen Ernstes geglaubt hatte, ein kitschig-mystisches Erlebnis gehabt zu haben? Vorsichtig streckte ich meinen Kopf aus dem Strandkorb und sah nach hinten: Die Kinder, unter ihnen der Knirps, bolzten weiterhin kreischend im Sand. Morgen ist alles wieder gut, hatte er gesagt.

Das war die Sicht eines Kindes: heute großes Drama, morgen alles vergessen.

So einfach, so banal.

Ich beschloss, ihm zu glauben.

Ein Blick auf die Uhr sagte mir, dass ich mich beeilen musste, denn es war bereits kurz nach vier Uhr – ich sollte längst am Treffpunkt im Café sein. Schnell lief ich den Dünenweg hoch, an dem ein Hinweisschild zur Ortsmitte wies. Die ersten Häuser waren bereits in Sicht, als das Handy in meiner Tasche losdudelte. Auf dem Display erschien Steffens Name. Ich nahm ab und keuchte: »Bin unterwegs, bin gleich da!«

Amelies Stimme lachte. »Keine Panik, Mum. Wir sitzen gemütlich hier und warten.«

Insgeheim hoffte ich, das Wörtchen *wir* könnte auch Harald mit einbeziehen, aber diese Hoffnung wurde rasch enttäuscht, als ich das Café betrat, wo die anderen schon bei Torte und Ostfriesentee saßen.

»Da bist du ja«, sagte Amelie und zog mich neben sich auf das gemütliche Sofa.

»Ich bin die ganze Strecke gerannt«, japste ich, »ich bin wohl im Strandkorb eingeschlafen.«

Alle hatten Kuchenteller vor sich stehen. Amelie deutete auf ihren. »Du solltest die Rumflockentorte probieren. Die hat sich der Teufel ausgedacht, da bin ich sicher. Ich möchte nie wieder etwas anderes essen!«

»Ich empfehle Sanddorn«, sagte Roswitha, »ich habe auf Jonny gehört, und er hat recht, die Torte ist ein Gedicht.«

Mein Atem beruhigte sich langsam. Die Kellnerin war am Tisch erschienen und wartete auf meine Order. »Einmal Rumflockentorte, bitte, und einen großen Milchkaffee«, bestellte ich und lehnte mich ins Sofa zurück. Für einen Moment schloss ich die Augen.

»Maren, ist alles in Ordnung mit Ihnen?«, fragte Jonny Winter sofort.

Ich sah ihn an und lächelte. »Alles in bester Ordnung. Ich ...«, ich suchte nach Worten, während die anderen mich neugierig ansahen, »ich hatte am Strand eine magische Begegnung.«

»Richtig so, Deern.« Jonny Winter nickte. »Am Meer ist alles möglich, und magische Begegnungen gehören definitiv dazu. Ich könnte euch Geschichten erzählen ...«

»Von Klabautermänner, riesigen Seeungeheuern und von wunderschönen Meerjungfrauen, die in Vollmondnächten versuchen, die Seeleute ins Meer zu locken«, vervollständigte Steffen den Satz. »Ich weiß noch«, fuhr er fort, »wie du mir früher diese Geschichten erzählt hast, Onkel Jonny. Aufregende Geschichten von Delphinen, die manchmal die Schiffe begleiten, von fremden Ländern und exotischen Kulturen. Das war immer wunderbar.«

»Das ist es immer noch«, sagte Amelie und sah Jonny Winter liebevoll an, »ich liebe es, wenn du davon erzählst.«

»Immer gern, min Deern«, erwiderte Jonny Winter. »Aber wollen wir nicht mal besprechen, wie es hier mit uns weitergeht, ehe wir uns vollends in Seefahrerromantik verlieren? Maren? Was schlagen Sie vor?«

Nicht zum ersten Mal staunte ich über die Klugheit Jonny Winters, der sofort begriffen hatte, dass die zwei Stunden am Strand mich verändert hatten. Ich war nicht mehr die hilflose, konfuse Maren, die mittags auf dieser Insel angekommen war.

»Als Erstes besorgen wir uns eine Unterkunft«, sagte ich. »Wir alle haben uns ein bequemes Nachtlager verdient. Hier im Haus werden doch Zimmer vermietet, oder?«

Amelie zog einen schmalen Prospekt aus der Tasche. »Hier, die liegen an der Kuchentheke. Einzelzimmer, Doppelzimmer ... ich frage mal nach.«

Sie ging zum Tresen, führte ein kurzes Gespräch mit einer Frau mittleren Alters und kam strahlend an der Tisch zurück.

»Wir haben Glück, gerade haben Gäste abgesagt. Frau Jürgens hat zwei Doppel- und ein Einzelzimmer für uns.«

»Na, das ist doch was«, sagte Jonny Winter. »Wie teilen wir uns auf? Die Männer zusammen? Oder Familienangehörige zusammen?«

Nach einigem Hin und Her stand fest: Roswitha bekam das Einzelzimmer, Amelie und ich teilten uns ein Doppelzimmer, die beiden Männer ebenfalls. Wir holten die Zimmerschlüssel und beschlossen, dass wir uns alle kurz frisch machen und dann in zwanzig Minuten bei Jonny und Steffen treffen sollten.

Kapitel 58

Maren Amelie schloss die Zimmertür hinter uns und sah sich um.

»Wir sind in einer Puppenstube gelandet«, sagte sie und öffnete eine schmale Tür. »Und hier ist das Puppenstubenbadezimmer. Niedlich.«

Ich beobachtete meine Tochter, wie sie einen neugierigen Blick aus dem kleinen Fenster warf und sich dann auf den Rand des breiten Doppelbettes setzte, um mit ein paar Hopsern die Matratze zu prüfen.

Wie lange hatten wir uns nicht gesehen, und jetzt waren wir uns auf einmal wieder so nah. Ich wurde plötzlich von meiner Liebe zu Amelie überflutet, wie die Wellen der Nordsee brandete dieses Gefühl durch meinen Körper, warm und überwältigend.

Als sie vom Bett aufstand, breitete ich spontan die Arme aus und zog sie an mich.

»Ich habe dich vermisst, Amelie.«

Amelie umarmte mich fest. »Ich dich auch. Und wie. Trotzdem habe ich es keinen Tag lang bereut, dass ich zu Roswitha gezogen bin. Das nimmst du mir doch nicht mehr übel?«

Ich schüttelte den Kopf. »Übel sowieso nicht. Ich war verletzt, das gebe ich zu. Aber mittlerweile verstehe ich auch, warum du gehen musstest.«

»Ich war so verwirrt, ich konnte nicht mehr klar denken. Ihr habt euch alle so verrückt aufgeführt.«

Wir standen nebeneinander am Fenster und sahen hinaus in einen kleinen, wilden Garten. Ein riesiger, gelber Kater tauchte von links aus einem Gebüsch auf und überquerte gemächlich den Rasen. Plötzlich hielt er inne, mitten im Schritt, eine Pfote erhoben. Der Kater duckte sich, alle Muskeln angespannt, tief ins Gras und fixierte starr einen Punkt vor sich. Seine Schwanzspitze peitschte aufgeregt hin und her, die Ohren waren hoch aufgerichtet, während er, ansonsten völlig bewegungslos, sein potenzielles Opfer belauerte.

»Oh, oh«, flüsterte Amelie, »wer immer da unten kurz davor ist, ein kleiner Snack für Shir Khan, den bösen Tiger, zu werden, sollte mal schnell abhauen, bevor es zu spät ist.«

Sie öffnete das Fenster, beugte sich weit heraus, machte »Ksch!« und klatschte in die Hände.

Der Kater fuhr zusammen und sah erschrocken in unsere Richtung. An dem Punkt, den er angestarrt hatte, gab es eine kaum wahrnehmbare Bewegung im Gras, die sich rasend schnell bis zum gepflasterten Gartenweg fortpflanzte. Dann huschte eine winzige, graue Maus quer über den Weg und verschwand auf der anderen Seite wieder zwischen den hohen, üppig wuchernden Grashalmen. Der Kater schaute verwirrt um sich, als hätte Amelie ihn aus einer tiefen Trance geweckt und als könne er sich nicht mehr erinnern, wie er in diesen Garten gelangt war. Dann setzte er seinen angefangenen Weg fort und verschwand nach rechts aus unserem Blickfeld.

»Na, der hat vielleicht dumm geguckt.« Amelie sah überaus zufrieden aus. »Wieder eine gute Tat für mein Karma-Konto. Obwohl«, sie kicherte, »damit anzugeben, lässt das Konto schon wieder schrumpfen, schätze ich. Wie auch immer, ich bin froh, dass die Maus lebt. Steffen wird begeistert sein, wenn ich ihm das erzähle.«

Apropos, dachte ich, gutes Stichwort. Ich nahm Amelies Hand, setzte mich auf das Bett und zog sie neben mich.

»Sag mal ... Steffen ... er ist nett. Du magst ihn sehr, nicht wahr? Hättest du nicht lieber mit ihm ein Zimmer geteilt?«

Amelie lächelte verträumt. »Ja, er ist nett. Wir sind noch

nicht lange zusammen, weißt du? Es ist noch sehr frisch, wir lernen uns gerade erst kennen. Ich bin noch nicht so weit, ein Zimmer mit ihm zu teilen. Er versteht das.«

»Ist Justus der Grund?«

Amelie seufzte. »Nein. Ja. Ach, ich weiß auch nicht. Ich vermisse Jussi überhaupt nicht, aber trotzdem ist er irgendwie immer noch da. Vielleicht auch nur, weil es so schmerzhaft war, betrogen zu werden. Das kann ich ihm nicht verzeihen.«

»Das musst du auch nicht«, sagte ich, »das verlangt niemand von dir. Hauptsache, du denkst nicht, er hätte dich betrogen, weil du nicht gut genug bist.«

Amelie lachte und ließ sich nach hinten in die weichen Decken fallen. »So weit kommt das noch! Und du? Hast du dich ausgesöhnt mit Steffen, dem Gärtner?«

Ich spürte die Hitze in meinem Gesicht und wusste, ich war dunkelrot angelaufen.

»Ich schäme mich unendlich dafür, dass ich diese hässlichen Dinge gesagt habe.«

»Seid ihr so weit? Kommt ihr mit?«, unterbrach uns Roswithas Stimme.

»Eine Sekunde!«, rief Amelie, sprang mit einem Satz vom Bett auf und lief zur Tür.

Ich folgte ihr, allerdings deutlich langsamer. Ich hätte jetzt gut ein kleines Nickerchen machen können, denn nachdem mein Körper aufgehört hatte, permanent Adrenalin auszuschütten, forderten die Strapazen allmählich ihren Tribut.

Aber ich würde nicht ruhen, hatte ich beschlossen, bis ich meinen Mann gefunden hatte.

Mit fünf Personen war das kleine Zimmer von Jonny Winter und Steffen deutlich überfüllt.

Wir beschlossen, wieder ins Café zu gehen.

»Sucht euch einen Tisch, ich bestelle schon mal eine Runde Tee für uns«, sagte ich und blieb am Tresen stehen. Es war kein Personal zu sehen, aber dafür hörte ich aufgeregte Stimmen hinter der Tür zur Backstube.

»Was soll das heißen – Meike und Nina haben sich krankgemeldet? Und wer soll jetzt mit zum Gala-Abend fahren?«

Durch das runde Fenster der Pendeltür sah ich Frau Jürgens, unsere Wirtin, zornrot im Gesicht und wild mit den Armen fuchtelnd. Gala-Abend – wie viele davon konnte es heute wohl geben? Ich war wie elektrisiert. Das war meine Chance, ins Hotel zu kommen!

Ich ging zur Pendeltür und klopfte an das Fenster. »Frau Jürgens? Darf ich Sie kurz sprechen?«

Sie fuhr herum, noch mit gerunzelten Augenbrauen, produzierte aber bei meinem Anblick blitzschnell ein professionelles Lächeln und öffnete die Tür. »Gern, Frau ...«

»Behringer.«

»Frau Behringer, richtig. Sie müssen entschuldigen, die vielen Gäste, die vielen Namen ... Was kann ich für Sie tun? Ist mit Ihren Zimmern alles in Ordnung?«

»Alles bestens, Frau Jürgens. Es geht um etwas anderes, ich habe gerade zufällig Ihr Gespräch ...«

»Frau Behringer, ich kann mich nur entschuldigen, dass wir Sie als Gast damit belästigt ...«, sagte sie und errötete.

»Nein, nein, Sie haben mich völlig missverstanden«, widersprach ich ihr rasch, »ich will mich keineswegs beschweren. Ich möchte meine Hilfe anbieten.«

»Ihre Hilfe anbieten?«

Ich nickte. »Genau. Ihnen sind doch zwei Leute ausgefallen, oder? Ich biete mich an. Und Herr Winter, Sie wissen schon, der ältere Herr, hat jahrelang in der Gastronomie gearbeitet. Wenn Sie möchten, springen wir ein.«

»Aber ich kann Sie doch nicht ... in Ihrem Urlaub ...« Frau Jürgens schüttelte fassungslos den Kopf.

»Wissen Sie was? Wir helfen Ihnen und bekommen dafür die Zimmer gratis.«

»Abgemacht.«

Sie streckte die Hand aus, und ich schlug ein.

»Wann geht es los?«, fragte ich.

»So schnell wie möglich. Meine Leute beladen gerade den Wagen. Wir sind für Süßspeisen und Kuchen zuständig, es wird ein riesiges Büffet aufgebaut.« Sie holte tief Luft. »Wenn ich hätte absagen müssen ... katastrophal ... ich will das Hotel schließlich dauerhaft als Kunden gewinnen ... für einen Moment dachte ich ... wenn ich mir vorstelle ... nicht auszudenken ...«

»In fünfzehn Minuten hier unten?«, sagte ich schnell, um ihren Redefluss zu unterbrechen. »Was ist bei der Kleidung zu beachten?«

»Dunkelblaues Oberteil mit unserem Logo, Polohemd oder T-Shirt. Dazu ein Tuch und unsere Halbschürze. Warten Sie kurz, ich gebe Ihnen direkt alles mit. Je zwei Garnituren für Sie und Herrn Winter, damit Sie Ersatz haben, falls ein Malheur passiert.«

Sie verschwand durch eine schmale Tür und kam mit einem Stapel zusammengefalteter Wäschestücke wieder heraus.

»Was schleppst du denn da an?«, fragte Amelie mit großen Augen, als ich den Wäschestapel auf dem Tisch ablegte.

»Jonny, wir haben heute Abend einen Job«, sagte ich und machte eine Kunstpause.

Alle sahen mich erstaunt an.

Für einen kurzen Moment genoss ich die Blicke, dann fuhr ich fort: »Jonny und ich arbeiten heute im Hotel. In *dem* Hotel. Unserer Gastgeberin sind zwei Leute ausgefallen, und ich ... na ja ... ich habe spontan angeboten, dass wir helfen. Dafür bekommen wir die Zimmer umsonst!«

»Aber das geht doch nicht, dass ihr arbeitet und wir tun überhaupt nichts«, protestierte Roswitha sofort.

»Unsinn, natürlich geht das. Ihr sucht euch ein schönes Restaurant, ich lade euch ein. Und Jonny und ich dürfen dafür heute Abend ins Allerheiligste, besser hätte es doch gar nicht kommen können!«

»Frau Jürgens braucht nicht zufällig fünf Leute?«, fragte Amelie. »Ich wäre zu gern dabei.«

»Lass man, Deern«, sagte Jonny Winter, »deine Muddi will jemanden dabeihaben, der zur Not für zwei mit Torten jonglieren kann. Könnte ja passieren, dass sie plötzlich wegmuss, nicht wahr?« Er zwinkerte mir zu. »Wann geht es los?«

»Sofort«, erwiderte ich. »Wir ziehen uns schnell um, packen die zweite Garnitur ein und sind praktisch schon im Dienst.«

Kapitel 59

Maren Die Vorbereitungen im Ballsaal des Hotels liefen bereits auf Hochtouren, als wir dort eintrafen. Natürlich benutzten wir nicht den Haupteingang, sondern eine Seitentür.

Dafür war ich ausgesprochen dankbar. Ich war noch nicht bereit, Harald jetzt schon zufällig vor die Füße zu laufen ... obwohl ... mir fiel auf, dass ich keinen Plan hatte, was ich tun wollte, wenn er vor mir stand. Das würde zwangsläufig im Laufe des Abends passieren, denn die Gäste sollten sich vom Büffet bedienen, und selbst wenn er kein Dessert wollte ...

»Maren? Träumen Sie nicht.« Jonny Winter legte den Arm um mich. »Sicher, dass Sie es schaffen?«

Ich nickte. »Absolut. Obwohl ich noch nicht weiß ...«

Ich verstummte und biss nervös auf meiner Unterlippe herum.

»Was Sie zu ihm sagen sollen?« Jonny Winter lachte. »Egal, wie viele Versionen Sie jetzt planen oder durchspielen – die Realität wird eine ganz andere für Sie bereithalten. Kommen Sie, wir haben noch einiges zu tun.«

Während der nächsten zwei Stunden arbeiteten wir Hand in Hand mit unseren neuen Kollegen im uns zugeteilten Bereich des meterlangen Büffets, dessen Dekoration einer Dünenlandschaft nachempfunden war, inklusive weißem Sand, Dünengras und stacheligen Sanddornzweigen, an denen dicke, orangefarbene Beeren hingen. Dieses Thema zog sich durch den gesamten Raum; an den auf alt getrimmten, roten Backsteinwänden des großen Saales hingen riesige Vergrößerungen von Naturfotos: Dünenlandschaften, Strand, blauer Himmel, Meer. In der

Mitte jedes Tisches tauchte aus dem Meerblau der groben Leinendecke Spiekeroog auf, geformt aus Moos, mitsamt Strand und einem Leuchtturm, dessen Licht in der Spitze den Tisch warm beleuchtete. An jedem Platz stand ein kleines, grob geschnitztes Segelboot aus Holz, dessen Segel als Platzkarte diente. Ich ging von Tisch zu Tisch und hatte schon fast alle Namen durchgesehen, bis mir einfiel, dass Harald und Frau Scheele nicht unter ihren echten Namen eingecheckt hatten.

Mist. Ich hätte mich wesentlich sicherer gefühlt, wenn ich vorher gewusst hätte, wo Harald sitzen würde.

»Gleich acht Uhr«, flüsterte ich Jonny zu, der ein letztes Mal eine Sanddorntorte zurechtrückte, dann einen Schritt zurücktrat und nickte.

Der Restaurantleiter, ein nervöser junger Mann mit stark gegelter Frisur, klatschte in die Hände.

»Meine Damen und Herren, bitte einmal alle herkommen.«

Er wartete, bis sich sämtliches Personal um ihn herum versammelt hatte, und hob die Hand, woraufhin die Gespräche verstummten. »Also, meine Damen und Herren, in zehn Minuten kommen die Gäste. Ich erwarte von Ihnen, dass Sie sauber und fleckenlos gekleidet sind. Eine Fingernagelkontrolle erspare ich Ihnen und mir. Alle Handys ausschalten, wenn ich bitten darf. Folgender Ablauf: Die Gäste kommen herein, werden zu ihren Plätzen geführt, bekommen ein Glas Champagner serviert. Dann hält zuerst der Bürgermeister eine kleine Rede, dann die Chefin des Hotels. Alles in allem vielleicht fünfzehn Minuten. Dann wird das Büffet eröffnet. Haben alle ihre Einweisung bekommen?«

Er sah sich um, alle nickten.

»Gut, ich möchte nicht, dass auch nur ein Gast auf seine Frage bezüglich des Essens keine kompetente Antwort bekommt, haben wir uns verstanden?«

Wieder nickten alle um ihn herum, und ich repetierte hastig in Gedanken alles, was man mir während der letzten zwei Stunden beigebracht hatte.

»Halten Sie sich mal am besten im Hintergrund, und wenn Harald kommt, sage ich Ihnen Bescheid«, hatte Jonny zu meiner grenzenlosen Erleichterung bestimmt, es reiche völlig aus, wenn ich mich darauf konzentrierte, Platten nachzufüllen und Ähnliches.

Der Restaurantchef entließ die Mitarbeiter an ihre Posten, nachdem er noch einmal alle darauf eingeschworen hatte, das neue Luxushotel angemessen und professionell zu vertreten.

Mit klopfendem Herzen sah ich zu, wie die Gäste in den Ballsaal strömten. Ich versteckte mich hinter Jonny Winter, obwohl der gelacht und mir versichert hatte, mit meinem Kopftuch werde Harald mich sowieso nicht erkennen, von Weitem schon überhaupt nicht. Und erst recht nicht, da Harald nicht mit mir rechne. Aber ich ließ mich nicht umstimmen, hinter Jonnys Rücken fühlte ich mich im Moment geschützt. Trotzdem spähte ich aufgeregt über seine Schulter.

Die Gäste waren festlich gekleidet, die meisten Damen trugen lang, die Herren dunkle Anzüge, sogar einige Smokings waren dabei. Die Tische füllten sich rasch, aber immer noch standen einige Gäste in Grüppchen zusammen oder sahen sich die großen Fotos an den Wänden an. Ich zuckte zusammen, als ich Harald entdeckte, der mit Frau Scheele am Arm den Raum betrat. Mein Magen schlug einen Purzelbaum.

Mit heftig klopfendem Herzen sah ich zu, wie mein Ehemann und die attraktive Frau an seiner Seite zu ihrem Platz geleitet wurden, an einen Tisch nicht weit vom Büffet. Frau Scheele sah atemberaubend aus, sie trug zu einem engen, langen Samtkleid in tiefem Violett klobigen, modernen Silberschmuck. Harald hatte sich ihr dezent angepasst: Er trug den Anzug mit den violetten Nadelstreifen. Meinen Lieblingsanzug.

»Da sind sie«, zischte ich in Jonnys Ohr, der nur nickte.

Ich beobachtete die beiden weiter, während sie den Reden lauschten, gemeinsam mit den anderen Gästen auf eine glänzende Zukunft des Hotels anstießen und dann aufstanden, um zum Büffet zu gehen. Auch die anderen Gäste strömten auf uns zu, und bald hatte ich alle Hände voll damit zu tun, Jonnys Anweisungen zu folgen.

Die Reihen der Gäste lösten sich langsam wieder auf, und nach einer halben Stunde war der erste Ansturm überstanden. Weder Harald noch Frau Scheele hatten sich den Süßspeisen und Torten bisher genähert, sie saßen wieder auf ihren Plätzen und ließen sich Fischspezialitäten schmecken.

Gespräche und Gelächter erfüllten den Raum, eine Harfenistin spielte leise im Hintergrund, später sollte ein Discjockey die Gäste auf die Tanzfläche locken.

Ich wurde von Minute zu Minute nervöser.

War ich verrückt, Harald hier aufzulauern?

Was, wenn es in eine Szene ausartete, oder wenn er mich, wie in meinen Alpträumen, auslachte und fortschickte?

Was, wenn ich mit meiner Schnapsidee gerade das endgültige Ende unserer Ehe herbeiführte?

Plötzlich stand Harald auf, beugte sich zu Ingeborg Scheele herunter und sagte etwas zu ihr. Dann drehte er sich um und kam direkt auf mich zu, die Augen auf das Büffet gerichtet. Er blieb direkt vor mir stehen, studierte das Angebot und sagte: »Was können Sie mir denn empfehlen?«

Ich stand wie zur Salzsäule erstarrt. Natürlich brachte ich keinen Ton heraus. Wo zum Teufel waren die anderen? Musste ich ausgerechnet gerade jetzt allein hier stehen?

In Erwartung einer Antwort hob Harald den Blick und sagte: »Die Schokoladentorte, vielleicht? Was meinen ...«

Er stockte mitten im Satz. Seine Augen weiteten sich, als er mich erkannte. Er drehte sich schnell zu Ingeborg Scheele um, die aber in die andere Richtung sah und mit einem Herrn zu ihrer Rechten plauderte.

Dann sah er wieder mich an und sagte: »Was machst du denn hier?«

»Ich ... ich ... bist du wütend?«, stammelte ich, zu keinem klaren Gedanken fähig. Verdammt, dachte ich wütend, ich führe mich hier auf wie eine komplette Idiotin. Und er hat so recht mit seiner Frage! Was mache ich eigentlich hier?

»Wütend?«, flüsterte Harald. »Keine Ahnung, aber was wird das hier? Kannst du mir das bitte erklären?«

Ehe ich antworten konnte, rief Frau Scheele: »Harald, was ist? Gibt es Süßspeisen für Diabetiker oder nicht?«

Harald fauchte: »Und? Habt ihr was für Diabetiker im Angebot?«, und als ich verdattert nickte, sagte er: »Haben sie, Ingeborg. Darf ich Ihnen etwas bringen?«

»Später, vielleicht«, erwiderte Frau Scheele und wandte sich wieder ihrem Gesprächspartner zu.

Immerhin siezen sie sich noch, dachte ich erleichtert, aber dieses Gefühl verflog blitzartig, als Harald wieder zu mir herumfuhr und zornig sagte: »Was erwartest du jetzt von mir, Maren?« Er schüttelte den Kopf. »Du tauchst einfach hier auf und ... Das bringt mich in eine unmögliche Lage.«

Immer wieder drehte er sich nervös zu seinem Tisch um.

Ich spürte, wie in mir die reine Panik ausbrach. Ich begann zu schwitzen, mir wurde glühend heiß, ich zitterte.

Hoffentlich musste ich mich nicht hier und jetzt direkt aufs Büffet übergeben! Oder ich könnte umkippen und mit dem Kopf in die nächstbeste Sahnetorte ...

»Entschuldigung«, flüsterte ich, und schon liefen mir die ersten Tränen die Wangen herunter.

Ich machte auf dem Absatz kehrt und flüchtete. Als ich mit Jonny Winter zusammenstieß, war ich tränenblind. Er versuchte mich festzuhalten, aber ich riss mich los und lief zum nächsten Ausgang, den ich finden konnte.

Kapitel 60

Maren Ich rannte, so schnell ich konnte.

Panisch und fast blind vor Tränen folgte ich dem Weg durch die Dünen, dem Rauschen des Meeres entgegen. Einige Male glaubte ich, in der Ferne eine Stimme zu hören, die meinen Namen rief, aber ich war entschlossen, mich nicht aufhalten zu lassen.

Mein Herz hämmerte schmerzhaft, mein Atem ging laut und stoßweise, die Lunge stach bei jedem Atemzug. Ich schleppte mich weiter durch den Sand, immer langsamer, zu sehr hatte ich mich verausgabt. Schließlich fiel ich erschöpft auf die Knie.

Als wollte er mich verhöhnen, leuchtete der Abendhimmel in feurigen Rottönen, wie bestellt für einen romantischen Strandspaziergang.

Wie hatte ich nur glauben können, mein verrückter Plan könne klappen? Und die anderen hatten mich noch darin bestätigt! Vor allem Jonny Winter, der hatte gut reden mit seinem *Tun Sie das, was Ihr Herz sagt.*

Wer hatte sich denn gerade unmöglich gemacht? Jetzt, hier am Strand, wurde es mir klar: Alle hatten die ganze Zeit nur gesagt, was ich hören wollte, und mich so in meinem Wahn bestätigt, damit ich nicht noch mehr durchdrehte.

Ich schlug die Hände vors Gesicht und weinte hemmungslos.

Der Strand war menschenleer, und es wurde rasch dunkler. Das Wasser rauschte leise, sonst war kein Laut zu hören.

Nie wieder würde ich Harald in die Augen sehen können, ohne an die eben erlebte Szene erinnert zu werden, die direkt aus einem meiner Alpträume zu stammen schien. Der Schock gaukelte mir Bilder einer verächtlich lachenden Frau Scheele vor, einer atemlosen Stille im Ballsaal, weil alle Anwesenden die Szene verfolgten.

War es wirklich so gewesen?

Hatte Harald mich wirklich weggeschickt?

Ich wusste es nicht mehr, der Ablauf der Ereignisse löste sich in einem Wirbel von Gefühlen und Bildern einfach auf.

Ich würde einfach hier sitzen bleiben und warten, bis jemand kam und mir sagte, was ich als Nächstes tun sollte, das würde das Beste sein, ganz bestimmt.

Wohin es führte, wenn ich selbst einen Plan ausheckte, hatte ich ja gesehen – direkt ins totale Chaos. Vier Menschen hatte ich mit auf diese vermaledeite Insel geschleppt, nur weil ich meine blöde Schnapsidee, Harald zu holen, unbedingt umsetzen musste. Und dann noch diese Idiotie, der Begegnung mit dem kleinen Jungen eine geradezu mystische Bedeutung zu geben – das hätte vielleicht zu Johanna gepasst, aber doch nicht zu mir! Die würde sich darüber kaputtlachen, wenn sie es je erfuhr, aber das würde sie nicht, beschloss ich, niemand würde die Geschichte mit dem kleinen Fußballspieler je erfahren.

Ich würde überhaupt nie wieder über diese Reise sprechen, mein Leben lang nicht, das ich als vereinsamter, verhärmter Single verbringen würde, dessen war ich in diesem Moment ganz sicher.

Aber Johanna würde nicht lockerlassen, bis sie jedes Detail erfahren hatte, fiel mir siedend heiß ein.

Ich wischte mir mit meinem Kopftuch die Tränen vom Gesicht und schnäuzte mich kräftig. Der Gedanke an Johanna hatte meine Tränen prompt versiegen lassen. Sie hatte recht gehabt, mich vor dieser Reise zu warnen.

Prompt wurde ich wütend bei der Vorstellung, wie Harald sich ihr gegenüber darüber auslassen würde, wie unmöglich ich mich aufgeführt hatte, eine Szene vor allen Leuten, stell dir vor, ohne Vorwarnung steht sie auf einmal vor mir und blamiert mich vor meiner Begleitung ...

Ich ballte die Fäuste. Das sollten die beiden nur wagen, diese gefühllosen ...

»Maren? Maren!«

Eine Männerstimme, leise, aber deutlich hörbar, übertönte das Meeresrauschen.

Harald! Ich zuckte zusammen. Hatte er mich gesehen? War ich überhaupt sichtbar in dieser Dämmerung?

Meine Gedanken rasten.

Was war besser: einfach sitzen zu bleiben und mich nicht zu rühren oder vielleicht doch zu einem Strandkorb zu rennen und mich dort zu verstecken?

Oder würde die Bewegung Harald erst recht auf mich aufmerksam machen und meinen Standort verraten?

Obwohl – was sollte es bringen, der unvermeidlichen Konfrontation aus dem Weg zu gehen?

Jetzt und hier war genau so gut oder schlecht wie jeder andere Zeitpunkt und Ort.

Ich stand kurz entschlossen auf und rief: »Ich bin hier.«

Eine schemenhafte Gestalt kam auf mich zu.

Harald blieb vor mir stehen, und im schwindenden Licht sah sein Gesicht abgehetzt und ernst aus.

Durch meine Wut fühlte ich mich geschützt vor den Vorwürfen, die ich von ihm erwartete. Aber warum sollte ich eigentlich darauf warten, dass er mich zur Minna machte?

Er öffnete den Mund, aber ich ließ ihn gar nicht erst zu Wort kommen.

»Ich will nichts hören«, herrschte ich ihn an. »Ich nehme an, ihr habt euch köstlich über mich amüsiert.«

»Äh ... was? Wen genau meinst du damit?«, fragte Harald verblüfft und trat einen Schritt zurück.

»Ach, gab es gleich mehrere, dass du nachfragen musst, wen ich meine? Was hast du deiner Tischdame denn erzählt, wer ich bin? Eine verrückte Stalkerin, die dich verfolgt?«

»Frau Scheele? Gar nichts habe ich ihr erz…«

»Das wird ja immer schöner«, fiel ich ihm ins Wort, »du willst ihr also verschweigen, dass deine Ehefrau hier ist?«

»Jetzt mach aber mal einen Punkt, Maren«, sagte er wütend. »Frau Scheele muss sich für das viele Geld, das sie zahlt, nun wirklich nicht mit unseren Familienangelegenheiten behelligen lassen. Schlimm genug, dass ich ohne Erklärung den Tisch verlassen habe. Irgendwie bin ich schließlich im Dienst.«

»*Irgendwie bin ich schließlich im Dienst* – du liebe Güte!«, fauchte ich höhnisch zurück. »Dann will ich dich auch nicht länger aufhalten. Und keine Sorge, Frau Scheele bekommt fünf Prozent Nachlass, und wenn du willst, schreibe ich dir eine Entschuldigung dafür, dass du unerlaubt den Tisch verlassen hast.«

»Was redest du nur für einen unglaublichen Quatsch«, rief Harald aus, »hast du Drogen genommen?«

Er kam wieder auf mich zu und wollte nach mir greifen, aber ich stieß ihn mit aller Kraft von mir weg.

Harald taumelte ein paar Schritte zurück, und ich hörte, wie er im tiefen Sand das Gleichgewicht verlor und ächzend stürzte.

Ich drehte mich auf dem Absatz um und rannte los, immer am Wasser entlang. Mittlerweile wurde der Strand von einem hellen Mond beleuchtet, und an der Spiegelung seines Lichts im Wasser konnte ich mich gut orientieren.

Hinter mir rief Harald: »Maren, verdammt! Bleib stehen!«

Ich hörte, dass er mich verfolgte, aber sosehr ich mich auch anstrengte, er kam immer näher. Schließlich warf er sich wie ein Rugbyspieler auf mich, und wir stürzten in den Sand.

Ich zappelte und schimpfte unter ihm, versuchte mich zu befreien, aber seine Hände drückten meine Arme unerbittlich in den Sand.

»Lass mich sofort los!«, schrie ich wütend.

»Halt still, verdammt«, keuchte er außer Atem. »Warum rennst du vor mir weg?«

Ich schaffte es, ein Bein zu befreien und trat nach ihm.

Harald lockerte seinen Griff überrascht, und ich riss sofort meinen rechten Arm los, ballte eine Faust und schlug zu.

»Au! Bist du verrückt?« Er zuckte getroffen zurück, ließ mich los und rollte sich stöhnend zur Seite.

Ich blieb still auf dem Rücken liegen, öffnete und schloss meine schmerzende Hand und versuchte zu begreifen, wie es so weit hatte kommen können, dass ich meinem Mann die Faust mitten ins Gesicht schlug.

Ich hatte noch nie zuvor in meinem Leben jemanden geschlagen, ich verabscheute körperliche Gewalt aus tiefstem Herzen. Hätte mich jemand gefragt, ob ich mir eine Situation vorstellen könne, in der ich zu einem derartigen Mittel greifen würde, wäre für mich nie eine andere Antwort als ein kategorisches Nein infrage gekommen.

Wie hatte ich bloß so ausrasten, so komplett die Kontrolle verlieren können?

Und wenn sich meine Hand schon anfühlte, als sei sie gebrochen, wie musste es Harald gehen, der schwer atmend neben mir lag und beharrlich schwieg?

Ich war plötzlich ganz ruhig, trotz meines Entsetzens über mein unentschuldbares Verhalten. Seit sich meine konfusen Gefühle wie eine Explosion in diesem Faustschlag entladen hatten, war jegliche Anspannung von mir abgefallen.

Ich richtete mich auf einem Ellbogen auf und fragte: »Habe ich dir wehgetan?«

Zu meiner Überraschung begann er zu lachen, rief »Aua!« und saugte zischend die Luft durch die Zähne.

»Ich bin froh, dass es dunkel ist und du nicht genauer zielen konntest«, murmelte er undeutlich, »sonst hättest du mir wahrscheinlich sämtliche Zähne ausgeschlagen. Ich glaube, ich blute, aber kein Zahn wackelt. Saubere Arbeit. Hast du heimlich trainiert?«

»Du blutest?«, rief ich entsetzt. »Wo habe ich dich getroffen?«

»Am Mund«, nuschelte er undeutlich, »morgen bin ich grün und blau, jede Wette.«

»Dann müssen wir sofort Eis drauflegen!«, rief ich und wollte aufspringen, aber er hielt mich am Arm fest, wenn auch deutlich sanfter als vor ein paar Minuten bei unserem Kampf.

»Bleib hier«, sagte er leise, »und vergiss das blöde Eis, das ist jetzt nicht wichtig. Ich will mit dir reden.«

Ich erstarrte. Jetzt war es also so weit. Ich fröstelte unwillkürlich und hätte nicht sagen können, ob die Abendkälte dieses Schaudern ausgelöst hatte oder die Situation, die mir jetzt bevorstand.

»Mir ist kalt, Harald. Setzen wir uns in einen Strandkorb«, sagte ich in dem unsinnigen Versuch, Zeit zu gewinnen.

Er rappelte sich hoch und zog mich am Arm auf die Füße. Ein paar Meter weiter verriet uns ein großer, eckiger Umriss in der Dunkelheit den Standort eines Strandkorbes.

Wir tasteten uns bis zu dem Umriss und dann weiter auf die Bank. Der Korb umschloss uns wie eine schützende Höhle und sperrte den kühl auffrischenden Wind aus.

Ich drückte mich in eine Ecke, so weit weg wie möglich von ihm, ich wollte ihn auf keinen Fall berühren, wenn er das Aus unserer Ehe verkündete.

Plötzlich spürte ich seinen Arm, der sich um meine Schultern legte. Er zog mich sanft an sich und sagte: »Rück doch nicht weg von mir. Du bist doch nicht auf diese Insel gekommen, um vor mir wegzulaufen, oder?«

Ich schmiegte mich zögernd an ihn, noch traute ich dem Braten nicht so ganz. »Du bist nicht sauer auf mich?«, wisperte ich zaghaft.

»Um ehrlich zu sein – ich weiß gerade nicht, was ich denken soll. Du hast mich so überrumpelt mit deinem plötzlichen Auftauchen ... dann auch noch Jonny ...« Er lachte leise. »Verrückt. Ich habe dich zuerst für eine Halluzination gehalten, das konnte doch nicht sein, dass du hinter diesem Büffet stehst. Wo wohnt ihr eigentlich?«

»Wir haben Zimmer im Ort.«

»Und wie zum Teufel seid ihr an die Jobs gekommen?«

»Ach, das war ganz einfach. Die Betreiber der Pension sind die Lieferanten der Süßspeisen. Denen sind kurzfristig zwei Leute ausgefallen.«

»Ach, und dann haben sie einfach mal eben zwei Gäste gefragt, ob sie nicht zufällig Lust haben, abends zu arbeiten?«, fragte er spöttisch, aber ich hörte das Grinsen in seiner Stimme.

»Natürlich nicht, ich habe unsere Hilfe angeboten.«

Ich lachte wie befreit und fügte triumphierend hinzu: »Sie hatte keine andere Wahl. Dafür haben wir alle unsere Zimmer umsonst bekommen.«

»Ich hätte nicht überraschter sein können, wenn du aus einer Torte gesprungen wärst«, sagte er amüsiert. »Warum bist du nicht einfach ins Hotel gekommen?«

»Haben wir versucht, aber Amelie und ich sind achtkantig rausgeflogen. Wir sind gerade noch dem Sicherheitsdienst entkommen.«

»Amelie?«, rief er erstaunt. »Die ist auch hier? Wo ist sie?«

»Die anderen sind irgendwo auf der Insel.«

»*Die anderen?* Das wird ja immer wilder. Wer denn noch alles? Timo? Johanna ja wohl nicht.«

Ich kicherte. »Die hätte mich zu Hause eingemauert, wenn sie vorher gewusst hätte, dass ich hierhin will. Nein, außer Amelie sind noch Roswitha und Steffen hier.«

»Roswitha und Steffen?«, stöhnte er. »Du meine Güte, ich komme mir allmählich vor wie ein Papagei, weil ich immer nur debil das wiederhole, was du gesagt hast. Bitte, erlöse mich. Wieso Roswitha? Ist das nicht die Frau, die du damals beim Computerkurs getroffen hast? Und wer zum Teufel ist Steffen?«

»Ja, genau, und Steffen ist ihr Sohn und Amelies neuer Freund. Und Roswitha ist auch diejenige, bei der Amelie zur Zeit wohnt.«

Harald schwieg, und ich fuhr fort: »Das musst du nicht verstehen, ich arbeite auch noch daran. Aber, wie dem auch sei: das ist der Status quo, sozusagen.«

»Sozusagen, verstehe«, murmelte er. »Und warum seid ihr alle hier? Warum bist *du* hier?«

Lass jetzt alles raus, beschwor ich mich selbst. Mein Herz klopfte wild, aber jetzt war nicht der Zeitpunkt, Spiele zu spielen. Ich räusperte mich und sagte: »Ich habe es nicht ausgehalten.«

»Dass ich mit Frau Scheele hier bin?«

»Ja.«

»Aber du musst dir doch keine Sorgen machen, diese Frau ist schrecklich! Um ganz ehrlich zu sein, das ist richtig harte Arbeit mit ihr, den ganzen Tag zusammen, ich komme mir vor wie ein Pausenclown ...«

»Ich habe es nicht ausgehalten«, wiederholte ich. Ich seufzte und fuhr fort: »Ich kann es nicht anders erklären. Ich bin fast verrückt geworden, nachdem du abgefahren warst.«

»Warum hast du nichts gesagt?«

Ja, warum habe ich nichts gesagt? Weil wir das bis zum Erbrechen besprochen hatten, und ich wäre mir so unglaublich blöd vorgekommen, wenn ich auf einmal meine Meinung geändert hätte, ich hatte einfach nur die Hosen voll, und Johanna hat mir außerdem zugesetzt …

»Maren?« Seine Stimme klang besorgt. »Alles in Ordnung mit dir?«

Er nimmt es mir nicht übel, dachte ich erleichtert und sagte: »Alles in Ordnung. Bis auf meine Hand, die tut höllisch weh.«

»Willkommen im Club«, erwiderte er trocken. »Maren, hör mir zu: Ich liebe dich. Das war mir nie so klar wie in den letzten beiden Tagen mit dieser Schreckschraube. Ich habe an nichts anderes denken können als daran, wie viel lieber ich mit dir zusammen hier wäre. Und selbst wenn es mit uns in den letzten Monaten etwas schwierig war, ist das, was du getan hast, die größte Liebeserklärung, die du mir hättest machen können.«

Er lachte leise.

»Ich würde dich jetzt unglaublich gern küssen, aber du hast mir ja dummerweise den Mund demoliert. Nicht sehr clever, meine Süße. Wir werden wohl noch ein paar Tage warten müssen.«

Er griff nach meiner Hand – es war Gott sei Dank die heile – und drückte sie sanft.

»Komm, wir gehen irgendwo ins Warme. Du bist viel zu dünn angezogen.«

Wir stapften schweigend durch den Sand, nachdem er mir sein Sakko über die Schultern gehängt hatte. Er hielt meine Hand und ließ sie nicht los, bis wir wieder am Hotel angekommen waren.

»Ich hole meine Sachen, sagte Harald, »und du sagst Jonny Bescheid, dass deine Schicht für heute zu Ende ist. Hast du eine Jacke dabei?«

Ich nickte, und er fuhr fort: »Ist in deinem Zimmer noch ein Bett frei?«

»Dann müssen wir Amelie ausquartieren. Aber vielleicht gibt es noch eine freie Kammer für uns beide. Wir fragen einfach nach.«

Wir trennten uns, und ich ging durch den Seiteneingang in den Ballsaal, wo mittlerweile getanzt wurde. Jonny stand an seinem Arbeitsplatz und war umringt von einer Schar älterer Damen, die ihm hingerissen lauschten, wie er die Vorzüge seines Kuchenbüffets wortreich pries. Schließlich füllte er für die Damen einige Teller mit Kostproben seines reichhaltigen Angebots, und das Grüppchen zog kichernd von dannen.

Ich stellte mich neben ihn und sagte grinsend: »Kundenakquise? Immer im Dienst, was?«

Jonny schüttelte den Kopf. »Kein Dienst mehr, habe ich beschlossen. Ich will nicht mehr länger warten. Ich werde noch in diesem Monat lossegeln, wenn es irgendwie geht.«

»Ohne passende Dame?«

Er lächelte. »Ich wüsste schon jemanden. Und ich werde sie auch fragen. Vielleicht habe ich Glück, und sie kommt mit.«

»Roswitha«, stellte ich fest.

Er nickte. »Noch heute Abend. – Und was war bei Ihnen los? Hat Harald Sie gefunden?«

Statt einer Antwort lächelte ich strahlend und fragte: »Kommen Sie ohne mich klar? Ich würde gern ... mit Harald ...«

»Natürlich komme ich klar«, sagte er lachend. »Und Frau Scheele auch.«

Mit einer winzigen Kopfbewegung deutete er dezent auf die Tanzfläche, wo sich die extravagante Erscheinung von Frau Scheele, eng an ihren grau melierten Tischnachbarn gepresst, mit hingebungsvoll geschlossenen Augen über das Parkett schieben ließ.

»Denn geh mal zu deinem Liebsten, Deern«, sagte Jonny Winter. Er zog mich an sich und drückte mir einen Kuss auf die Wange. »Wir sehen uns beim Frühstück. Und hör endlich auf, mich zu siezen. Ich komme mir ja vor wie ein alter Sack!«

»Und dir viel Glück mit Roswitha«, flüsterte ich und umarmte ihn fest. »Danke für alles, Jonny.«

»Da nich für, min Deern.« Seine Stimme klang belegt, und er wischte sich unauffällig eine Träne aus dem Augenwinkel.

Ich lächelte versonnen vor mich hin, als ich auf Harald zulief, der vor dem Haupteingang auf mich wartete. Sein Gepäck befand sich auf einem kleinen Bollerwagen neben ihm.

Der Schein einer Laterne beleuchtete sein Gesicht, und ich sah neben seinem rechten Mundwinkel eine deutlich sichtbare Schwellung, die sich bereits zu verfärben begann. An seiner Unterlippe zeugte getrocknetes Blut von einer weiteren, wenn auch nur kleinen Verletzung.

Ich strich ihm mit der Hand ganz vorsichtig über die lädierte Wange und flüsterte: »Morgen ist alles wieder gut.«

Und ich wusste genau, dass es stimmte.